# ¿Alex, quizás?

- **Título original:** *Alex, Approximately*
- **Dirección editorial:** Marcela Luza
- **Edición:** Leonel Teti con Nancy Boufflet
- **Coordinación de diseño:** Marianela Acuña
- **Diseño de interior:** OLIFANT - Valeria Miguel Villar
- **Diseño de tapa:** Regina Flath
- **Fotografía de tapa y contratapa:** © 2017 by svetikd/Getty Images Jacket spine and flaps photograph © 2017 by leetatee/Thinkstock Author photograph © 2017 by Heidi Darbo

un sello de
**V&R Editoras**

Publicada originalmente por Simon Pulse. Los derechos de traducción fueron gestionados por medio de Taryn Fagerness Agency y Sandra Bruna Agencia Literaria, SL.

**ARGENTINA:**
San Martín 969 piso 10 (C1004AAS)
Buenos Aires
Tel./Fax: (54-11) 5352-9444
y rotativas
e-mail: editorial@vreditoras.com

**MÉXICO:**
Dakota 274, Colonia Nápoles CP 03810, Del.
Benito Juárez, Ciudad de México
Tel./Fax: (5255) 5220-6620/6621
01800-543-4995
e-mail: editoras@vergarariba.com.mx

**ISBN 978-987-747-292-9**

Impreso en México, junio de 2017
Litográfica Ingramex S.A. de C.V.

Bennett, Jenn
¿Alex, quizás? / Jenn Bennett. - 1a ed. - Ciudad Autónoma de Buenos Aires: V&R, 2017.
480 p.; 21 x 15 cm.

Traducción de: Vanesa Fusco.
ISBN 978-987-747-292-9

1. Literatura Juvenil. 2. Novelas Realistas. I. Fusco, Vanesa, trad. II. Título.
CDD 863.9283

# ¿Alex, quizás?

## Jenn Bennett

Traducción: Vanesa Fusco

# Comunidad de Cinéfilos Lumière

**@alex:** Acaban de anunciar los horarios de las películas que se van a poder ver gratis este verano en la playa, cuando empiece el festival de cine anual. ¿A que no sabes qué película de Hitchcock van a pasar? *¡Intriga internacional!*

> **@mink:** ¡¿En serio?! Te odio. Pero yo ya la vi en pantalla gigante el año pasado, así que...

**@alex:** Eso no cuenta. Está mucho mejor ver películas en la playa. Es como un autocine, pero sin el humo de los caños de escape. ¡Y nadie puede negarse a ver la persecución por el monte Rushmore con los pies en la arena! Te propongo algo: dile a tu papá que quieres visitarlo en junio, y vamos a verla juntos.

> **@mink:** ¿Recuerdas que no me gusta la playa?

**@alex:** Nunca fuiste a una playa de verdad. Las de la costa este son una porquería.

> **@mink:** TODAS las playas son una porquería. *mira los horarios del festival de cine* Además, si yo FUERA a visitar a mi papá, preferiría ir la última semana del festival, para ver todas las películas de Georges Méliès que van a pasar... BAJO TECHO. O sea: sin arena.

**@alex:** --------> ME VUELVO LOCO. (¡¿Lo dices en serio?! Por favor, habla en serio. ¿En verdad nos podríamos conocer en persona?)

**@mink:** No sé.

**@alex:** Si lo dices en serio, entonces acompáñame a ver *Intriga internacional*. Al aire libre, en la playa, como corresponde.

**@mink:** Las películas no se deben ver al aire libre, pero está bien. Si voy, nos encontramos en la playa para ver *Intriga internacional*.

**@alex:** ¡Nos vemos!

**@mink:** Epa, no te entusiasmes. Dije que *si* viajaba a California a visitar a mi papá. Es un sueño nomás. No va a pasar...

# Capítulo 1

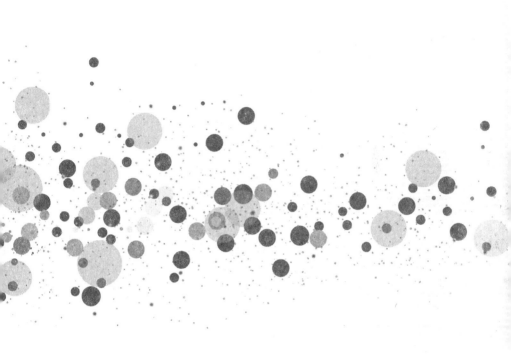

"¿Cómo dijo que se llamaba?".

–Cary Grant, *Intriga internacional* (1959)

Él podría ser cualquiera de estas personas.

Después de todo, no sé qué aspecto tiene Alex. Ni siquiera sé cuál es su verdadero nombre. O sea, hace meses que estamos hablando por Internet, así que sé lo importante. Es inteligente, dulce y gracioso, y los dos acabamos de terminar el tercer año de la secundaria. Compartimos la misma obsesión: las películas viejas. A los dos nos gusta estar solos.

Si esto fuera lo único que tenemos en común, no me estaría dando un ataque en este momento. Pero Alex vive en la misma ciudad que mi papá, y eso… complica las cosas.

Porque ahora que estoy descendiendo por la escalera mecánica de un aeropuerto de California, en las inmediaciones de donde vive Alex, mientras veo a extraños que se deslizan en la dirección opuesta, tengo un sinfín de posibilidades bullendo dentro de mi cabeza. ¿Alex es bajo? ¿Alto? ¿Hace mucho ruido cuando mastica o usa algún latiguillo molesto? ¿Se escarba la nariz en público? ¿Le han reemplazado los brazos con tentáculos biónicos? (Nota mental: no sería un problema).

Así que sí, conocer a Alex en la vida real podría ser genial, pero también podría ser una enorme e incomodísima decepción. Por eso no estoy segura de si quiero saber algo más sobre él.

A ver, no me sale bien encarar a la gente. En realidad, no lo hago nunca. Lo que estoy haciendo ahora, mudarme a la otra punta del país una semana después de cumplir diecisiete años para vivir con mi papá, no es un acto de valentía. Es una obra maestra del acto de escapar de las cosas. Me llamo Bailey Rydell, y tengo el hábito de evadir.

Cuando mi mamá cambió a mi papá por Nate Catlin de Abogados Catlin SRL –juro por Dios que él se presenta así–, no elegí vivir con ella en lugar de hacerlo con papá por todo lo que ella prometió: ropa nueva, mi propio auto, un viaje a Europa. Todas cosas emocionantes, sin duda, pero ninguna me importaba. (Ni siquiera se concretaron, por cierto). Solo me quedé con ella porque mi papá me daba vergüenza, y la idea de tener que lidiar con él mientras enfrentaba su nueva vida, después de que lo abandonaran, era demasiado para mí. No porque él no me importara. Todo lo contrario, en realidad.

Pero en un año pueden cambiar muchas cosas, y ahora que mamá y Nate no dejan de pelear, es hora de que me vaya. Esa es la cuestión cuando se evaden las cosas. Hay que ser flexible y saber cuándo salir corriendo antes de que todo se ponga raro. En realidad, es lo mejor para todos. Así de generosa soy.

El avión aterrizó hace media hora, pero estoy yendo por un camino bien largo hacia la parte de atrás del lugar donde se recoge el equipaje, o eso espero. Se supone que allí me espera papá. La clave para evitar las situaciones incómodas es lanzar un ataque preventivo: hay que asegurarse de ver al otro primero. Y antes de que me acusen de cobarde, piénsenlo bien. No es fácil tener semejante trauma. Hay que planear bien y tener reflejos rápidos. Hay que ser taimado. Mamá dice que yo sería una excelente carterista, porque puedo desaparecer antes de que alguien pregunte: "¿Dónde está mi cartera?". Soy como "el Astuto Truhan".

Y allí está mi papá. El astuto truhan padre. Como dije antes, hace un año que no lo veo, y el hombre de cabello oscuro que está parado debajo de un rayo de sol, en las primeras horas de la tarde, no se parece al que yo recuerdo. Está en mejor forma, sí, pero eso no me sorprende. Todas las semanas lo he felicitado por su nuevo cuerpo trabajado en el gimnasio, cuando me mostraba orgulloso sus brazos en nuestras videollamadas de los domingos a la noche. Y el cabello más oscuro tampoco es nada nuevo; Dios sabe cuánto he bromeado acerca de que debía teñirse las canas para quitarse algunos años de los cuarenta y tantos que tiene.

Pero mientras lo espío, escondida detrás de un cartel soleado que dice "¡SOÑADORES DE CALIFORNIA!", me doy cuenta de que lo único que no esperaba de mi papá era que estuviera tan… feliz.

Quizás esto no sea tan doloroso, después de todo. Respiro hondo.

A papá se le dibuja una sonrisa en el rostro cuando salgo de mi escondite.

—Mink —me dice, llamándome por mi ridículo apodo adolescente.

En realidad, no me molesta, porque él es único que me llama así en la vida real, y todas las demás personas que están recogiendo su equipaje están demasiado ocupadas saludando a sus familiares como para prestarnos atención. Rápido como una flecha, papá me atrae hacia él y me abraza con tanta fuerza que se me quiebran las costillas. Los dos nos emocionamos un poco. Trago saliva para deshacer el nudo que tengo en la garganta y me obligo a calmarme.

—Dios mío, Bailey —me mira con timidez—. Ya eres casi una mujer.

—Puedes decir que soy tu hermana si eso hace que parezcas más joven ante tus amigos fanáticos de la ciencia ficción —digo en broma, intentando diluir la incomodidad con un gesto hacia el robot que tiene en su camiseta de *Planeta prohibido*.

—Nunca. Tú eres lo mejor que hice en la vida.

Uf. Me da vergüenza lo fácil que me siento halagada por esto, y no se me ocurre una respuesta ingeniosa. Termino suspirando un par de veces.

Los dedos de papá tiemblan mientras me acomoda detrás de la oreja algunos mechones de mis largas ondas rubias platinadas, que imitan el estilo de Lana Turner.

—Me alegra tanto que estés aquí. ¿Te vas a quedar, no? ¿No cambiaste de idea en el viaje?

—Si crees que voy a querer volver a la batalla campal que ellos llaman matrimonio, no me conoces para nada.

Papá es muy malo para esconder su vertiginosa sensación de triunfo, y yo no puedo evitar sonreír. Él me vuelve a abrazar, pero ahora está bien. La peor parte de nuestro incómodo encuentro ya terminó.

—Vamos a recoger tus cosas. Todos los que iban en tu avión ya se han llevado lo suyo, así que no deberían ser difíciles de encontrar —me dice, señalando hacia las cintas transportadoras con la mirada del que sabe y una ceja levantada.

Uy. Tendría que haberme dado cuenta. No se puede evadir a quien evade las cosas.

Me crie en la costa este y lo más cerca que estuve del Oeste fue en una excursión de la escuela en la que viajamos a Chicago, así que fue extraño salir a pleno rayo del sol y ver semejante cielo azul. Parece que el terreno aquí fuera más llano sin las densas copas de los árboles del noroeste de Estados Unidos que tapan el paisaje. Tan llano, que llego a ver las montañas que bordean todo el horizonte de Silicon Valley. Yo viajé a San José, que es el aeropuerto y la ciudad grande más cercanos a la nueva casa que papá tiene en la costa, así que tenemos aún un viaje de cuarenta y cinco minutos. No me incomoda, sobre todo cuando veo que vamos a viajar en un auto clásico azul brillante, con el techo corredizo abierto de par en par.

Mi padre es contador público. Antes conducía el auto más aburrido del mundo. Supongo que California ha cambiado eso. ¿Qué más ha cambiado?

–¿Este es el auto que compraste por la crisis de la mediana edad? –pregunto cuando él abre la cajuela para guardar mi equipaje.

Él se ríe. No quedan dudas.

–Entra –me dice, revisando la pantalla de su teléfono–. Y por favor, envía un mensaje a tu madre para avisarle que no se estrelló el avión, así deja de molestarme.

–Sí, mi capitán.

–Tonta.

–Raro.

Él me empuja suavemente con el hombro, y yo hago lo mismo, y así, tan fácil, estamos retomando nuestra vieja rutina. Gracias a Dios. Su auto nuevo (pero viejo) huele a eso que los locos por la limpieza le ponen al cuero, y no hay papeles de contaduría en el asiento, así que me está dando el servicio VIP. Mientras acelera el motor, que hace un ruido de locos, enciendo mi teléfono por primera vez desde que aterrizó el avión.

Mensajes de mamá: cuatro. Le respondo con la menor cantidad de palabras posible mientras salimos del estacionamiento del aeropuerto. Recién se me está pasando un poco el shock de lo que hice… mierda, acabo de mudarme a la otra punta del país. Me recuerdo que no es para tanto. Después de todo, ya me había cambiado a otra escuela hace unos meses, gracias a que Nate SRL y mamá decidieron mudarse de Nueva Jersey a Washington, DC, así que no dejé grandes amistades allí. Y la verdad es que no he salido con nadie desde que se fue papá, así que tampoco dejé ningún novio por allá. Pero cuando reviso las notificaciones secundarias de mi teléfono, veo que hay una respuesta de Alex en la aplicación de cine y otra vez me pongo nerviosa por estar en la misma ciudad que él.

@alex: ¿Está mal odiar a alguien que antes era tu mejor amigo? Por favor, convénceme de que no tengo que planear su funeral... otra vez.

Le respondo al momento:

@mink: Tendrías que irte a vivir a otra ciudad y hacer amigos nuevos. Menos sangre que limpiar.

Si paso por alto las reservas que puedo llegar a tener, reconozco que me entusiasma bastante pensar que Alex no tiene idea de que yo estoy aquí. Pero por otro lado, él nunca ha sabido en realidad dónde he estado. Piensa que sigo viviendo en Nueva Jersey, porque nunca me molesté en cambiar mi perfil online cuando me mudé a DC.

Cuando Alex me invitó a ver con él *Intriga internacional*, yo no sabía bien qué pensar. No es precisamente la clase de película que un chico elegiría para llevar a una chica en plan de conquista... al menos no a la *mayoría* de las chicas. La película es considerada una de las mejores de Alfred Hitchcock, está protagonizada por Cary Grant y Eva Marie Saint y es un thriller sobre un caso de identidad equivocada. Empieza en Nueva York y termina al otro lado, hacia el oeste, porque a Cary Grant lo persiguen hasta llegar al monte Rushmore, en una de las escenas más icónicas de la historia del cine. Pero ahora, cada vez que pienso en verla, nos veo a mí como la seductora Eva Marie

Saint y a Alex como Cary Grant, enamorándonos perdidamente a pesar de que apenas nos conocemos. Y claro, ya sé que eso es pura fantasía y que la realidad podría ser mucho más extraña; por eso tengo un plan: voy a investigar en secreto dónde está Alex, antes de que pasen *Intriga internacional* en el festival de cine de verano.

No dije que el plan fuera bueno… ni fácil, pero es mejor que tener un encuentro incómodo con alguien que se ve genial por escrito, pero que puede destruir mis ilusiones en la vida real. Así que estoy haciendo esto al estilo del astuto truhan: desde una distancia prudencial, donde ninguno de los dos pueda salir lastimado. Tengo mucha experiencia con extraños malos. Es lo mejor, lo aseguro.

–¿Es él? –pregunta papá.

–¿Quién? –respondo, guardando rápido el teléfono en el bolsillo.

–El chico ese. El cinéfilo que es tu alma gemela.

No le he contado casi nada a papá sobre Alex. O sea, sabe que Alex vive por aquí. Incluso, ha hecho bromas, tratando de tentarme con eso para que yo viniera hasta aquí, hasta que al fin decidí que no podía seguir viviendo con mamá y Nate.

–Está pensando en cometer un asesinato –le cuento a papá–. Así que quizás me encuentre esta noche con él, en un callejón oscuro, y me suba a su camioneta sin matrícula. No hay problema, ¿verdad?

Corre un aire de tensión entre nosotros, solo por un segundo. Él sabe que lo digo en broma, que nunca tomaría semejante riesgo, menos después de lo que le pasó a nuestra familia hace cuatro años. Pero eso quedó en el pasado, y en este momento a papá y a mí solo nos importa el futuro. Lo único que tenemos por delante son palmeras y sol.

–Si tiene una camioneta –dice él con un resoplido–, no esperes poder ubicarla.

Mierda. ¿Sabe que he estado pensando en hacer eso?

–Adonde vamos, todos tienen camionetas –agrega papá.

–¿Esas camionetas de abusadores que dan miedo?

–Son más bien camionetas de *hippie*. Ya vas a ver. Coronado Cove es distinto.

Y me lo explica después de salir de la carretera interestatal (perdón, papá me informa que aquí le dicen "autopista"). Coronado Cove fue donde se estableció una misión española histórica, y ahora es una ciudad turística con mucho movimiento, ubicada entre la ciudad de San Francisco y la región de Big Sur. Tiene veinte mil habitantes y el doble de turistas. Vienen por tres cosas: el bosque de secuoyas, la playa nudista privada y el surf.

Ah, sí: dije que hay un bosque de secuoyas.

Los turistas vienen por otra cosa, y lo voy a ver pronto. Solo pensar en eso me hace doler el estómago, así que no lo hago. Ahora no. Porque la ciudad es incluso más bonita de lo que se veía en las fotos que mandó papá: calles empinadas, bordeadas de cipreses; edificios de estilo español con fachadas de estuco y techos de tejas color terracota; montañas moradas y neblinosas a la distancia. Llegamos a la avenida Gold, una carretera de doble mano que avanza pegada a las curvas de la costa, y entonces lo veo: el océano Pacífico.

Alex tenía razón. Las playas de la costa este son una porquería. Esto es… increíble.

–Qué azul es –digo, dándome cuenta de lo tonta que sueno, pero incapaz de pensar en una mejor descripción de la reluciente agua color aguamarina que se acerca a la arena. Incluso puedo olerla desde el auto. Es salada y limpia, y a diferencia de la playa que hay donde vivía antes, que apesta a iodo y metal hervido, esta no me hace desear levantar la ventanilla.

—¿Te lo dije, no? Esto es un paraíso —dice papá—. Todo va a ir mejor ahora. Te lo prometo, Mink.

Giro la cabeza hacia él y sonrío, deseando creer que podría tener razón. Y después su cabeza se sacude hacia el parabrisas y paramos en seco con un chirrido.

El cinturón de seguridad se siente como una vara de metal que me golpea en el pecho, me sacudo hacia adelante y me atajo apoyando las manos contra el tablero. Siento un breve dolor punzante en la boca y un sabor a cobre. Me doy cuenta de que el alarido agudo que sale de mí es demasiado alto y dramático; además de haberme mordido la lengua, nadie ha resultado herido, ni siquiera se ha dañado el auto.

—¿Estás bien? —pregunta papá.

Estoy más que nada avergonzada, y asiento con la cabeza antes de ver el motivo por el cual casi chocamos: dos muchachos adolescentes en el medio de la calle. Los dos parecen avisos andantes de bronceador de aceite de coco: cabello alborotado y aclarado por el sol, pantalones cortos de playa y músculos marcados. Uno de cabello oscuro; el otro, claro. Pero el rubio está enojadísimo y golpea el capó del auto con los puños.

—Fíjate por dónde vas, idiota —grita él, señalando un colorido cartel de madera pintado a mano con una fila de surfistas que marchan con sus tablas por un cruce peatonal a lo Abbey Road. La parte de arriba dice: "BIENVENIDOS A CORONADO COVE". La parte de abajo dice: "SEA AMABLE: CEDA EL PASO A LOS SURFISTAS".

Eh… claro… no. El cartel no tiene nada de oficial, e incluso si lo fuera, en la calle no hay un verdadero cruce peatonal y este tipo sin camiseta y de cabello platinado no tiene tabla. Pero de ninguna manera voy a decir eso porque: A) acabo de gritar como un ama de casa de la década de los cincuenta y B) no enfrento a la gente. Sobre todo si se trata de un chico que parece que acaba de inhalar algo preparado en un tráiler sucio.

Su amigo de cabello castaño tiene la consideración de usar una camiseta mientras cruza mal la calle. Encima, es muuuuuy atractivo (diez puntos) y está tratando de quitar de la calle al estúpido de su amigo (veinte puntos). Y mientras hace eso, veo una línea de cicatrices irregulares color rosado oscuro que van desde la manga de su camiseta gastada hasta un reloj rojo brillante que lleva en la muñeca, como si mucho tiempo atrás alguien hubiera tenido que volver a coser su brazo a lo Frankenstein; quizás esta no sea la primera vez que tiene que arrastrar a su amigo para quitarlo de la calle. Parece estar tan avergonzado como yo, que estoy aquí sentada con todos los autos tocando el claxon detrás de nosotros. Mientras él lucha con su amigo, levanta una mano hacia papá y dice:

—Perdón, amigo.

Papá hace un gesto amable con la mano y espera hasta que ambos estén fuera del camino para volver a acelerar con cuidado. *Apúrate, por el amor de las babosas*, pienso. Presiono la lengua dolorida contra la parte de atrás de los dientes, para ver dónde me la mordí. Y mientras el rubio drogado nos sigue gritando, el chico con las cicatrices en el brazo se queda mirándome, los rizos con reflejos moviéndose a un lado por el viento. Por un segundo, contengo la respiración y lo miro, y después desaparece de mi vista.

Se ve el destello de unas luces rojas y azules sobre la mano opuesta. Genial. ¿Esto se considera un accidente aquí? Parece que no, porque el patrullero nos pasa lentamente por al lado. Giro en mi asiento y veo a una mujer policía con anteojos oscuros color morado asomar su brazo por la ventanilla y hacer una advertencia a los dos muchachos.

—Surfistas —dice papá por lo bajo, como si fuera la mala palabra más obscena del mundo. Y mientras la policía y los chicos desaparecen detrás de nosotros por la arena dorada, no puedo evitar pensar que papá quizás haya exagerado sobre que esto fuera un paraíso.

# COMUNIDAD DE CINÉFILOS LUMIÈRE

@alex: ¿Estás haciendo algo?

@mink: Tarea nomás.

@alex: ¿Quieres que veamos *El gran Lebowski*? La puedes ver en streaming.

@mink: *sorprendida* ¿Quién eres y qué has hecho con Alex?

@alex: ES MUY BUENA. Es un clásico de los hermanos Cohen, y a ti te encantó *¿Dónde estás, hermano?* Vamos... será divertido. No te hagas la snob de las películas.

@mink: No soy una snob de las películas. Soy una snob de los LARGOMETRAJES.

@alex: Pero igual me sigues cayendo bien... No me dejes aquí colgado, aburrido y solo, mientras espero que juntes coraje para rogar a tus padres que te paguen el viaje a California y puedas ver *Intriga internacional* en la playa con un adorable cinéfilo como yo. Te estoy poniendo carita de "por favor".

@mink: Ay, por Dios... ¿Eso fue una indirecta?

@alex: ¿Te diste cuenta? *sonrisa* Vamos. Mírala conmigo. Esta noche tengo que trabajar hasta tarde.

@mink: ¿Miras películas en el trabajo?

@alex: Cuando no hay mucho que hacer. Pero te digo: de todas maneras trabajo mejor que mi compañero, también conocido como el cigarrillo de marihuana andante. Creo que no ha habido ni una sola vez en la que NO haya estado drogado en el trabajo.

@mink: Ay, qué cosa con ustedes los californianos y su conducta desviada. *niega con la cabeza*

@alex: ¿Vemos la película, entonces? Puedes hacer la tarea mientras tanto. Incluso te puedo ayudar. ¿Qué otras excusas tienes? Las voy a derribar de antemano: puedes lavarte el pelo durante los títulos, podemos darle play a la película después de que cenes, y si a tu novio no le gusta la idea de que veas una película con alguien online, es un idiota y deberías cortar con él cuanto antes. Bien, ¿qué te parece?

@mink: Bueno, tienes suerte, si eliges otra película. Tengo el pelo limpio, por lo general ceno a eso de las ocho y estoy soltera. No es que importe.

@alex: Eh, yo también. No es que importe...

# Capítulo 2

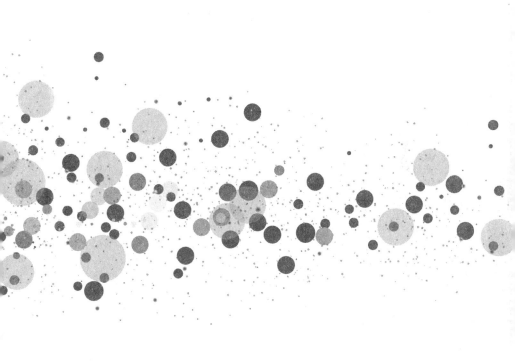

"Alejo a todo el mundo. No es nada personal".

–Anna Kendrick, *Ritmo perfecto* (2012)

Ya había visto la casa de papá cuando hablábamos por videollamada, pero fue extraño experimentarla en persona. Estaba escondida en una calle tranquila y sombreada, al lado de un bosque de secuoyas. No era una casa sino más bien una cabaña, con un hogar de piedra en la planta baja y dos habitaciones pequeñas en el piso de arriba. Antes se alquilaba a turistas, así que por suerte yo tendría baño propio.

Lo mejor de la casa era el porche cerrado que estaba en la parte de atrás; no solo tenía una hamaca, sino que además estaba construido alrededor de una secuoya que crecía en el centro y atravesaba el techo. Sin embargo, lo que estaba fuera del porche, en la entrada para autos, fue lo que me puso la piel de gallina apenas la vi: una *scooter* Vespa vintage, turquesa brillante, con asiento de *animal print*.

Una scooter.

Mía.

Yo en una scooter.

¡¿Cómo?!

El motorcito y las rueditas de banda blanca sólo podían llegar a los cuarenta kilómetros por hora, pero el resto de los componentes, de la década de 1960, habían sido restaurados por completo.

—Puedes usar este vehículo para escapar —había dicho papá, orgulloso, cuando me condujo a la parte de atrás para mostrármela por primera vez–. Sabía que necesitarías algo para ir a trabajar este verano, y puedes usarla para ir a la escuela en otoño. Ni siquiera necesitas una licencia especial.

–Es una locura –le dije. Y preciosa. Pero una locura. Me preocupaba resaltar demasiado.

–Hay cientos de estas cosas por la calle –sostuvo él–. Estaba entre esto o una camioneta, pero como no vas a tener que trasladar tablas de surf, pensé que esto sería mejor.

–Es muy del estilo del astuto truhan –reconocí.

–Puedes hacer de cuenta que eres Audrey Hepburn en *La princesa que quería vivir*.

Dios, sí que supo convencerme. He visto esa película como diez veces, y él lo sabía.

–La verdad es que me gusta el asiento retro de animal print.

Y el casco que hace juego. Así que bauticé Baby a la scooter, en homenaje a una de mis películas preferidas de todos los tiempos, *La adorable revoltosa*: una comedia disparatada de la década de 1930 protagonizada por Cary Grant y Katharine Hepburn, que interpretan una pareja despareja. Ambos terminan enredados por culpa de un leopardo que ella tiene como mascota, que se llama Baby. Una vez que decidí el nombre, me comprometí por completo. No había vuelta atrás. Era mía. Papá me enseñó a usarla –la llevé de una punta a la otra de la calle un millón de veces después de la cena– y en algún momento juntaría coraje para usarla por la ciudad, lloviera o tronara, o pasaran surfistas drogados sin mirar por dónde iban.

Papá se disculpa por tener que trabajar al día siguiente, pero no me importa. Paso el día quitando las cosas de las maletas y conduciendo la scooter entre siestas en la hamaca del porche para recuperarme del *jet lag*. Intercambio algunos mensajes con Alex, pero perdura la sensación de que lo que estoy haciendo este verano es mucho más difícil de lo que pensaba. Quizás sea más fácil cuando me acostumbre.

Después de descansar durante el día y jugar a la noche con papá a *Catan*, nuestro juego de mesa preferido, me tocará poner a prueba mi nueva independencia. Cuando decidí venir aquí, una de las cosas que me preocupaban era encontrar un trabajo de verano, pero papá lo logró moviendo algunos contactos. Eso sonaba bastante bien cuando estaba en DC, pero ahora que estoy aquí, me estoy arrepintiendo un poco de haber aceptado. De todas maneras, ya es muy tarde para echarse atrás.

"La temporada turística de verano no espera a nadie", señala papá alegremente ante mis quejas.

Papá me despierta súper temprano cuando se va a trabajar, pero yo me vuelvo a dormir sin querer. Cuando me despierto otra vez, ya es tarde, así que me visto en un santiamén y salgo corriendo por la puerta. Algo que no esperaba cuando decidí mudarme aquí es toda la neblina que hay en la costa por la mañana. Se aferra a las secuoyas como una manta de encaje gris y mantiene el aire fresco hasta la media mañana, cuando empieza a arder el sol. Sí, claro, la neblina tiene su encanto y transmite cierta tranquilidad, pero ahora que tengo que conducir una scooter por el barrio de papá, lleno de árboles, donde la neblina está baja y se trepa por las ramas como dedos, no me enloquece mucho.

Armada con un mapa y con un nudo grande como una casa en el estómago, hago frente a la neblina y salgo con Baby a la ciudad. Papá me mostró el camino cuando veníamos del aeropuerto, pero sigo repitiendo las instrucciones en la cabeza cada vez que me detengo en una señal de alto. Ni siquiera son las nueve de la mañana, así que la mayoría de las calles están despejadas, hasta que me encuentro con la temida avenida Gold. Para llegar a mi destino solo tengo que andar pocos metros por esta avenida llena de curvas y tráfico, pero tengo que pasar por al lado del paseo marítimo (rueda de la fortuna, música fuerte, minigolf), prestar atención a los turistas que cruzan la calle para ir a la playa después de desayunar como cerdos en la Casa de las Crêpes –que huele in-cre-í-ble, por cierto– y AY DIOS MÍO, ¿de dónde salieron todos estos skaters?

Justo cuando estoy a punto de que me dé un ACV por el estrés, veo los acantilados que se levantan a lo largo de la costa, al final del paseo marítimo, y un cartel: "EL PALACIO DE LA CAVERNA".

Mi trabajo de verano.

Aprieto los frenos y aminoro la marcha de Baby. Me meto en la entrada para empleados. A la derecha está la calle principal que sube por el acantilado y lleva al estacionamiento para visitantes, que hoy está vacío. "La Cueva", como se conoce entre los que viven aquí, según dice papá, está cerrada por una capacitación y por una especie de fumigación de exteriores, que puedo oler desde aquí porque apesta terriblemente. Mañana empieza la temporada turística de verano, así que hoy se hace la orientación de los nuevos empleados, entre los que estoy yo.

Papá hizo algunos trabajos de contaduría para la Cueva y conoce al gerente general. Así me consiguió el trabajo. Si no hubiera sido por eso, dudo de que mi limitado currículum los hubiera impresionado porque incluye solo un verano de niñera y varios meses de archivado de documentos judiciales que hice después de la escuela mientras vivía en Nueva Jersey.

Pero todo eso ya quedó en el pasado. Porque, a pesar de que en este momento estoy tan nerviosa que podría vomitar encima del bonito velocímetro de los 60 que tiene Baby, en realidad estoy entusiasmada, en cierto modo, de trabajar aquí. Me gustan los museos. Me gustan mucho.

Esto es lo que pude averiguar hasta ahora en Internet sobre la Cueva: Vivian y Jay Davenport se hicieron ricos durante la Primera Guerra Mundial. En ese tiempo vinieron desde San Francisco a comprar esta propiedad para hacerse escapadas a la playa y encontraron unas monedas de oro por un valor de trece millones de dólares escondidas dentro de una cueva en los acantilados. La excéntrica pareja usó esa fortuna para construir una gigantesca mansión de cien habitaciones sobre la paya, justo sobre la entrada de la cueva, y la llenaron de antigüedades exóticas, curiosidades y rarezas que coleccionaron durante sus viajes por el mundo. En las décadas de 1920 y 1930 hacían unas fiestas de locos, llenas de alcohol, e invitaban a la gente rica de San Francisco a codearse con jóvenes actrices de Hollywood. A principios de la década de 1950, todo terminó en tragedia cuando Vivian mató a Jay de un disparo y luego se suicidó. Después de que la mansión estuviera desocupada durante veinte años, sus hijos decidieron que podrían darle un mejor uso a la casa y la convirtieron en una atracción turística para el público en general.

Así que, bueno, la casa es excéntrica y rara, sin dudas, y la mitad de la presunta colección no es real, pero se supone que adentro hay algunos objetos de la edad de oro de Hollywood. Y vamos, que trabajar aquí tiene que ser mucho mejor que archivar documentos judiciales.

Una hilera de arbustos esconde el estacionamiento para empleados, ubicado detrás de una de las alas de la mansión. Me las arreglo para estacionar a Baby en un espacio que hay al lado de otra scooter sin destrozar nada –¡bien por mí!–, después abro el pie central y paso una cadena con candado por la rueda de atrás. Guardo el casco adentro del asiento, y listo.

No sabía qué ropa era la apropiada para la orientación, así que tengo puesto un vestido de tirantes vintage de la década de 1950, y encima llevo un cárdigan no muy abrigado. Parece que mis rizos a lo Lana Turner han sobrevivido el viaje, y el maquillaje sigue bien. Sin embargo, cuando veo a un par de otras personas entrando por una puerta lateral en chancletas y pantalones cortos, siento que estoy demasiado arreglada. Pero ya es tarde, así que los sigo al interior de la mansión.

El lugar parece ser un pasillo trasero con oficinas y una sala de descanso. Una mujer aburrida está sentada detrás de un atril. Las personas que seguí no se ven por ningún lado, pero hay otra chica detenida frente al atril.

–¿Nombre? –pregunta la mujer aburrida.

La chica es de contextura pequeña, más o menos de mi edad, con piel morena y pelo negro muy corto. Ella también está muy arreglada, así que me siento un poco mejor.

–Grace Achebe –responde ella con la vocecita más aguda que he oído en mi vida. Tiene un acento inglés muy marcado. Habla tan bajo, que la mujer le pide que repita el nombre, dos veces.

Finalmente la mujer marca su nombre en la lista y le da una carpeta con papeles para nuevos empleados antes de indicarle cómo ir a la sala de descanso. Cuando es mi turno, paso por lo mismo. Parece que hay unas veinte y tantas personas que ya están completando los papeles. Como no quedan mesas libres, me siento en la de Grace.

–¿Tú tampoco has trabajado aquí? –me susurra.

–No, soy nueva –respondo. Y después agrego–: Me acabo de mudar.

–Ah, tenemos la misma edad –señala ella, mirando mi legajo–. ¿Brightsea u Oakdale? ¿O una privada?

Me lleva un momento darme cuenta de qué está hablando.

–Voy a empezar en Brightsea este otoño.

–Yo voy allí –dice Grace con una gran sonrisa, señalando la línea de educación en su solicitud. Después de que pasa otro empleado nuevo por nuestro lado, ella me da más información sobre este lugar–. Todos los veranos contratan a unas veinticinco personas. He oído que es aburrido, pero fácil. Mejor que limpiar vómito de algodón de azúcar en el paseo marítimo.

Le tengo que dar la razón. Yo ya he completado la solicitud principal en Internet, pero nos han dado una guía y un montón de formularios extraños para firmar: acuerdos de confidencialidad, permiso para someterse a pruebas de detección de drogas al azar, juramentos de no usar el wi-fi del museo para ver pornografía, advertencias sobre el robo de uniformes.

Grace está tan aturdida como yo.

–¿Comercios similares? –murmura, viendo algo que tenemos que firmar, donde debemos prometer que no aceptaremos un trabajo similar en un radio de 100 kilómetros alrededor de Coronado Cove hasta tres meses después de haber terminado de trabajar aquí–. ¿Qué consideran un trabajo similar? ¿Es legal esto?

–No creo –susurro yo, pensando en Nate SRL, quien siempre estaba soltando alguna perorata sobre asuntos legales a mi mamá, como si ella no fuera también abogada.

–Bueno, bueno, esta no es mi firma legal –dice Grace con su bonito acento inglés, haciendo un garabato descuidado en el formulario mientras me mueve las cejas–. Y si no me dan suficientes horas, me voy derecho a la mansión cueva más cercana dentro de un radio de 100 kilómetros.

No era mi intención reírme tan fuerte, y todos levantan la mirada, así que enseguida corto la risa y las dos terminamos de completar los papeles. Después de entregarlos, nos dan un casillero a cada una y los chalecos más espantosos que vi en mi vida. El color es el de calabazas de Halloween en estado de putrefacción. No tenemos que usarlos para la orientación, pero sí tenemos que ponernos etiquetas con la leyenda "HOLA, MI NOMBRE ES…". Cuando todos tienen las etiquetas puestas en el pecho, nos llevan cual ganado a la sala de los empleados, atravesamos una puerta de metal (con un cartel que nos recuerda que debemos sonreír) y entramos al lobby principal.

Es enorme, y nuestras pisadas resuenan contra las paredes de piedra mientras todos estiramos el cuello para mirar a nuestro alrededor. La entrada a la cueva está en el fondo del lobby, y todas las estalagmitas y estalactitas están iluminadas con luces naranjas, lo que da un poco de miedo. Nos llevan al otro lado del gigantesco lobby pasando por un mostrador de información circular, una tienda de regalos que parece traída de la Londres de 1890, y una zona de estar, ubicada a un nivel más bajo, llena de sillones que podrían haber sido robados del set de *La tribu Brady*… todo eso, del exacto mismo color de nuestros chalecos espantosos. Detecto un tema.

–Buen día, nuevos empleados de temporada –dice un hombre de mediana edad. Él también lleva puesto un chaleco color calabaza con una corbata cubierta de logos art déco del Palacio de la Caverna. Me pregunto si será obligatoria para los empleados varones o si la compró en la tienda de regalos con el descuento para empleados–. Soy el señor Cavadini, el supervisor del museo. A todos les asignarán un supervisor de equipo, pero ellos responden a mí. Yo soy el que arma los horarios y quien aprueba sus tarjetas de registro. Así que pueden verme como la persona que más les conviene impresionar durante los próximos tres meses.

Dice esto con la emoción del director de una funeraria, y se las ingenia para fruncir el ceño todo el tiempo mientras habla, aunque es posible que eso se deba a que el pelo rubio oscuro le nace de muy abajo, como si su frente tuviera la mitad del tamaño que debería tener.

—Qué mierda —dice Grace con su vocecita, cerca de mi hombro.

Vaya. La dulce Grace dice malas palabras. Pero tiene razón. Y mientras el señor Cavadini nos empieza a explicar la historia de la Cueva y que atrae a medio millón de visitantes al año, me pongo a mirar por el lobby para ver los lugares a los que me podrían asignar: el mostrador de información, las visitas guiadas, el sector de objetos perdidos, la tienda de regalos... ¿En qué puesto tendré que lidiar con el menor número posible de visitantes descontentos? En mi solicitud, tildé las preferencias "sin tener contacto con el público" y "trabajar solo".

Hay unas mesas de café en una terraza al aire libre, en el segundo piso, y deseo con todas mis fuerzas no terminar trabajando allí. Pero por otro lado, si trabajara en la cafetería, podría mirar no solo una reproducción de tamaño real de un barco pirata suspendido del techo, sino también el esqueleto de un monstruo marino que ataca dicho barco. Eso se puede incluir en la parte "no genuina" de la colección de rarezas de los Davenport.

Un movimiento me llama la atención. Por una escalera hecha de piedra que rodea el barco pirata, descienden dos guardias de seguridad del museo, con uniformes negros genéricos. Entrecierro los ojos, sin poder creer lo que veo. ¿Qué tan pequeña es esta ciudad? Porque uno de esos guardias es el chico de pelo oscuro de ayer, el que trataba de quitar a su amigo drogado de la calle. Sí, es él, no hay dudas: el surfista divino con cicatrices a lo Frankenstein en el brazo.

Mi medidor de pánico empieza a moverse.

—Y ahora —dice el señor Cavadini—, se van a dividir en dos equipos y van a recorrer el museo con uno de nuestros guardias de seguridad. Los de este lado, por favor sigan a nuestro guardia de seguridad con más experiencia, Jerry Pangborn, que ha trabajado en el Palacio de la Caverna desde que fue abierto al público hace cuarenta años.

Señala, hacia la izquierda del grupo, a un viejo menudito y frágil que tiene las canas erizadas como si le acabara de explotar en la cara un experimento de laboratorio. Es muy amable y dulce, y a pesar de que es probable que no pueda detener a un rufián de diez años que se haya robado una golosina de la tienda de regalos, guía con entusiasmo a su equipo de reclutas hacia el lado izquierdo del lobby, a un amplio arco de entrada identificado como el "ALA DE VIVIAN".

El señor Cavadini le hace una señal al surfista para que se ponga al frente de nuestro grupo y dice:

–Y este es Porter Roth. Trabaja con nosotros desde hace un año más o menos. Es posible que algunos de ustedes conozcan a su familia –dice con un tono seco y monótono que me hace pensar que no los tiene en mucha estima–. Su abuelo fue la leyenda del surf Bill 'Pennywise' Roth.

Un breve "ah" resuena entre los presentes, y el señor Cavadini nos acalla con una mano para decirnos con gesto malhumorado que debemos encontrarnos aquí con él dentro de dos horas para que nos dé nuestras asignaciones. Un lado de mi cerebro grita: *¿Dos horas?* Y el otro lado está tratando de recordar si alguna vez he oído hablar de este Pennywise Roth. ¿Es una celebridad en serio, o es solo alguien de aquí que tuvo sus quince minutos de fama? Porque el cartel de la Casa de las Crêpes proclama que sus crêpes de almendras son famosas en todo el mundo, pero vamos.

El señor Cavadini vuelve a la sala de empleados y nos deja solos con Porter, que se toma su buen tiempo para caminar entre el grupo e inspeccionarnos a todos. Tiene unos papeles que enrolló en forma de tubo y que golpea contra la pierna mientras camina. Y ayer no me di cuenta, pero tiene un poco de barba de unos días, color castaño claro —esa barba que pretende ser de chico malo, sexy y rebelde, pero que está demasiado cuidada para ser casual. Y tiene todos esos rizos castaños y aclarados por el sol, sueltos y alborotados, que pueden quedar bien en un surfista, pero que parecen demasiado largos e irreverentes para un guardia de seguridad.

Se está acercando, y la Bailey que evade las cosas no está contenta con esta situación. Trato de estar tranquila y me escondo detrás de Grace, pero ella mide como quince centímetros menos que yo –y yo solo mido un metro sesenta y cinco–, así que al final quedo mirando por encima de su cabello corto, directamente a la cara de Porter.

Él se detiene justo en frente de nosotras y, por un momento, se lleva los papeles enrollados al ojo, como si fueran un telescopio.

—Bueno, bien —dice arrastrando las palabras, como lo hacen en California, y sonríe–. Parece que tuve suerte y me tocó el grupo más atractivo. Hola, Gracie.

—Hola, Porter —responde Grace con una sonrisa tímida.

Bueno, así que se conocen. ¿Habrá sido Porter el que le dijo que este trabajo era "aburrido pero fácil"? Ni siquiera sé por qué me preocupo. Supongo que lo que más me inquieta es que se acuerde de mí por lo que pasó ayer con el auto. Cruzo los dedos para que no haya oído ese alarido cobarde que largué.

—¿Quién tiene ganas de que le dé una visita guiada privada? —pregunta Porter.

No responde nadie.

—No hablen todos al mismo tiempo —toma una de las hojas de su tubo de papeles (veo que en la parte de arriba dice "MAPA PARA EMPLEADOS") y me lo da, mientras me mira las piernas hasta abajo. ¿Me está mirando? No sé bien qué pensar de eso. Ahora quisiera haberme puesto un pantalón.

Cuando intento tomar el mapa, él lo sostiene con fuerza y me obliga a arrancarlo de sus dedos. La esquina se rompe. *Qué infantil*, pienso. Lo miro con ojos asesinos, pero él nada más sonríe y se acerca.

–Bueno, bueno –me dice–. ¿No vas a gritar como ayer, no?

**@alex:** ¿Alguna vez te has sentido como una farsante?

**@mink:** ¿A qué te refieres?

**@alex:** Me refiero a que la gente espera que actúes de una manera en la escuela, de otra manera con tu familia, y de una manera distinta con tus amigos. Me canso muchísimo de hacer lo que espera la gente, y a veces trato de recordar quién soy en realidad, y no lo sé.

**@mink:** Me pasa eso todos los días. No sé lidiar muy bien con la gente.

**@alex:** ¿No? Me sorprende.

**@mink:** No es que sea tímida ni nada por el estilo. Es solo que... bueno, esto te va a parecer raro, pero no me gusta ser el centro de atención. Es decir, si alguien me está hablando, bla bla bla, no pasa nada hasta que me preguntan qué pienso yo, por ejemplo: "¿Qué te parecen las galletas con chispas de chocolate?". Y yo las odio.

**@alex:** ¿Las odias?

**@mink:** No le gustan a todo el mundo, sabes. (Me gustan las de azúcar, por si querías saberlo). EN FIN, si alguien me pregunta algo, y paso a ser el centro de atención, la mente se me pone en blanco y trato de interpretar la expresión de su cara para ver qué espera que responda, y digo eso. Lo cual significa que termino diciendo que me gustan las galletas con chispas de chocolate, cuando en realidad no es así. Y ahí es cuando me siento una farsante y pienso: ¿por qué hice eso?

**@alex:** YO LO HAGO SIEMPRE. Pero es peor, porque después de eso, ni siquiera sé si me gustan las galletas con chispas o no.

**@mink:** Bueno, ¿y te gustan?

**@alex:** Me encantan. Adoro todas las galletas, menos las de avena.

**@mink:** ¿Ves? Fue fácil. Si alguna vez necesitas saber quién eres en realidad, pregúntame. Yo te traeré de vuelta a la realidad. Sin presiones ni expectativas.

**@alex:** Hecho. Para ti, voy a ser 100 por ciento real, ese que odia las galletas de avena.

# Capítulo 3

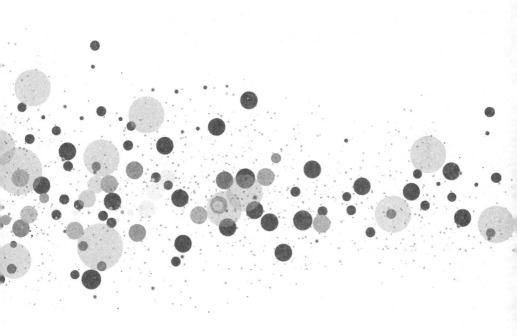

"¡No es mi culpa que estés enamorada de mí,
o algo así!".

–Lindsay Lohan, *Chicas pesadas* (2004)

Porter reparte el resto de los mapas mientras se van alejando las voces del otro grupo. Después lo seguimos, obedientes, al otro lado del lobby, atravesamos el arco identificado como el "ALA DE JAY" y cambiamos el extremo frío del lobby por el extremo calor y la humedad de la mansión.

Siento que debería estar disfrutando esta parte de la orientación, pero estoy tan nerviosa por el hecho de que Porter me haya reconocido que no estoy prestando atención a lo que hay a mi alrededor. Quiero quedarme atrás y alejarme de él, pero solo somos unas quince personas, y Grace me arrastra alegremente del brazo hacia adelante. Ahora estamos hablando justo detrás de él, tan cerca, que quizás piense que estamos adorando su trasero, que está muy bonito, para ser sincera.

–El Ala de Jay tiene cuarenta y dos salas, o sea, es la cueva más grande del mundo hecha por el hombre –explica Porter mientras se detiene en el medio de un recibidor lleno de cosas relacionadas con los trenes: señales, vías y asientos de vagones de primera clase de la era Victoriana con almohadones de terciopelo. En el fondo de la sala hay incluso una boletería vieja de Londres que parece haber sido transformada en bar.

–Nuestro querido y loco millonario amaba cazar, los juegos de apuestas, los ferrocarriles, el alcohol y los piratas –dice Porter–. Más que nada, los piratas. Pero… a quién no le gustan los piratas, ¿no?

Bueno, sí, el chico tiene cierto encanto. No soy inmune al encanto. Y mientras habla, me doy cuenta de que tiene un tono de voz áspero y grave que parece el de un actor que hace la voz en off en videojuegos: calmado pero también seguro. Dios, debe ser tan engreído.

¿Y por qué nos está haciendo esta visita guiada? Pensaba que los guardias de seguridad tenían que estar parados por ahí, esperando para gritarle a algún mocoso que esté tocando los cuadros con sus manos mugrientas.

Cuando vamos al área siguiente, me entero por qué.

–Esta es la sala de las máquinas tragamonedas –dice Porter, caminando hacia atrás. En la sala hay un laberinto de mesas, a las que la gente se puede sentar a jugar con alguna de las cien máquinas tragamonedas de mesa antiguas, todas distintas. Parece que las menos comunes están acordonadas. Porter se detiene y dice:

–A esta altura, se estarán preguntando si todas las salas llevan el nombre de lo que contienen. Y la respuesta es que sí. Los dueños del museo no son creativos, a menos que se trate de sacar provecho de los empleados, para lo que sí son sumamente creativos. Fíjense en mi trabajo, por ejemplo. ¿Para qué pagarle a un gerente de servicio al cliente para que se encargue de los problemas con los visitantes si se puede enviar al equipo de seguridad? Ya verán pronto que al indomable señor Cadáver… perdón, señor Cavadini –con eso saca algunas risas–, le gusta que todos puedan hacer cualquier trabajo, por si tienen que reemplazar a alguien. Así que no se pongan cómodos, porque es posible que ustedes también den una visita guiada a la próxima tanda de empleados nuevos dentro de un par de semanas. Les conviene memorizar el mapa que les di, y rápido.

Uf, genial. No me gusta cómo suena esto. Quizás todavía estoy a tiempo de presentarme en ese trabajo para limpiar vómitos de algodón de azúcar que mencionó Grace.

Durante más o menos media hora, Porter nos lleva volando por las salas de esta ala. Las salas tienen: momias falsas (Sala de las Momias), artículos de medicina extraños de la era Victoriana (Sala de Artículos de Medicina) y peceras de pared (Sala de Peceras). Hay incluso una colección de rarezas de atracciones de feria dentro de una gigantesca carpa de circo. Este lugar te abruma los sentidos y todo se está convirtiendo en un gran borrón, porque no tiene relación alguna con la distribución de la mansión, y está lleno de curvas, recovecos, escaleras ocultas y salas escondidas detrás de hogares a leña. Si yo estuviera visitando el museo y me sobraran unas cuantas horas, estaría encantada. Todo es un regalo para la vista. Pero sabiendo que tengo que memorizarlo todo, es un dolor de cabeza.

Al final del primer piso, el laberinto se abre para pasar a una sala enorme y oscura con un techo altísimo. Las paredes están hechas de roca falsa y un cielo nocturno hecho de estrellas de LED titila encima de búfalos y pumas disecados, una fogata falsa resplandeciente y un montón de tiendas indias, en las que se meten a explorar varios miembros de la mitad masculina de nuestro grupo, como si tuvieran cinco años. El lugar huele a pieles y cuero húmedos, así que decido esperar con Grace al lado de la fogata falsa.

Por desgracia, Porter viene con nosotras. Y antes de poder escaparme, señala la etiqueta con mi nombre.

–¿Tus padres tenían una obsesión con el licor de crema irlandesa?

–Seguramente la misma que tus padres que amaban el vino.

–Querrás decir cerveza –me dice él, entrecerrando los ojos.

–Como sea –quizás me puedo meter en la tienda con los demás.

Simulo que estoy viendo algo al otro lado de la sala, con la esperanza de que Porter no me preste atención y se vaya, una táctica evasiva de bajo nivel, pero que suele funcionar.

No funcionó esta vez. Él sigue hablando como si nada:

–Y sí, mis padres me pusieron Porter por una cerveza. Estaban entre esa y *ale*, así que…

Grace empuja el brazo de Porter, juguetona, y lo reprende con su vocecita inglesa:

–No mientas. No hicieron eso. No lo escuches, Bailey. Y no lo dejes hacer lo que hace con los nombres. Me llamó Grace "Achís" todo el primer año de la secundaria… hasta que le di una lección en la clase de gimnasia.

–Ahí fue cuando supe que albergabas un amor secreto por mí, Gracie, así que me conmoviste y decidí dejarte en paz –Porter esquiva el manotazo que intenta darle Grace y sonríe, y en cierto modo odio esa sonrisa, porque es muy linda, y preferiría que no lo fuera.

Sin embargo, Grace es inmune a su poder y nada más revolea los ojos. Después ofrece más información sobre mí:

–Bailey es nueva. Va a ir a Brightsea con nosotros el otoño que viene.

–¿Ah, sí? –dice Porter, alzando una ceja en mi dirección–. ¿De dónde eres?

Por un momento, no sé qué responder, en serio. No sé por qué, pero mi cerebro se queda trabado en esta pregunta. No sé si me está preguntando por el barrio donde vive papá. Quizás nada más debería decir Washington, DC, porque ahí es donde estaba viviendo con mamá y Nate… o incluso Nueva Jersey, donde me crie. Como no respondo de inmediato, parece que Porter no sabe qué hacer. Se queda mirándome, expectante, esperando una respuesta, y eso hace que me cueste hablar más todavía.

—Quizás seas de Manhattan —dice él, al fin, mirándome de arriba abajo—. Lo digo por cómo estás vestida, como si fueras a una fiesta de *Mad Men*. Si te vas a quedar ahí parada y dejar que yo adivine, eso es lo que imagino.

¿Me acaba de criticar? ¿Cómo iba yo a saber que tenía que venir a la orientación en pantalones cortos y chancletas? ¡Nadie me dijo!

—Eh, no. Washington, DC. ¿Y yo tengo que imaginar que tu familia es famosa aquí o algo por el estilo?

—Mi abuelo. Le hicieron una estatua en la ciudad y todo —dice Porter—. Es difícil ser una leyenda.

—Claro —murmuro, incapaz de disimular el tono filoso de mi voz.

Él me mira entrecerrando los ojos y se ríe un poco, como si no supiera cómo tomar ese comentario. Nos miramos con odio durante varios largos segundos, y de pronto me siento muy incómoda. También me arrepiento de haberle dicho esas cosas. Yo no soy así, en absoluto. No discuto con extraños. ¿Por qué este chico me crispa los nervios y me hace decir estas cosas? Es como si me provocara a propósito. Quizás lo hace con todo el mundo. Bueno, conmigo no, querido. Búscate a alguien más para molestar. Yo te voy a evadir como a nada en el mundo.

Porter empieza a preguntarme otra cosa, pero Grace lo interrumpe… gracias a Dios.

—¿Y cuál es el mejor trabajo aquí? —le pregunta—. ¿Y cómo lo consigo?

Porter lanza un resoplido y se cruza de brazos; sus cicatrices irregulares brillan bajo la luz de la falsa fogata. Quizás Grace me cuente cómo se hizo esas cicatrices; de ninguna manera le voy a preguntar a él.

—El mejor trabajo es el mío, y no lo vas a conseguir. El que le sigue es la cafetería, porque estás encima de la planta baja. El peor es la boletería. No vas a querer trabajar en esa mierda, te lo aseguro.

–¿Por qué? –pregunto yo. El instinto de preservación supera mi deseo de no querer interactuar con Porter; porque si aquí hay un trabajo que tengo que evitar, quiero saber cuál es y por qué.

Porter me echa una mirada y después mira a los chicos de nuestro grupo salir de la carpa grande, uno por uno, riéndose de algún chiste que nos perdimos.

–Pangborn dice que todos los veranos contratan más empleados de temporada de los que pueden pagar, porque saben que al menos cinco van a renunciar en las primeras dos semanas y, en general, son los que trabajan en la boletería.

–Yo creía que el mostrador de información sería peor –comenta Grace.

–No, créeme. Yo trabajé en todos los puestos. Incluso ahora, paso la mitad del día en la boletería, solucionando problemas que no tienen nada que ver con la seguridad. Es una tremenda porquería. Oye, no toques eso –le dice por encima de mi hombro a un chico que está metiendo un dedo en el hocico de un búfalo. Porter niega con la cabeza y refunfuña para sí mismo–: Ese no va a durar ni una semana.

Todos han terminado de explorar esta sala, así que abandonamos el Lejano Oeste y seguimos a Porter para recorrer el resto del ala, por un camino que nos lleva de regreso al lobby. Este está vacío, porque llegamos antes que el grupo de Pangborn. Mientras los esperamos, Porter nos conduce a todos al lado de un panel, en la pared que está cerca del sector de objetos perdidos, y lo abre. En su interior, hay una pequeña casilla donde cuelga un teléfono negro.

–Sé lo que están pensando –dice Porter–. Esto parecerá una antigüedad, pero no es parte de la colección del museo. ¡Qué sorpresa, eh! Verán, hace mucho tiempo, la gente usaba teléfonos con cables. Y a pesar de que podrán encontrar alguno que otro avance tecnológico en este museo, como las cámaras de seguridad de la década de 1990, o las impresoras de la boletería, que están más para arrojar a la basura, el sistema telefónico del museo no es uno de esos avances –Porter levanta el tubo del teléfono y señala tres botones ubicados al costado–. Pueden usar este teléfono para hacer llamadas al exterior, pero a menos que sea una emergencia, lo más probable es que los echen por eso. La única razón por la que deben usar esta magnífica antigüedad es para comunicaciones internas. Con este botón verde, que dice "SEGURIDAD", me pueden llamar si hay alguna emergencia que no pueden resolver por su cuenta. Así… –presiona el botón, y se oye un pitido de una pequeña radio que tiene en la manga–. ¿Ven? Magia. Ah… –después señala el botón rojo–. Este que dice "TODO" se oye en toooodos los altavoooooces del museeeeo –dice como si estuviera cantando cual tirolés en un cañón–. La única razón por la que deben presionar ese botón es si trabajan en información y tienen que avisar que el museo está por cerrar o se está incendiando. No lo usen.

–¿Para qué sirve ese botón amarillo? –pregunto yo. Bueno, supongo que es ridículo pensar que puedo evitar hablar con este chico sobre cosas del trabajo, ¿no? Él sabe cosas que yo necesito saber. Quizás si actúo como una profesional, él haga lo mismo.

–Buena pregunta, Baileys Irish Cream –responde él, señalándome–. Si presionas el botón amarillo sólo se oye en el lobby. ¿Ves? L-O-B-B-Y. Más que nada lo usan los del mostrador de información para llamar a los tontos que han perdido a sus hijos o esposas –Porter presiona el botón, y se oye un ruido desagradable que sale de altavoces escondidos. Sostiene el tubo frente de mí–. Vamos, di algo, genia.

Niego con la cabeza. Ni loca. No me gusta ser el centro de atención. Ahora me arrepiento de haber preguntado para qué servía el botón amarillo.

Porter trata de convencerme para que tome el tubo, con su tono de voz casual, pero sus ojos me desafían al cien por ciento, como si fuera una competencia y él quisiera ver quién se quiebra primero.

–Vamos, belleza. No te vas a poner tímida.

¿Otra vez con esos apodos malintencionados? ¿Qué le pasa? Bueno, que ni lo sueñe. Ahora es una cuestión de principios.

–No –respondo, cruzándome de brazos.

–No es más que un inocente intercomunicador –me dice, moviendo el tubo frente a mí.

Le empujo la mano. Bueno, está bien, es posible que le haya dado un manotazo. Pero me harté. Estoy enojada en serio.

Y no soy la única. La alegría se va del rostro de Porter, y me doy cuenta de que ahora está un poco enojado conmigo. No es mi jefe, así que no voy a hacerlo.

Él tuerce la boca por un momento, se acerca y me dice en tono calmo y condescendiente:

–¿Estás segura de que quieres trabajar aquí? Porque hablar con el intercomunicador es una de las cosas que debes hacer.

–Yo… –no puedo terminar la idea. Estoy enojada y avergonzada, y otra vez me quedo helada, como cuando me preguntó de dónde era. Una parte de mí quiere salir corriendo, y la otra quiere golpearlo a Porter en el estómago. Pero solo logro quedarme allí parada, como un pez moribundo, abriendo y cerrando la boca.

A Porter le lleva un total de cinco segundos perder la paciencia. Veo el momento en que su mirada se dirige al público expectante que está detrás de nosotros –el momento en que se da cuenta de que debería estar hablándoles a ellos, no a mí–, y algo parecido a la vergüenza se cruza por su rostro. O quizás lo imaginé, porque desaparece un segundo después. Porter se lleva el teléfono a la boca y dice:

—Probando —la palabra retumba por el lobby cavernoso—. Me llamo Bailey y soy de DC, donde parece que usar zapatos distintos es la última moda.

Algunos se ríen mientras me miro los pies. Qué horror, tiene razón. Tengo puestos unos zapatos bajos del mismo estilo: uno negro, el otro azul marino. Tengo tres pares de colores distintos, y como son pequeños y cómodos, puse un par en mi maleta de mano. Esta mañana estaba tan apresurada planchando mi vestido, que me los puse sin mirar antes de salir de la casa.

¿QUÉ ME PASA?

Y para peor, ahora me doy cuenta de que Porter nunca me estuvo viendo las piernas: me miraba los zapatos.

Las mejillas se me incendian. Quiero derretirme y salir cual charco de agua deslizándome por debajo de la fea alfombra naranja. No lo puedo mirar en este momento, menos todavía pensar en una respuesta ingeniosa. Mi mente ha activado el piloto automático y se ha puesto en blanco, y solo soy consciente del sonido de mi propio pulso palpitando en los oídos. Estoy tan aturdida que lo único que logro sentir es un minúsculo alivio cuando aparece Pangborn e intercambia grupos con Porter para recorrer la otra ala.

Lo mejor que me puede pasar es no ver a ese chico nunca más, lo juro. Y si queda algo de justicia en esta vida, me tocará trabajar en un puesto que quede a años luz de distancia de él. Estoy dispuesta a hacer cualquier cosa: limpiar baños, sacar la basura, incluso dar anuncios por ese estúpido teléfono. Siempre y cuando no tenga casi nada de contacto con el bendito Porter Roth, lo voy a hacer con alegría, porque uno de los requisitos de su trabajo parece ser "reírse a costa de Bailey". Si así van a ser las cosas por aquí, prefiero subirme a un avión y volver a casa con mamá y Nate.

Pienso en Alex y en lo mucho mejor que me sentiría si pudiera volver a casa y contarle todo esto. Él me entendería. Y también necesito descargarme con alguien porque, vamos, ¿se puede poner peor este día?

Cuando termina la visita guiada y el señor Cavadini nos da los horarios, veo que la respuesta a esa pregunta es: sí, sí, sí, se puede poner mucho peor.

Me quedo mirando mi horario sin poder creerlo. Me asignaron un puesto en la boletería.

# Comunidad de Cinéfilos Lumière

**@mink:** Hoy empecé en mi trabajo de verano. Fue horrible. Lo odio más que el falso acento inglés de Dick Van Dyke en *Mary Poppins*.

> **@alex:** EPA. ¡Sí que lo odias! ¿Sigues trabajando con tu mamá como el verano pasado? ¿O no debería preguntarte? ¿Es uno de los temas de la Zona Prohibida? Estoy revisando la lista en mi cabeza y no lo veo.

**@mink:** No trabajo con mi mamá. (Está en la lista, pero te lo perdono por esta vez. La lista es bastante larga, a decir verdad).

> **@alex:** La puedes acortar cuando quieras. Si me pides mi e-mail, te lo daré sin chistar. ¡O incluso mi verdadero nombre! :O

**@mink:** o.O

> **@alex:** Bueno, está bien. Cuéntame qué pasó en este día tan pero tan terrible. ¿Tu jefe es una porquería?

**@mink:** Eh, no sé, es muy pronto todavía. Me clavaron con el peor puesto y uno de mis compañeros de trabajo es un idiota descomunal. Me va a hacer la vida imposible. Ya lo sé.

@alex: Hazle la vida imposible a él. ¡Eres Mink! ¡Que te oigan rugir!

@mink: *tose* Eh... *maullido quebrado*

@alex: Vamos, con la frente en alto. Vas a vencer a ese fracasado. Los chicos son tontos.

@mink: Gran verdad. ¿Y qué tal tu día?

@alex: Bastante bien. Ahora que empezó el verano, volví a la rutina de trabajo a tiempo completo, en dos lugares distintos. Por lo general, me tocan todos los compañeros imbéciles en mi trabajo principal, pero quizás fueron para tu lado. Además, todavía tengo la esperanza de que mi genial amiga Mink junte coraje para venir a ver a su papá este verano y venga a ver *Intriga Internacional* conmigo en el festival de cine. ¿Cómo puedes resistirte a Hitchcock? (Y te consideras una snob de los largometrajes. ¡Pruébalo!)

# Capítulo 4

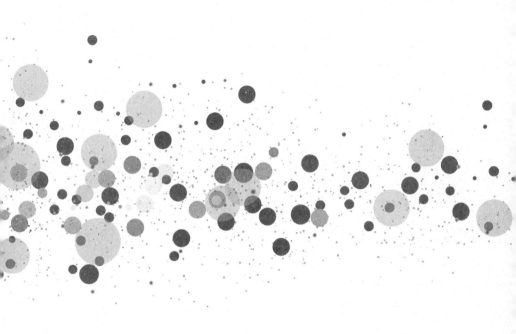

"¿Qué pasó con la caballerosidad?
¿Acaso solo existe en las películas de los 80?".

–Emma Stone, *Se dice de mí* (2010)

El resto de mi capacitación es un gran borrón. Ni siquiera sé cómo logro volver a la casa de papá. Lo único que sé es que para cuando Pete Rydell vuelve de trabajar, yo ya estoy armada con una lista de razones que he memorizado para decirle con calma y serenidad por qué no puedo trabajar en la Cueva ... aunque enseguida todo se degenera y termino rogándole sin más que *por-favor-por-favor* me deje renunciar. Pero él no quiere saber nada con eso. Ni siquiera cuando le prometo conseguir un trabajo en la Casa de las Crêpes y traer a casa crêpes gratis todos los días por el resto de nuestra vida.

–Mink, es una boletería nada más –dice él, pasmado ante el hecho de que me indigne tanto tomar dinero de gente extraña. Y, cuando intento justificar el profundo desagrado que siento por Porter, una de sus cejas se levanta tanto por sus crecientes sospechas que podría inflar un globo aerostático. Me pregunta–: ¿El chico que casi atropellamos en el cruce peatonal?

–Claro, ¿ves? –él recuerda a su amigo drogado. Empieza a ver la luz.

Pero no, no la ve. Ahora oigo cosas sobre lo mucho que le costó mover sus contactos para conseguir este trabajo, lo mal que se vería si yo renunciara tan pronto y lo mucho que cuesta vivir aquí, en especial con el sueldo de un padre soltero –que no es el de un abogado, como el de mamá– y que a él le gustaría que yo ayude a pagar el seguro de la Vespa y la cuenta del teléfono celular.

–Esto te va a hacer bien –me dice con voz más suave, dándome un apretón en los hombros. Todavía lleva la camisa de manga larga y la corbata de contador, en lugar de una de sus camisetas de fanático de la ciencia ficción de la década de los ochenta, así que en este momento se parece más a un adulto responsable. No recuerdo que alguna vez haya tenido una actitud tan decidida y firme. Es extraño y no sé bien qué pensar. Me emociona un poco–. Sé que no me crees en este momento, pero ya lo harás. A veces tienes que soportar cosas dolorosas para darte cuenta de que eres mucho más fuerte de lo que crees.

Uf. Cuánta seriedad. Sé que habla de lo que pasó cuando se divorció, y eso me incomoda. Suelto un largo y profundo suspiro de derrota y me escapo de sus dulces manos paternales con un movimiento suave, sintiéndome aliviada de inmediato.

Una vez que me detengo a pensar las cosas de un modo más racional, entiendo qué me quiere decir… en teoría. Si la razón de que me quede en la Cueva es que debo ganar mi propio dinero y mostrarle que puedo ser responsable, lo tendré que soportar. Tendré que ver cómo puedo evitar a Porter Roth lo más posible.

Seré de evadir las cosas, pero supongo que no soy de las que abandona. Es un trabajo de verano nada más, ¿verdad? Eso me digo a mí misma.

Además, tengo otras cosas en qué pensar.

A la mañana siguiente, abro un mapa de Coronado Cove apenas se deja de oír el auto de papá a la distancia. Es hora de investigar un poco.

En la Cueva tengo que empezar a trabajar mañana, así que al menos tengo un día de respiro antes de que me obliguen a cumplir mi condena. Le había enviado un mensaje a Alex, pero no responde enseguida. ¿Será porque está en su trabajo de día? En época de clases, solo trabaja después de la escuela, y de vez en cuando, los fines de semana. Pero ahora que es verano, me dijo que trabaja casi todas las mañanas y que después tiene otro trabajo.

Se me retuerce el estómago de solo pensarlo.

Esto es lo que sé sobre el trabajo de día de Alex: sé que es una empresa familiar, y que él odia trabajar allí. Sé que está en la playa, porque ha dicho que puede ver las olas por la ventana. También sé que hay un mostrador, así que es obvio que venden algo. Una tienda en el paseo marítimo. Eso reduce las posibilidades a... no sé... ¿varios cientos de tiendas? Pero hay dos detalles que podrían ayudarme a ubicarlo y que me habían parecido irrelevantes cuando él los mencionó en su momento. Primero: se queja de que el aroma a canela le hace tener hambre todo el tiempo porque cerca hay un carrito que vende churros. Segundo: le da comida a un gato de la playa que se asolea fuera de la tienda y responde al nombre de Sam.

No es mucho, pero por algo se empieza.

Después de estudiar el mapa, me ajusto el casco y tomo la avenida Gold en dirección al extremo norte del paseo marítimo, al otro lado del Palacio de la Caverna, más o menos a un kilómetro y medio. Los rayos del sol atraviesan la niebla matinal, el aire huele a crêpes y mar. La playa ya está atestada de gente: los que viven aquí, los turistas, los raros y los *geeks*. Llenan el paseo como si fueran hormigas en un picnic. El agua está muy fría para nadar, pero eso no evita que la gente se eche en la arena con lonetas y toallas. Todos están listos para adorar al sol.

Nunca me ha gustado la playa, pero mientras busco un lugar para estacionar cerca del extremo norte del paseo marítimo y me unto las piernas y brazos carentes de vitamina D con un protector solar mega ultra delicado, creado para los bebés, los débiles y los ancianos, siento un poquito menos de odio hacia la multitud de bikinis que rebotan y pantalones cortos de playa con estampados tropicales que pasan a los empujones por mi lado, riendo y cantando mientras se dirigen a la arena. Aquí no tengo que impresionar a nadie en absoluto. No tengo que preocuparme por cruzarme con alguien por accidente. Venir a la costa oeste es mi segunda oportunidad. Borrón y cuenta nueva.

Esa fue una de las razones por las que me quería mudar aquí. No fue solo porque extrañaba a papá o por las peleas entre mamá y Nate SRL o siquiera por la posibilidad de conocer a Alex. Curiosamente, el hecho de no saber mucho sobre Alex, y viceversa, fue uno de mis principales incentivos para mudarme.

Mamá se especializa en casos de divorcios. (Irónico, sí). Hace cuatro años, cuando yo tenía catorce, mamá tomó un caso que terminó dándole a la esposa la custodia completa de la hija de la pareja, una niña de más o menos mi edad. Resultó ser que a Greg Grumbacher, el esposo abandonado, le faltaba un tornillo. Empeñado en cobrarse venganza con mi madre, encontró nuestra dirección en Internet. Esto pasó cuando mis papás seguían juntos. Hubo… un incidente.

Lo mandaron a la cárcel por mucho tiempo.

En fin. Es un alivio que ahora haya un país entero entre el querido Greg y yo.

Así que por eso es que mi familia no tiene nada público en Internet. Nada de nombres verdaderos. Nada de fotos. Nada de dónde estudiamos ni dónde trabajamos. Nada de estados despreocupados con geolocalización ni posteos con marcas temporales que digan cosas como: "¡Ay por Dios, Stacey! Estoy sentada en mi casa de té preferida en la avenida 9 y hay una chica que tiene puesto un vestido precioso". Porque así es como la gente retorcida logra ubicarte y dañarte a ti y a tus seres queridos.

Trato de no ser paranoica y no dejar que eso me arruine la vida. Además, no todos los que quieren ubicar a alguien son psicópatas. Veamos, por ejemplo, lo que estoy haciendo yo ahora, que estoy buscando a Alex. Yo no soy como Greg Grumbacher. La diferencia está en la intención. La diferencia está en que Greg nos quería lastimar, y yo lo único que quiero es asegurarme de que Alex sea, de verdad, un ser humano de mi edad, en lo posible del género masculino, y no algún desgraciado que quiere quitarme los ojos para usarlos en experimentos de laboratorio extraños y malvados. Eso no es acosar, es investigar. En realidad, es para protegernos, a Alex y a mí. Si estamos destinados a estar juntos, y él es quien imagino que es, entonces todo va a salir bien. Él va a ser una maravilla, y para cuando termine el verano, vamos a estar locamente enamorados, mirando *Intriga internacional* en el festival de cine en la playa, y no le voy a quitar las manos de encima (en mi tiempo libre me la paso imaginando que le hago eso a su cuerpo virtual, qué chico suertudo).

Sin embargo, ¿qué pasa si en mi investigación encuentro datos negativos y parece que hay más chances de que esta relación fracase? Entonces voy a desaparecer entre las sombras, y nadie saldrá lastimado.

¿Ven? Nos estoy cuidando a los dos.

Aflojo los hombros, me calzo un par de gafas de sol y me pongo detrás de un grupito de chicas que tienen pinta de venir a pasar el día entero en la playa. Me escudo detrás de ellas hasta que llegamos al paseo marítimo, donde las chicas se van derecho a la playa, y yo voy hacia la izquierda.

El paseo marítimo mide menos de un kilómetro. Hay un paseo entablado en el centro que desemboca en un ancho muelle peatonal, con una rueda de la fortuna en la base y coronado por un cable por el que suben parejas en telesillas hasta los acantilados. Todo eso rodeado de juegos, montañas rusas que dan vueltas, hoteles, restaurantes y bares. Es mitad ambiente relajado de California, skaters, arte en la acera, tiendas de cómics, té orgánico, gaviotas; y mitad música fea de la década de los ochenta que brota a todo volumen de altavoces de sonido metálico, atracciones de feria que son una basura, campanas que tintinean, niños que lloran, tiendas que venden camisetas baratas, cestos de basura que rebosan.

Más allá de lo que piense de este lugar, sospecho que no va a ser fácil encontrar a Alex. Las sospechas se confirman cada vez más cuando giro para alejarme de la zona central y entro a un tramo con tiendas cerca del paseo entablado (¿quizás aquí?) y me doy cuenta de que el aroma que me ha estado volviendo loca desde ayer no viene de la Casa de las Crêpes, sino que es de masa frita. Eso se debe a que hay un carro de churros oficial del paseo marítimo de Coronado Cove cada seis o nueve metros a lo largo del paseo entablado. Estos churros son como los mexicanos: varas de masa largas que se fríen y se espolvorean con azúcar y canela o, como indica el cartel, con azúcar con sabor a frutilla. Tienen un aroma celestial. Nunca he comido un churro de verdad, pero después de atravesar medio paseo, decido que tengo que renunciar a todo: a buscar a Alex, a buscar otro trabajo, a buscar el sentido de la vida. Solo quiero esa masa frita y dulce.

Desembolso un poco de efectivo y apoyo mi trasero en una banca bajo la sombra. Es todo lo que esperaba y más. ¿Dónde has estado todo este tiempo? Me hace sentir mejor sobre mi mañana fallida. Mientras me chupo el azúcar con canela de los dedos, descubro un gato atigrado color naranja, gordo, que se asolea en la acera, cerca de la banca.

No. ¿Será?

Miro al otro lado del paseo entablado. Veo una tienda de ropa vintage, otra de artículos para surfistas –Tablas Penny, que quizás lleva el nombre del bendito abuelo de Porter, o quizás no–, una despensa de marihuana medicinal y una especie de cafetería.

El gato se estira. Me bajo las gafas. Nuestros ojos se encuentran. ¿Estoy viendo al gato callejero de Alex?

–Hola, gatito –lo llamo con voz suave–. ¿Sam? ¿Por casualidad te llamas así? ¿Chiquito lindo?

Su mirada indiferente no registra mi voz. Por un momento, me pregunto si acaba de morir, después gira a un lado, ignorándome por completo con ese aplomo altanero de los felinos.

–¿Ese fue tu almuerzo? –pregunta una vocecita con acento inglés.

Me sobresalto. Giro la cabeza y encuentro un rostro amigable y conocido que me está mirando. Grace, del trabajo. Lleva puestos unos pantalones cortos y una camiseta de tirantes blanca con la palabra "NO" en estrás dorado.

–Fue lo más delicioso que he comido en la vida –le respondo. Cuando me mira entrecerrando los ojos, le explico–: Soy de Nueva Jersey. Lo único que hay en la playa son unas aburridas tortas de masa frita.

–Pensé que eras de DC.

–Es una larga historia –digo, haciendo un gesto desdeñoso–. Viví en DC unos meses, nada más. Allí es donde están mi mamá y su esposo. Mi papá estudió en una universidad en California, en Cal Poly, y volvió a la costa oeste hace un año. Hace unos meses, decidí mudarme con él y, bueno, aquí estoy.

–Mi papá es técnico de laboratorio. Es de Nigeria –me cuenta Grace–. Yo nunca fui allí, pero él se fue de Nigeria y conoció a mi mamá en Londres. Nos mudamos aquí cuando yo tenía diez… así que ¿hace siete años? A decir verdad, salvo por ir a Inglaterra para Navidad, he salido del estado una vez sola… fui a Nevada, que está al lado.

–Eh… no te estás perdiendo de mucho –digo en broma.

Ella me estudia un momento, mientras acomoda el bolso más arriba en el hombro, y me dice:

–¿Sabes qué? La verdad es que no tienes acento de Nueva Jersey, pero sí suenas a que eres de la costa este.

–Bueno, tú no tienes acento californiano, pero sí suenas como una Tinker Bell inglesa.

Grace esboza una sonrisita mezclada con un resoplido.

–En fin –digo sonriendo–, este fue mi primer churro, y no será el último. Estoy pensando en renunciar al museo y poner mi propio carro de churros. Así que si mañana no me ves en la boletería, dale mis saludos al señor Cavadini.

–Ni se te ocurra –chilla Grace con una verdadera expresión de pánico–. No me dejes sola en la boletería. Prométeme que vas a ir. Porter dijo que ya renunciaron tres personas. Somos las únicas dos personas que trabajan mañana por la tarde.

De pronto, el churro empezó a caerme mal.

–Tú y Porter sí que son amiguitos –no fue mi intención sonar tan rezongona, pero no puedo evitarlo.

–Somos amigos desde hace años –dice ella encogiendo los hombros–. No es tan malo. No deja de molestarte hasta que se la devuelves. Solo trata de ver cuál es tu límite. Además, ha pasado por muchas cosas, así que supongo que le perdono algunas.

–¿Muchas cosas como qué? ¿Su famosísimo abuelo ganó demasiados trofeos de surf? Debe ser difícil, sin duda, ver estatuas de tus parientes por la ciudad.

Grace se queda mirándome un momento. Me pregunta:

−¿No sabes lo que pasó?

Me quedo mirándola. Obviamente, no lo sé.

−¿Qué?

−¿No sabes nada de su familia? −pregunta Grace, incrédula.

Ahora me siento bastante tonta por no haberme molestado en buscar a la familia de Porter en Internet cuando llegué anoche a casa. La verdad es que estaba tan enojada con él que no me importó. Sigue sin importarme, de hecho.

−No me interesan mucho los deportes −digo excusándome, pero para ser honesta, ni siquiera sé si el surf se considera un deporte, un pasatiempo o un arte. La gente se sube a tablas y monta olas, pero ¿es un deporte Olímpico o qué? No tengo idea.

−Su padre también era surfista profesional −me cuenta Grace, quien aún parece sorprendida de que yo no sepa esto−. El abuelo murió, y después su padre tuvo… Fue todo bastante terrible. ¿No has notado las cicatrices de Porter?

Empiezo a explicarle que las había notado, pero que estaba muy ocupada mientras me humillaban en frente de mis compañeros de trabajo, pero Grace se distrae con algo. Alguien la llama desde una de las tiendas.

−Me tengo que ir −interrumpe con su vocecita−. Ve mañana, por favor.

−Voy a ir −prometo. No tengo mucha opción.

−Por cierto −dice ella, dándose vuelta y señalando el gato atigrado con sonrisa maliciosa−. Ese gato no te responde porque es una gata.

Se me cae el alma a los pies. Gato equivocado.

Bueno, el verano recién empieza, y yo tengo mucha paciencia. Así tenga que comer churros de todos y cada uno de los carros del paseo marítimo, llueva o truene, voy a encontrar a Alex antes de *Intriga internacional*.

# Comunidad de Cinéfilos Lumière

@mink: ¿A que no sabes qué me llegó hoy con el correo? Una copia nueva de *Pecadora equivocada*.

> @alex: ¡Qué bueno! Me encanta esa película. Deberíamos verla juntos alguna vez si puedo conseguir una copia.

@mink: Sí, claro. ¡Es una de mis películas preferidas de Cary Grant y Katharine Hepburn!

> @alex: Bueno, para seguir con las buenas noticias, como sé que te encantan las películas de gánsteres [inserte sarcasmo aquí], te acabo de mandar una pila de imágenes de *El padrino* con leyendas Alexificadas para cambiártelas un poco.

@mink: Las estoy viendo. ¿Te crees muy gracioso, no?

> @alex: Solo si tú crees lo mismo.

@mink: Hiciste que se me subiera el jugo de naranja a la nariz.

> @alex: Eso es lo que siempre quise, Mink.

@mink: Tus sueños pueden estar más cerca de la realidad de lo que te imaginas...

# Capítulo 5

"¡Aquí no va a encontrar nada barato!".

–Lana Turner, *El cartero llama dos veces* (1946)

Mi primer día de trabajo real en la Cueva empieza al día siguiente, al mediodía, y cuando veo el estacionamiento repleto, casi doy la vuelta con la Vespa y vuelvo a la casa de papá. Pero Grace me ve antes de que pueda escapar. Está esperando en la puerta para empleados, sacudiendo los brazos, y ahora no me queda más que marchar hacia mi perdición. Registramos nuestra llegada, metemos nuestras cosas en los casilleros que nos asignaron y nos ponemos los chalecos naranjas.

Llegó el momento de la verdad.

El señor Cavadini, con su cabello rubio que termina en punta sobre la frente cual vampiro, nos saluda en la sala de descanso, tablilla en mano.

–¿Sus nombres?

–Bailey Rydell –respondo. Ha pasado un día y ya se ha olvidado.

–Grace Achebe.

–¿Cómo? –pregunta él, acercándose para poder oírla.

La irritación en los ojos de Grace es suprema.

–A-CHE-BE –dice ella, sílaba por sílaba.

–Sí, sí –murmura él, como si ya lo supiera. Nos entrega unas placas de identificación. La etiqueta con mi nombre de pila está torcida. Parece un mal presagio–. Muy bien, señoritas. Su supervisora de turno es Carol. En este momento está ocupada con un problema en la cafetería.

El turno de la mañana en la boletería termina en tres minutos, así que nos tenemos que apresurar. ¿Están listas para ir a hacer magia?

Grace y yo nos quedamos mirándolo.

–Genial –dice sin emoción alguna y nos insiste para que atravesemos la puerta y pasemos al pasillo de empleados–. Por lo general, lo primero que deben hacer es ir a seguridad –señala hacia el otro lado del pasillo– para contar el contenido de una caja de dinero nueva, como les mostramos en la capacitación, pero hoy no hay tiempo. Tendrán que confiar en que la supervisora de turno no haya robado nada ni haya contado mal, porque eso se descuenta del salario de ustedes...

Me quedo helada. Grace es la primera en hablar.

–Momento. ¿Cómo es eso?

–Vamos, vengan –dice el señor Cavadini, empujándome hacia delante–. Dos minutos. Muévanse. Un guardia de seguridad las espera en la boletería para ayudarlas a instalarse y responder sus preguntas. Si duran una semana, quizás les demos una llave de la cabina. De lo contrario, tendrán que golpear la puerta para que las dejen entrar, porque se cierra automáticamente. Suerte y no olviden sonreír.

Con esas palabras, nos guía hasta el lobby y enseguida nos abandona.

El museo estaba vacío el día de la orientación. Ahora no. Se oyen cientos de voces que rebotan contra las paredes de roca de la caverna, mientras los visitantes avanzan por el inmenso lugar, dirigiéndose a las dos alas. La cafetería de arriba está repleta. Hay gente que come sándwiches en las escaleras de piedra, otros que hablan por teléfono celular debajo del barco pirata flotante. Mucha, mucha gente.

Pero la única persona a la que presto atención está parada al lado de las cabinas de la boletería.

Porter Roth. Precioso cuerpo. Cabeza llena de rizos alborotados. Sonrisa engreída.

Mi archienemigo.

Sus ojos se encuentran con los míos. Después él baja la mirada a mis pies. Se está fijando si mis zapatos hacen juego. A pesar de que sé que son iguales, los reviso otra vez, y después me los quiero quitar y estrellarlos en esa cabezota que tiene.

Pero él no emite una palabra sobre el tema. Solo dice:

—Señoritas —y asiente con la cabeza cuando nos acercamos. Quizás esto no sea tan feo como la última vez. Haciendo equilibrio con dos cajas de dinero en una mano, Porter da cuatro rápidos golpes contra la puerta trasera de la cabina antes de girar hacia nosotras—. ¿Listas para vivir la emoción de tener mucho efectivo en sus manos?

Se abre la puerta de la cabina. Por un momento eterno, Grace y yo nos quedamos esperando mientras Porter entra en la cabina, cambia las cajas de dinero, y dos empleados nuevos salen con los ojos bien abiertos, quitándose el sudor como si hubieran estado en el mismísimo infierno y visto cosas depravadas e indescriptibles que los han dejado marcados de por vida.

Ahora me estoy poniendo nerviosa en serio.

Porter está enojado. Está diciendo una obscenidad en el "cosito" de la radio que tiene en la manga, y por un segundo, me pregunto si estará regañando al señor Cavadini, pero después se ve una mata de pelo canoso que avanza a los saltos por el lobby, y aparece el otro guardia de seguridad, el señor Pangborn. Parece estar hecho polvo, y demasiado cansado para hacer este trabajo.

—Perdón, perdón —dice, jadeando intensamente.

Porter suelta un largo suspiro y niega con la cabeza, menos enojado ahora, pero más harto.

–Acompáñalos a entregar el efectivo y vigílalos mientras cuentan el dinero de sus cajas hasta que Carol baje de la cafetería –gira hacia nosotras y, con un silbido señala la cabina con el pulgar. Nos dice–: Ustedes dos, adentro.

–Carajo –murmura Grace–. ¡No me acuerdo de cómo se usa el programa para emitir los boletos!

–Lo vas a hacer con los ojos cerrados, Gracie –él la reconforta. Por un segundo, casi parece amable, no parece el chico que me humilló en frente de todos los demás empleados. Un espejismo, me digo a mí misma.

La cabina es pequeña. Muy pequeña. Y huele mal. Muy mal. Hay dos sillas giratorias, un mostrador que sostiene la pantalla de la computadora y un estante debajo, donde se imprimen los boletos en unas impresoras viejísimas. La puerta trasera está a nuestras espaldas, en el centro, y casi no queda espacio para que una tercera persona –mucho menos Porter– esté parado detrás de nosotras dándonos instrucciones. En frente, solo tenemos un panel de acrílico cubierto de marcas de dedos que nos separa de una hilera de personas que da vueltas entre postes separadores. Mucha gente. No están contentos con la demora.

Veo que los labios del tipo que está parado en frente de mí dicen "cuatro", y el hombre tiene cuatro dedos levantados mientras dice algo feo sobre que soy una idiota. El carro de churros cada vez se ve mejor.

–Los verdes son para encender, los rojos son para apagar –dice la voz de Porter cerca de mi cara, demasiado cerca. Un escalofrío involuntario me recorre el brazo, donde su cabello alborotado me roza el hombro. Huele a mar; me pregunto si habrá surfeado hoy. Me pregunto por qué me importa eso. Su mano me rodea el cuerpo y se estira para golpetear el mostrador, lo que me sobresalta.

–Claro, sí –digo.

En silencio, bajo la mirada hacia los controles del intercomunicador: uno dice "EXTERNO" (para oír a los clientes) y el otro, "INTERNO" (para que ellos me puedan oír a mí). Verde. Rojo. Entendido.

–Te conviene mantener encendido el micrófono externo todo el tiempo, pero si quieres mantener la cordura, solo enciende el micrófono interno cuando lo necesites. Deja los dedos en los botones –me aconseja él.

Nos explicaron eso en la capacitación. Ahora lo recuerdo. Grace se está poniendo como loca, así que Porter va con ella. El imbécil que tengo en frente de mí está apretando cuatro dedos impacientes contra el acrílico. No puedo esperar más. Presiono los dos botones verdes y sonrío.

–Bienvenido al Palacio de la Caverna. ¿Cuatro boletos de adultos?

La computadora se encarga de todo. Tomo la tarjeta de crédito del hombre, los boletos se imprimen, el señor Imbécil pasa por la barrera de acceso con su familia de imbéciles. El siguiente. Este es en efectivo. Me pongo un poco torpe con el cambio, pero no lo hago tan mal. Y así.

En un momento, Porter sale de la cabina y quedamos solas, pero está bien. Nos podemos arreglar.

Me acordaba de que en el lobby de la Cueva hacía mucho frío durante la orientación, así que me puse otro cárdigan. Después de atender a diez clientes, me doy cuenta de por qué llaman a la boletería el Sauna. No tiene aire acondicionado. Estamos atrapadas en una caja que tiene acrílico de la cintura para arriba, con el sol que nos da en la cara y nos ilumina como si fuéramos orquídeas dentro de un bendito invernadero.

Me quito el cárdigan por los agujeros para las mangas del chaleco, pero a cada rato tengo que darme vuelta para dejar entrar a alguien: Carol, la supervisora, el tipo del mostrador de información que nos pide que volvamos a tomar la fotografía del pase de temporada de un cliente porque dice que es "horrible", el querido señor Pangborn que nos trae cambio para todos los que les gusta gastar a lo grande y pagan con billetes de cien dólares. Cada vez que giro para abrir la puerta de la cabina: A) me reviento las rodillas contra la caja de dinero de metal y B) una ráfaga de aire helado de la cueva me recorre la piel sudorosa.

Después la puerta se cierra, y el Sauna se vuelve a calentar.

Es una tortura. Esto tiene que ser lo que hacen los militares para quebrar a los soldados enemigos cuando necesitan que les den información. ¿Dónde están los Convenios de Ginebra cuando una los necesita?

Se pone peor cuando tenemos que empezar a hacer malabares con otras cosas, como señalar dónde están los baños y lidiar con quejas por los precios de los boletos que suben todos los años. ¿Hay cosas que dan miedo en este museo? ¿Cómo puede ser que los de cincuenta años no tengan descuento para mayores? El viento me acaba de volar el boleto; dame otro.

Es un circo. Apenas exagero. Con razón la gente renuncia en el primer día.

Pero no nosotras. Grace y yo podemos. Somos unas campeonas, golpeando puños entre nosotras por debajo del mostrador. Manejo el trabajo como mejor puedo: evito tener contacto visual, me hago la tonta, me encojo de hombros, esquivo las preguntas difíciles, o mando a los clientes al mostrador de información o a la tienda de regalos.

Si no perdemos todos nuestros fluidos corporales de tanto transpirar, lo vamos a lograr.

Un par de horas después de haber empezado, las cosas se calman bastante, es decir, no hay nadie más en la fila.

–¿Los ahuyentamos a todos? –pregunta Grace, quitándose el sudor de la nuca.

–¿Ya está? –digo yo, mirando por encima del intercomunicador para ver los postes separadores–. ¿Nos podemos ir a casa?

–Le estoy pidiendo a alguien que nos traiga agua. Dijeron que podíamos hacer eso. Hace mucho calor. Al carajo –Grace usa el teléfono para llamar a Carol, y ella dice que va a mandar a alguien. Esperamos.

Unos minutos después, oigo cuatro golpecitos rápidos sobre la puerta, la abro y me encuentro con Porter. Es la primera vez que lo veo desde que empezó nuestra condena. Nos da unas botellas de agua de plástico que tomó de la cafetería y esboza esa sonrisa lenta y relajada que es demasiado sexy para un chico de nuestra edad, y eso me pone nerviosa otra vez.

–Las dos tienen ese lindo brillo del Sauna. A ustedes les queda mejor que a la pareja anterior. Por cierto, uno de ellos… –Porter desliza un pulgar por su garganta, indicando que el chico renunció y no que se mató, espero.

–¿Otro? –murmura Grace.

Él se apoya contra la puerta, un pie levantado, y mira su teléfono. El pie apoyado contra la puerta hace que su rodilla quede en mi espacio, a solo unos centímetros de la mía. Es como si estuviera invadiendo mi lugar a propósito.

–Este trabajo filtra a los débiles, Gracie. Tendrían que poner fotos de ellos en el falso cielo estrellado que está sobre las tiendas del Ala de Jay.

–¿Qué hora es?

Porter consulta un reloj rojo grande que lleva en la muñeca, con una pantalla digital extraña, y nos dice la hora. Como me quedo mirándolo, él se da cuenta y explica:

–Reloj de surf. Dirección del oleaje, altura de las olas, temperatura del agua. Resistente al agua por completo, no como este teléfono de porquería, que ya tuve que reemplazar dos veces este año.

En realidad, tenía los ojos puestos en sus cicatrices de Frankenstein, recordando que Grace había empezado a contarme algo trágico sobre su familia ayer en el paseo marítimo, pero me alivia que él haya pensado que estaba mirando el reloj.

—¿Y cómo llegaste a ser guardia de seguridad? —pregunto, abriendo la botella de agua.

Porter deja de mirar la pantalla un momento y me guiña el ojo. En serio, lo guiña. ¿Quién hace eso?

—Cumplir dieciocho te abre todo tipo de puertas. Puedes votar, practicar actos sexuales legales de lo más variados con la persona que elijas y que haya dado su consentimiento y, lo mejor de todo, puedes trabajar a tiempo completo como guardia de seguridad en el Palacio de la Caverna.

—Yo quiero hacer una sola de todas esas cosas, y no necesito el permiso de ninguna ley —dice Grace con dulzura desde el otro lado de la cabina.

Yo no miro a Porter. Si está tratando de hacerme sentir incómoda con todo eso de los "actos sexuales de lo más variados", que se felicite porque lo está logrando. Pero no me va a ver transpirar. Excepto por el hecho de que he estado sudando desde hace dos horas en el Sauna.

—¿Taran se fue del país por una semana y tú ya me estás buscando para satisfacer tus necesidades femeninas? —dice él.

—Eso es lo que te gustaría a ti —responde ella.

—Siempre. ¿Y tú, Rydell?

—No, gracias —digo yo.

Porter suelta una bocanada de aire, como si lo hubiera herido.

—¿Has dejado a algún novio llorando por ti en el este?

Solo emito un gruñido. La silla de Grace rechina. Siento la mirada de los dos, y cuando no respondo, Porter dice:

–Ya sé cómo solucionar esto. Hora de un cuestionario.

–Ay, no –se queja Grace.

–Ah, sí.

Me arriesgo a mirar su rostro y veo que está sonriendo para sí mismo, mientras busca algo con frenesí en su teléfono.

–Un cuestionario es la mejor manera de conocerse a uno mismo y a los demás –dice él, como si estuviera leyendo una revista.

–Está obsesionado con esos benditos cuestionarios –explica Grace–. Se los impone a todos en la escuela. Los cuestionarios de *Cosmopolitan* son los peores.

–Querrás decir que son los mejores –corrige él–. Aquí hay uno bueno. "¿Por qué no tienes novio, amiga? Haz este cuestionario para averiguar por qué una chica genial como tú sigue sola en casa un sábado a la noche en lugar de estar con el chico de sus sueños".

–No, no –dice Grace.

–Entonces me voy a llevar esto –dice Porter, mientras trata de quitar el agua de la mano de Grace. Luchan por un segundo, entre risas, y cuando ella suelta un alarido y derrama agua en su chaleco naranja de la Cueva, Porter casi me da un codazo en la cara. Él sostiene el agua sobre la cabeza de Grace, fuera de su alcance.

–Bueno, tú ganas –dice Grace–. Vamos, haz ese bendito cuestionario. Supongo que es mejor que quedarme aquí sentada sin hacer nada.

Porter le devuelve el agua, se acomoda contra la puerta y lee el cuestionario.

–Vas a visitar a tu hermana mayor y ella te lleva a una fiesta en el campus de su universidad. ¿Qué haces? A) Bailas con ella y sus amigas. B) Nadas desnuda en la piscina del patio. C) Tomas a un bombón y se van a besuquear a una habitación vacía en el piso de arriba. D) Te quedas sentada sola en un sillón, mirando a la gente.

No me molesto en responder. Una pareja joven se acerca a mi ventanilla, así que enciendo los micrófonos el tiempo justo para saludarlos y venderles dos boletos. Cuando termino, Grace ha elegido la respuesta A.

–¿Y tú, Rydell? –pregunta Porter–. Yo creo que tu respuesta es la B... exhibicionista oculta. Si no renuncias hoy, quién sabe, quizás mañana vea los monitores y te encuentre desnudándote en la piscina de Cleopatra que está en el Ala de Vivian.

–¿Eso es lo que estuviste imaginando en la cabina de seguridad? –pregunto con un resoplido.

–Toda la tarde.

–Qué imbécil eres.

–No, esa no es –dice sin dejar de mirarme–. Creo que en realidad tu respuesta es la C. Tomarías a un "bombón" –hace el gesto de comillas con la mano– e irías a besuquearte en una habitación vacía. ¿Tengo razón?

No respondo.

–Siguiente pregunta –insiste él. Desliza el dedo por la pantalla del teléfono, pero no la está mirando; me mira a mí. Trata de intimidarme. Trata de ver quién pestañea primero–. ¿Por qué te fuiste de DC? A) No podías encontrar bombones con quienes besuquearte; o B) Tu novio en la costa este es como una ola baja y habías oído de la legendaria costa oeste, así que tenías que comprobar que los rumores fueran ciertos –dice Porter con una sonrisita.

–Qué idiota –murmura Grace, negando con la cabeza.

Quizás no entienda algunas de las frases que usa Porter, pero entiendo la idea. Siento que me ruborizo. Pero logro recuperarme rápidamente y dar mi estocada.

–¿Por qué te interesa tanto mi vida amorosa?

–No me interesa. ¿Por qué esquivas la pregunta? Lo haces mucho, por cierto.

–¿Qué cosa?

–Esquivar preguntas.

–Eso no es asunto tuyo –digo, irritada porque Porter se ha dado cuenta. ¿Y quién es él, mi terapeuta? Bueno, para su información, fui a dos de los mejores terapeutas de Nueva Jersey, una vez con mamá y otra vez sola, y ninguno de estos supuestos expertos pudo mantenerme en la silla por más de dos sesiones. Dijeron que yo me guardaba mis sentimientos, que era poco comunicativa, que evadir era un "mecanismo de defensa desadaptativo" para evitar lidiar con una situación estresante y que era una manera inadecuada de evitar ataques de pánico.

Eso dijo el hombre que quiso cobrar a mis padres por su consejo de experto más de lo que cuesta estudiar en la universidad. Me estoy defendiendo lo más bien, gracias. Si este tipo de gente me dejara en paz de una vez…

–Considerando que este es tu primer día de trabajo aquí –dice Porter con desdén–, y que también podría ser el último si nos guiamos por la rotación que hay en este puesto; y considerando que tengo más antigüedad que tú, diría que sí, es asunto mío.

–¿Me estás amenazando? –pregunto yo.

–¿Eh? –él apaga su teléfono y alza una ceja.

–Eso me sonó a amenaza –digo.

–Bueno, bueno, cálmate un poco. Yo no te… –no puede ni decirlo. Se puso nervioso, se acomoda el pelo detrás de la oreja–. Grace…

Grace levanta una mano y dice:

–A mí no me metan en este lío. No tengo ni idea de qué es lo que veo. Los dos han perdido el norte.

Porter suelta un gruñido suave y se voltea hacia mí.

—Mira, solo te estaba molestando, relájate. Pero a decir verdad, yo he trabajado aquí desde siempre. Tú has trabajado solo unas horas.

—¿Pero acaso no me encasillaste ya? ¿No sabes todo sobre mí, señor Surfista Famoso?

Él se frota el mentón en broma, pensativo.

—Mmm… bueno, señorita Vogue —dice él en ese tono grave y áspero que me parecía tan sexy y encantador cuando nos estaba haciendo la visita guiada—. Voy a arriesgarme a adivinar. Eres una creída sofisticada de la costa este a la que papá le consiguió este trabajo en el que la obligan a tener conversaciones normales con surfistas de porquería como yo —se cruza de brazos y me sonríe con aire desafiante—. ¿Qué tal lo hice?

Me quedo con la boca abierta. Estoy tan estupefacta que siento como si me hubieran dejado sin aire con una patada en el pecho. Intento desenredar sus palabras, pero hay tanto en lo que dijo. Si de verdad solo me está molestando, entonces ¿por qué detecto… tanto resentimiento?

¿Cómo supo que papá me ayudó a conseguir el trabajo? ¿Le habrá contado alguien de la oficina? De todas maneras, no soy una niña rica incompetente y malcriada que tiene cero experiencia laboral y una pila de conexiones. ¡Mi papá no es más que un contador! Pero no me voy a molestar en explicar eso ni ninguna otra cosa, porque en este momento, estoy casi convencida de que se me ha abierto un agujero en la cabeza y que se me están escapando los sesos como lava líquida. Creo que en verdad podría odiar a Porter Roth.

—No sabes nada de mí ni de mi familia. Y eres un pendejo de mierda, ¿sabes? —digo yo, tan furiosa que ni siquiera me importa que una familia de cuatro integrantes se esté acercando a mi ventanilla. Me tendría que haber importado, y me tendría que haber dado cuenta de que dejé el botón verde encendido desde el último par de boletos que vendí. Pero los ojos de la familia, abiertos como platos, me dan una pista.

Oyeron todos los insultos.

Por un momento horrible, siento que la cabina da vueltas. Me deshago en disculpas, pero los padres no están contentos, en absoluto. ¿Por qué habrían de estarlo? Ay, Dios, ¿la esposa lleva puesto un colgante con un crucifijo? ¿Y si estas personas son fundamentalistas? ¿Harán que sus hijos estudien en su casa en lugar de mandarlos a la escuela? ¿Acabo de arruinar de por vida a esos niños? Mier… digo, caramba. ¿Pedirán hablar con el señor Cavadini? ¿Me echarán del trabajo? ¿En el primer día? ¿Qué va a decir papá?

Antes tenía calor, pero ya no. Un terror helado hace que se me ponga piel de gallina por todos lados. Indico a la familia que acabo de dejar marcada que vaya a la ventanilla de Grace y me levanto como un rayo de mi silla, empujo a Porter y salgo corriendo de la cabina.

Ni siquiera sé a dónde voy. Termino en la sala de descanso y después salgo al estacionamiento de empleados. Por un segundo pienso en la posibilidad de irme montada en Baby, pero recuerdo que ni siquiera tengo mi bolso; quedó en mi casillero.

Me siento sobre la acera. Me tengo que calmar, recobrar la compostura. Después de todo, tengo un descanso de treinta minutos, ¿no? Un total de treinta minutos para regodearme en la vergüenza que siento por haber dicho lo que dije en frente de esa familia… treinta minutos para pensar en cómo diablos permití que Porter me provocara y me hiciera discutir con él una vez más. Treinta minutos para obsesionarme con la idea de que me van a echar en mi primer día. ¡A mí! ¡A la que es como el astuto truhan! ¿Cómo pasó esto?

Todo esto es culpa de Porter. Él fue el que me provocó. Hay algo en él que saca lo peor de mí y me hacer querer… mostrar las garras. ¿Piensa que soy una snob? No es el primero. Solo porque sea tranquila no quiere decir que sea distante. Quizás solo quiera estar tranquila. Quizás no sea buena para conversar. No todos podemos ser agradables y sociables y *hola, ¿cómo te va?* como parece ser él. Algunos no estamos hechos para eso. Eso no quiere decir que yo me crea superior. ¿Y por qué sigue hablando sobre cómo me visto, por el amor de Dios? Hoy me vestí menos formal que el día de la orientación. No tengo la culpa de tener estilo. No voy a cambiar por darle el gusto a él.

No sé cuánto tiempo pasa, pero regreso a la sala de descanso. Hay algunos empleados dando vueltas por ahí. Espero unos minutos, pero nadie viene a buscarme. Espero que me pidan que vaya a la oficina del señor Cavadini, o que al menos la supervisora quiera hablar conmigo. Cuando veo que no viene nadie, no sé qué hacer. Todavía me quedan varias horas para terminar mi turno, así que vuelvo al lobby, buscando señales de inquisición en el camino. Me choco con alguien. Levanto la mirada y veo al señor Cavadini, la tablilla aplastada contra su pecho, y se me triplica el pulso.

—Mil disculpas —digo yo, segura de que con esto rompo el récord de disculpas en la última media hora. Ya está. Hasta aquí he llegado. Ha venido a despedirme.

—Por favor, fíjese por dónde va, señorita… —hace una pausa, mientras echa un vistazo a la placa con mi nombre— Bailey.

—Per… —no puedo disculparme otra vez, no—. Sí, señor.

—¿Cómo le está yendo en la boletería? ¿Se está tomando un descanso? —frunce la nariz—. ¿No estará por renunciar, no?

—No, señor.

Él se relaja. Se estira la corbata del Palacio de la Caverna.

–Fantástico. Vuelva a su puesto –dice distraído, otra vez concentrado en la tablilla mientras se aleja arrastrando los pies–. No olvide sonreír.

Como si pudiera sonreír en este momento. Voy hacia la cabina de la boletería, todavía aturdida, sin saber con qué me voy a encontrar. Respiro hondo y golpeo la puerta. Se abre. Porter no está. Se está formando una pequeña hilera de gente al otro lado del acrílico, y Grace la está atendiendo sola. Se le relajan los hombros cuando me ve. Enseguida apaga su micrófono.

–Hola –susurra–. ¿Estás bien?

–Sí. ¿Me van a echar?

Ella me mira como si estuviera loca y después niega con la cabeza.

–Porter acaba de disculparse con ellos y los ha dejado entrar gratis. La gente perdona cualquier cosa si le das algo gratis. ¡No renuncies! Está todo bien. Y ahora necesito que me ayudes, ¿sí?

–Está bien.

Cierro la puerta, me siento en mi silla y le indico a la siguiente persona de la fila que pase a mi ventanilla. No sé cómo me siento. ¿Aliviada? ¿Agotada? ¿Todavía humillada y enojada con Porter? Ya no sé.

Antes de encender el micrófono, bajo la mirada y veo una botella de agua llena y tres galletas apoyadas en una servilleta con el logo del Palacio de la Caverna: una de chispas de chocolate, una de azúcar y otra de avena. En la esquina de la servilleta hay una nota escrita con letra de varón, descuidada, y un dibujo de una cara triste. Dice: "Perdón".

# Comunidad de Cinéfilos Lumière

@alex: Necesito algo que me levante el ánimo.

@mink: Yo también. ¿Quieres ver Vampiresas de 1933?

@alex: ¿Los *Blues Brothers*?

@mink: ¿*Dr. Insólito*?

@alex: ¿*El joven Frankenstein*?

@mink: *El joven Frankenstein.*

@alex: Eres una genia.

@mink: A mí también me caes bien. Dime cuando estés listo para darle play.

# Capítulo 6

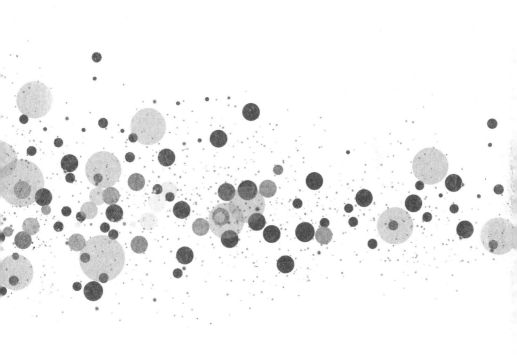

"A veces es mejor no saber nada".

−Jack Nicholson, *Barrio Chino* (1974)

Paso la mañana siguiente en el paseo marítimo. Al igual que la primera vez, esto es un fracaso. A pesar de que hay cero señales de Alex, me he vuelto a encontrar con esa bendita gata atigrada dando vueltas cerca de mi carro de churros preferido. La he apodado Señor Don Gato (por la canción infantil que papá y yo adoramos, "Marramiau, miau, miau"). A fin de cuentas, me engañó al hacerme pensar que era un gato.

Después de comer como una cerda y dar migas de churro a unas gaviotas insistentes, me queda un poco de tiempo antes de ir a la Cueva a cumplir con el turno de la tarde. No tengo ganas de enfrentarme a Porter hoy. No nos volvimos a ver después de lo de las galletas. Sí, fue un lindo intento de compensar su pendejada, pero igual. Quizás hubiese sido mejor no decir nada que después tuviera que reparar.

Uf. El solo hecho de pensar en él me da ganas de patear algo. También me recuerda que quería conseguir un pañuelo para recogerme el pelo, así no se me pega a la nuca cuando empiece a transpirar en el Sauna. Arrojo a la basura el papel arrugado del churro, le digo adiós a la somnolienta Señor Don Gato y me dirijo a una tienda que descubrí en mi anterior labor detectivesca en busca de Alex: Déjà Vu. Es una pequeña tienda de ropa vintage que en el escaparate tiene maniquíes viejos armados con partes de varios maniquíes distintos: de hombre, de mujer, morenos, rosados, altos, pequeños. Cuando entro, suena una campanita que está sobre la puerta; el sonido es casi imperceptible por lo fuerte que suenan los tambores congos de la música exótica de la década de 1950 que se oye en los altavoces. La tienda es oscura y huele a una mezcla de ropa vieja con humedad y detergente barato. Todo está bien apretado, un placer para quien le gusta curiosear. Hay un solo cliente en la tienda, y una chica aburrida con rastas moradas y edad como para ir a la universidad se encarga de la caja registradora que está en el fondo.

Veo que cerca del mostrador hay un perchero giratorio con pañuelos viejos. Bingo. Algunos huelen raro, y otros son demasiado psicodélicos para mi gusto, pero hay muchos para elegir. Después de revisar la mitad del perchero, encuentro uno con rayas grises y negras que no va a desentonar tanto con el chaleco naranja del trabajo. Le pago a la chica de la caja. Cuando ella está abriendo la caja registradora, suena la campanilla que está sobre la puerta. Miro por encima de mi hombro y veo a dos chicos que entran a la tienda. Uno es un chico corpulento de ascendencia latina que lleva una camiseta sin mangas. El otro es desgarbado y de cabello rubio platinado, lleva puestos unos pantalones cortos, pero no tiene camiseta. Camina cojeando, como si tuviera una pierna lastimada.

*Mierda*. Lo conozco. Es el amigo de Porter. El otro chico que estaba en el cruce peatonal, el drogado que golpeó el auto de papá con los puños. Ambos se acercan a nosotras.

–¿Qué tal, mamacita? –pregunta con voz relajada y áspera a la chica de la caja mientras se acerca con sigilo al mostrador y se pone a mi lado, al tiempo que la chica toma mi vuelto de la caja registradora. Levanto la mirada y le veo la cara. Tiene pómulos altos y las mejillas hundidas, repletas de marcas de acné. Su pelo rubio platinado es un desastre. A pesar de todo esto, podría decirse que es más apuesto que

Porter desde un punto de vista clásico. Casi apuesto como un modelo. Pero tiene una onda que da miedo. Hay algo que no está bien.

–Te dije que no me molestaras en el trabajo, Davy.

–Sí, bueno, es una emergencia. Esta tarde voy a ir a La Salva. Necesito tu ayuda, amiga.

–Ahora no.

Davy apoya las manos sobre el mostrador y se inclina hacia ella, bloqueándome la vista de sus rostros. Todavía puedo ver las rastas moradas de ella cayendo sobre un hombro descubierto.

–Por favor –ruega Davy.

–Pensé que ahora usabas de tanto en tanto –dice ella en voz baja.

–Sí, pero ya sabes cómo es. Solo necesito un poco –responde él, también en voz baja, pero de todas maneras puedo oír cada palabra que dicen. O sea, hola. Esta conversación no es privada. ¿Lo saben?–. Es por hoy nada más.

–Eso es lo que dijiste la semana pasada –señala ella.

–Vamos, Julie –Davy pasa su mano por el brazo de ella y acaricia una rasta con la punta de los dedos–. Julie, Julie, Julie.

–Hago un llamado y te aviso –dice ella con un suspiro–. Quizás tarde un par de horas.

Satisfecho, Davy da la vuelta y parece verme por primera vez.

–Hola.

No respondo, pero siento cómo me mira de arriba abajo mientras acepto el vuelto. Lo meto rápidamente en la cartera, después tomo la bolsa con el pañuelo y camino por el pasillo angosto hacia la puerta. Lo único que quiero es irme de aquí, ya mismo.

Pero no llego. Unos pasos me pisan los talones.

–¿Qué compraste? –siento que me tironean la bolsa, me doy vuelta y veo que Davy está tomando el pañuelo–. ¿Eres vaquera o pandillera?

–Ninguna de las dos –replico y le arrebato el pañuelo de la mano.

Su compañero, que está detrás de él, se ríe por lo bajo.

–Bueno, calma. Preguntaba nomás –dice Davy–. No te he visto por aquí. ¿Cómo te llamas?

–No me parece.

–Uf, cómo te cortó –murmura el chico grandote.

–Vamos, vaquera –dice Davy–. No seas así.

Salgo disparada como un rayo por la puerta. Salgo demasiado rápido. Por segunda vez en veinticuatro horas, me estrello contra otro ser humano. El verdadero astuto truhan estaría muy decepcionado con mis toscas maniobras de escape. Mi mejilla se revienta contra un esternón hecho de acero. Retrocedo sobresaltada con un salto, trato de recuperar el equilibrio, y casi lo pierdo. Unas manos me sujetan de los antebrazos.

Frente a mí, hay un logo de tablas de surf Quiksilver. Hago sonar mi mandíbula y levanto la mirada. Ahora tengo frente a mí la cara enojada de Porter Roth.

–Ay, pero por favor –digo entre dientes.

Las líneas marcadas alrededor de sus ojos se suavizan cuando me ve. Apenas. Después mira por encima de mi cabeza y se vuelve a enojar.

–¿Qué carajo haces aquí? –no me habla a mí. Ahí me doy cuenta de que tampoco está enojado conmigo; está enojado con la persona que tengo detrás de mí.

–¿Quién eres, mi mamá? –responde la voz áspera de Davy–. Relájate, amigo. Ray y yo solo vinimos a comer algo antes de irnos a lo de Capo.

Las manos de Porter me siguen sujetando los brazos. No sé si me está sosteniendo o si está tratando de mantenerme lejos de Davy. Pero al tenerlo tan cerca, siento que tiene un fuerte aroma a aceite de coco y cera, un olor rico de locura, a decir verdad. Mientras yo me ocupo en embriagarme con ese olor, él sigue interrogando a Davy.

–¿Quieres decir que no eras tú el que acabo de ver salir de Déjà Vu? Giro la cabeza para ver cómo Davy se echa atrás.

–Julie nos pidió que entráramos. No fue nada. Solo estábamos hablando del perro nuevo de Capo. Relájate.

Eh… miente. Pero ya hay tanta testosterona en el aire que se podría empezar una guerra, así que de ninguna manera voy a delatar a Davy. Además, ¿qué me importa? No es asunto mío. Yo solo quiero salir de aquí e irme a trabajar. ¿Y qué pasa que Porter me sigue sujetando? De pronto, él también se da cuenta de eso, y al mismo tiempo que jalo hacia atrás, él me suelta y aleja las manos como si yo fuera radioactiva.

–¿Y tú qué haces aquí? –me pregunta.

–Compro un pañuelo –respondo, mientras me alejo de él. ¿Por qué siempre está invadiendo mi espacio personal?

–¿Ustedes dos se conocen? –pregunta Davy, frotándose distraídamente la pierna derecha. Parece que esa es la que tiene lastimada, la que lo hace cojear.

–Trabajamos juntos –Porter mira a Davy y después mira mi bolsa, como si no nos creyera a ninguno de los dos. Me ofende que me asocien con este fracasado.

–Qué pequeño es el mundo –dice Davy, sonriendo–. ¿Ahora sí me vas a decir cómo te llamas, vaquera?

–¿Para qué? Si parece que de todas maneras me vas a llamar como más te guste.

–Uf, qué chica –se levanta los pantalones–. ¿Te trata así de mal en el trabajo? –le pregunta a Porter.

Porter desliza la mirada hacia mí. Lo miro a él, desafiándolo a decir algo ingenioso. Vamos, querido. Lúcete. Cuéntale cómo me hiciste enojar, actuaste como un desgraciado, me llamaste snob y casi hiciste que me despidieran. Muéstrate recio ante la basura de tu amigo.

Pero todo lo que Porter dice es:

—Es buena.

¿Eh?

Davy me echa otro vistazo y después chasquea los dedos.

—Tendrías que venir a un fogón. El sábado a la noche, cuando se pone el sol, en el Jardín de los Huesos.

No tengo idea de dónde queda eso, ni tampoco me importa. En especial, después de esa conversación dudosa que oí dentro de la tienda.

—No creas que no sé que ahí fue dónde empezaste a salir con Chloe —dice Porter con un resoplido.

—¿Y qué? —lo cuestiona Davy—. Chloe ahora está en Los Ángeles. ¿Por qué tienes que sacar a relucir el pasado?

—¿Por qué la estás invitando al fogón? —Porter me señala con el pulgar.

Davy se encoge de hombros mientras su amigo Ray lo aleja de la tienda de ropa vintage, por el paseo marítimo,

—Es un país libre.

No sé bien qué fue todo eso, pero me siento bastante incómoda cuando quedo sola con Porter.

—Me tengo que ir a trabajar.

El sol del mediodía hace que los rizos oscuros de Porter tengan reflejos dorados, y cuando él da vuelta la cabeza hacia el mar, la barba de unos días se ve casi pelirroja.

—Sí, yo también.

*Mierda.* ¿Otra vez trabajamos juntos hoy? Ayer estaba tan apresurada por irme después de todo lo que había pasado que me olvidé de revisar el horario. No sé cuánto más puedo soportar esta unión forzada. Pero él me mira un poco raro, rascándose la nuca, como si quisiera decirme algo más. Ahora recuerdo las galletas que me dejó, y me pregunto si él también piensa en eso en este momento. Sí, claro, como gesto estuvo bien. Pero yo qué sé: las puede haber robado de la cafetería. Tendría que haberlas arrojado a la basura, pero le di la de chispas de chocolate a Grace y me comí las otras.

Incómoda, digo adiós entre dientes y giro para irme. La chica de la tienda, Julie, está parada afuera, brazos y rastas cruzados sobre el pecho, y nos mira con cautela. Evito tener contacto visual con ella y sigo caminando.

–Nos vemos luego, vaquera –exclama Davy a la distancia.

*Esperemos que no.* Mientras paso por al lado del carro de churros, noto que Porter camina en la misma dirección, pero sus piernas musculosas lo llevan más rápido. Alguien silba y lo detiene. Es un hombre de mediana edad, quizás tenga la edad de mi papá, con cabello ondulado entre canoso y castaño, muy corto. Lleva puestos pantalones cortos de playa y una camiseta sin mangas y parece haber sido apuesto en su juventud, aunque se nota que ha sufrido algunos golpes en la vida. Tiene uno de los brazos cubierto de tatuajes descoloridos; el otro brazo no se ve… o sea, le falta por completo.

Para mi sorpresa, reconozco los ojos de Porter en los del hombre cuando paso junto a ellos, después doy un vistazo al puñado de cicatrices rosadas que ocupan el lugar donde alguna vez hubo un brazo. Porter descubre mi mirada. Aparto el rostro deprisa y sigo caminando, la cara al rojo vivo.

Pienso que quizás este sea el papá de Porter y la cosa "terrible" de la que hablaba Grace.

¿Qué rayos le ha pasado a esa familia?

**@mink:** ¿Qué vas a hacer cuando termines la secundaria?

**@alex:** ¿Te refieres a qué voy a hacer con mi vida?

**@mink:** Me refiero a la universidad. Cuando era chica, pensaba que quería estudiar cine. Ser directora. Pero ahora no creo que quiera estar a cargo de algo, no creo ser buena en eso. No quiero sentir esa presión. Ahora creo que prefiero estar tras bambalinas, catalogando algo.

**@alex:** ¿Una aficionada al cine profesional?

**@mink:** *sorprendida* ¿Existe un trabajo así? Ojalá, eso estaría muy bien.

**@alex:** A mí me pasa lo mismo. Mi papá espera que yo me haga cargo de la empresa familiar, pero no quiero. No me malinterpretes: me gusta la empresa familiar. Es un hobby para mí. Pero no quiero la presión de tener que hacerlo a tiempo completo para ganar dinero. ¿Y si quiero hacer otras cosas?

**@mink:** Te entiendo. Y supongo que tendremos que empezar a presentar solicitudes para las universidades este otoño. Asusta un poco. Demasiadas universidades. ¿Costa oeste? ¿Costa este? No sé.

> **@alex:** Disfruta de tu multitud de opciones. Por mi parte, no me queda más que hacer algún curso de dos años en alguna escuela de por aquí, mientras trabajo en dos lugares distintos. Mi futuro ya ha sido planeado.

**@mink:** No puede ser.

> **@alex:** Algunos no tenemos tanta suerte, Mink.

# Capítulo 7

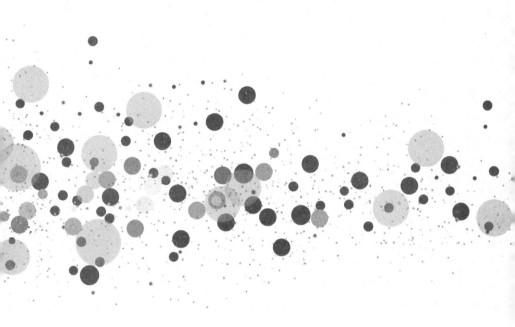

"Pensar que yo detestaba el agua".

–Roy Scheider, *Tiburón* (1975)

Papá dice que el segundo día de algo siempre es mejor que el primero porque ya sabes qué esperar, y tiene razón. Hoy el Sauna se puede tolerar un poquito más. Sacrifico mis largas ondas por un recogido alto y me ato el pañuelo a lo *pin up* para que el sudor no me baje por la nuca. Grace también ha tomado precauciones y trajo de su casa un ventilador oscilante a batería que instaló en el medio de nuestros puestos. El mayor obstáculo es coordinar los cortes para ir al baño, porque estamos bebiendo más agua que caballos después de correr una carrera.

Ya en la mitad de mi turno, me tomo mi descanso de treinta minutos. Me quito el chaleco naranja y subo a la cafetería, donde no hay nadie en la fila en este momento. La galleta de azúcar que Porter me dio ayer estaba riquísima, así que compro dos y busco una mesa vacía en un hueco debajo del barco pirata. Tomo mi teléfono y busco lo que me ha estado acosando desde que llegué hoy a la Cueva.

Bill "Pennywise" Roth era un surfista profesional que ganó muchos campeonatos de la Liga Mundial de Surf y competencias de Triple Corona en la década de 1980. Según dice su biografía en Internet, siempre aparece en los rankings de los mejores surfistas de la historia. Parece que murió hace ocho años. Hay una foto, tomada al ponerse el sol, de una estatua de tamaño real construida en memoria de Roth, en el cruce de los surfistas; se ve un ramo de flores y tablas de surf apoyadas contra la estatua.

Empiezo a leer que se crio en una familia judía pobre, empezó a surfear a los seis años y dio origen a toda una familia de surfistas profesionales de varias generaciones: su hijo, Xander Roth, y sus nietos...

Momento. Porter tiene una hermana menor, Lana, de dieciséis, y es una surfista que figura en los rankings estatales y nacionales. Va a competir profesionalmente por primera vez este otoño y se va a embarcar en una gira mundial que durará un año y empezará en enero. Pero ¿Porter no? Y ¿qué pasó con su papá?

Cae una sombra sobre mi teléfono. Aprieto el botón de apagado, pero no tan rápido.

–¿Estás leyendo sobre mí?

Hago una mueca y cierro los ojos con fuerza por un momento. ¿Cómo me encontró aquí arriba?

–¿Me estás siguiendo con las cámaras de seguridad?

–Cada uno de tus movimientos –dice Porter. Se oye el chirrido de unas patas de metal contra el piso de piedra mientras él toma otra silla, la pone al revés y se sienta en ella con una pierna a cada lado, como si montara un caballo. Cruza los brazos sobre el respaldo.

–Si querías saber algo sobre mi familia, me podías preguntar.

–No hace falta, gracias –empiezo a juntar mis cosas, pero solo llegué a comer la mitad de la primera galleta, así que es bastante obvio que me acabo de sentar.

–Hoy vi que te quedaste mirando a mi papá –una acusación.

–Yo no...

–Sí, lo mirabas.

Un pequeñísimo quejido se escapa de mi boca. Se me desploman los hombros.

–No sabía... O sea, Grace mencionó que algo había pasado, pero yo no sabía qué era, así que solo… –*¿Solo qué? ¿Estaba enterrándome un poco más?*–. Sentía curiosidad –confieso.

–Bueno –asiente él con un lento gesto de la cabeza–. ¿Qué es lo que ya sabes?

Vuelvo a encender mi teléfono y digo:

–Llegué hasta aquí –señalo el artículo.

Él se reclina sobre el respaldo de la silla y mira la pantalla con los ojos entrecerrados.

–Ah, ¿eso es todo? ¿Entonces sabes quién era mi abuelo y cómo murió?

–No llegué a la parte de la muerte –respondo, con la esperanza de que eso no haya sonado tan mal como me parece. Él no se ve ofendido.

–Fue un surfista de olas grandes. Eso quiere decir que tenía las bolas de acero. Corría riesgos estúpidos, incluso cuando ya estaba demasiado grande para eso. En invierno, después de las tormentas grandes, las olas se hacen muy altas al norte de la ensenada, por donde está el Jardín de los Huesos. Una mañana, cuando yo tenía diez años, se arriesgó mucho después de una tormenta. Yo lo miraba desde los acantilados. La ola se lo tragó por completo y lo escupió sobre las rocas. Por eso lo llaman el Jardín de los Huesos, por cierto. No fue el primer idiota que murió allí; solo fue el más famoso.

No tengo idea de qué decir. Una familia grande se detiene cerca de nuestra mesa para tomarse una fotografía en frente del monstruo marino. Nos inclinamos para no salir en la foto, una, dos, tres veces. Al fin terminan, y otra vez quedamos solos.

Sin ganas de volver a sacar el tema de su abuelo, trato de pensar en otra cosa de qué hablar. Mi mente pasa a lo que creí haber visto en la tienda de ropa vintage.

–¿Ese era amigo tuyo o algo? ¿Ese chico Davy?

—Crecimos juntos —responde Porter con un gruñido. Me mira con los ojos entrecerrados y dice—: ¿Te estaba molestando?

—Sí, pero no con mucho éxito.

Las comisuras de los labios de Porter se tuercen un poco. Se ríe suavemente.

—Eso sí lo puedo creer. Es nocivo, pero no muy brillante. Siempre trato de vigilarlo, pero... —la voz de Porter se apaga, como si estuviera por decir algo más, pero lo piensa mejor y se calla. Noto que su mirada me recorre de la cabeza a las piernas descubiertas, aunque no con mala intención. Sus ojos están tensos, recelosos, preocupados, y hay algo detrás de ese sentimiento oscuro que le despierta Davy que no puedo entender. Me pregunto si tendrá que ver con esa chica Chloe de la que hablaban.

Sea lo que sea, decido no seguir con este tema. Otra táctica evasiva que he aprendido: cambiar el tema todas las veces que sea necesario para evitar conversaciones incómodas.

—Veo que tienes una hermana que hace surf.

—Sí —dice él, y también parece contento de que yo haya cambiado el tema—. A Lana le está yendo genial. Tiene un potencial de locos. Dicen que tendrá mucho más éxito que mi papá, quizás hasta supere a mi abuelo.

Me pregunto si esto será un punto de discusión entre ellos, si le lastima su orgullo de hombre. Pero Porter toma el teléfono de su bolsillo para mostrarme fotografías. Una chica está sobre una tabla, dentro del túnel formado por una ola gigante. No puedo ver su cara con nitidez, solo veo que lleva un traje de neopreno amarillo y negro y que el mar parece estar a punto de tragarla. Porter me muestra otras, algunas tomadas más de cerca, otras de imágenes imposibles en las que está cabeza abajo en el medio de la ola. La última que me muestra es de ellos dos juntos en la playa, ambos con el pelo rizado secándose al sol, los trajes de neoprene abiertos hasta la cintura, la piel bronceada y brillante. Él está detrás de ella, con los brazos alrededor de sus hombros, y ambos tienen una amplia sonrisa.

En este momento, sentado en frente de mí, solo se ve orgullo en el rostro de Porter. Ni siquiera intenta disimularlo. Le brillan los ojos.

—Es bonita —digo yo.

—Se parece a mi mamá. Son nuestros genes hapa —Porter levanta la mirada y me explica—. Mitad hawaianos. Mis abuelos eran polinesios y chinos. Mi papá conoció a mi mamá cuando tenía mi edad, mientras hacía surf en Pipeline, en North Shore. Mira —me muestra otra foto de su madre. Es hermosa. Y está de pie en el paseo marítimo, cerca de mi carro de churros preferido, en frente de una tienda que conozco: Tablas Penny. Bueno, eso responde mi pregunta: al final era la tienda de la familia de Porter. Nota mental: ¡tengo que ir a otro carro de churros de una vez por todas!

Envuelta en una extraña timidez, miro el rostro de Porter y después aparto la mirada.

—¿Se siente raro tener una hermana menor que se está haciendo profesional? —pregunto, más por nervios que por otra cosa.

—La verdad que no —responde Porter encogiendo los hombros—. El año que viene va a salir de gira con el Campeonato Femenino de Surf por primera vez. Es algo bastante importante. Va a viajar por todo el mundo.

—¿Y qué va a hacer con la escuela?

—Mi papá va a ir con ella. Va a ser su maestro durante la gira. Yo me voy a quedar a ayudar a mi mamá con la tienda —Porter debe ver la duda en mis ojos porque pestañea y niega con la cabeza—. Sí, no es lo ideal, pero Lana no quiere esperar a cumplir los dieciocho. Podría pasar cualquier cosa, y ella ahora está en su mejor forma. En la gira, le pagan un poco de dinero a modo de salario y tiene la oportunidad de ganar dinero en premios. Pero lo importante es la exposición, porque el dinero de verdad viene de la promoción de productos. Se puede decir que nosotros vivíamos de eso hasta que papá perdió el brazo.

Me recuerda un poco a esas madres que hacen que sus hijos participen en concursos para ganar dinero, pero me reservo la opinión.

–¿Ustedes no son dueños de la tienda? –pregunto, señalando su teléfono con un gesto de la cabeza.

–Sí, pero lo que la gente no entiende es que la tienda apenas deja ganancias. Los gastos son una locura; el alquiler no deja de subir. Y ahora que mi papá ya no surfea… bueno, nadie quiere que un hombre con un solo brazo lleve sus gorras.

Uf. Esta conversación entró en terreno incómodo. Giro la cabeza y encuentro el ojo grandote del monstruo marino que me juzga –"¿Tenías que buscar esto en tu teléfono mientras estabas en el trabajo, no? ¿No podías esperar a llegar a casa?"–, así que vuelvo a girar hacia la mesa y picoteo la mitad que queda de mi galleta.

–Sabía que al menos una de las tres iba a estar bien.

–¿Mmm? –trago parte de la galleta tratando de verme tranquila y casi me atraganto.

–Te gustan las galletas de azúcar. No sabía cuál te gustaba. Solo esperaba que no fueras vegana o que no comieras gluten o algo por el estilo.

Niego con la cabeza.

Él quiebra un trozo de la galleta y se lo come; no sé bien cómo me cae eso. No sé dónde han estado sus manos. No somos amigos. Y solo porque a su papá le falte un brazo, eso no quiere decir que yo lo deba perdonar por ser un desgraciado de primera.

–¿No me vas a preguntar? –dice él–. ¿O ya sabes?

–¿Saber qué?

–¿Cómo perdió el brazo mi papá?

–No –respondo, negando con la cabeza–, no lo sé todavía. ¿Me lo vas a contar?

*¿O mejor espero a que te vayas y lo busco en Internet? Por mí eso está bien, gracias, después nos vemos, hasta luego.*

–Hace tres años, yo tenía quince, un año menos que Lana hoy. Fui a Sweetheart Point a ver a mi papá surfear para un nosequé de beneficencia. No era una competencia ni nada por el estilo. Había más que nada surfistas mayores, algunos conocidos. De la nada... –hace una pausa por un segundo, perdido en sus pensamientos, ojos vidriosos. Pestañea y sigue–: Veo una figura grande que avanza por el agua, a unos metros de distancia. Al principio, no sabía qué era. Va derecho adonde estaba mi papá y lo tumba de la tabla. Después vi la franja blanca a la altura del cuello y la boca abierta. Uno blanco.

Se me abre la boca. La cierro.

–¿Un tiburón?

–Un macho pequeño. Dicen que es como si te pegara un rayo, pero lo que pasó fue terrible. Además, te digo: no fue como en *Tiburón*. Aunque en la playa había cientos de personas a mi alrededor, ninguna gritaba ni corría. Todos se quedaron allí paralizados, mirando, mientras este monstruo de media tonelada arrastraba a mi papá por el agua, y él seguía con la tabla atada al tobillo.

–Ay, Dios mío –murmuro, zampándome la mitad de la segunda galleta en la boca–. ¿Y después qué pasóóó? –pregunto con la boca llena de azúcar.

Porter toma el resto de la galleta, muerde una punta y mastica mientras niega con la cabeza, todavía un poco aturdido.

–Fue como un sueño. No lo pensé. Salí corriendo y me metí en el agua. No sabía si mi papá seguía vivo ni qué pasaría si me encontraba con el tiburón. Nadé lo más rápido que pude. Encontré primero la tabla y seguí la correa hasta el cuerpo –hace una pausa, tragando saliva–. Sentí el sabor de la sangre en el agua antes de llegar a él.

–Dios.

–Ya le faltaba el brazo –dice Porter suavemente–. La piel ondeaba en el agua. Los músculos le colgaban. Era un desastre. Y yo tenía pánico de empeorar las cosas al llevarlo de vuelta a la orilla. Estaba pesado e inconsciente, y nadie venía a ayudar. Y después el tiburón volvió y trató de quitarme el brazo a mí también. Logré golpearlo y asustarlo para que se fuera. Me tuvieron que dar sesenta y nueve puntos.

Porter extiende el brazo izquierdo frente a mí y se sube la manga corta del uniforme de guardia de seguridad. Allí, encima del reloj de surf rojo brillante, están las cicatrices rosadas y zigzagueantes, descubiertas para que las examine. Verlas se siente como si fuera pornográfico, como si estuviera haciendo algo que no debería y, en cualquier momento, alguien me fuera a descubrir… pero al mismo tiempo, no puedo apartar la mirada. Toda esa piel dorada, todas esas cicatrices pálidas, como vías de ferrocarril, entrecruzando kilómetros de músculos firmes y esculpidos. Es un horror… y lo más hermoso que vi en mi vida.

Ver las cicatrices me recuerda algo más de mí. Algo que no le puedo contar a él. Pero revive un recuerdo oscuro dentro de mí en el que no quiero pensar, y un revuelo de emociones inestables amenaza con salir a la superficie.

Respiro hondo para volver a esconder esos sentimientos, y cuando lo hago, otra vez siento ese aroma, el aroma de Porter, la cera y el coco. No es ese aroma falso de bronceador. ¿De dónde viene este olor?

Me está volviendo loca. No sé si es lo mucho que me atrae este olor maravilloso, o su historia sobre el tiburón o mi necesidad de contener mis propios recuerdos no deseados, pero sin darme cuenta, termino estirando las puntas de los dedos para recorrer el borde irregular de una de las cicatrices que tiene en el codo.

La piel de Porter se siente tibia. La cicatriz está levantada, una línea dura, rígida. La sigo por el codo, hasta que llego al hueco suave y sensible donde se dobla su brazo.

Todos los vellos dorados de su antebrazo están erizados.

Él toma una rápida bocanada de aire. No creo que lo haya hecho con intención , pero lo oí. Y entonces sé que crucé algún tipo de límite. Alejo la mano con un movimiento brusco y trato de pensar en algo para decir, para borrar lo que acabo de hacer, pero lo único que me sale es un gruñido incomprensible. Eso hace que las cosas se pongan todavía más incómodas.

—Descanso —logro decir—. Tengo que volver.

Siento tanta vergüenza, que me tropiezo con la silla cuando me levanto. El chirrido metálico de las patas contra la piedra resuena en toda la cafetería y varios visitantes que están bebiendo su café de la tarde levantan la mirada. ¿Dónde quedó eso de ser sigilosa, Rydell? Esto nunca me pasa. Yo no soy torpe. Nunca, nunca, nunca. Este chico me está afectando. Ya ni siquiera lo puedo mirar, porque tengo la cara al rojo vivo.

¿Qué me pasa? Lo juro, cada vez que interactúo de alguna manera con Porter Roth, algo siempre sale mal. Él es un tomacorriente, y yo la niñita tonta que arriesga los dedos jugueteando con él.

Alguien tiene que pegar un cartelón que diga "¡PELIGRO!" en la espalda de ese chico antes de que me electrocute.

# Comunidad de Cinéfilos Lumière

@mink: ¿Alguna vez estuviste de novio en serio?

@alex: Sí. Creo. Más o menos. ¿A qué llamas en serio?

@mink: Bueno, tú eres el que dijo que sí. Solo tenía curiosidad. ¿Cuánto tiempo salieron y por qué cortaron?

@alex: Tres meses, y en resumen, ella dijo que yo ya no me quería divertir.

@mink: Ay. ¿Y la historia completa?

@alex: Para ella, divertirse era salir con mi mejor amigo cuando yo no estaba en la ciudad.

@mink: No sé qué decir. Lo siento.

@alex: No hace falta. Yo estaba en otra. No fue solo culpa de ella. Si no prestas atención a ciertas cosas, se alejan. Ya aprendí la lección. Ahora estoy alerta.

@mink: ¿Alerta por qué?

@alex: Por QUIÉN, querrás decir.

@mink: :P

@alex: Nadie en especial. Solo digo que no soy igual que antes. Yo ya confesé; ahora te toca a ti. ¿Has estado alerta por alguien?

@mink: Un par de chicos durante un par de semanas, nada importante. Ahora más que nada me cuido a mí misma. Es un trabajo de tiempo completo. Te sorprenderías.

@alex: Es posible que algún día necesites ayuda.

# Capítulo 8

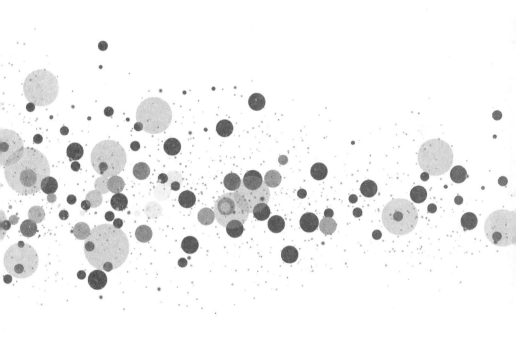

"Ya viste lo quisquillosa que soy con mis zapatos,
y solo van en mis pies".

–Alicia Silverstone, *Ni idea* (1995)

No trabajo con Porter durante unos días. Tampoco con Grace, y eso me deprime un poco. El museo me deja clavada con una chica mayor, Michelle, una veinteañera que tiene problemas para contar rápido el efectivo. La fila se retrasa y eso me vuelve loca. Tan loca, que voy con paso firme a la oficina del señor Cavadini, me asomo por la esquina... y después cambio de opinión y doy el día por terminado, en lugar de decir algo.

Así me manejo yo.

Una mañana, en lugar de deambular por el paseo marítimo, yendo de tienda en tienda a lo Sherlock, con la boca llena de churros, me dedico a darle una paliza a papá en dos rondas de minigolf. Él se tomó medio día libre del trabajo para estar conmigo, algo muy lindo de su parte. Me dio a elegir entre jugar al golf y hacer *paddle board*, pero ni loca iba a meter un dedo en el mar después de la historia de terror en alta mar que me contó Porter. No, no. Le conté todo a papá y él también se asustó un poco. Me dijo que había visto al papá de Porter fuera de la tienda de surf y sabía que era una familia de surfistas, pero pensaba que el incidente del brazo había pasado hace mucho. No tenía idea de lo que había pasado ni de que Porter lo había rescatado.

Bueno. Pasaron solo diez días desde que llegué y ya estaba poniendo a papá al tanto de unos chismes exquisitos que él no había oído, después de haber vivido aquí un año. Sin dudas, el hombre me necesita.

Como recompensa por haber destrozado a papá en el golfito, puedo elegir dónde vamos a almorzar. Como tomamos un desayuno ligero antes de nuestra incursión en el golf, pido repetir el desayuno en la Casa de las Crêpes. Por dentro, tiene una onda de cafetería estadounidense de la década de 1950, y nos sentamos en unos taburetes que están al lado del mostrador. Allí, una mesera de uniforme rosado nos trae unos vasos de té helado mientras esperamos las crêpes que pedimos. ¡Al fin mis sueños se han hecho realidad! Aunque no, porque la Casa de las Crêpes no cumple con mis expectativas, ni siquiera con sus crêpes de almendras "famosas en todo el mundo", a las que les bajo el pulgar.

Cuando comunico mi poco entusiasta calificación, papá hinca el tenedor en mi plato y prueba un trocito.

–Tiene sabor a Navidad.

–A esas galletas de almendras que hacía la abuela.

–Las feas, las que se desmigajaban –concuerda él–. Tendrías que haber pedido lo que pedí yo. Pruébalo. Está buenísimo.

El suyo sabe mucho mejor, pero no supera al churro.

–¿Todavía no lo has encontrado, eh? –pregunta papá, y sé que habla de Alex. Le conté lo básico: que no me animo a confesarle a Alex que me he mudado aquí y que estoy tratando de encontrarlo por mi cuenta. Papá y yo tenemos muchas cosas (lamentables) en las que nos parecemos. Él me entiende. Mamá no lo entendería. A mamá le habría dado un ataque de aquellos si se hubiera enterado siquiera de que Alex existía, así que bueno. Pero la verdad es que mamá no me prestaba mucha atención en DC, así que no tuve que esforzarme mucho para esconderlo. Y ahora que estoy aquí, me doy cuenta de que sigue sin importarle mucho, porque todavía no he recibido comunicación alguna de su parte desde que llamó el primer día para ver si yo había llegado bien. En fin. Trato de no pensar mucho en su falta de interés.

Tomo un mapa turístico del paseo marítimo que llevo en mi bolso. Es uno con dibujos que conseguí gratis una mañana. Marco con una equis las tiendas que ya he inspeccionado o que no están dentro de los parámetros que Alex me ha brindado sin darse cuenta: no se puede ver el mar desde la ventana, la tienda no tiene mostrador, etcétera.

—Esto es lo que me queda por ver —le cuento a papá, señalando las partes del mapa a las que todavía no he ido.

Papá sonríe y suelta una carcajada, negando con la cabeza. Trato de arrebatarle el mapa de las manos, pero él lo sostiene contra el mostrador y corre a un lado la sartén de hierro forjado que tiene su crêpe a medio comer.

—No, no. Quiero ver esta maravilla. Eres meticulosa y precisa; tienes a quién salir.

—Uf —me quejo—. Eres raro, eh.

—¿Qué? Aquí se ve que por tus venas corre sangre de contadora de calidad —dice él con orgullo, golpeando el mapa como un tonto—. Un momento, ¿cómo sabes que él no estaba trabajando en uno de esos lugares el día en que tú pasaste? ¿O si estaba descargando un camión en el callejón?

—No lo sé, pero supongo que pasaré dos veces por cada tienda —le muestro la leyenda que escribí yo misma en la esquina del mapa. Puntos para las visitas en días pares, cuadrados para los impares. Símbolo masculino para indicar que allí trabaja un chico de mi edad, pero descartado como un posible Alex a partir de la evaluación inicial. Triángulos para los carros de churros. Y líneas onduladas para los tres gatos callejeros que he encontrado hasta ahora, incluida Señor Don Gato.

Él me rodea el hombro con el brazo y me besa un lado de la cabeza.

—Con semejante capacidad de deducción, ¿cómo no lo vas a encontrar? Y si al final no vale la pena, no tendrás nada de qué avergonzarte.

—Por algo me caes bien.

—Como que no te queda opción —dice él con una sonrisa.

Yo también sonrío.

Alguien se acerca al mostrador, y papá se inclina hacia delante y mira detrás de mí. Su rostro se pone raro. Se aclara la garganta.

—Buen día, sargento Mendoza.

A la espera de que una mesera le tome el pedido, veo a una policía alta y curvilínea de origen latino vestida con un uniforme azul marino. Lleva el cabello castaño ondulado con algunos mechones canosos recogido en una tensa coleta que comienza en la nuca. Tiene puestos unos lentes oscuros color morado que reconozco: es la policía que les llamó la atención a Davy y Porter en el cruce peatonal, el día que llegué a la ciudad.

—Buen día, Peter —responde ella con voz ronca. Una de las comisuras de sus labios se mueve, solo un poco. Después es imposible interpretar la expresión de su rostro. Creo que me está mirando, pero es difícil saberlo, sobre todo con los lentes puestos.

—¿Esas crêpes que te gustan? —pregunta ella.

—Ya me conoces —responde papá, y se ríe de forma extraña.

Los miro a los dos. Papá se aclara la garganta otra vez.

—Wanda, ella es mi hija, Bailey. Bailey, ella es la sargento Mendoza del Departamento de Policía de Coronado Cove.

Como si no pudiera darme cuenta sola de eso. Ella sonríe y extiende el brazo para ofrecerme un firme apretón de manos. Guau. Tan firme que te rompe los dedos. Ahora sí que estoy despierta. Y no estoy segura, pero pareciera que ella se siente incómoda. ¿Los policías se ponen nerviosos? No pensé que eso fuera posible.

–Me han contado mucho sobre ti, Bailey.

¿Ah, sí? ¿Quién rayos es esta persona y por qué papá no me la ha mencionado? ¿Son amigos?

–Le llevo los impuestos a la sargento –explica papá, pero suena a mentira, y los dos tienen puesta la mirada en lugares distintos: él, en el mostrador, y ella, en el techo. Cuando ella vuelve a bajar la cabeza, golpetea las uñas contra el mostrador. Doy un vistazo al arma guardada en la funda que lleva en la cadera. No me gustan las armas; me ponen incómoda, así que supongo que estamos a mano.

–Me gustan tus cejas –dice ella–. Glamorosas.

Me toma de sorpresa por un segundo. Después me alegro.

–Me las hago yo –le cuento. Al fin alguien que reconoce la importancia de un buen arco. Depilarse las cejas duele.

–Admirable –confirma ella–. ¿Y qué te parece California?

–Es otro planeta –me doy cuenta de que quizás eso no suene positivo, así que agrego–: Me gustan las secuoyas y los churros.

Eso la hace sonreír. Casi. Levanta el mentón hacia papá.

–¿Ya la llevaste a comer pozole?

–Todavía no –responde él–.Nunca has comido pozole, ¿no? –me pregunta con mirada inquisitiva.

–No tengo idea de lo que están hablando.

Ella exhala un suspiro y niega con la cabeza, como si papá hubiera decepcionado a todo el país.

–Ahora tengo unos horarios complicadísimos, pero en algún momento de las próximas dos semanas, tendríamos que llevarla.

¿Tendríamos? ¿Que llevarla? ¿Están juntos?

–Te va a volar la cabeza –me asegura papá mientras la policía le pide a la mesera algo para llevar. Él se queda de pie y juguetea con su cartera–. Acabo de recordar... Bailey, dame un segundo. Tengo que decirle algo a la sargento –me da un fajo de billetes para pagar la cuenta y después se aleja con la policía al otro lado del mostrador, donde se acercan un poco, pero no parecen estar hablando de algo muy importante. Ahí es cuando todo se hace más claro.

Por todos los santos. Mi papá está saliendo con una policía.

Parece buena. Su apretón de manos es genial. Es muy bonita. Tiene la misma altura que él. Espero que a ella le guste mi papá tanto como ella le gusta a él, porque papá está sonriendo como un tonto. Después la oigo reír suavecito por algo que él dijo y la veo quitarse los lentes morados para ponerlos encima de la cabeza, y me siento mejor.

Mientras espero que el contador y la policía terminen de coquetear, guardo mi mapa del paseo marítimo y doy un vistazo por la cafetería. Ahora que papá no me tapa la vista, noto la persona que ha estado sentada en el taburete al lado de él. Es un chico de más o menos mi edad, con cabello color arena. Come unos huevos y bebe café. Cuando mueve el brazo, veo dos cosas: A) lleva puesta una camiseta roja con una serigrafía en negro del rostro de Cary Grant y B) está leyendo una guía del festival de cine de verano.

El latido de mi corazón se acelera mientras lo observo. Come despacio, enfrascado en la lectura, llevándose pequeños bocados de huevos revueltos a la boca. Tiene unos pantalones cortos que le quedan muy bien y revelan unas piernas bronceadas y tonificadas. Unas sandalias gastadas golpean contra el descanso para los pies del mostrador, mientras su rodilla sube y baja. El llavero naranja y azul que está al lado de su plato tiene impreso un logo que he visto en el paseo marítimo: Avistamiento de Ballenas Killian. Eso no es precisamente una tienda en la que venden productos, pero la fachada sí está sobre el paseo marítimo y desde la tienda se puede ver el mar. Tiene un mostrador y es posible que sea una empresa familiar. Repaso el mapa en mi mente y la ubico a unas tres tiendas de distancia de un carro de churros. Allí no reside ningún gato, pero por otro lado, los gatos se pueden mover.

¿Será…?

Mi cabeza me dice que tome las cosas con calma, pero mi corazón piensa: *¡Qué suerte la mía!*

Es lindo. Pero no tanto como Porter.

Dios, ¿qué me pasa? ¿A quién le importa el imbécil de Porter? Lo quito de mi cabeza y me concentro en lo que tengo enfrente, intento ver si coincide con el Alex que tengo en mi mente. ¿Este chico será ingenioso? ¿Sensible? Se ve bien arreglado. ¿Los asesinos seriales se arreglan bien?

Esto es más difícil de lo que pensé.

Recobro la compostura y recuerdo que, si este es Alex, él no sabe quién soy. Para él, soy solo una chica que está sentada en una cafetería. No soy Mink. Respiro hondo.

–Grant –le digo.

–¿Perdón? –pregunta él, levantando la mirada del folleto.

–Tu camiseta –explico–. Cary Grant. *Solo los ángeles tienen alas*, si no me equivoco –ya sé que no me equivoco. Estoy haciendo alarde de mis conocimientos. Qué obsesiva del cine que soy, pero no lo puedo evitar.

Él baja la cabeza. Ahora sonríe, y tiene muy buenos dientes, una sonrisa amplia y blanca.

–Sí. Eres la segunda persona que se da cuenta de eso, y he usado esta camiseta durante casi un año –su voz no es como la imaginé. Algo aguda, pero igual me gusta.

–Adoro a Grant –comento–. *La adorable revoltosa, Pecadora equivocada, La pícara puritana, Ayuno de amor* –recito mientras las cuento con los dedos, dejándome llevar un poco, y me ruborizo. *Vuelve al grano, Rydell.* Me aclaro la garganta –E *Intriga internacional,* por supuesto –agrego, y lo dejo ahí como carnada.

–A todos les encanta esa –concuerda él.

Ajá. No sé si se está haciendo el gracioso o el sarcástico. Por otro lado, Alex tiene un enorme sentido del humor. Es difícil saber cuál es.

Él piensa por un momento y después dice:

–Si tuviera que elegir una, sería *Mi mujer favorita.*

–¿En serio? Me encanta esa película –digo yo–. Irene Dunne y Randolph Scott están geniales.

–Adán y Eva –concuerda él, con una sonrisa.

–La vi un millón de veces.

–¿Sabías que Randolph Scott y Cary Grant eran amantes?

–Es posible –respondo, asintiendo con la cabeza–. Nadie lo ha confirmado, pero yo no lo dudo. Creo que es probable que le gustaran tanto los hombres como las mujeres –me encojo de hombros. ¿A quién le importa, en realidad? Cary Grant era sinónimo de sexo. Lo que es más: era sinónimo de encanto, al menos en la pantalla grande. La verdad es que no me importa qué hacía fuera de ella.

–Patrick, por cierto –dice él, y tardo un momento en darme cuenta de que se está presentando.

Patrick. Ajá. No se llama Alex, pero ¿Patrick? Por supuesto, no estamos usando nuestros nombres verdaderos, así que eso no significa nada. Acá lo que importa es si esto se siente bien. En verdad, no lo sé, pero tengo el pulso aceleradísimo, así que si eso es indicación de algo, ¿será que sí? Y todavía él no ha conectado a la Bailey que está aquí sentada con la Mink de Internet, así que supongo que estará bien develar ahora mi verdadero nombre. Además, mi papá está a unos metros, y ni hablar de la policía que te estrecha la mano como ninguna.

–Me llamo Bailey –y decido agregar–: Hace poco que vivo aquí.

–Genial. Es bueno conocer a otra aficionada al cine –él desliza el folleto del festival en mi dirección–. Todos los años hacemos un festival de cine. La selección de este año está más o menos. Hay algunas cosas buenas, como los cortos de Georges Méliès e *Intriga internacional*.

Corazón. Late. Con fuerza.

–Me encantaría ver todo eso –chillo con un tono incluso más agudo que el de Grace.

–¿Claro, no? –dice él. Toma sus llaves y hace un gesto para señalar el folleto del festival–. Quédate con ese. Acaba de salir de la imprenta. Bueno, tengo que volver a trabajar. Estoy en el puesto de avistamiento de ballenas que está en el paseo marítimo: Killian's. Naranja y azul, por donde está la enorme rueda de la fortuna dorada. Imposible no verlo. Si alguna vez quieres tomar un café y hablar sobre Cary Grant, ven a verme.

–Quizás acepte la oferta –odio el café, pero bueno. Suena tan de adultos, tan romántico. Este chico no haría que me echen del trabajo ni me avergonzaría en frente de docenas de personas. Este chico es sofisticado. ¡Avistamiento de ballenas! Eso suena tanto más lindo que el surf.

Él levanta una mano, sosteniendo un triángulo de pan tostado en la boca, y sale al trote por la puerta del frente.

Todo me da vueltas. En serio, todo me da vueltas de verdad.

–¿Quién era ese? –murmura papá por encima de mi hombro, mientras mira a Patrick subirse a algo que parece ser un jeep rojo.

–No estoy cien por ciento segura –respondo–. Pero me parece que estoy cerca.

# Comunidad de Cinéfilos Lumière

@mink: ¿Algo nuevo en tu vida?

@alex: ¿Algo como...?

@mink: No sé. Pasó algo hace poco que me hizo tener un poco más de esperanza en el futuro.

@alex: Sí, de hecho, ahora que lo mencionas, a mí también. Quizás. En cuanto a tu esperanza en el futuro... ¿de cuándo estamos hablando? ¿Mañana? ¿La semana que viene? (¿El mes que viene?).

@mink: Yo voy paso por paso. Así que supongo que mañana veré qué pasa.

@alex: ¿Nunca te zambulles en nada, no? (Te mandé una indirecta).

@mink: La verdad que no. (Sí, ya sé).

@alex: Quizás a veces deberías hacerlo. Arriesgarte. Hacer algo loco. (¿Le vas a preguntar a tu papá sobre el festival de cine?).

**@mink:** ¿Tú lo harías? (Quizás ya le pregunté).

**@alex:** ¿Con la persona indicada? Sí. (¿Cuándo me vas a avisar?).

**@mink:** Interesante. (Lo está pensando, y yo también).

# Capítulo 9

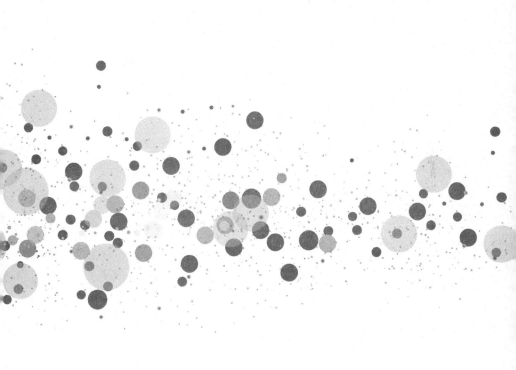

"Qué buena eres, querida".

–Humphrey Bogart, *El halcón maltés* (1941)

Estoy parada detrás del Sauna con Grace y el señor Pangborn, que perdió la llave. Estamos con las cajas registradoras en la mano mientras esperamos a que Porter vuelva de la sala donde se entrega el dinero y nos abra la puerta. Ni siquiera sé si Porter ha llegado al otro lado del lobby mientras acompaña a los otros empleados que se supone que tenemos que reemplazar en la boletería. Caray, ni siquiera sé si Porter sabe que no podemos entrar. Lo que sí sé es que ya pasaron unos minutos del mediodía y la fila es bastante larga. Freddy, el chico a cargo de tomar los boletos en la barra de acceso, no deja de asomarse para mirarnos; su expresión va pasando de la impaciencia a la consternación.

El señor Pangborn se sorbe la nariz y se la frota. Después dice:

–No lo voy a llamar todavía. Le vamos a dar otro minuto para que llegue a entregar el dinero. No tiene sentido asustarlo. Primero tiene que llevar las cajas a la sala.

Grace y yo nos miramos, nos encojemos de hombros y ponemos cara de "tiene razón". ¿Qué vamos a hacer? En este momento no hay nadie en el mostrador de información. La chica que se supone que tiene que estar allí, que también tiene la llave de la boletería, está afuera en el estacionamiento, de gran charla con un contingente de turistas. El señor Cavadini se ha tomado un almuerzo extendido con la supervisora de turno. Además, al señor Pangborn no le gusta molestarlo, así que ¿quién soy yo para contradecirlo?

El señor Pangborn se reclina contra la puerta de la cabina, un poco agitado, cruza un tobillo sobre el otro y revela un par de medias a rayas blancas y negras. Y digamos que me encantan. Digamos que me encanta Pangborn, a pesar de que tiene los ojos como rendijas y apesta a marihuana. Grace dice que ayer lo descubrió fumando en su auto antes del trabajo. Debe tener setenta y tantos. Por mí, dejen que el hombre tenga algún vicio.

—El mes que viene voy a cumplir cuarenta años de trabajo en el museo —dice con tono suave, pensativo. Tiene un aire amable que te hace querer escuchar lo que tiene para decir. No sé por qué Porter se frustra tanto con él. Es un viejito nada más. No se puede ser tan malo.

Grace frunce los labios y dice:

—Qué locura.

—Le debe gustar si se ha quedado tanto tiempo —comento yo.

—Eh, me gusta hablar con la gente. Además, no fui a la universidad ni me preparé para hacer otra cosa, así que ¿qué más me queda? Esto es lo único que conozco —se rasca la cabeza y su alocado cabello canoso se eriza en todas direcciones—. Hace unos diez años, trataron de hacerme jubilar, pero la verdad es que no tenía nada que hacer en mi casa. Nunca me casé. Tengo una perra, Daisy, pero ella se cansa de verme todo el día. Así que a pesar de que no me pagaban, yo seguía viniendo a trabajar.

—¿Qué? —dice Grace, incapaz de disimular su incredulidad—. ¿Cuánto tiempo?

—Ah, unos tres meses más o menos. Al final, el señor Cavadini se hartó de pedirme que volviera a mi casa, así que me volvió a contratar oficialmente y me incorporó al horario de trabajo –sonríe, una sonrisa bien amplia, y levanta los hombros–. Y aquí estoy. Todavía no he muerto por esto. Creo que Porter ya habrá entregado el dinero. Tápense los oídos, señoritas. No va a estar contento.

Grace me da un golpecito con el hombro mientras Pangborn llama a Porter y dice:

–Me alegro de que volvamos a trabajar en el mismo horario.

–Yo también –respondo, y lo digo en serio–. Las Grailey, al mando.

–B y G, dándole duro.

Las dos nos reímos, hasta que Freddy se asoma otra vez desde la barra de acceso y Grace le silba como una serpiente. Ahora nos deja en paz.

–¿Tienes planes para el fin de semana? –me pregunta.

–No sé. ¿Por qué?

–El sábado se hace un fogón después del trabajo. Fiesta en la playa.

Sostengo mi caja con fuerza, pensando en el amigo de Porter, Davy.

–¿El del Jardín de los Huesos?

–Sí, ¿alguien te contó?

–Lo oí al pasar.

–Más que nada van surfistas, pero también va otra gente. En verano se suelen hacer todos los sábados a la noche. A veces son aburridos, a veces son divertidos, pero se me ocurrió que quizás pueda ser un buen lugar para conocer a gente que va a Brightsea, ya que eres nueva. Te los puedo presentar.

El instinto de evadir las cosas me acobarda y busco una excusa para rechazar la invitación, pero lo raro es que me parece que quiero ir, y mucho más con Grace. Así que respondo:

–Sí, ¿por qué no?

Y enseguida me encuentro diciéndole dónde vive papá y quedamos en que ella me pasará a buscar en su auto. ¿Quién lo diría? Parece que soy muy sociable. Debe ser por tanto sol y aire fresco.

O quizás solo sea porque veo la vida con más esperanzas en general después de enterarme de que papá tiene novia. Una novia policía increíble. "Somos amigos nada más. Nos tomamos las cosas con calma", me aseguró ayer mientras volvíamos a casa. Eso fue todo lo que dijo, así que ahí lo dejamos. Mientras él sea feliz y no haya nada raro, para mí está bien.

Y hablando de estar bien, hay otra cosa importante revoloteando por mi cabeza: mi encuentro con Patrick en la Casa de las Crêpes. Patrick, y solo Patrick, me recuerdo por enésima vez, que podría ser Alex o no. Anoche decidí que voy a reunir el coraje para hablarle otra vez. Hace horas que lo pienso una y otra vez. Suspiro extremo.

Una ráfaga de aire fresco del museo corre por mi brazo, y mi imaginación se ve interrumpida cuando tengo que hacerme a un lado para esquivar a Porter, que está hecho un búfalo y arremete contra la cabina de la boletería.

—Te voy a arrancar los intestinos, les voy a coser esta llave en la punta y te los voy a volver a meter.

Porter abre la mano de Pangborn, mete una llave con fuerza y cierra los dedos del hombre por encima de ella.

—NO LA VUELVAS A PERDER.

El anciano sonríe y dice:

—Eres un buen muchacho, Porter. Gracias —Pangborn le da una palmada en el hombro a Porter, inmutado en lo más mínimo por su mala actitud. Es mejor hombre que muchos—. Vengan, señoritas. Freddy tiene hormigas en la cola. Vamos a volar esta fila de un plumazo y a vender muchos boletos.

Las Grailey —yo gano el concurso de nombres— somos impresionantes, como siempre, y en un instante volamos la fila de un plumazo, porque somos las mejores. La supervisora de turno destaca el buen trabajo que hacemos, y cuando pasa el señor Cavadini para ver cómo vamos, hasta dice bien nuestros nombres, al fin. Es un buen día, hasta que llegan las cuatro de la tarde.

Hay menos gente en el museo. Mi descanso está llegando a su fin y estoy casi lista para darle duro a las últimas dos horas, pero todavía me quedan unos minutos, así que paseo un poco por el Ala de Vivian. Estoy en la Sala San Francisco, que tiene un puente Golden Gate por debajo del cual pueden pasar los visitantes y una calle del Barrio Chino falsa, donde se puede mirar por los escaparates hacia el interior de tiendas ambientadas como si fueran de fines del siglo XIX. Mientras contemplo una casa de té china, veo a dos niños, de unos trece o catorce años, que actúan un poco raro. Están parados a unos metros de mí, en la exhibición de cine negro de San Francisco de la década de 1940, mirando una réplica del halcón maltés. La estatua está apoyada en el escritorio del famoso detective de la ficción Sam Spade, interpretado por Humphrey Bogart en la pantalla grande. Uno de ellos, un chico rubio con una camiseta tipo polo blanca y mocasines, está probando tocar la estatua, mientras su amigo, un chico adormilado con una mochila, hace una aletargada guardia.

Sé qué están planeando. Imbéciles. ¿No se dan cuenta de que hay cámaras de seguridad? El chico de la mochila sí las ve y se mueve poco a poco, tapando a su amiguito rico con el cuerpo, alzando la vista a la cámara y calculando el ángulo. No sé qué quieren lograr. Todas las cosas en el museo están pegadas, clavadas, atornilladas o encerradas.

Pero resulta que no.

El de la camiseta tipo polo toca el halcón, que se tambalea. Solo un poco. Lo suficiente.

Lo van a mover hasta que se caiga de donde está montado. Están planeando un golpe.

Miro a mi alrededor. Solo hay un puñado de visitantes en esta sala. Mantengo la cabeza gacha y camino con aire casual hacia el otro extremo de la sala, donde sé que hay un teléfono escondido en una pared gracias a que tuve que memorizar el bendito mapa para empleados. Asegurándome de que no me vean, me acuclillo detrás de una maceta con una palmera, abro el panel de la pared y presiono el botón para llamar a los guardias de seguridad. La voz de Porter se oye como un estruendo por el antiguo teléfono.

—Dime —está hablando por el "cosito" de la radio. Me doy cuenta por el clic y la estática.

—Habla Bailey —susurro—. Estoy en la Sala San Francisco.

—Eso queda muy lejos de la boletería, Rydell. Y habla más alto. No te oigo. ¿O me estás tratando de seducir? ¿Esta es tu voz sexy? Me gusta.

Lanzo un gemido y pienso en colgar.

—Cállate y escúchame. Me parece que unos chicos quieren robarse algo.

—Me parece que ha llamado al número equivocado, señor.

—¡Porter! —exclamo entre dientes—. Se van a robar el halcón maltés.

—No te alteres. Estoy a dos salas de distancia. Enseguida voy. No les quites los ojos de encima, pero no te acerques. Puede que sean peligrosos o algo. Ahora hablo en serio, en caso de que no puedas darte cuenta.

El teléfono queda mudo. Después de cerrar el panel, salgo con aire casual de detrás de la palmera y hago de cuenta que estoy viendo unas pinturas mientras vigilo a los niños. Siguen aflojando la estatua del halcón. Una pareja pasa por debajo del puente Golden Gate, y los niños los ven, así que eso interrumpe el robo por un momento. Vuelvo a desaparecer detrás de la palmera.

Vamos, Porter. Sé que el halcón no es el original de la película, como muchas de las cosas que hay en este lugar; se usaron solo dos estatuas en la película, y una fue subastada por varios millones de dólares. Pero es la esencia de lo que quieren hacer lo que me pone loca.

–¿Dónde están ahora? –el aliento tibio de Porter roza el cabello que rodea mi oreja. El cuello y el hombro se me juntan con un gesto involuntario, y por alguna razón, a él le parece gracioso–. ¿Tienes cosquillas, Rydell? –susurra.

Hago caso omiso de ese comentario y bajo una rama de la palmera para mostrarle los niños, que ahora vuelven a hacer tambalear la estatua.

–Allí. Camiseta tipo polo blanca y mochila.

–Basuras –murmura él, incrédulo–. ¿El halcón?

No voy a mentir. Me entusiasma un poco que Porter esté tan enojado como yo. Me gusta que pensemos lo mismo sobre esto.

–¿Qué vamos a hacer? –susurro.

–La regla número uno para detener a ladrones según las pautas del Palacio de la Caverna es que no llamemos la atención, bajo ninguna circunstancia. Nada de perseguirlos. Nada de encontronazos desagradables. Nada que incomode a los demás visitantes, o sea que tenemos que hacerlos salir, sin alboroto.

–No entiendo –susurro.

Porter baja la cabeza y dice en voz más baja:

–Dejamos que lo roben.

–¿Qué? –mi cara está cerca de la de él, tan cerca que puedo ver el jaspeado dorado de sus ojos color café. ¿Yo sabía que eran color café? Recién ahora me doy cuenta–. No podemos hacer eso.

–Podemos, y es lo que vamos a hacer. Después los vamos a seguir hasta la salida y los vamos a atrapar en el estacionamiento.

–Ah –digo yo, más que intrigada por este panorama.

–Bien, puede que se separen. Me ha pasado con un par de gemelos de Jay el verano pasado. Los desgraciados se escaparon con mil dólares en oro mientras que a mí me destrozó Cadáver. Así que es posible que necesite ayuda. ¿Me das una mano?

–¿Yo? No sé... Mi descanso ya terminó.

–Co co –susurra él, cacareando como una gallina. La punta de su nariz toca la mía, y estamos tan cerca, que ahora puedo ver su pecho subir y bajar... y veo latir una vena en su cuello. ¿Siempre tuvo los hombros tan anchos? Por el amor de Dios, parece más grande al estar tan cerca. Y en lugar de querer darle un puñetazo en el estómago, que sería mi reacción normal ante él, empiezo a querer algo más que me acelera la respiración. De pronto siento que la ropa me aprieta.

*Ay.*

*Dios.*

¿Y qué? Es atractivo y tiene cierto encanto averiado. Es solo atracción química. Absolutamente normal. No significa nada.

Además, como estoy en medio de mi descanso y hace frío en el museo, tengo puesto el cárdigan, y eso ayuda a que no se note lo que me está pasando en la zona del pecho. Se ha evitado un desastre. La idea de que me he salvado por un pelo alcanza para apagar el fuego con un balde de agua fría. Dios, esto es una ridiculez. No es más que el imbécil de Porter. ¿A qué le tengo miedo? A nada.

Para confirmarlo, retrocedo y levanto la cabeza, mirándolo a los ojos, con el mismo aire desafiante.

–Llama a Grace y dile que llegaré tarde.

Su sonrisa tiene la energía para encender un faro. Enseguida llama a Pangborn y le informa la situación. Le da al viejo guardia una descripción de los niños e instrucciones para seguirlos en los monitores de seguridad. Pero antes de que pueda alcanzar a notificar a Grace, los ladronzuelos se empiezan a mover.

El halcón no está. No vi cuando se lo llevaron. Pero los niños están caminando bien juntos y se está balanceando la mochila que el niño más bajo lleva colgada del hombro. Están guardando el ave.

–¡Porter! –susurro indignada, tironeándole la manga.

–Los veo –dice él, sosteniendo la hoja de la palmera para poder ver qué pasa en la sala. Vuelve a llamar a Pangborn, él también los vio.

–Lo tengo todo grabado –confirma el viejo porrero, cuya voz se oye por la cajita negra que Porter tiene en el hombro. Además de perder llaves, esto quizás sea lo más emocionante que les ha pasado en meses–. Hazlos salir, Porter. Yo te veo desde el cielo.

El cielo. La sala de seguridad. Me pregunto si Porter realmente me verá desde allí, o si solo fanfarronea.

El chico con ojos caídos cierra la mochila y se la cuelga del hombro derecho. Mira a su alrededor. Después los dos ladronzuelos pasan por debajo del puente, paseando como si fuera domingo y no acabaran de cometer ningún delito. ¡Qué descaro!

–Es hora de seguirlos –dice Porter, indicándome que tenemos que salir de nuestro escondite con un golpecito en la muñeca–. Nos vamos a quedar a una distancia prudencial, pero no muy lejos. Hay muchas salidas, y es posible que lo sepan. La entrada principal y la tienda de regalos son las rutas de escape más rápidas, pero son las más sencillas para seguirlos. Las salidas de incendios van a encender las alarmas, pero podrían correr y escapar… así es como me ganaron los bandidos que se robaron los gemelos el verano pasado. Y después está la puerta de entregas y la entrada para empleados.

–Están doblando a la derecha –digo yo–. Van al lobby.

–Con eso descartamos tres de las salidas de incendios. No los mires fijo mucho tiempo. Haz como si estuviéramos charlando. Es bueno que no tengas puesto el chaleco. Pareciera que me estuvieras pidiendo ayuda. Quizás eres mi novia, que me visita durante el almuerzo.

—En tus sueños —casi me atraganto.

—¿Qué? ¿No estoy a la altura de tu gusto sofisticado?

—No seas tonto.

—Te pavoneas por aquí —dice él con un resoplido—, tratando de parecer una estrella de cine con tu ropa cara, montando una Vespa, mamá abogada en DC...

Lo dice con tono desenfadado, casi bromeando —no como en las discusiones que solemos tener—, pero lo que me sorprende es lo que dice. Me detengo en seco, pero él me empuja para que avance y dice:

—¿Quieres atrapar a estos chicos? Se están yendo a la Sala Egipcia. Es posible que me hayan visto. Tenemos que tener cuidado.

Nos quedamos atrás un momento, Porter da un vistazo a la sala. Mientras él hace eso, yo pregunto:

—¿Cómo sabías que mi mamá es abogada?

—Me lo dijo Gracie.

*Ah*. Debía suponerlo.

—Mi ropa no es cara, es vintage. No tengo la culpa de que tu sentido del estilo no registre nada más allá de chicas porreras y vagos que se pasan el día en la playa.

—Uf —dice él, haciéndose el ofendido—. Hieres mis dulces sentimientos, Rydell.

—Y mi papá me compró la Vespa. Está restaurada. No es nueva ni nada.

—Ese modelo vale más que uno nuevo. Eso lo sabe cualquiera que conoce sobre vehículos. Esta ciudad es el paraíso de los coleccionistas de scooters. Tienes que tener esa cosa bajo llave en todo momento.

–No soy estúpida –le digo.

–¡Mierda!

–¿Qué? –me ladeo para esquivar a Porter y poder ver.

–El de la camiseta tipo polo me vio, seguro. Están dando vueltas hacia el pasillo principal –vuelve a llamar a Pangborn–. ¿Todavía los ves?

–Sí, los veo con las cámaras del corredor principal –se oye decir a Pangborn por la radio–. Parece que van hacia el lobby.

El museo cierra a las seis, y son pasadas las cuatro, así que a esta hora, los pasillos principales de ambas alas se empiezan a llenar de visitantes que regresan al calor del sol y al aire fresco. Los granujas agachan la cabeza entre la multitud y, por unos segundos, no podemos verlos. Se me acelera el pulso mientras salto de puntillas, tratando de ver por encima de la lenta marea de gente.

–Basta –dice Porter–. Nos van a descubrir. Los puedo ver. Van pegados a la pared sur, así que no creo que vayan a salir por la puerta principal ni la tienda de regalos.

–¿El hall de empleados?

–Quizás, o también podrían ir directo al Ala de Jay y tratar de usar la salida de incendios que hay allí.

Las piernas de Porter son más largas que las mías, y me cuesta seguirlo sin redoblar el paso.

–No tengo gusto sofisticado. Que tenga estilo no quiere decir que sea snob. Y por si no te diste cuenta, ya no vivo con mi mamá; vivo con mi papá. Y estoy trabajando aquí, probablemente ganando muchísimo menos dinero que tú, que te las das de tener dieciocho y poder trabajar a tiempo completo y practicar todo tipo de actos sexuales legales.

–A menos que los haga con alguien como tú, entonces sí serían ilegales, porque eres menor de edad.

–Claro –antes de poder pensar en una mejor respuesta, llegamos al final del pasillo, y nuestros sospechosos de pronto han doblado a la derecha. Porter tenía razón: no van ni a la puerta principal ni a la tienda de regalos. Pero tampoco van al Ala de Jay ni al hall de empleados.

–¿Qué car…? –murmura Porter–. ¿Los mocosos se van a hacer espeleología?

Eso es, los dos niños atraviesan a zancadas el fondo del lobby y se van derechito a la enorme entrada de la cueva. Por qué van allí, no lo sé. Adentro no hay salida, es solo un camino oscuro lleno de curvas que vuelve a la entrada de la cueva…

–¿Hay cámaras allí? –pregunto.

–Algunas. La calidad de imagen no es muy buena –admite Porter.

–Están tratando de deshacerse de nosotros.

Porter piensa en eso por un momento y maldice por lo bajo. Corremos a la entrada de la cueva, donde los niños han bajado aprisa por los escalones de piedra y desaparecido debajo de las estalactitas encendidas con los escalofriantes reflectores naranjas. El único problema es que las escaleras van en dos direcciones: a la izquierda y a la derecha. Los recorridos principales serpentean por los acantilados y se entrecruzan en el medio como un pretzel, donde se abren para entrar al centro de la caverna. Además, los chicos se han separado.

–Ve por la izquierda –me dice Porter–. Yo voy a ir por la derecha. Si encuentras a alguno, no le quites los ojos de encima.

–Nos vemos en el centro –bajo las escaleras al trote, sintiendo las ráfagas de aire frío que van subiendo. Aquí abajo está oscuro y da un poco de miedo, el pasamanos de metal que ha estado aquí desde que abrió el museo se siente pegajoso y eso me pone la piel de gallina, así que no lo puedo tocar. Entonces me cuesta correr, porque las cuevas son oscuras y húmedas, y las luces bajas a los costados del sendero serán geniales para crear el ambiente, pero no iluminan mucho para poder perseguir a alguien. Por suerte, no quedan muchas personas paseando por la cueva, y menos aún corriendo. Veo al de camiseta tipo polo unos metros más adelante, en otro descanso.

No hay mucho para ver en la cueva, sobre todo si lo comparamos con el resto del museo, que está lleno hasta el tope. Solo hay unas placas con información sobre las cuevas de California y los animales que viven allí, y alguna que otra banca para que los más apasionados descansen y disfruten del paisaje oscuro y sombrío. Paso por al lado de una mujer que se ha reclinado contra una de estas bancas y recorro la curva tipo pretzel que va hacia el resplandor rojo y verde de la caverna principal.

Unas paredes de piedra, cubiertas de grietas y agujeros formados naturalmente, dividen la cueva en varias más pequeñas. Es un escondite genial, y esos chiquitos desgraciados lo saben. Varias personas se reúnen alrededor de la placa principal, que marca el lugar donde Jay y Vivian encontraron el oro de los piratas. Un cofre de mal gusto rebosante de doblones de mentira reposa sobre una roca plana. Es una ridiculez. Me da vergüenza que la gente tenga que verlo, incluida yo.

Pero más que eso, me da vergüenza haber perdido al bendito chico que se supone que estoy persiguiendo. Por fin veo a Porter, y él indica que me ve con un gesto del mentón, pero me doy cuenta por el ángulo de su ceja que él tampoco sabe dónde está el chico de la mochila. ¿Cómo puede ser? Vuelvo a mirar a mi alrededor, y veo algo por el rabillo del ojo: dos pies con calzado blanco salen por uno de los agujeros grandes de las paredes de roca de la cueva. No es el de la camiseta, sino el de la mochila. El astuto mocoso está subiendo las escaleras a paso redoblado.

Porter está mirando para otro lado; no voy a volver a perder a este chico, así que lo empiezo a seguir. Subo por el mismo camino por el que vine, dos veces más rápido, pisando fuerte contra los escalones de piedra.

El chico de la mochila me mira por encima del hombro. Sabe que lo estoy siguiendo, y no va a detenerse. Qué lástima. Yo tampoco.

Cuando él llega a la entrada de la cueva, duda el tiempo que le lleva ver a su compañero, que está subiendo a toda velocidad la escalera del otro lado. Y escapan, corriendo juntos por el lobby.

Porter dijo que no llamáramos la atención, pero ¿qué hago ahora? ¿Dejo que estos imbéciles se escapen y ya? Decido deprisa: no, no los voy a dejar.

Corro lo más rápido que puedo, persiguiéndolos. Casi se llevan a una familia entera por delante, que se sobresaltan como patos en una laguna y saltan para apartarse del camino.

–¡Que alguien los detenga! –grito yo.

Nadie lo hace.

Pienso en Porter, rodeado de gente en ese horrible día en la playa años atrás, cuando nadie lo ayudó a salvar a su papá del ataque del tiburón. Si los extraños no ayudan cuando alguien está muriendo, de ninguna manera van a detener a dos niños para que no salgan corriendo de un museo.

Con el pulso latiendo en las sienes, corro por al lado del mostrador de información, moviendo los brazos con fuerza, y los veo separarse otra vez. El de la camiseta va a la salida fácil: la principal, donde hay 1) una sola puerta por donde salir y 2) Héctor, el empleado más vago de todos.

Pero el de la mochila va hacia la boletería y las barreras de acceso. Freddy tendría que estar allí, pero como no hay nadie entrando en el museo, está de gran charla con Héctor. No hay nadie que supervise las barreras de acceso.

Cual estafador profesional que nunca ha pagado por viajar en subterráneo, el de la mochila salta las barreras como si nada. Impresionante, eso hubiera sido, si la mochila no se le hubiera resbalado del hombro y la correa no se hubiera quedado atorada en uno de los brazos de la barrera. Mientras él lucha para soltarla, yo tomo el camino más fácil y voy por la puerta de acceso para sillas de ruedas.

Desengancho la traba.

Él suelta la correa.

Paso por la puerta, y justo cuando él está por echarse a correr, me lanzo hacia delante y... salto sobre su espalda.

Caemos juntos al suelo. El aire sale despedido de mis pulmones y mi rodilla se revienta contra las baldosas. Él grita. Yo no.

Lo atrapé, carajo.

–¡Suéltame, loca de mierda! –él se retuerce debajo de mí, golpeándome las costillas con el codo. Trabo mi mano sobre su brazo para que no lo mueva. Me sale una risa jadeante, malvada, por momentos. Ni siquiera puedo hablar; me he quedado sin aliento.

–Ah, no, señor –dice una voz masculina con tono triunfante.

Giro a un lado y escupo unos pelos que me quedaron en la boca. Porter arrastra del brazo al de la camiseta tipo polo. No parece haber quedado sin aliento como yo. Malditos genes de surfista. Ahora vienen Freddy y Héctor... a mirar, supongo. Y también viene Grace; al fin, alguien con sentido común.

–¿Qué rayos está pasando? –pregunta ella.

–Vigílenlo –Porter les dice a los tres mientras sienta al de la camiseta en el suelo. Después me quita de encima del chico de la mochila.

–Está loca –repite el muchacho–. Me parece que me quebró la pierna.

–No puede ser. Tiene la fuerza de un mosquito –dice Porter, poniendo de pie al chico, que protesta y cojea, pero está bien.

—Ayyy —se queja.

—Cierra la boca, rata ladrona —Porter sujeta al chico, le arranca la mochila del brazo y me la arroja—. Fíjate.

Abro la mochila. Envuelta en un abrigo con capucha, veo la estatua. La levanto como si fuera un trofeo.

El chico lanza un gruñido y trata de soltarse de las manos de Porter.

—No, no —dice Porter, llevándolo al lado del chico de la camiseta tipo polo y presionando el botón de su manga—. Tú y tu basura de amiguito no van a ir a ningún lado. Nos vamos a quedar sentaditos mientras mi amigo el señor Pangborn llama a la policía. ¿Oíste, Pangborn? —pregunta a la radio.

—Lo oí —responde la voz de Pangborn.

Mientras los chicos intercambian miradas de pánico, la gente se va acercando a ver qué pasa. Me acomodo la falda y noto que sale un poquito de sangre de un raspón feo que me hice en la rodilla. Ni me importa. Todavía tengo la adrenalina por las nubes y me siento genial.

—Vaya, Bailey —dice Porter con una sonrisa y las cejas levantadas—. Sí que lo atrapaste. Te le echaste encima como una bomba atómica. No sabía que podías hacer eso.

Yo tampoco, a decir verdad.

—Nadie le roba a Sam Spade y se sale con la suya —digo yo.

Él levanta la mano y yo se la golpeo, pero en lugar de simplemente chocar los cinco, él entrelaza los dedos con los míos, y los aprieta. No creo que haya durado más que un segundo, pero parece más largo. Cuando me suelta la mano, quedo hecha un desastre: los dedos me hormiguean en el lugar donde él los tocó, mi mente trata de entender qué pasó. ¿Solo lo hizo de simpático o será alguna especie de saludo surfista?

Ahora está en cuclillas frente a mí, inspeccionando la rodilla.

—Ay —dice Porter. Sus dedos suaves palpan la piel que rodea mi herida–. Te la hiciste polvo.

—Sí, deja de toquetearla —digo yo, pero no estoy enojada.

—¿Estás bien? —pregunta él con voz más suave.

—Sí, estoy bien.

Porter asiente con la cabeza y se pone de pie, después me hace un gesto para que le dé el halcón: "dame, dame, dame". Cuando se lo doy, él gira para hablar con los dos ladrones.

—¿Saben que esto no vale nada, no? Si se hubieran apresurado un poco más, par de imbéciles, me imagino que lo único que les hubieran pagado en eBay habrían sido diez míseros dólares, y nosotros hubiéramos comprado uno nuevo por Internet al día siguiente. Pero ahora van a empezar su adolescencia con prontuario.

—Vete a la mierda —dice el de la camiseta tipo polo–. Mi papá es abogado. Apuesto cien dólares a que va a hacer que los echen a ti y a la loca esa.

Porter se ríe y apunta un pulgar hacia mí mientras el señor Cavadini viene a toda prisa hacia nosotros por la salida de la tienda de regalos.

—Buen intento. La mamá de ella también es abogada.

*Eh... abogada que se especializa en divorcios y vive al otro lado del país, pero ¿a quién le importa?* Los dos nos sonreímos en secreto. ¿Quién hubiera dicho que mi archienemigo sería tan buen compañero? Compañero para resolver crímenes... y nada más. Compañero de ningún otro tipo. Tengo que volar todos esos otros pensamientos de mi mente, en especial esa cosa lujuriosa y confusa que pasó antes de que empezáramos a perseguir a los dos chicos. Y cuando nos dimos las manos. Y cuando nos sonreímos en secreto.

Uf. Tengo que arreglar este enredo rápido, y creo que sé cómo hacerlo.

# Comunidad de Cinéfilos Lumière

**@mink:** Tengo un horóscopo para ti.

> **@alex:** ¿Sí? Dímelo, porque hoy tuve un día muy confuso, y necesito que me orienten un poco.

**@mink:** Bueno, aquí va: si la vida de pronto te da la posibilidad de decir que sí a una experiencia nueva, debes aceptarla.

> **@alex:** ¿Y si esa experiencia pudiera ser insoportable?

**@mink:** ¿Por qué piensas eso?

> **@alex:** Por instinto. Ya me he quemado antes, ¿recuerdas?

**@mink:** El instinto no supera la razón.

> **@alex:** A esta altura, ni siquiera sé si tengo alguna de esas dos cosas de mi lado.

# Capítulo 10

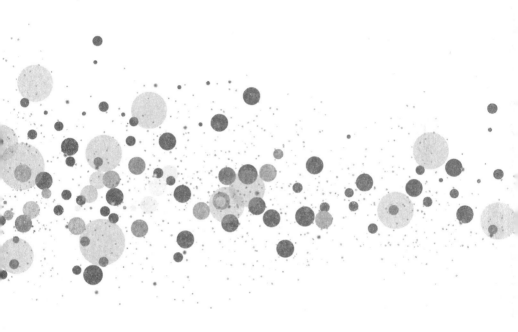

"Es la historia de mi vida. Siempre
en los caramelos, me toca el extremo amargo".

–Marilyn Monroe, *Una Eva y dos Adanes* (1959)

Sí. Lo voy a hacer. Tengo el día libre y estoy yendo al puesto de Avistamiento de Ballenas Killian. La mañana está gris y hay una niebla inquietante. La niebla es tal, que casi es el mediodía y todavía no puedo ver gran parte del mar. Por mí esto está bien. Menos turistas corriendo por ahí. Es como tener el paseo marítimo para mí sola.

¿Y qué si cambié de idea dos veces? Esta vez sí lo voy a hacer. O sea, vamos. Es Alex. Al menos *espero* que sea Alex. Y si es, lo sabré, porque lo conozco. ¿Debería, no? Hace meses que hablo con él por Internet. Somos casi almas gemelas. Bueno, quizás exagere un poco, pero al menos somos amigos de alguna manera. Tenemos una conexión que va más allá de los intereses que compartimos.

También está toda esa cuestión con Porter. Después de que ayer los policías se llevaran a los ladronzuelos –dos policías comunes y corrientes, no la sargento Mendoza de papá–, Porter estuvo ocupado con todo el papelerío que había que hacer por ese tema, así que no lo volví a ver. Lo cual es bueno, porque todos esos sentimientos locos que estaba teniendo por él… fueron solo producto de la adrenalina y la euforia por haber capturado a esos dos chicos.

En fin, no pienso en Porter Roth en este momento. En concreto, no pienso en sus dedos enroscados con los míos después de chocar los cinco para celebrar nuestra victoria. Eso está desterrado de mi cabeza. Como para recalcar el asunto, se oye el sonido grave de una sirena de niebla que ulula desde tierra, y me sobresalto. *Aquí hay dragones, Rydell. No te acerques, si sabes lo que te conviene.*

Quito a Porter de mi mente y sigo caminando. Aparecen los colores naranja y azul del logo de Killian. "¡Quedarás feliz como una ballena!". Uf, si esta es de verdad la familia de Alex, ya veo por qué odia trabajar aquí. Patético. El puesto está ubicado entre otros dos: Alquiler de Bicicletas de la Costa y la cabina en la que se venden boletos para la rueda de la fortuna. Me quedo rondando por el lugar de alquiler de bicicletas hasta que veo el cabello rubio de Patrick.

Está trabajando. Parece estar solo.

Me quedo esperando mientras él le indica a alguien que tiene que ir a algún lugar del paseo marítimo, entre la niebla. Después, antes de volver a perder el valor, doy tres pasos largos y aminoro la marcha cerca de la banca con forma de ballena que está fuera de la boletería. Un par de gaviotas se espantan cuando me acerco.

—Hola —digo—. ¿Te acuerdas de mí?

—De las Crêpes —responde él. Lleva puesto un rompevientos naranja y pantalones cortos blancos. Tiene las patillas más recortadas de lo que las tenía en el café, y la brisa de la mañana le sopla el cabello rubio por encima de los ojos—. Nunca me olvido de un aficionado al cine. Pero sí me olvido de los nombres. ¿Te llamas...?

—Bailey —me siento un poco defraudada.

—Bailey, claro —dice él, chasqueando los dedos—. Patrick —agrega y me extiende la mano. Finjo que yo tampoco recordaba su nombre y le doy la mía.

Ahora tengo que actuar con un aire más casual del que tenía planeado, así que digo:

—Salí a caminar, a ver si encontraba alguna tienda de DVD usados en el paseo —sé que hay una; ya entré tres veces—. Y después te vi y pensé: "Ah, quizás ese chico sabe" —uf, muy forzado, pero parece que él no se da cuenta.

—Sí, hay una tienda pequeña llamada Videos Láser, justo en el medio del paseo central. Afuera tienen una pistola de rayos láser gigante, de las de ciencia ficción. Imposible no verla.

*Mierda. Esto va a ser más difícil de lo que creía.* ¿No le di una pista anoche cuando chateamos? A menos que en realidad no sea Alex...

—¿Te toca un descanso pronto? ¿Quizás quieres ir a ver algunos DVD conmigo? —me oigo decir—. Habías hablado de tomar un café, pero, bueno... —mi voz se hace cada vez más chiquita.

Vamos. Si realmente es Alex, recordará el horóscopo que le di como pista anoche... ¿no? O sea, siempre presta tanta atención cuando chateamos. Recuerda todo lo que digo. Siempre entiende mis chistes, incluso recuerda los remates de chistes que hice meses antes. Pero ¿ahora ni siquiera se acuerda de mi verdadero nombre? Parece que después de todo sí fue una buena idea no decirle que me mudaba aquí.

Patrick duda, se inclina sobre el mostrador y mira a un lado, después al otro, tratando de ver entre la niebla.

—Bueno, sí, está bien. Por qué no. Hoy no hay mucho movimiento. Todavía falta para que vuelva el último grupo que zarpó, así que supongo que me puedo tomar treinta minutos. Espera, voy a cerrar la entrada y colgar el cartel.

Suelto una larga bocanada de aire.

Él baja de su taburete dando un salto y levanta las manos para jalar de una persiana de metal que cubre la ventanilla, y desaparece unos segundos. Cuando vuelve a aparecer por una puerta al costado de la cabina, tiene en las manos un cartel que dice "¡ME FUI A VER BALLENAS! ENSEGUIDA VUELVO" y lo cuelga en la ventanilla cerrada.

—Muy bien, Bailey. Vamos —dice él, invitándome a seguirlo con una sonrisa.

Más animada, me pongo a la par de él y caminamos hacia el paseo central. Él me hace preguntas cordiales: ¿Hace cuánto llegué a la ciudad? ¿De dónde soy? Ah, Washington, DC. ¿He visto al presidente o he recorrido la Casa Blanca? ¿He ido a las discotecas de Dupont Circle?

Para cuando llegamos al cartel con la pistola de rayos láser gigante, lo único que he podido preguntarle es cuánto hace que vive en Coronado Cove (toda la vida) y a qué escuela va: Academia Berkshire. La escuela privada. Esto me deja helada. Nunca pensé que Alex fuera la clase de chico que va a una escuela privada. Trato de entender esto mientras entramos a la tienda.

Videos Láser tiene ese genial olor a polvo y humedad que se siente en las tiendas viejas, a pesar de que la mayor parte del inventario solo tiene unos años de antigüedad. Se especializan en esas películas de ciencia ficción artificiales y exageradas, que le gustan a papá; él está encantado con este lugar. Algunos juguetes y posters coleccionables relacionados con películas adornan las paredes que rodean la caja registradora, detrás de la cual hay un televisor en el que se puede ver una película de *Godzilla*. Dos hombres de mediana edad y cabello largo están prestando más atención a la película que a nosotros cuando les pasamos por al lado. Menos mal, porque hace un par de días vine con papá y no quiero que me reconozcan.

En la tienda hay más gente de la que esperaba... no es, claro, el mejor lugar para tener una cita tranquila y romántica para conocer a alguien, pero ¿qué puedo hacer ahora? Es lo que hay. Pasamos por al lado de unas cajas enormes de caramelos con envoltorios de cine retro y un exhibidor con DVD y Blu-ray en preventa; yo trato de hacer de cuenta que no sé a dónde voy mientras Patrick me lleva a la sección de clásicos del cine.

—No tienen mucho en este momento —me dice, pasando por detrás de un exhibidor—. Vine ayer. Pero mira esto —toma algo de un estante y me lo da—. Un set de películas clásicas de gánsteres de la década de 1930, en caja. Es un regalo.

Acepto la caja y miro la parte de atrás.

—No me gustan mucho las películas de gánsteres.

—¿En serio? ¿*Alma negra*? ¿La versión de 1932 de *Cara cortada*? Esa fue muy violenta para la época, de verdad traspasó los límites.

—Sí… —digo yo, con tono aletargado y al tiempo que le devuelvo la caja—. No me gustan mucho las armas.

—Ah —dice él, mientras coloca la caja de vuelta en el estante—. ¿Una de esas, eh?

—¿Perdón?

—Oye, lo que sea que te guste, está bien —dice él, levantando ambas manos—. Yo no te voy a decir nada. Solo creo que el cine es cine, y que no se debería asociar las ideas políticas con una obra de arte.

Dios. Esto no va bien. Respiro hondo y hago una breve pausa. ¿Será mi culpa? No lo creo, la verdad, pero me esfuerzo para ser buena.

—No es eso. Tuve una mala experiencia personal, así que… es un tema para mí. No es algo de mi agrado.

—Ay, Dios —dice él, posando una mano sobre mi hombro para demostrarme su apoyo… en realidad, solo las puntas de los dedos—. Lo siento muchísimo. Supuse otra cosa. Qué idiota. ¿Me perdonas?

—Perdonado —digo con una sonrisa.

—¡Ah! ¿Y qué te parece *Desayuno con diamantes*? Esa le encanta a todo el mundo.

¿Me habla en serio? O sea, amo a Audrey Hepburn, pero no puedo ver a Mickey Rooney interpretar a un japonés caricaturizado para dar risa. No, gracias. Se lo digo a Patrick. Él no puede defender esta película con el mismo énfasis, pero sigue sin poder creer que yo no me deshaga en elogios.

Esto es tan extraño. Nuestra conexión cinematográfica no funciona. Sí, en Internet no pensamos lo mismo (nunca), pero siempre es en tono amistoso. En persona, se siente tan... personal. Vemos las películas de la sección de clásicos, estante por estante, pero no congeniamos con ninguna. Es como si fuéramos dos personas totalmente distintas, y cuanto más tiempo evaluamos los gustos de cada uno, menos nos gustamos. Estoy empezando a sudar en lugares extraños y a coquetear con chistes que no funcionan.

Esto no va bien.

Lo peor es que él también se da cuenta.

—A veces tienen más cosas en el fondo —dice Patrick, después de no hablar durante varios largos e insoportables segundos—. Le voy a preguntar a Henry si recibieron algo nuevo. Enseguida vuelvo.

Genial. Ahora me preocupa que quiera zafar de mí. La primera vez que junto el valor para invitar a un chico a salir —un chico con el que he fantaseado durante meses— y sale espantosamente mal. Si no vuelve en un minuto, quien piense en escapar seré yo.

—*Desayuno con diamantes* es una cosa superficial sobrevalorada.

Me quedo helada. No hay nadie cerca. Miro por el pasillo en ambas direcciones. ¿Lo acabo de imaginar? O ¿alguien nos oyó hablar a Patrick y a mí, y yo ahora oigo otra conversación?

—Se supone que no es una historia de amor, sabes. Lo cual es irónico en esta situación en particular, por cierto.

—¿Hola? —susurro.

Se corre un DVD. Ahora estoy viendo un par de ojos. Hay alguien en el otro pasillo. Corro otro DVD y revelo un poco más del rostro que me mira a través de los estantes de metal: barba de unos días, sonrisa que se esboza lentamente, rizos alborotados y aclarados por el sol. Porter. La mano se me cierra formando un puño.

–¿Qué diablos haces aquí?

–Es mi día libre.

–¿Y me estás siguiendo? –pregunto, exasperada.

–No, tú me estás siguiendo. Yo ya estaba aquí cuando entraste ostentando a Patrick Killian.

Me paro de puntillas para mirar por encima de la estantería. Él levanta la cabeza para quedar a mi altura y alza las dos cejas, con una expresión de suficiencia. El corazón me empieza a latir como loco. ¿Por qué él me afecta así? ¿Mi cuerpo no puede ser normal cuando estoy cerca de él?

–¿Cómo lo conoces? –susurro con vehemencia, mirando a mi alrededor para asegurarme de que Patrick no nos oye. No lo veo, así que supongo que estará en el fondo o que ya se habrá largado.

Porter apoya un brazo con aire casual sobre la parte superior del exhibidor.

–Lo conozco desde niño. Se cree un snob de las películas porque su familia es una de las empresas locales que patrocinan el festival de cine anual. Un agrandado.

A ver, a ver, un momentito. En mi cabeza suenan unas campanotas de alarma. Sin dudas creo que Alex habría mencionado si su familia patrocinaba el festival. Eso es algo de lo que uno haría alarde al hablar con un amigo aficionado al cine, más allá de las restricciones sobre dar detalles personales de la Zona Prohibida. De ninguna manera él me habría ocultado eso. Esto no está nada bien. Pero no creo que Porter mienta, porque ahora recuerdo que cuando Patrick me dio el folleto del festival de cine me dijo: "Acaba de salir de la imprenta". ¿Ya tenía un ejemplar porque su papá patrocina el festival? Todavía lo tengo en el bolso, y estoy haciendo un esfuerzo sobrehumano para no tomarlo y fijarme si está el apellido Killian en la página de los patrocinadores.

Por dentro, estoy entrando en pánico, pensando que Patrick no es Alex, pero todo lo que puedo decirle a Porter es:

—Ah, y tú sabes más —es una pequeña provocación, pero no le pongo ganas.

—Sé que tenías razón sobre *Desayuno con diamantes* —responde él—. La novela de Truman Capote es sobre un gay y una prostituta. Hollywood la convirtió en una película romántica. Y ni hablemos de Mickey Rooney. Esa fue una locura vergonzosa. Pero...

—Pero ¿qué?

—De todas maneras creo que vale la pena verla por la actuación de Hepburn. ¿Qué? No te sorprendas tanto. Era la película preferida de mi abuela. Tú no me conoces del todo.

*Eso parece, no lo conozco para nada. ¿Quién eres, Porter Roth?*

—Y no sé si conoces bien al chico con el que saliste...

—Dios, ¿tienes que hablar tan alto? —susurro—. No estoy saliendo con él —al menos no a esta altura.

—Sea lo que sea, te voy a contar esto porque no me gusta verte desperdiciar todo ese coqueteo de primera con alguien que no lo sabe apreciar —Porter se inclina por encima de la estantería, haciéndome señas para que me acerque—. Patrick tiene un novio en Guatemala.

Me tiembla un ojo. Parpadeo. Me quedo mirando a Porter.

Mierda... Pienso en cuando conocí a Patrick en la Casa de las Crêpes, donde él comentó que Cary Grant y Randolph Scott eran amantes. Pienso en cómo dudó Patrick cuando lo invité a venir aquí hoy. Con razón me preguntó sobre Dupont Circle. Si lo hubiera dejado hablar a él en lugar de ponerme a hablar yo por los nervios, es probable que él me hubiera preguntado segundos después si fui a ver el festival del orgullo gay que hacen allí todos los años.

No digo una palabra. Solo me dejo caer lentamente sobre las plantas de los pies, y la parte superior del rostro de Porter desaparece de mi vista. Me aliso la falda y giro, resignada, haciendo la cuenta de todas las humillaciones que acumulé esta mañana. 1) Mi supuesta cita es un horror. 2) Soy un desastre que no sabe diferenciar entre gays y heterosexuales. 3) Estoy tan lejos de encontrar a Alex como hace semanas, cuando llegué a esta ciudad. 4) Porter fue testigo de todo.

Patrick camina hacia mí con pasos largos y dice:

–No hay nada nuevo en el depósito –su mirada se dispara al segundo pasillo, desde donde sale Porter de una sección identificada como "PELIS DE EXPLOTACIÓN NEGRA Y KUNG FU". Lleva puestos unos pantalones de playa largos de color gris y una chaqueta de color verde militar abierta con la palabra "CHICO FOGOSO" bordada al lado de la caricatura de un demonio bebé que adorna un bolsillo superior bastante gastado. Su mata de rizos parece más larga hoy; las puntas de su cabello le rozan los hombros. Su mirada se conecta con la mía y se queda así un segundo, lo cual tiene un efecto raro en mi pulso.

–Ah, hola, Porter –dice Patrick alegremente–. ¿Cómo está Lana? Oí que entró al circuito profesional.

–Sí, así es –responde Porter, con absoluta tranquilidad. Me sigue mirando.

Los ojos de Patrick van y vienen entre Porter y yo, como si sospechara que estuvimos hablando a sus espaldas. Genial. Ahora me siento culpable además de humillada.

–Bueno, Bailey, estuvo divertido, pero mi papá me mandó un

mensaje desde el barco, así que tendría que volver a trabajar. ¿Nos tomamos un café en algún momento?

Parece decirlo en serio, para mi sorpresa, y en ese momento me doy cuenta de que, a diferencia de mí, él nunca pensó que esto era una cita. Sólo lo vio como dos personas con gustos similares que estaban pasando tiempo juntas. ¿Por eso seré peor persona si nunca lo quiero volver a ver porque prefiere la carne de otro hombre en lugar de mis partes femeninas? Decido que sí. Sumo eso a mi interminable lista de fallas importantes.

–Me encantaría un café. O un té –corrijo–. ¿Quieres mi número de teléfono? Quizás podemos ver algunas películas del festival o algo.

–Sí, claro –dice él, sonriendo, y vamos juntos hacia el frente de la tienda, intercambiando números. Después él se despide con un gesto de la mano, se adentra en la niebla y me deja parada afuera con un diminuto pedacito de mi dignidad todavía intacto.

Creo que debería enviar un mensaje a Alex, solo para ver cómo están las cosas, para asegurarme de que él no sepa nada de este fiasco. Pero al mismo tiempo, quizás necesito despejar la cabeza primero. Tenía tantas ganas de encontrar a Alex que saqué conclusiones precipitadas sobre Patrick y dejé el sentido común de lado. Eso fue un error tonto, pero no quiero hacerme mucha mala sangre por eso. Nada más quiero…

Ya no sé lo que quiero, la verdad.

–¿Estás bien?

Porter está a mi lado. La puerta de Videos Láser se cierra detrás de nosotros. Doy un largo suspiro.

–Sí, es que… estoy teniendo un día muy malo. Debe ser la niebla.

–No puede ser por eso –dice él–. Los días de niebla son los mejores.

Espero el remate, pero no llega nunca. Él baja la mirada para ver mi rodilla; se ha formado una costra por haber tumbado ayer a los ladrones del halcón maltés, pero hoy no quise ponerme una bandita por vanidosa.

–Pensé que en California siempre estaba soleado –le digo–. Los días de niebla son deprimentes.

–Nooo. Tienen cierta magia.

–Magia –repito en tono sombrío, sin creerle.

–¿Qué? ¿La magia es muy poco intelectual para ti?

–No me provoques hoy –digo yo, más cansada que frustrada, pero si él insiste mucho más, eso puede cambiar–. ¿Te gusta buscar peleas?

–Solo contigo.

Estudio su rostro. No logro saber si está bromeando.

–Peleas con Pangborn todo el tiempo.

–No es verdad. Él nunca me pelea a mí.

–¿Así que eso es lo que te gusta? –pregunto–. ¿Alguien que te pelee?

–A todos les gusta algún intercambio ingenioso de vez en cuando.

¿Eso es un halago? No lo sé.

–Puede ser que me guste alguien que me pelee –dice él, encogiendo un hombro–. Es un misterio, incluso para mí. No soy más que un vago de playa, ¿recuerdas? ¿Quién sabe lo que pasa dentro de esta mente simple que tengo?

Ay. Qué incómodo. Una parte de mí se pregunta si debería disculparme por eso, pero después recuerdo todas las cosas horribles que me ha dicho él.

Pasa un extenso momento.

–¿Alguna vez subiste a una rueda de la fortuna en medio de la niebla? –me pregunta de repente–. ¡Ah! ¿Y a las telesillas?

–Eh… no me subo a los juegos de los parques de diversiones.

–¿Por qué?

–Siempre se rompen y los asientos están pegajosos.

–Por Dios, Bailey –se ríe Porter–. ¿Qué clase de juegos de porquería hay en la capital de nuestra nación? –niega con la cabeza, en un supuesto gesto de desaprobación, y suspira–. Bueno, solo porque me da lástima tu penosa experiencia con los juegos de parques de diversiones, te voy a llevar a las Abejas.

–¿Qué son las Abejas?

–Las Abejas. Zzzz –me tironea de la manga una y otra vez, invitándome a ir hacia él, mientras camina hacia atrás, con esa sonrisa relajada y sexy que tiene–. ¿Esos cables con las telesillas que están pintadas como si fueran abejorros? ¿Las que llevan a la gente hacia las secuoyas que están en los acantilados, por encima de la playa? ¿Las que se toman al lado de la rueda grande y dorada que está sobre el paseo marítimo y que tiene luces muy, muy brillantes? Es hora de que conozcas tu ciudad, Rydell. Vamos.

# Capítulo 11

"Yo solo busco a alguien con quien
conversar durante la cena".

–Tom Hanks, *Sintonía de amor* (1993)

–¿Qué pasa? –pregunta Porter mientras caminamos por el paseo marítimo. Entonces caigo en la cuenta: al igual que la rueda de la fortuna, la boletería de las telesillas Abejorro está al lado de la bendita ventanilla de los paseos para avistar ballenas. No pensé bien esto.

–Mierda. La verdad es que no lo quiero volver a ver –digo.

Porter se ve confundido por un segundo.

–¿A Patrick? ¿Y a él qué le importa?

Mi respuesta es un suspiro triste y largo.

–Bueno, bueno –refunfuña él, pero no creo que esté irritado en serio. Estoy más convencida de que me tiene lástima, y eso podría ser peor–. Quédate en la entrada por allí. Enseguida vuelvo.

No me queda energía para discutir con él. Arrastro los pies hasta la entrada de las telesillas y espero mientras un hombre encorvado de origen filipino y voz áspera –su placa dice que se llama Reyes– ayuda a unos rezagados a bajarse de una de las sillas. Además de una pareja de jóvenes universitarios que no dejan de tocarse, no parece haber nadie más esperando para subir. No los culpo. Unos anillos de niebla se aferran a los asientos oscilantes pintados de amarillo y negro, que se parecen mucho a las telesillas de esquí. Los cables gruesos que llevan las sillas por encima del paseo marítimo hasta los acantilados rocosos se apoyan en una serie de postes con forma de T; un cable lleva las sillas ascendentes, otro cable sostiene las descendentes. En la punta de cada poste hay unas luces grandes y brillantes, pero a mitad de camino la niebla es tan densa que las luces desaparecen. Hoy ni siquiera se pueden ver los acantilados.

—Buenas —dice el operador de los Abejorros cuando lo saludo.

—¿Qué hace si le pasa algo a una de las sillas? —pregunto—. ¿Cómo lo ve?

Él sigue mi mirada, estira el cuello y alza la vista para ver entre la niebla.

—No lo veo —me dice.

Nada tranquilizador.

Después de un tiempo que parece larguísimo, Porter regresa, sin aliento, con nuestros boletos y una bolsa pequeña de papel encerado.

—Hola, ¿cómo le va, señor Reyes? —saluda alegremente al operador.

—No se permite comida en las Abejas, Porter —dice el hombre mayor con aspereza.

Porter se mete la bolsa dentro de la chaqueta y sube la cremallera hasta la mitad.

—No la vamos a tocar hasta que lleguemos a los acantilados.

—Bueno —cede el hombre, sonriendo, y extiende un brazo para acompañarnos a la siguiente silla.

Antes de que yo cambie de opinión, subimos a una silla oscilante que está detrás de la pareja de universitarios toquetones. En cada asiento entran dos personas, algo apretadas, y si bien tenemos una capota de plástico a rayas amarillas y blancas que nos sirve de techo, nuestros torsos quedan al descubierto. Esto significa que A) el viento costero golpea contra el respaldo de la silla y B) podemos ver a la perfección a la parejita amorosa que está delante y sus manos voladoras. Buenísimo.

El operador baja un barral que nos queda a la altura de la cintura y nos asegura a la silla. Miro a Porter con disimulo. No esperaba sentarme tan cerca de él. Nuestras piernas casi se tocan, y llevo puesta una falda corta. Me achico un poco.

—Quince minutos para subir —dice el operador mientras camina al lado de nuestra silla, que se mueve con lentitud—, quince minutos para bajar, cuando ustedes decidan regresar. Que lo disfruten.

Y salimos. El estómago se me sacude un poquito, lo cual es ridículo, porque ni siquiera despegamos del suelo todavía; estas Abejas necesitan más emoción.

—¿Estás bien, Rydell? —pregunta Porter—. ¿No les tienes miedo a las alturas, no?

—Supongo que ahora lo sabremos —respondo mientras mis pies se arrastran a medida que avanzamos y empezamos a remontar vuelo, muy muy lentamente.

—Te va a encantar —me asegura Porter—. Va a ser genial cuando nos metamos en la niebla en unos minutos.

Una vez que el operador de las sillas vuelve con paso tranquilo a la entrada y queda fuera de nuestra vista, Porter baja la cremallera de su chaqueta unos centímetros y mete la mano. Un segundo después, sostiene algo. Es de color crema y tiene más o menos la mitad del tamaño de una pelota de golf. Siento olor a vainilla durante un glorioso segundo, antes de que Porter se lo meta entero en la boca.

Sus ojos se cierran, saboreando con placer mientras mastica.

—Mmm. Muy rico.

—¿Qué es eso? —pregunto.

—Es ilegal comer en las Abejas —me recuerda, tomando su teléfono del bolsillo de los pantalones—. ¿Estás segura de que quieres romper las reglas?

Me salteé el desayuno. Estaba demasiado nerviosa por la cita con Patrick. Qué idiota. Todavía no puedo creer que pasó todo eso. Es como una pesadilla de la que no me puedo librar. Y ahora Porter tiene olor a vainilla tibia que le sale de la chaqueta, delante de mis narices.

–¿Qué carajo, Porter? –lloriqueo–. Huele muy bien.

–Sí, Gracie mencionó que eres terriblemente golosa con las cosas de pastelería –Porter busca algo en su teléfono, tomando otra bola de lo que sea que tiene. Creo que es un mini muffin de vainilla. También siento olor a coco. Pero quizás sea él.

–No le voy a volver a contar más nada a ella –me quejo, dando una patada mientras nos alejamos un poco más del suelo.

–Aquí está –dice él, que encuentra algo en su teléfono–. Otro cuestionario. Hagamos un trato.

–NADA DE CUESTIONARIOS.

–Esta vez voy a ser bueno –me dice–. Lo prometo.

–¿Y por qué voy a creerte?

–Porque tengo el bolsillo lleno de muffins de la luna –dice sonriendo.

No sé qué rayos es eso, pero quiero uno, mucho. Me ruje el estómago.

–Guau, Rydell. ¿Tienes un dragón ahí adentro o qué?

La cabeza me cuelga hacia delante mientras hago ruiditos de lloriqueo. Al fin, cedo.

–Bueno, pero si me haces enojar mientras estamos atascados en este estúpido abejorro volador, ten en cuenta que mis uñas son filosas y te voy a arañar los ojos –le muestro mis uñas recién pintadas de un color rojo rubí, limadas en forma de almendra, como se usaban antes. Porter silba y dice:

–Puntiagudas. Qué manicura más glamorosa. Y yo que pensaba que eras distante. El azúcar saca tu demonio interior. A Porter le gusta.

Me pongo un poco nerviosa, pero no lo suficiente como para dejar de querer los muffins.

–Bueno, esto es así. Primero –Porter saca uno de los premios–, este es un muffin de la luna. Una especialidad de Coronado Cove. Recién horneado en la Pastelería de Tony, que está por allí –señala hacia atrás–. ¿Piensas que esas galletas de azúcar que venden en el trabajo son ricas? Bueno, esto te va a encantar.

Él lo sostiene con las puntas de los dedos. Se lo arrebato, lo huelo, lo parto al medio, sin tener en cuenta su gesto de que eso no se hace. Lo saboreo. Increíble. Esponjoso. Ligero. Espolvoreado con azúcar vainillada.

–Ñam ñam –le digo a Porter.

Él hace una mueca de victoria y dice:

–Te lo dije. Bueno, hora del cuestionario. Este es para los dos. Es un cuestionario de… amistad. Los dos tenemos que responder y así vemos cuántas coincidencias tenemos. A ver si seremos amigos compatibles o enemigos implacables.

–Pff –digo mientras tengo la boca llena de muffin de la luna, sacudiéndome migas de los senos–. Enemigos. Cuestionario terminado; dame otro muffin –muevo los dedos en sus narices.

Él se ríe y aparta mis dedos de un manotazo.

–No hay muffins hasta que respondamos la primera pregunta. ¿Lista? Pregunta uno –empieza a leer–. "Cuando peleamos: A) es como la Tercera Guerra Mundial, y tardamos días en volver a hablar; B) nos peleamos intensamente pero nos reconciliamos enseguida; C) nunca peleamos". ¿Qué te parece? ¿A, B o C?

Dios, ¿qué tiene con los cuestionarios? Grace tenía razón: está obsesionado.

–La C no, seguro –respondo–. Pero tampoco es la A. Supongo que somos la B. Peleamos intensamente, pero nos reconciliamos casi enseguida. Pero es más que nada porque me sobornas con comida. Sigue así y estaremos bien.

–La B entonces –él me da otro muffin sin levantar la vista del teléfono. Lo tomo mientras él lee la siguiente pregunta–. "Preferimos pasar el tiempo libre: A) en fiestas rodeados de amigos, cuantos más seamos, mejor; B) siempre en movimiento, nunca quietos; C) relajándonos solos".

–Supongo que tú dirás una de las primeras dos cosas, pero yo soy más de la C. ¿Eso arruina nuestro puntaje?

–No, no. De hecho, yo también soy de la C.

Eh... bueno. No sé si lo creo. Por otro lado, este es su día libre, y estaba solo en una tienda de videos, que no es como yo me lo podía imaginar.

–¡Ah, mira! –digo, señalando hacia abajo por mi lado de la silla–. Ya casi estamos encima de la rueda de la fortuna.

El paseo marítimo se ve raro desde aquí, solo veo algunos destellos de color, y la cima de los edificios. Los autos pasan a toda velocidad a mi izquierda, pero ¿quién quiere ver la ciudad? Por desgracia, no puedo evitar mirar hacia delante y ver que las manos de la pareja de enfrente están por todos lados. Creo que hay algo más que besos... guau. Enseguida aparto la mirada.

–Estas sillas sí que son lentas, ¿no? –me quejo.

–He dormido siestas aquí –dice Porter–. No miento. Siguiente pregunta. "Si uno de nosotros tiene un problema: A) nos lo guardamos; b) enseguida pedimos consejo al otro; C) damos pistas y esperamos que el otro se dé cuenta en algún momento".

–Anótame en la A –con delicadeza, meto la mano en la chaqueta abierta de Porter hasta que toco la bolsa de papel encerado con las puntas de los dedos y encuentro otro muffin. Pero cuando lo estoy sacando y veo el rostro de Porter, dudo.

–No, por favor, continúa –dice él–. Sírvete.

–Uy –digo yo con una sonrisa tímida.

–¿Siempre andas por ahí metiendo las manos en la ropa de los chicos? –pregunta él.

–Solo cuando están llenos de pasteles.

–Mañana voy a ir a trabajar con cinco kilos de pasteles en los pantalones –dice entre dientes, exclamando "¡uf!" cuando le doy un golpe ligero en el brazo.

–Siguiente pregunta, por el amor de la vainilla –ruego yo–. ¿Cuántas preguntas tiene este cuestionario, por cierto?

–Momento, ¿elegiste la A en la última? Yo elegí la B –dice él, y hago un esfuerzo para recordar cuál era la pregunta–. Es probable que eso dañe nuestro grado de compatibilidad. La última: "La cualidad más importante en una… eh, amistad es: A) que compartimos los mismos gustos; B) que nos caemos bien; C) que siempre podemos contar con el otro, pase lo que pase".

Trago lo último que quedaba de mi muffin y pregunto:

–¿Qué clase de pregunta es esa? ¿No tendría que haber otra opción, como "D) Todas las anteriores"?

–Bueno, no hay. Así que tienes que elegir una.

–Me niego.

–No puedes negarte.

–Bueno, lo acabo de hacer, Chico Fogoso.

Él lanza un resoplido por mi comentario y protesta:

–Pero ¿cómo vamos a saber si somos compatibles?

No puedo saber si solo está bromeando o si hay algo más detrás de las tonterías.

–Uy, no sé. Supongo que tendremos que ser amigos de verdad y averiguarlo nosotros en lugar de hacer un cuestionario.

Él apaga su teléfono de manera ostentosa y lo mete en el bolsillo.

–Ya nadie aprecia el arte de un buen cuestionario. Ah, aquí vamos. Ajústate el cinturón; se está por poner raro. Espero que no te asuste la oscuridad o algo. Siéntete libre de volver a meter la mano en mi chaqueta si te hace falta.

Justo a tiempo, giro mi cabeza hacia delante cuando la silla entra en el denso banco de niebla que viene del mar. Porter exageraba. La niebla no es tan espesa. Todavía podemos vernos. Pero la pareja de enfrente se ve con menos claridad, y salvo algún que otro camión o edificio alto, tampoco se ve bien el suelo. No tiene olor a nada específico y tampoco se siente húmeda. Pero la siento distinta en los pulmones.

–¿Por qué hay tanta niebla aquí en verano?

–¿En serio quieres saberlo?

No sé bien cómo responder eso.

–Eh, sí, ¿supongo?

–Bueno, a ver… la niebla se forma sobre el agua porque el agua está fría. Esta parte del Pacífico está siempre fría por dos motivos. Primero, el aire frío de Alaska baja por la corriente de California y, segundo, sube agua fría de las profundidades del mar por algo que se llama surgencia, en la que el viento sopla paralelo a la costa y empuja la superficie del mar hacia el sur. Esto revuelve el Pacífico y hace subir agua salada helada del fondo del mar, que está tan fría, que refrigera el aire del mar, condensa y forma niebla. El sol del verano calienta el aire y lo eleva, y la niebla sube con el aire.

Me quedo mirándolo. Creo que tengo la boca abierta, no estoy segura.

Él se rasca la frente y hace un gruñido, descartando todo el discurso.

–Estoy obsesionado con el clima. Es por el surf. Para encontrar las mejores olas, tienes que saber sobre las mareas, los oleajes, las tormentas… Al final me terminaron interesando esas cosas.

Miro su extravagante reloj de surf rojo, que se asoma por el puño de su chaqueta, con todos esos cálculos de las mareas y el tiempo. ¿Quién hubiera dicho que él era tan inteligente?

–La verdad es que estoy impresionada –digo, en serio–. Supongo que serás el chico que hay que tener al lado si se quiere hacer trampa en Biología.

–Obtuve la nota máxima en la clase avanzada de Biología el año pasado. Este año voy a anotarme en las clases avanzadas de Ciencias Ambientales y Química 2.

–Puaj. Odio las ciencias. Historia e Inglés, sí. Nada de ciencias.

–¿Nada de ciencias? Bailey, Bailey, Bailey. Parece que somos opuestos en todos los aspectos que se puedan imaginar.

–Sí –concuerdo, sonriendo. No sé por qué, pero esto me pone un poco atolondrada.

Él se ríe como si yo hubiera contado un chiste graciosísimo, y se inclina por encima del barral.

–¿Y qué te parece ahora nuestra niebla californiana? ¿Está buena, no? –ahueca las manos como si pudiera tomar un poco de ella.

Hago la prueba y también extiendo las manos.

–Sí, está buena. Me gusta nuestra niebla. Tenías razón.

Nos quedamos así sentados, juntos, tratando de atrapar el mar con nuestras manos, hasta que terminamos de subir.

Al final del recorrido, nos espera un operador que levanta el barral y nos libera. Llegamos a la cima de los acantilados. Además de una tienda diminuta llamada Tarro de Miel –la verdad es que odio darles la noticia, pero los abejorros no hacen miel–, hay una pequeña plataforma rodeada por una cerca que tiene unos de esos telescopios a monedas con los que se puede mirar el mar. Si fuera un día despejado, veríamos por encima del Palacio de la Caverna, pero ahora no hay mucho para ver, así que hay pocas personas dando vueltas. También está frío y ventoso, sobre todo para ser verano.

No sabía que California tuviera un clima tan loco. Le pido a Porter que me cuente más sobre él. Primero piensa que me estoy burlando, pero después de insistirle un poco, nos reclinamos contra la cerca de cedro y, mientras liquidamos los últimos muffins, él me cuenta más sobre las corrientes oceánicas y las mareas, los bosques de secuoyas, los helechos y los ecosistemas, y que la niebla ha ido disminuyendo en las últimas décadas y los científicos están tratando de averiguar por qué y cómo pueden evitar que eso continúe.

Es raro oírlo hablar de todo esto, y al igual que las cicatrices de su brazo, estoy tratando de unir todas las piezas irregulares que forman a Porter: el guardia de seguridad del trabajo que hace comentarios subidos de tono y que se burló de mí porque tenía zapatos de distinto color; el surfista que trató de quitar a su amigo drogado Davy del cruce peatonal; el hermano al que le brillan los ojos de orgullo cuando habla de los logros de su hermana; el chico que me chocó los cinco cuando atrapé al niño que había robado el halcón maltés… y el muchacho obsesionado con las ciencias que está parado delante de mí en este momento.

Quizás Walt Whitman tenía razón. Todos nos contradecimos y contenemos multitudes. ¿Cómo hacemos para siquiera entender quiénes somos en realidad?

Porter parece darse cuenta de lo mucho que está hablando y su rostro dorado se ruboriza. Es muy adorable.

–Bueno, suficiente –dice al fin–. ¿Qué te obsesiona a ti?

Dudo, porque quiero hablar sobre el cine clásico con la misma pasión con la que él me contó sobre la lluvia en el mar, pero después recuerdo el incidente con Patrick y se me revuelve un poco el estómago. No me hace gracia hacer un refrito de todo eso. Quizás en otro momento.

–La historia –le digo, que, si bien está a mitad de camino, también es verdad–. Hora de confesiones. En este último tiempo he estado pensando que quizás me gustaría ser archivista en un museo.

Porter se anima, como si le hubiera acabado de recordar algo.

–¿Como catalogar cosas?

–Sí, o quizás prefiera ser curadora. No estoy segura del todo –admitirlo en voz alta me pone incómoda. Me da un poco de vergüenza y siento la necesidad de huir, pero estamos en un acantilado y no tengo a dónde correr–. En fin, trabajar en la Cueva no será un sueño hecho realidad, pero es un comienzo. Ya sabes, para mi currículum, en algún momento.

Él me mira con los ojos entrecerrados, y yo le cuento un poco más sobre mi sueño del museo, el cual encaja con mi estilo de vida a lo astuto truhan: tras bambalinas, nada muy estresante, dándome una panzada de cosas viejas, preservando obras de valor histórico que a la mayoría de la gente les parecen aburridas. Por mucho que me guste el cine, de ninguna manera quiero ser directora. Cada vez lo tengo más claro. A mí pónganme en la oscuridad. Voy a revisar cajas de archivos viejos de lo más contenta.

–Me gusta descubrir cosas que la gente ha olvidado. Además, soy muy buena para organizar cosas.

–Me di cuenta –dice Porter, con una sonrisa suave.

–¿Ah, sí?

–Tu caja registradora. Todos los billetes miran para el mismo lado, las esquinas dobladas están enderezadas. Todo está perfectamente apilado y abrochado para ponerlo en la bolsa de entrega. Las cajas de la mayoría son un desastre, el dinero mira para cualquier lado.

Se me encienden las mejillas. Me sorprende que le haya prestado atención a detalles como esos.

–Me gusta que las cosas estén bien ordenadas –estúpida sangre de contador.

–Las cosas ordenadas son buenas. Quizás tienes algo de científico dentro de ti, después de todo.

–¡Ja! –exclamo–. Buen intento, pero no.

Sus ojos se arrugan en los extremos cuando se ríe. Me dice:

–Pero ¿supongo que no querrás trabajar para siempre en el Sauna, no?

–Dios, no –respondo con cara amarga–. En el Sauna, no.

El solo hecho de haberlo mencionado nos da sed a los dos, así que entramos al Tarro de Miel y compramos unas bebidas. Para cuando las terminamos, el sol está atravesando la niebla –elevándola, ahora que aprendí ese poquito sobre ciencias– y el aire caliente del mediodía huele como el patio de papá, a pinos y secuoyas, limpio y fresco. Lo inhalo profundamente. De ninguna manera se siente este aroma en el este.

Cuando volvemos a las telesillas, nos sentamos más cerca. Mucho más cerca. Siento el brazo y la pierna de Porter, tibios, contra los míos. Sus pantalones son más largos que mi falda, sus piernas más largas que mis piernas, pero cuando la silla se inclina hacia delante, se juntan nuestras pantorrillas. Me quedo mirando el punto en el que se unieron nuestros cuerpos. Por una milésima de segundo, pienso en alejarme, achicarme otra vez, como hice cuando subimos. Pero...

No lo hago.

Y él tampoco.

El barral baja y nos atrapa, juntos. Brazo contra brazo, pierna contra pierna, piel contra piel. El corazón me late en el pecho como si siguiera el ritmo alegre de una canción. Cada tanto, siento que sus ojos miran mi rostro, pero no me animo a mirarlo a él. Bajamos en silencio todo el camino, mientras vemos cómo se va agrandando la ciudad.

Un par de metros antes de llegar al suelo, él dice en voz tan baja que apenas lo oigo:

—Lo que dije el otro día, que tenías gustos sofisticados… —hace una pausa por un momento. El señor Reyes está sonriendo, esperando para destrabar nuestro barral—. Solo quería decirte que me gusta cómo te vistes. Me gusta tu estilo… me parece increíblemente sexy.

# Comunidad de Cinéfilos Lumière

*NO HAY MENSAJES NUEVOS*

# Capítulo 12

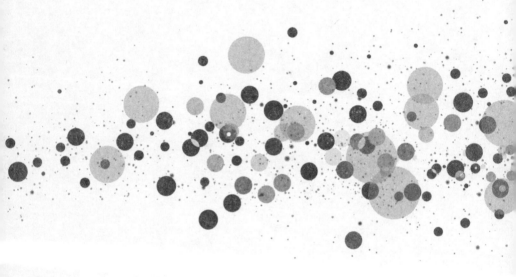

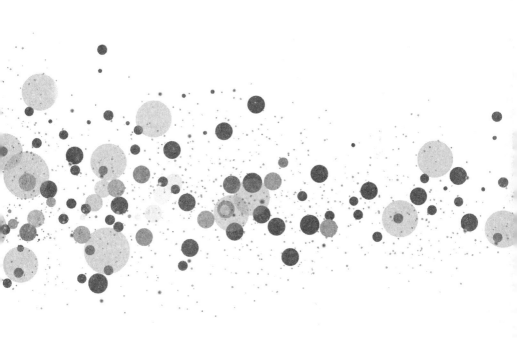

"Si lo que creo que está pasando,
está pasando, más vale que no pase".

–Meryl Streep, *El fantástico Sr. Zorro* (2009)

Estoy hecha un desastre. Ya han pasado ocho horas desde que Porter y yo nos despedimos en las Abejas, y todavía no he podido quitar sus palabras de mi mente. *Increíblemente sexy.*

¡Yo!

¡Él!

¿Cómo?

Él no dijo nada más, casi ni me miró cuando me dijo que tenía que "largarse" porque le prometió a su mamá que esa tarde la ayudaría a descargar algo en la tienda de surf. Creo que le agradecí por los muffins y el boleto de la telesilla. No sé, la verdad. Estaba tan nerviosa. Quizás le dije que lo vería en el trabajo. El señor Reyes me preguntó si estaba bien, así que sé que me quedé parada allí demasiado tiempo y que habré parecido una loca total. Después caminé casi un kilómetro sobre la arena para llegar al estacionamiento equivocado, y tuve que volver sobre mis pasos para llegar adonde estaba Baby.

–¿No vas a comer más? –pregunta papá desde mi codo izquierdo.

Bajo la mirada hacia mi cuenco. Está casi lleno, pero no porque no esté rico. De hecho, está muy, muy bueno. Estoy sentada en una mesa de pícnic en el extremo norte de la ensenada, lejos del mundanal ruido del paseo marítimo. Wanda –perdón, la sargento Mendoza– está sentada al otro lado de la mesa. Ahora es difícil verla como policía, porque tiene puestos unos jeans y estamos cenando con ella en la playa, en frente de un restaurante móvil, el famoso puesto de pozole. También porque papá no deja de llamarla Wanda, y cada vez que dice su nombre, sonríe un poquito, pero no creo que él sepa que lo hace. Creo que podrían estar jugueteando con los pies debajo de la mesa, sobre la arena, pero estoy muy distraída para ver si es así.

Resulta ser que el pozole es un guiso mexicano increíble que se cocina a fuego lento y se hace con maíz seco, caldo, chiles y carne. En el restaurante venden pozole rojo, verde y blanco, y yo estoy comiendo el blanco, que está hecho con cerdo y es el más suave. Arriba tiene rabanitos y col recién cortados, y en las mesas hay platos con rodajas de lima. El sol se está poniendo en el Pacífico, así que el cielo tiene un rarísimo color entre dorado y violáceo, y el restaurante de pozole tiene luces multicolores atadas sobre las mesas, así que hay una atmósfera de fiesta y diversión. Al menos así debería ser. Pero podemos ver las siluetas de algunos surfistas en las olas oscuras, y eso me hace pensar en Porter, lo cual me pone loca.

Así que no, no puedo comer.

Pero tengo que comer. Me estoy muriendo de hambre, y esto es ridículo. No voy a ser una de esas chicas que se ponen medias tontas por un chico y juguetean con la comida. Es Porter Roth, por todos los santos. Somos archienemigos (o casi). Ese estúpido cuestionario de compatibilidad… ¿no nos fue mal? ¿O al final nos fue bien? Ya no lo recuerdo. Todo lo que recuerdo es lo lindo y serio que se veía cuando hablaba de fitoplancton y corrientes oceánicas, y las cosquillas que me hacía el roce con su pierna cuando se balanceaba la silla.

Siento que me sube la temperatura de solo pensar en eso otra vez, que Dios me ayude.

Pero por otro lado, quizás él ni siquiera lo dijo en serio. Quizás solo se estaba burlando de mí. ¿Se burlaba de mí? Otra oleada de pánico me baña el pecho.

No, no, no. Lo único que puedo pensar es: *Esto no puede estar sucediendo.* El terror resplandece en mi mente.

No me puede gustar Porter Roth.

–¿Bailey?

–¿Eh? No, me encanta, en serio. Está delicioso –respondo a papá, tratando de sonar normal mientras levanto la cuchara–. Tuve un día raro nada más.

Quito a Porter de mi mente. Hundo la cuchara en mi cuenco. Me concentro en mirar las gaviotas que vuelan alto por la orilla. Después oigo a papá decirle a Wanda con tono picante:

–Hoy tuvo una cita.

–Ah, ah –dice Wanda, esbozando una sonrisa.

–Papá, por favor.

–Bueno, no me contaste cómo te fue. ¿Cómo se llama? ¿Patrick?

–Si de verdad quieres saber, me fue así –respondo, haciendo un gesto con el pulgar para abajo y un resoplido grosero–. Resulta ser que tu hija ha desaprobado el examen de química en relaciones porque, por curioso que parezca, Patrick es gay.

–¿Y él no te lo dijo antes? –pregunta Wanda, con expresión apenada.

–No fue su culpa –respondo–. Creo que di por sentado algunas cosas equivocadas.

Papá aprieta los dientes y se lo ve muy incómodo. No tiene idea de qué decirme.

–Ay, cariño. ¿Lo… siento?

–Como siempre dices, nunca des nada por sentado… –digo yo, negando con la cabeza.

– …ya que a los dos nos deja mal parados –concluye él. Un momento después, él se aproxima y me rodea la espalda con un brazo–. En verdad lo siento, hija. No tenía que pasar, pero no dejes que eso te desanime. Esta ciudad está plagada de chicos lindos.

Wanda disimula una sonrisa.

–Ay, papá. No puedo creer que hayas dicho eso en frente de tu novia –digo en voz no tan baja, apoyando la cabeza en su hombro.

–Yo tampoco –admite él, frotándome la espalda–. Ser padre es raro.

Wanda se limpia la boca con una servilleta, asintiendo con la cabeza.

–Gran verdad. Mi bebé tiene dos años más que tú, Bailey, y acaba de sufrir una separación de locos.

–Momento, ¿tienes un hijo?

Ella asiente con la cabeza y explica:

–Me divorcié hace cinco años. Él tiene diecinueve. Fue un año a la universidad local y ahora está haciendo cursos de verano en la universidad a la que fue tu papá: Cal Poly. Ingeniería eléctrica. Es muy inteligente.

Mientras ella me cuenta más sobre su hijo, yo como el guiso, pensando en si alguna vez conoceré a este chico. ¿Y si papá se vuelve a casar? ¿Tendré un hermanastro? Pensar en eso es muy extraño. Pero por otro lado, Wanda parece ser muy buena, y por cómo habla de Anthony –así se llama su hijo–, una pensaría que es el chico más increíble del mundo. Además, papá es como yo: no toma decisiones a la ligera. No me lo imagino lanzándose precipitadamente a otro matrimonio, no es como mamá, quien todavía no ha llamado, por cierto. No es que esté contando los días ni nada, o que esté desconsolada, llorando por ella como si fuera una nena de diez años a la que enviaron a un campamento de verano y extraña a su mamá.

Pero igual. ¿Una llamada? ¿Un e-mail?

Si ella piensa que yo voy a llamar primero, que se quede esperando. No se supone que yo sea la adulta.

Cuando termino de comer, me levanto de la mesa y tomo el teléfono de mi bolso, que está guardado en el asiento de Baby (vine sola y me encontré con papá y Wanda aquí). De regreso a la mesa, noto que algunos de los surfistas que están a lo lejos se han quitado los trajes de neoprene. Han clavado las tablas en la arena, que quedaron erguidas como lápidas, y están caminando con dificultad hacia el restaurante de pozole. El pulso me da un salto mientras miro las caras de los tres chicos en busca de Porter. No lo encuentro, pero sí veo a alguien cojeando por la playa: Davy.

*Qué porquería.*

La verdad es que no quiero volver a verlo, en especial cuando estoy con papá. Por desgracia, por más que trato de mantener la cabeza gacha mientras me siento al lado de mi padre, no alcanza para escapar de su mirada vaga.

—Pero miren quién está aquí, la señorita —dice él con voz áspera—. La vaquera. Trabajas con Porter en la Cueva.

Levanto la mano un par de centímetros por encima de la mesa, en un pobre saludo, y levanto el mentón.

—Davy —dice él, señalándose el pecho, que, como siempre, está desnudo, incluso cuando los otros dos surfistas están vestidos. Está temblando. *Ponte una bendita camiseta, querido*—. El amigo de Porter, ¿recuerdas?

—Hola —digo, porque sería muy raro si no lo saludara. Pero ¿por qué tuvo que mencionar a Porter?

—¿Esa es tu Vespa? —me pregunta—. Qué buen vehículo. Parece original. ¿Está restaurada?

Wanda se endereza y habla antes de que yo pueda responder.

–¿Qué está haciendo aquí, señor Truand?

–Ah, hola, oficial Mendoza –dice Davy, que no parece inmutarse por su presencia–. No la reconocí sin el uniforme.

–Soy la *sargento* Mendoza, y sabes que te puedo arrestar, más allá de lo que tenga puesto.

–Lo voy a tener en cuenta –responde él, sonriendo como un promotor de seguros.

Dos chicas mayores vestidas con una camiseta y la parte de abajo de una bikini se levantan de una mesa cercana para arrojar su basura, y los amigos de Davy intentan ligar con ellas de la peor manera posible. Todo lo que oigo es "qué lindo trasero" y "enterrar la cara allí" y quiero morir o darles a todos un puñetazo ahí abajo. Las chicas les muestran el dedo del medio y después de un intercambio breve pero brutal, los amigos de Davy se rinden y van hacia el restaurante de pozole como si no hubiera pasado nada. Fueron solo unos minutos más de su día.

Ahora que se terminó el circo, Davy parece recordar que me estaba hablando.

–Bueno, entonces, vaquera, sigues invitada. ¿Recuerdas? –se lleva un dedo a los labios y me guiña el ojo. Me lleva un segundo darme cuenta de que está hablando del fogón. Supongo. Quién puede saber con este idiota. No respondo, y Davy no parece notarlo. Él y sus amigos ya se han distraído con algo más: otro auto, esta vez lleno de más chicos. Salen corriendo a encontrarse con ellos. Gracias a Dios. Me da muchísima vergüenza estar en la misma playa que estos imbéciles. Con solo respirar el mismo aire que nosotros ya están arruinando el ambiente.

–Vete muy, muy lejos, por favor –digo entre dientes.

–¿Lo conoces? –pregunta Wanda, que de repente se ve muy preocupada, como lo haría un policía.

Ahora papá también está preocupado, como lo haría un padre.

–No, no –respondo, haciendo un gesto con la mano–. Él conoce a alguien que trabaja conmigo.

–¿Porter Roth? –dice papá–. Pensé que era un guardia de seguridad, no un vago de la playa.

Supongo que de ahí tomé esa frase.

–Sí, digo, no –respondo. Ay, mierda. No quiero que papá conecte a estos dos–. Porter no es como Davy. Ni siquiera sé si siguen siendo amigos. Me encontré con Davy en el paseo marítimo y empezó a decirme vaquera porque estaba comprando un pañuelo, y después me invitó a hacer algo juntos, pero eso no quiere decir que yo vaya a ir o algo…

–Epa –dice papá–. Más despacio.

–Davy parece ser una tremenda basura, aj.

Wanda parece quedar satisfecha con mi respuesta y agrega:

–Mantente lejos de él, Bailey. Lo digo en serio. Es un problema. Cada vez que lo arresto, queda en libertad por algún tecnicismo. Pero apenas ha logrado mantenerse a flote. Hablo de narcóticos importantes, no marihuana ni alcohol. Necesita ayuda, pero a sus padres no les importa ayudarlo.

Dios. Pienso en la tienda de ropa vintage y esa conversación rara que oí, y en lo enojado que se puso Porter al descubrir que Davy estaba saliendo de la tienda.

–Pero Porter no… –digo yo, arrepintiéndome de haber dicho su nombre antes de terminar la frase.

–Con Porter no hay problema –responde ella, y espero que no se dé cuenta de lo aliviada que me siento–. Al menos, eso creo. La familia Roth ha pasado por muchas cosas, pero son buena gente. De todas maneras, te conviene mantenerte lejos. Si Porter está con Davy, te aconsejo que te alejes y te ahorres un disgusto –ella dice esta parte más a papá que a mí, y él asiente con un breve movimiento de cabeza indicando que sí, lo entiende. Mensaje recibido.

Muerte por asociación. Ahora, para mi papá, Porter Roth está marcado con una cruz grande y roja. No sé bien cómo me afectará eso porque ni siquiera sé qué está pasando entre Porter y yo. Pero si quisiéramos que pasara algo, hipotéticamente, ¿quiere decir que ahora es imposible?

Lo que sí sé es que contarle a papá del fogón está fuera de toda discusión. Porque es muy posible que Wanda sepa de esta loca reunión de sábado por la noche, y él le podría preguntar de qué se trata. El problema es que ahora sí quiero ir. Grace me invitó, y no quiero echarme atrás. Además, Porter podría ir también…

Pero. (¿Por qué siempre hay un "pero"?).

Hay una persona a la que no he tenido en cuenta en todo este lío. Alex. Quizás debería pedirle su opinión. O al menos intentar decirle lo que pasa. Después de todo, él habrá continuado con su vida, como el chico increíble que es, mientras que yo me pasé el día agraviándolo a diestra y siniestra por toda la ciudad, porque soy una persona muy, muy horrible. ¿No merece la posibilidad de dar el visto bueno a algo de todo lo que está pasando?

# Comunidad de Cinéfilos Lumière

**@alex:** Ese horóscopo que me diste se cumplió de un modo extraño.

**@mink:** ¿Sí?

**@alex:** Seguí tu consejo y funcionó. Me arriesgué y pasé uno de los mejores días que tuve en mucho tiempo. Tenías razón. Es bueno abrirse a cosas nuevas.

**@mink:** Qué curioso que digas eso, porque te iba a pedir tu opinión sobre si debería hacer algo o no. (Esto no es sobre viajar allí, por cierto. Solo para que quede claro. No digo que no vaya a pasar, pero por el momento está en pausa).

**@alex:** Opino que sí. Hazlo.

**@mink:** Ni siquiera sabes qué es.

**@alex:** Tampoco sabía lo que quería decir tu horóscopo, pero funcionó. Arriésgate, Mink. Tú me ayudaste; ahora yo te ayudo a ti. Lo que sea que estés pensando hacer, opino que debes hacerlo y ya. ¿Qué es lo peor que puede pasar?

# Capítulo 13

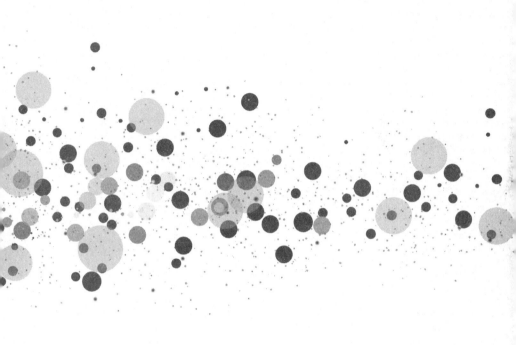

"Nadie miente sobre sentirse solo".

−Montgomery Clift, *De aquí a la eternidad* (1953)

No trabajo con Porter al día siguiente. De hecho, no vuelvo a trabajar con él hasta el sábado –no me he obsesionado con revisar el horario, por supuesto–. Pero la decepción que me inunda cuando levanto mi caja registradora y veo el cabello canoso del señor Pangborn, en lugar de los rizos alborotados de Porter, es tan devastadora que tengo que sacudir la cabeza para recobrar la compostura. ¿Por qué me pongo tan loca por un chico? Me desconozco.

–¿Sigue el plan de esta noche? –pregunta Grace cuando Pangborn nos acompaña al Sauna, silbando alegremente una canción que creo que es de Paul Simon. Dudo demasiado, así que ella me toma del chaleco naranja y dice–: No me abandones, Bailey Rydell.

–No te voy a abandonar –respondo, riendo mientras la alejo–. Es complicado nomás. Quizás necesite decirle una mentirilla a mi papá sobre con quiénes vamos a estar, así que cuando me pases a buscar, no menciones a ningún surfista.

Ella frunce la cara y su expresión dice "bueno, lo que tú digas".

–A las ocho –dice Grace.

–Las ocho. Voy a estar lista, lo prometo.

Pangborn hace un bailecito arrastrando los pies fuera de la puerta de la boletería, con una mano en el estómago, cantando sobre un tipo llamado Julio en el patio de la escuela.

–¡La ra la la la!

–El porro espectacular que se habrá fumado esta mañana –dice Grace con una sonrisa burlona.

–Medicina natural, querida –él la corrige, haciendo un gesto de silencio con la mano mientras mira a su alrededor, como para asegurarse de que Cavadini no esté cerca–. Nunca se sabe quién te está oyendo aquí.

Un pensamiento terrible me pasa por la cabeza:

–Las cámaras de seguridad no tienen sonido, ¿no?

Todas las cosas que Porter dice que Grace le cuenta sobre mí… y ¿si ha estado oyendo nuestras conversaciones en el Sauna?

–¿Sonido? –Pangborn ríe–. Apenas tienen imagen. No, no tienen sonido.

*Gracias a Dios.* Suspiro aliviada.

–¿Por qué? –pregunta él.

–Eh… solo quería saber si ustedes nos oían mientras chismorreábamos en el Sauna –respondo, tratando de disimular lo mejor que puedo… y con un resultado deplorable, claro.

–No, para nada –dice él, riendo–. No podemos oírlas a menos que nos llamen, así que a chismorrear tranquilas. El sistema es viejo. De hecho, no se ha actualizado en una década. Pronto tendrán que invertir algo de dinero. Hace dos semanas, cerró la empresa que monitorea el sistema de alarma. Ahora, si pasa algo en mitad de la noche, todo lo que podemos hacer es llamar a la policía local.

–Llamen a Bailey –dice Grace–. Ella va a perseguir a los delincuentes y saltarles encima.

–Cállate, Grace Achebe –digo yo, golpeándole el hombro–, o voy a empezar a contar el cambio tan lento como Michelle.

–¡Noooo! –Grace le hace un gesto a Pangborn con la mano–.

Oiga, ¿nos va a dejar entrar en algún momento? No todos podemos darnos el lujo de tomar su medicación natural para que el día pase más rápido.

El viejo guardia de seguridad esboza una sonrisa bobalicona y golpea la puerta, anunciando:

—Llegaron las Grailey para cumplir con su deber, chicos. Abran. Parece que volví a perder la llave, por el momento...

Después de acomodarnos y ya estar encaminadas, Grace apaga su micrófono y pregunta:

—¿Por qué le preguntaste a Pangborn si oían nuestros chismes?

—Por nada, la verdad —respondo, pero ella no se da por vencida—. Solo me preocupaba que Porter oyera nuestras conversaciones.

—¿Por qué?

—Por algunas cosas que dijo hace un par de días. No es nada. Una tontería, en realidad. Sabe que soy golosa...

—Yo se lo dije.

—Sí, eso me dijo él.

—En estos días ha estado preguntando cosas sobre ti. Bastantes, de hecho.

—¿Sí?

—Ajá —me mira por el rabillo del ojo.

—¿Cómo qué?

—Cosas —responde ella, encogiéndose de hombros—. Tiene curiosidad. Así es él.

—Como un gato, ¿eh? —entonces esto no es nada fuera de lo normal. Ella no me da más información, así que digo—: Bueno, era por eso nomás. Él me estaba provocando con unos muffins en las Abejas y...

Veo, mejor digo, siento que la cabeza de Grace gira hacia mí.

—¿QUÉ DIJISTE?

—Ay, por Dios, Grace. Mis oídos. No sabía que podías gritar tan fuerte —todavía hay gente en la fila, así que pego una sonrisa falsa en mi rostro y paso unos boletos por el agujerito de la ventanilla—. Me rompiste los tímpanos.

—Pero dijiste eso, ¿no? ¿Dijiste que estuviste en las telesillas con Porter? ¿Por qué estabas en las telesillas con Porter?

—Es largo de contar.

—Tenemos seis horas.

Suspiro. Entre cliente y cliente, le cuento la versión corta de lo que pasó. No menciono que estoy buscando a Alex porque eso se siente muy personal: solo le cuento que me encontré con Patrick y no me di cuenta de que le estaba errando el tiro.

—¿Patrick Killian?

Suspiro. *¿Tan pequeña es esta ciudad?*

—Te lo tendría que haber dicho —opina ella.

—Yo me tendría que haber dado cuenta.

—De todas maneras, pienso que él lo tendría que haber aclarado —dice Grace, negando con la cabeza—. Es imposible que ambos hayan confundido las señales. Él estuvo mal.

—No lo sé —digo yo, pero agradezco su demostración de apoyo.

Ella me hace un gesto para que me apresure.

Continúo con la historia, dejando afuera la mayoría de los detalles, en especial los que tienen que ver con sentimientos escondidos y piernas que se tocan.

—Él solo trataba de animarme —digo, cuando le cuento la parte de Porter y las Abejas—. No fue nada del otro mundo.

—Mmm —es todo lo que ella dice.

—¿Qué quiere decir eso?

—Quiere decir: todo muy interesante.

−¿Por qué?

Cuatro golpecitos rápidos contra la puerta del Sauna. Me sobresalto. Grace chilla. Solo una persona golpea cuatro veces. Los nervios se me ponen de punta cuando Grace abre la puerta.

−Señoritas −saluda Porter.

−Bueno, hablando de Roma −dice Grace, dedicándome una sonrisa tan malvada, que casi no puedo creer que esté en su dulce carita. De inmediato, me arrepiento de haberle contado algo y trato de indicarle con la mirada: SI REVELAS ALGO, TE VOY A ESTRANGULAR MIENTRAS DUERMES.

Porter mira a Grace, y después a mí. Me cruzo con sus ojos y trato de mirar para otro lado, pero son como la miel. Me quedo pegada. Puedo sentir que se derriten mis entrañas y que mi corazón trata de escapar de una horda de zombies. Parece que no me alcanzara el aire que respiro. Maldito Sauna. Es sofocante. Me siento mal físicamente y tengo miedo de desmayarme.

−Hola −dice él con voz suave.

−Hola −respondo yo.

A lo lejos, oigo un débil golpeteo.

−Bailey −me gusta mucho que diga mi nombre. Dios, qué ridiculez.

−Sí −respondo.

−Clientes.

*Carajo.* Me las arreglo para no decirlo en voz alta, pero lo que sí hago es girar en mi silla tan rápido que me golpeo la rodilla pelada −que aún no se ha curado por completo− y doy un grito. El dolor ayuda a romper el hechizo vudú que me hizo Porter. Hasta que algo tibio me toca la mano.

Bajo la mirada. Porter está tratando de darme un pañuelo de papel. La rodilla me sangra otra vez. Le doy las gracias entre dientes y presiono el pañuelo contra la costra que se acaba de abrir, mientras hago malabares para atender la boletería con una sola mano.

—¿Hoy vas al fogón? —dice Porter. Le habla a Grace, no a mí.

—Sí. Voy a llevar a Bailey, si no pierde la pierna antes de que terminemos de trabajar. Nunca sabes qué puede pasar en el Sauna. Es como una zona de guerra aquí dentro. Sal mientras puedas.

—Salgo, salgo —dice él, haciéndose el malhumorado. ¿Noto un tono jovial en su voz? ¿Está contento de que voy al fogón o es solo mi imaginación?–. Bueno, las veo a las dos esta noche, a menos que alguien necesite una ambulancia antes.

Grace aparece en mi casa a las ocho en punto. Apenas tuve tiempo para quitarme la ropa del trabajo y ponerme algo que supongo que será apropiado para un fogón en la playa, lo que para mí significa que estoy vestida como Annette Funicello en una de sus películas playeras de la década de 1960: un top rojo a lunares blancos de tela fruncida que me queda como un guante, unos pantalones cortos blancos con bordes en forma de ondas, alpargatas de cuña. Cuando Grace ve lo que llevo puesto, me mira de arriba abajo y dice:

—Monísima, en serio, pero vas a morir congelada y después te vas a caer y romper el cuello. Cámbiate los zapatos y busca una buena chaqueta.

*Qué porquería.* Cambio las alpargatas por un calzado cerrado de color rojo. Mientras tanto, papá ha quedado cautivadísimo por el encanto de Grace y está tratando de convencerla para que se quede un rato, pidamos una pizza y juguemos una partida de Catan. Ella no tiene idea de qué es eso, y él se lo está explicando mal, muy mal.

Cuando está entusiasmado con algo que le gusta, habla de más y se pone denso. Necesito que logremos salir por la puerta, pero ahora papá está sacando la antigua caja del juego de mesa. Que Dios nos ayude.

–Papá –me interpongo–. Nos tenemos que encontrar con los amigos de Grace. No hay tiempo para intercambiar ovejas.

Papá se rinde levantando ambas manos y dice:

–Entendido. Que se diviertan, chicas. Pero, Grace, por favor tráela de vuelta antes de la medianoche. Tiene que estar en casa para esa hora.

–¿Ah, sí? –pregunto. Nunca hablamos de tal cosa.

–¿Te parece bien? –pregunta él. Ahora él tampoco está seguro.

–Bueno, a mí no me parece bien, señor Rydell –dice Grace–, porque yo también tengo que estar en mi casa para esa hora. Así que la traeré quince minutos antes, porque eso es lo que tardo en llegar a mi casa desde acá. ¿Está bien?

–¡Perfecto! –responde papá, radiante. Ha tomado la decisión correcta, que concuerda con las decisiones de otros padres normales. Todo está bien para él. Y para mí también, porque ahora me puedo escabullir de aquí como una horrible hija delincuente juvenil, para ir a hacer algo que él no me dejaría hacer, después de haberle mentido y dicho que íbamos al paseo marítimo. Antes de perder el valor, tomo un abrigo con capucha, le digo adiós y apresuro a Grace para que salga de casa.

Grace conduce un auto de dos puertas con techo corredizo. Durante todo el viaje hasta la playa, trata de ponerme al tanto de quiénes van a estar allí y cómo podría ser la fiesta, pero aun así no esperaba lo que me encuentro. El sol del atardecer tiñe el cielo de un color magenta cuando salimos de la carretera, muy al norte de la ensenada. Estacionamos junto a otros cien autos que están acomodados en todas direcciones a lo largo de la autopista, con una mitad sobre la arena. Desde el mar se levantan unos acantilados rocosos, que luego se convierten en estribaciones a lo lejos. Y las olas rompen con tanta fuerza aquí, que casi suenan a música de película de suspenso... aunque, bueno, también se escucha eso en los altoparlantes del auto de alguien. El sonido resuena en una pequeña ensenada de rocas irregulares dispuestas en forma de medialuna, a unos doscientos metros de la carretera. Dentro de esta medialuna hay una zona hundida cubierta de arena, donde decenas de adolescentes se han congregado alrededor de un fogón gigantesco que emite una luz que parpadea con furia e ilumina las paredes escarpadas.

El Jardín de los Huesos.

Grace y yo caminamos cuesta abajo por un sendero bien marcado entre la hierba de la costa. Mientras bajamos, nos da la bienvenida una amplia variedad de aromas y sonidos. Malvaviscos asados y cerveza de feo sabor. Risas, gritos y riñas. Un muchacho que llora entre las sombras y otro chico que le dice que lo siente y le pide que por favor no se vaya. *Yo también, amigo*, pienso yo, porque me está dando el mismo ataque de pánico.

—Ya es tarde —dice Grace, detectando mi necesidad de huir—. De todos modos, hay que caminar mucho para volver a la civilización.

*¿Y esto debería calmarme?*

Sin darme cuenta, ya estamos pisando un terreno más nivelado, y Grace empieza a ver conocidos. Y ella conoce a todo el mundo. Abraza cuellos y saluda a la gente con la mano. Si hubiera bebés aquí, es seguro que los besaría. Esta chica es una política nata. Y me está presentando a tanta gente que no puedo seguirle el ritmo. Casey es animadora. Sharonda es presidente del club de teatro. Ezgar estuvo en un correccional de menores, pero no fue su culpa (no sé bien qué, pero no fue su culpa). Anya está saliendo con Casey, pero se supone que nadie lo sabe. Y en el medio de todo esto, este es surfista, aquel es surfista, hay surfistas por todos lados. Ah, y algunos skaters y motociclistas. Uno que hace *paddle board*, porque parece que "eso es lo bueno".

Hay tanta gente. La mayoría no parece estar haciendo nada malo, así que mientras vamos caminando entre la multitud, me siento un poquitín menos culpable por haberle mentido a papá hoy. Por supuesto, veo que algunas personas están bebiendo cerveza y fumando, y siento el mismo aroma dulce que se pega a la ropa de Pangborn, así que alguien está haciendo circular marihuana. Pero para ser un grupo tan grande, no está pasando nada loco. O sea, por ahora no hay señales de Davy y su grupo, cruzo los dedos. Tampoco hay señales de nadie más...

En algún momento, entre tantas presentaciones y saludos, pierdo a Grace. No sé siquiera cuándo pasa eso. En un momento estoy escuchando una historia confusa sobre un choque leve entre un camión de helados y un poste de electricidad, y después me encuentro rodeada de gente cuyos nombres recuerdo a medias. Trato de no entrar en pánico. Solo me escabullo en silencio y hago de cuenta que sé por dónde voy mientras busco el cabello corto de Grace, con el deslumbrante encanto de quien evade las cosas: parecer tranquila y aburrida, pero no muy aburrida. No dejar de caminar. Esa es la clave para que nadie te tenga lástima, la chica nueva y extraña. Porque hay algunas personas sociables que siempre tratan de ampararte –los chicos de teatro, seguro– y puedo verlos dando vueltas como buitres. Hay que evitarlos.

Pero uno puede hacer de cuenta de que está circulando entre la gente hasta cierto punto, porque en un momento la gente se dará cuenta de que una está caminando sin hacer nada: sin hablar con nadie, sin hacer fila en el barril que asoma de un pozo en la arena, del cual la gente no deja de servirse vasos de plástico rojos llenos de cerveza olorosa. Así que me esfumo y encuentro un lugar vacío en un trozo de madera que está entre las sombras. Los asientos de la fiesta son una mezcla de sillas plegables oxidadas, cajones de madera, rocas planas y un par de mantas andrajosas. Parece algo más librado al azar que organizado, quizás algunas de estas cosas vinieron con la marea de hoy, y me estoy arrepintiendo de haberme puesto pantalones blancos. Probablemente la arena esté más limpia para sentarse.

–¿Estás: A) enojada, B) triste o C) perdida?

El estómago me salta varias veces seguidas.

Porter, o la silueta de Porter, porque está de pie en frente del fogón, con las manos en los bolsillos de sus jeans.

–C, perdida –le respondo–. No tenía idea de que Grace fuera tan popular. También es compacta, así que es posible que esté en el medio de uno de estos grupos y yo no la pueda ver. Iba a esperar cinco minutos más a ver si aparecía y después le iba a mandar un texto –en realidad, no, pero no quería que él pensara que me iba a quedar aquí sentada sola durante horas.

–Creo que fue un hada en otra vida. Todos creen que les va a conceder deseos o algo –Porter señala con un gesto el lugar vacío en mi tronco traído por la marea. Le respondo con un gesto que indica: "Por favor, adelante". El frágil trozo de madera cruje por su peso. Él imita mi pose: clava los talones en la arena y cruza los brazos sobre las rodillas flexionadas. La luz del fogón baila sobre el mosaico que forman sus cicatrices, grabando dibujos de sombras sobre su camisa. Nuestros codos están cerca, pero no se tocan.

Me alivia que él no esté consumiendo ninguno de los distintos vicios que hay por ahí. Al menos, parece estar sobrio, normal. No tiene ningún vaso de plástico en la mano, no apesta a humo. De hecho, tiene un lindo aroma hoy, como a jabón. Pero no a coco. Casi me decepciona.

Porter agacha la cabeza y pregunta:

—¿Me estás oliendo, Rydell?

—No —respondo, enderezándome.

—Sí, me estabas oliendo —esboza esa sonrisa calma que tiene.

—Para que sepas, quería saber si habías estado bebiendo.

—Nah, ya no bebo —se queda mirando el fuego, viendo a unos idiotas a los que se les prenden fuego los palillos con los que asan malvaviscos—. Recuerdo cuando era niño y mis padres nos llevaban a Lana y a mí a la casa de mi abuelo, y él hacía unas fiestas alocadas en el patio. Venían surfistas de todos lados. Pasaban cosas locas allí. Había drogas por todos lados. El alcohol no dejaba de correr. La gente se desnudaba en la piscina. Pasaban músicos famosos y tocaban en la sala de estar.

—No me imagino crecer en un ambiente así —parece raro. De otro mundo.

—No me malinterpretes. Yo no era así en mi casa ni nada por el estilo. Mis padres eran todo lo opuesto. Sobre todo mi papá. Supongo que como vio a su papá de fiesta todo el tiempo, se cansó de eso. Es muy competitivo y todo tiene que ver con el surf, lo cual quiere decir que hay que estar en el mejor estado posible. Nada de drogas, nada de alcohol, mantenerse en forma. Piensa en un sargento de instrucción militar y multiplícalo por cincuenta.

Su papá y mi papá no podrían ser más distintos. Estoy de verdad muy agradecida por eso y otra vez siento culpa por haberle ocultado que estoy aquí.

—En cuanto a mi mamá —continúa Porter—, solo está tratando de mantener la tienda a flote, porque después de todo lo que ha pasado, prefiere que todos estemos en casa en lugar de en el agua.

Entiendo por qué.

–¿Tienes pensando… surfear profesionalmente, como tu hermana?

–Esa es una pregunta delicada, Rydell.

–Perdón, no me hagas caso.

–No, está bien –dice él, negando con la cabeza–. No es que no pueda hacerlo, en cuanto a lo físico. Soy muy bueno –sonríe un poco, mirándome de reojo, y después se encoge de hombros–. Es que por un tiempo, después de lo del tiburón, tuve miedo. Y no se puede tener miedo. El mar te come vivo –da un fuerte resoplido con el que le vibran los labios, y corta el aire con la mano como si dijera "Fin"–. Pero logré superarlo. Lo curioso fue que, una vez que lo logré, ya no sabía si me importaba o no. Quiero decir, todavía me gusta surfear. Lo hago casi todas las mañanas. Pero ya no sé si quiero competir. Quiero surfear porque me gusta, no por obligación, ¿sabes?

–Entiendo perfectamente lo que quieres decir –en serio, porque cuando habla de surf no se le ilumina la cara como cuando habla de corrientes oceánicas y patrones climáticos.

Alguien grita el apellido de Porter. Él levanta la mirada y maldice por lo bajo. Una figura con cabello rubio avanza a pasos largos por al lado del fogón.

–Hola, pedazo de bosta.

Ah, genial. Es Davy. Me parece que está ebrio o algo. No como aquella vez en el paseo marítimo, pero no hay dudas de que ha estado bebiendo porque apesta, y tiene esa risa mezclada con tartamudeo de los drogados. Tampoco está cojeando, lo que me hace pensar que no siente mucho dolor en este momento.

–¿Qué pasa aquí? Ustedes dos se ven muy a gusto.

–Oye, nada más estamos aquí sentados hablando –dice Porter, irritado–. ¿Por qué no vas a ver a Amy y después te alcanzamos?

—Ah, te gustaría eso, ¿no?

—¿De qué hablas, Davy?

—¿Estás tratando de vengarte por lo que hice? Porque yo la invité al fogón —hace un gesto lento con la cabeza hacia mí—, pero parece que estás tratando de ganártela, y eso no está bien.

Eh, ¿cómo? Grace me invitó, pero de ninguna manera me meto en esto.

—Estás destruido —dice Porter con cautela, señalando a Davy con un dedo firme—, así que te voy a dar cinco segundos para salir de mi vista.

Ahora me estoy preocupando. El aspecto de Porter es más que intimidante: da un miedo de locos. No he conocido a muchos chicos así, la verdad, más en el extremo masculino de la escala de virilidad. Al menos no de cerca, digamos.

Davy hace algo con la cara que podría considerarse una sonrisa y dice:

—Oye, relájate, amigo. Está bien. Olvídalo. La hermandad está por encima de los bombones.

*Qué asco. ¿Yo soy el bombón?* Los nudillos de Porter hacen presión contra mi muslo: una advertencia. Supongo que tiene esto bajo control.

—Además, he estado planeando algo especial para ti. Sabes qué día es hoy, ¿no? El aniversario de la muerte de Pennywise, amigo. Le voy a hacer una salva. Mira.

Davy camina con paso firme por al lado del fogón, llamando a alguien para que le lleven la "salva", sea lo que eso sea.

—Idiota —murmura Porter—. Es el mes que viene, no hoy. Qué inútil es.

Yo estoy aliviada porque Davy se ha ido y nadie está golpeando a nadie, pero cuando veo que Porter frunce las cejas, me doy cuenta de que no ha terminado. Se oye un sonido fuerte, y unas chispas vuelan en dirección a nosotros. Retrocedemos mientras la multitud exclama: "¡Ah!". Del otro lado del fogón, una persona está llevando más madera para echarla al fuego. Varias personas. Cajones de madera, trozos de sillas, madera traída por la marea, todo termina en el pozo en la arena. El fuego se levanta con un rugido bestial. Los asistentes a la fiesta dan un grito ahogado, encantados. En segundos, el fogón mide el doble de alto que antes.

La playa se llena de gritos de entusiasmo. Fuego grande. Fuego fuerte. La multitud está contenta.

Bueno, no todos. Porter no está contento, por ejemplo. Me ofrece la mano para que me ponga de pie mientras dice un montón de obscenidades por encima de mi cabeza.

–¿Aprenderán alguna vez?

–¿Qué pasa? –pregunto, y es ahí cuando me doy cuenta de que se empieza a desenmarañar la multitud: por aquí y por allá, varias personas se van alejando por el sendero en dirección a los autos estacionados.

–Es por el fogón –explica Porter–. Cuando está muy alto, cualquiera puede verlo desde la carretera. Los que viven por aquí lo toleran hasta que lo ven. Después llaman a la policía. Es como una bendita Batiseñal. ¡Imbéciles!

Pero no es solo eso. Está pasando algo más al otro lado del fogón. Llamo la atención de Porter y señalo a dos chicos que están subiendo a Davy sobre una roca grande y plana, al final de la playa. Las olas chocan contra la roca y salpican espuma en sus piernas. A él no parece importarle, ni se da cuenta. Está muy ocupado levantando algo que tiene en la mano y que parece un palo grande. Cuando les grita a todos que se callen, la multitud hace silencio y escucha.

–En homenaje a todos los hermanos caídos que se han destrozado los huesos contra estas rocas, en el jardín del bien y el mal, esta noche, en el anivresa-versa… –se traba, y después lo dice bien– aniversario de la muerte de Pennywise, voy a hacer una salva de tres tiros al estilo militar. ¿Listos?

¿De qué carajo habla?

–Ay, Dios –dice Porter.

Davy gira hacia la pared de rocas, acomoda el palo sobre su hombro y entonces…

*¡Bum !*

Mi mundo cambia.

Estoy…

Fuera de la playa.

Tengo catorce años y estoy en la sala de estar de la casa que teníamos en Nueva Jersey. Acabo de volver caminando de la escuela. Hay vidrios rotos, y gotea sangre sobre la costosa alfombra. Mamá está gritando, pero yo no puedo oír nada.

Después la alfombra se convierte en arena y la multitud ruge con alegría y todo está bien otra vez. Pero no.

–¡Bailey! –Porter me está gritando en la cara, sacudiéndome.

Trago saliva, pero tengo la garganta muy seca.

–¿Bailey?

Ahora sí que estoy bien. Sí. Está bien. Más que nada me preocupa ponerme a llorar frente a él; eso sería humillante. Pero ya es tarde, porque me tanteo las mejillas y se han escapado unas lágrimas. Las seco con la mano y respiro hondo un par de veces.

*¡Bum!*

El terrible recuerdo vuelve a aparecer, pero esta vez no se desvanece. Solo me agita, con fuerza. Quizás antes no era Porter el que me sacudía. Quizás estoy temblando.

–Dios, ¿qué te pasa? –pregunta Porter. Me ha corrido el cabello de la frente para ver si tengo fiebre.

–Estoy bien –respondo, haciendo su mano a un lado. No porque no quiera que me ayude, sino que necesito ver lo que está haciendo Davy. Está recargando. Dijo que iba a hacer una salva de tres tiros, así que queda uno más. Creo que tiene una escopeta. No se ve bien desde aquí.

Odio esto. Odio ser así. Hacía mucho tiempo que no me pasaba. Y no estaba preparada. Si sé que está por pasar, me atajo. Pero esto...

Davy apoya el arma sobre su hombro. El último. Me cubro las orejas con ambas manos. Durante un breve instante, veo la expresión de angustia y confusión de Porter, después él se lleva mi cabeza a su pecho y me envuelve con sus brazos. *¡Bum!* Salto apoyada contra él, pero él no me suelta. Y eso ayuda. Amortigua el ruido de la explosión. Tengo un ancla, sólida, y no la quiero soltar. Me da vergüenza lo fuerte que me estoy aferrando a él en este momento, pero no me importa ni un poco, porque se siente seguro y me da calor. La cuestión es que él me está arrancando de su pecho, tratando de decirme algo, y la verdad es que debería escucharlo.

–Nos tenemos que ir, Bailey –me está diciendo–. Ya.

Veo por qué.

Luces rojas y azules. Llegó la policía.

# Capítulo 14

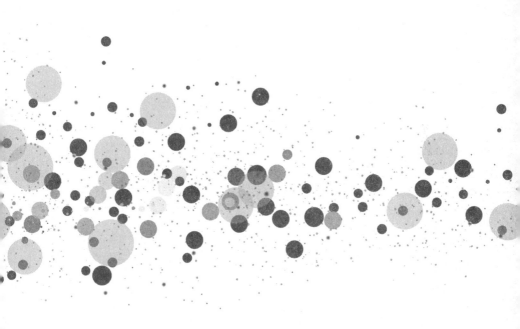

"Reprimir los sentimientos
solo los hace más fuertes".

–Michelle Yeoh, *El tigre y el dragón* (2000)

–Tengo que encontrar a Grace –le grito a Porter mientras corremos por la arena.

Es un caos total. Todos se están desperdigando, la mitad obstruye el sendero por el que se sube a los autos estacionados... pero ahí es donde están las luces de la policía.

–Gracie sabe cuidarse sola –responde Porter a los gritos. Tiene mi mano atrapada en la de él, y está abriéndose paso a empujones por el camino principal, en dirección a la zona oscura de la playa, lejos del fogón, lejos de la gente–. Ella ya ha estado en esta situación, y tiene un millón de amigos que pueden llevarla a casa.

Eso no me parece bien a mí. Trato de decírselo, pero hay tanto ruido, que apenas me oigo a mí misma. Ahora son dos patrulleros, no uno. Y recién ahora pienso en esto: ¿Qué pasa si es Wanda? ¿Me arrestará incluso si no estuve bebiendo? Me imagino a papá yendo a buscarme a la comisaría y se me retuerce el estómago.

–Policía de Coronado Cove –dice una voz fuerte que sale del altavoz del patrullero–. Manos en alto y a la vista.

*Mierda.* Están arrestando a alguien. Con suerte, se tratará de Davy y su explosiva escopeta.

Porter logra que atravesemos el rebaño principal de ganado en fuga. Trotamos alrededor de una roca grande y él ve un sendero secundario que corre entre la maleza seca de la costa, por donde están trepando un par de asistentes a la fiesta. Está oscuro, pero se puede usar.

—Mantente agachada —me dice Porter, y vamos por el sendero, escabulléndonos entre el césped seco. Justo antes de llegar a la cima de la colina, tenemos que detenernos y esperar a que un patrullero con un reflector potente termine de revisar la zona. Cuando estoy a medio segundo de que me dé un ataque, me llega un texto de Grace:

¿Dónde estás?

Le respondo: Escapando con Porter. ¿Estás bien?

Ella responde: Sí, okey. Estaba preocupada porque te había perdido. Dile a P que vaya hacia el norte por Gold hasta la Granja Cuangua. Avísame cuando llegues a casa.

Le muestro los textos a Porter. Él asiente con la cabeza y, cuando la costa está despejada, pasamos al trote por al lado de un millón de autos estacionados hasta que llegamos a uno que parece ser una furgoneta Volkswagen color azul cielo, como esas de las décadas de 1960 y 1970 que son largas y tienen ventanillas todo alrededor. Furgonetas de surfistas, las llama papá, porque tienen el tamaño suficiente para transportar tablas en el techo. Esta tiene pegatinas de surf a medio desprender en las ventanillas traseras y guardabarros pintados de blanco. Porter abre el lado del acompañante y se mete por allí en el asiento del conductor, después me hace señas para que entre.

—¡Mierda! —está metiendo las llaves en el encendido mientras unas luces destellantes se dirigen hacia nosotros otra vez. El motor protesta y no quiere arrancar; es como una película de terror mala—. Vamos, vamos —y entonces (¡al fin!) cobra vida con un estruendo bien fuerte. Las ruedas giran levantando arena y salimos para alejarnos de esta pesadilla. Avanzamos a la velocidad que puede ir un autobús de cincuenta años, pero ¿a quién le importa? La imagen desagradable queda en el espejo retrovisor de Porter.

Me ajusto el cinturón de seguridad y de inmediato me derrito en el asiento.

–Dios.

–¿Estás bien?

–No sé.

–¿Quieres hablar de lo que pasó allí?

–No.

Porter frunce el ceño y dice:

–Perdón por todo eso… lo de Davy.

–Sí. Es una basura total. Sin ánimos de ofender, pero ¿por qué eres amigo de él?

Los dedos apoyados sobre el volante se levantan y bajan.

–Crecimos juntos, surfeando. Antes era mi mejor amigo. Su vida familiar se fue a los caños, así que mi papá se hizo cargo de él, lo entrenó. Mi mamá sentía lástima por él. Durante un tiempo, prácticamente vivió en nuestra casa. Después, hace unos años, se lesionó surfeando. Tiene una pierna llena de metal y clavos.

Por eso cojea.

–Le duele mucho, y eso arruinó toda posibilidad de surfear en serio. Se amargó y se enojó… eso lo cambió –Porter suspira con fuerza y se rasca el cuello–. En fin, empezó a hacer las cosas mal, y ya te dije cómo es mi papá. No toleraba las idioteces de Davy, así que dejó de entrenarlo hasta que se pusiera bien otra vez. Y además de todo eso, Davy piensa que soy un idiota por no querer ser profesional, porque dice que es un privilegio y lo estoy desaprovechando. También…

Lo que fuera a decir, parece pensarlo mejor y cierra la boca. Me pregunto si tendría que ver con todas esas cosas insultantes que largó

Davy, ebrio, en el fogón: sobre esa chica que mencionaron afuera de la tienda de ropa vintage, Chloe.

—En fin, perdón por todo eso —dice él—. Voy a hablar con él mañana cuando esté sobrio. No tiene sentido verlo hoy. Vamos a terminar a los puñetazos. Siempre terminamos así. Y quién sabe, quizás esta vez lo arrestaron. Le haría bien.

No sé qué decir después de eso. No me imagino tener un mejor amigo al que odias. Es una locura.

—Huele a ti aquí dentro —digo después de un tiempo.

—¿Sí? —el volante de esta furgoneta es enorme, me acabo de dar cuenta. Además, el asiento es una cosa gigante que atraviesa todo el frente. Y hay unos monstruitos de goma pegados al tablero: un extraterrestre, una hidra, un monstruo del lago Ness y un Godzilla. Momento, no es un extraterrestre: es un tiburón verde. Ah. Son todas criaturas marinas… son todos monstruos acuáticos famosos. Lo que no te mata…

—Coco —digo—. Siempre hueles a coco —después, porque está oscuro dentro de la furgoneta, y porque estoy hecha polvo después del pánico que sentí y tengo la guardia baja, agrego—: Siempre hueles bien.

—Sex Wax.

—¿Qué? —me enderezo un poco.

Porter se agacha para tomar algo del suelo del auto y me da una especie de pastilla de jabón envuelta en plástico. La pongo al lado de la ventanilla para ver la etiqueta a la luz de los faroles de la carretera. Leo: "Mr. Zog's Sex Wax".

—Es una parafina que se frota sobre la base de la tabla —explica él—. Para mejorar el agarre. O sea, para no resbalarse mientras se está surfeando —la huelo. Es eso, no hay dudas.

—Seguramente tus pies tienen un olor divino.

—¿No tienes algún fetichismo de pies, no? —pregunta él, con voz juguetona.

—No tenía, pero ¿ahora? Quién sabe.

Los neumáticos de la furgoneta viran, se salen de la carretera y pasan por encima de la grava del costado; Porter gira el volante deprisa para volver al pavimento.

—Uy —dice él.

Nos reímos, ambos avergonzados. Arrojo la parafina al suelo y digo:

—Bueno, otro misterio resuelto.

—Uno pequeño. Volvamos al tuyo —Porter gira y se mete en un camino angosto en el límite de la ciudad. Este debe ser el camino que sugirió Grace—. Recuerdo que mencionaste algo sobre el hecho de que no te gustaban las películas con armas cuando estabas con Patrick en la tienda de videos.

*Uf. Esto otra vez.* Me abrazo el estómago y miro por la ventanilla, pero está oscuro y lo único que se ven son casas residenciales.

—Dios, sí que oíste todo esa mañana, ¿no?

—Bastante. ¿Qué pasó? O sea, yo te conté sobre lo que pasó con el tiburón, y apenas te conocía en ese momento.

—Sí, pero tú eres una persona muy abierta y conversadora. Es probable que se lo cuentes a todo el mundo.

—De hecho, no —su cabeza gira hacia mí, y me echa una mirada fugaz—. En la escuela saben que no me deben preguntar.

Y yo pregunté.

—Mira, no te voy a obligar a hablar —dice Porter—. No soy psicólogo. Pero si quieres, soy bueno para escuchar. No juzgo. A veces es mejor sacarlo. Cuando te lo guardas, se va infectando como una herida y se pone raro. No sé por qué, pero pasa eso. Lo digo por experiencia propia.

No digo nada durante un buen rato. Nos quedamos en silencio mientras avanzamos por las calles oscuras, las siluetas de montañas se levantan a un lado de la ciudad, el mar se extiende al otro lado. Después le cuento un poco: que mi mamá tomó el caso del divorcio de los Grumbacher cuando yo tenía catorce, que ganó el caso en favor de la esposa, con lo cual esta logró la custodia de su hija.

Y le conté sobre Greg Grumbacher.

—Empezó a acosar a mi mamá por Internet —explico—. Así empezó todo. Publicaba comentarios desagradables sobre ella en sus redes sociales. Como ella no respondía, empezó a acosar a mi papá, y después a mí. Yo no tenía idea de quién era. Empezó a ir a la salida de la escuela, se quedaba afuera, donde los padres pasaban a buscar a los chicos en auto. Pensaba que era el padre de alguno de mis amigos o algo. Vivíamos a dos cuadras de la escuela nada más, así que yo casi siempre volvía caminando con una amiga. Un día, cuando volvía sola, él me acompañó. Me dijo que era un compañero de trabajo de mi mamá. Y como había investigado cada detalle en Internet, recitó un montón de cosas sobre ella, así que parecía que sí, la conocía. Y yo era muy confiada. Una nena tonta.

—Yo también hice cosas tontas cuando era más chico —dice Porter con voz suave—. ¿Qué pasó?

—Para cuando llegamos a la puerta, yo sabía que algo no estaba bien, así que no lo iba a dejar entrar a la casa, pero ya era tarde. Yo era pequeña y él era grande. Me dominó y entró a los empujones…

—Mierda —murmura Porter.

—Mi mamá estaba en casa —continúo—. Se había olvidado unos papeles que necesitaba para un caso. Fue pura casualidad. Si ella no hubiera estado allí… no sé. Todos seguimos vivos, así que eso es bueno. Pero, de todas maneras, cuando hay un hombre loco agitando un arma dentro de tu casa y amenaza a tu mamá…

–Por Dios.

Respiro hondo. Me fijo que no esté volviendo a territorio tembloroso, pero esta vez estoy bien.

–Fue el sonido lo que me tomó por sorpresa en el fogón. Eso también me pasa con las películas. A veces, el petardeo de los autos tiene el mismo efecto. No me gustan las explosiones fuertes. Suena tonto al decirlo así.

–Eh… no es tonto. Si eso me hubiera pasado a mí, creo que sería igual. Lo digo en serio, yo tengo mis traumas –hace un gesto amplio hacia la colección de tiburones e hidras que tiene en el tablero de la furgoneta.

Me río un poco por eso, toco la cabeza que rebota de uno de los tiburones y me relajo.

–Sí. Bueno, supongo que una herida de bala no es lo peor que podía pasar, y el tipo fue a la cárcel, por supuesto.

–Dios, Bailey. No sé qué decir.

–Yo tampoco –respondo, encogiéndome de hombros–. Pero ahí está.

–¿Es por eso que se divorciaron tus padres?

Empiezo diciendo que no, pero después lo pienso un minuto.

–El divorcio fue hace más de un año, pero ahora que lo dices, las cosas cambiaron después del disparo. Creó tensiones en la familia.

Porter asiente con la cabeza, pensativo, y señala:

–Mamá dice que la desgracia separa a las personas o las une más. Dios sabe que mi familia ha pasado por su buena cantidad de desgracias, así que lo sabemos muy bien.

–Pero tus padres siguen bien –trato de que esto no suene a una pregunta, pero no sé si lo consigo.

–Mis padres van a ser unas de esas parejas que ves en el noticiero que tienen noventa años y han estado juntos desde siempre –responde él con una sonrisa.

Debe ser lindo. Quiero decir que yo también pensaba lo mismo sobre mis padres, pero ahora dudo si alguna vez lo pensé de verdad.

Porter me pide que le indique cómo llegar a la casa de papá; él conoce el barrio, lo cual no me sorprende porque ha vivido aquí toda la vida. Mientras la furgoneta sube por las últimas calles llenas de curvas y flanqueadas de secuoyas, ambos nos quedamos en silencio, y ahora me siento incómoda por lo que le acabo de contar. Además, hay otra cosa: una sensación molesta de que, entre tanta cosa, me he olvidado de algo. A una cuadra de casa, lo recuerdo. Una gran preocupación me inunda el pecho.

–¡Detén la furgoneta!

–¿Qué? –Porter clava los frenos–. ¿Qué pasa?

Me desabrocho el cinturón de seguridad y digo:

–Me… me voy a bajar acá, nada más. Gracias por traerme.

–¿Qué? ¿Pensé que dijiste que era en la calle siguiente?

–Sí, pero…

–Pero ¿qué?

–Puedo caminar lo que falta –digo, negando con la cabeza.

En la mirada de Porter se enciende la confusión y echa chispas. Ahora está ofendido.

–¿Lo dices en serio? No quieres que tu papá me vea, ¿no?

–No es nada personal.

–Claro que no, mierda. ¿Qué: acaso mi furgoneta está demasiado destruida para el barrio Redwood Glen? ¿Todos los BMW y Mercedes me van a perseguir para que vuelva a la costa?

–No seas tonto. No hay BMW aquí.

Porter señala la entrada para autos que tenemos en frente.

Bueno, un BMW. Pero no es que papá maneje un vehículo de lujo cero kilómetro, ni que vivamos en una de esas casas pomposas: su casa antes se alquilaba a turistas. Él está saliendo con una policía, no una médica; mira películas de ciencia ficción, no ópera. Ahora que lo pienso, la familia de Grace tiene mucho más dinero que nosotros. Pero Porter se está poniendo terco, y ya es casi medianoche. No tengo tiempo para discutir con él sobre estas nimiedades.

—Tengo que estar en casa antes de la medianoche —le digo con impaciencia.

—Bueno —se inclina sobre mi falda y abre la manija de la puerta—. Sal, entonces. No te quiero avergonzar.

Bueno, ahora me enojé. ¿Cómo pasamos de contar mis más profundos sentimientos a pelear? Estoy muy confundida, no entiendo por qué está tan ofendido. ¿De verdad es tan sensible? Allí queda el estereotipo de que las mujeres son las únicas que tienen los sentimientos a flor de piel. Pienso en algo que me dijo Alex una vez en el chat: los chicos son tontos.

Irritada y también un poco dolida, abro la pesada puerta y giro las piernas para salir. Pero antes de saltar, todo el alboroto de sentimientos se me queda atorado en la garganta, y dudo. No quería que las cosas terminaran así hoy.

Quizás él no sea el único que se comporta como un tonto.

—El problema es —explico, mitad adentro de la furgoneta, mitad afuera— que mi papá está saliendo con una policía, y el otro día estábamos los tres comiendo en el restaurante de pozole, y Davy estaba allí y quedó como un imbécil ante ellos… —me apresuro para decir todo antes de perder el valor—. Y ella le dijo a mi papá que Davy es un problema y que está metido con narcóticos importantes… y después de lo que pasó hoy, la verdad es que no quiero verlo nunca más, sin ánimos de ofender. Pero en medio de eso, Davy mencionó tu nombre en frente de ellos, así que cuando él se fue, yo intenté defenderte ante mi papá y Wanda, y ella dijo que tu familia era buena gente, pero para ese momento el daño ya estaba hecho. Mi papá puso a Davy en la lista negra, y hoy le mentí para ir al fogón, así que él piensa que estoy en el paseo marítimo con Grace.

Porter hace un sonido por lo bajo.

–Bueno, esa es la razón –digo yo–. Gracias por rescatarme. Y por escucharme.

Me bajo de la furgoneta y cierro la puerta. Está vieja y dura, así que tengo que cerrarla otra vez. Luego, subo la colina con dificultad, hacia la casa de papá. No llego a caminar mucho cuando siento que los faros de la furgoneta se apagan y el motor deja de correr. Después oigo el tintineo de unas monedas y llaves de auto mientras Porter me alcanza al trote.

Cansada, levanto la mirada hacia su rostro cuando camina a mi lado.

–No deberías caminar sola de noche –dice él–. No voy a dejar que tu papá me vea.

–Gracias –respondo.

Los dos damos tres pasos lentos.

–Podrías haber dicho eso directamente, sabes.

–Perdón.

–Perdonada –dice él, con una sonrisita–. La próxima vez dime la verdad *antes* de que me vaya de boca y diga estupideces, no después. Así me salvo de quedar como un imbécil.

–En cierto modo me gusta que seas fácil de enojar –bromeo.

–Soy un chico fogoso, ¿recuerdas?

–Lo recuerdo –respondo, sonriéndole–. Esa es mi casa, la de allí.

—Ah, sí, la vieja casa de los McAffee. Es la que tiene el árbol que atraviesa el techo del porche de atrás.

—Sí —confirmo, asombrada.

—Mis padres conocen a todos los que viven en la ciudad —me explica.

Quizás ahora me crea que no vivo con lujos. Le susurro que me siga hasta el costado más alejado de la casa, cerca del buzón, donde papá no va a poder vernos ni tampoco oír que nos acercamos si está en la sala de estar o en su habitación. Su auto clásico está estacionado en la entrada para autos, así que sé que está en casa, pero no veo si hay alguna luz encendida. Me pregunto si se habrá quedado esperándome. Es la primera noche en la que vuelvo tan tarde, así que es muy probable que siga despierto, sobre todo después de haber hecho tanto escándalo con el horario en el que tenía que volver. Ahora me vuelvo a sentir culpable. O quizás solo sea que tengo los nervios alteradísimos, porque es casi medianoche y estoy parada sobre el césped húmedo con un chico que se supone que no debo ver.

—Bueno —dice Porter, mirándome de frente.

—Bueno... —repito, tragando saliva con fuerza mientras miro hacia la calle oscura. Brillan algunas luces doradas en las ventanas de las casas vecinas, pero no se oye sonido alguno, salvo algún que otro auto que pasa a lo lejos y una rana que canta junto con unos grillos entre las secuoyas.

Porter se acerca. Yo retrocedo. *Siempre invade mi espacio personal*, pienso sin fuerzas.

—¿Por qué viniste al fogón hoy? —me pregunta en voz baja.

—Me invitó Grace —respondo, jugueteando con la cremallera de mi abrigo.

—¿Mentiste para salir de tu casa porque te invitó Grace?

Se acerca más.

Doy un paso hacia atrás, y mi trasero golpea el cedro. *Mierda*. Me he chocado con el poste del buzón. Trato de esquivarlo, pero el brazo de Porter sale disparado y me bloquea el paso. *¡Vaya!* Diez puntos por la agilidad surfista.

—Esta vez no —me dice, atrapándome con la mano apoyada en el buzón. Baja la cabeza. Me habla cerca del oído—. Responde la pregunta. ¿Por qué viniste al fogón? ¿Por qué mentiste para salir? ¿Para qué correr ese riesgo?

—¿Esto es un cuestionario? —pregunto, tratando de sonar enojada, pero en realidad tengo unos nervios de locos. Estoy acorralada, algo que odio. Y él está tan cerca, su cabello me hace cosquillas en la mejilla, y siento el calor de su respiración en mi oreja. Estoy asustada y embriagada a la vez, preocupada de que si alguno de los dos dice algo más, quizás yo me aparte de él.

O quizás no lo haga.

Estoy intentando con todo mi ser calmar mi respiración. Pero Porter cambia de posición, y la mano que no me tiene atrapada cae hacia el costado. Sus dedos bailan sobre mi mano, tocándola sutilmente, dibujando suaves formas en mi palma abierta, dando golpecitos a lo código Morse, que me insisten y envían miles de corrientes eléctricas por mis nervios.

—¿Por qué? —susurra contra mi mejilla.

Suelto un débil quejido.

Él sabe que ha ganado. Pero vuelve a preguntar, esta vez al oído.

—¿Por qué?

—Porque quería verte.

Ni siquiera puedo oír mi propia voz, pero sé que Porter sí me oye cuando un suspiro sale de él como una ráfaga, largo y fuerte. Su cabeza cae entre mi cuello y mi hombro, y se queda allí apoyada. Los dedos que me provocaban enviándome mensajes con pequeños golpeteos ahora se enroscan entre mis dedos, suavemente, sin apretar. Y el brazo que no me dejaba apartarme del buzón ahora se eleva, y su mano me acaricia el cabello.

Un temblor me recorre el cuerpo.

—Shh —susurra él contra mi cuello. Desarmándome.

No sé qué estamos haciendo, lo que él piensa hacer, lo que yo quiero que él haga. Pero estamos meciéndonos, aferrados el uno al otro, como si en cualquier momento la tierra estuviera a punto de abrirse a nuestros pies, y tengo un poquito de miedo de que me vaya a dar un ataque, porque oigo la sangre que me corre a toda velocidad por las sienes, y de pronto siento las rodillas como si fueran de gelatina y yo estuviera a punto de desplomarme.

Después él se queda inmóvil, apoyado contra mí.

—¿Qué fue eso? —pregunta arrastrando las palabras y alejando de mí toda su maravillosa calidez.

Ahora lo oigo. Vidrios que tiemblan.

—Ay, Dios —susurro; me va a dar un ataque al corazón—. Es el sonido envolvente del televisor. Mi papá estará viendo alguna bendita película de ciencia ficción. Hace temblar las ventanas en las escenas de batallas.

*Ahora vuelve aquí.*

Después oímos que se golpea una puerta. Eso no es el televisor. Es la puerta de la…

—¡Cochera! —susurro—. ¡Al otro lado de la casa!

—¡Mierda!

—¡Por allí! —digo, empujándolo hacia un arbusto.

Con dos zancadas rápidas, ya está escondido. Oigo el chirrido del cesto de la basura que está en la cochera y exhalo un suspiro de alivio; papá no nos puede ver desde allí. Pero estuvo cerca. Muy cerca.

–¿Bailey? –exclama papá–. ¿Eres tú?

–Sí, papá –respondo. *Maldito límite de horario–*. Ya llegué.

Un movimiento me llama la atención. Giro a tiempo para ver a Porter escabulléndose por la calle. Es bastante bueno, debo reconocerlo. No es tan bueno como el astuto truhan, pero lo hace bastante bien. Cuando llega al otro lado, gira para verme por última vez, y juro que lo veo sonreír en la oscuridad.

# Capítulo 15

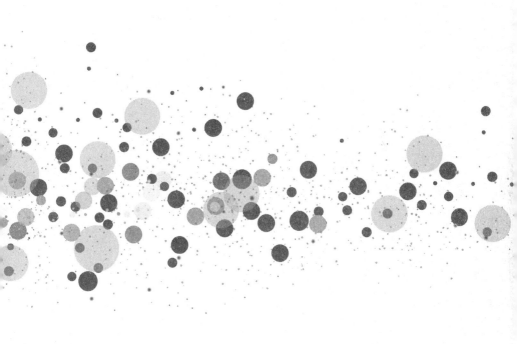

"Nunca confíes en un adicto".

–Chloe Webb, *Sid y Nancy* (1986)

Unos bracitos me abrazan desde atrás. Me envuelve el aroma a loción para bebés.

—Lo siento tanto, tanto —dice la vocecita delicada de Grace a mis espaldas, mientras ella me estruja—. ¿Me podrás perdonar alguna vez?

Es el día siguiente, y estoy de pie frente a mi casillero en la sala de descanso del trabajo. Nos mensajeamos anoche después de que Porter escapó, y después de que papá dejó de asombrarse de que no había oído el auto de Grace, y ¿por qué no entró? Uf. Una vez que se dice una mentira, hay que prepararse para decir veinte más, porque se amontonan como la basura.

—No hay nada que perdonar —le digo. Nada más me alivia que ella no haya pensado que la abandoné por Porter... o que no me pregunte por qué estaba con él—. Pero para Halloween, yo me voy a disfrazar de árbol y tú, de perezoso. Te voy a cargar por todos lados mientras te alimentas de mis hojas.

—Podrías, claro —responde ella, soltándome y recostándose contra los casilleros, de brazos cruzados—. Tienes toda esa fuerza oculta para derribar a dos adolescentes. ¿Estabas en el equipo de lucha libre en DC? Coronado Cove tiene un equipo de patinaje de carrera, sabes. Las Chicas de la Caverna.

–No, no sabía eso –me río con un resoplido–, pero lo voy a tener en cuenta para cuando empiecen las clases.

–Mira, de verdad lo siento por haberte perdido en el fogón. No fue mi intención. No tengo idea de cuándo pasó. Freddy empezó a hablarme y desapareciste así nomás. Alguien me dijo que estabas conversando con los mellizos…

–Sí, me presentaron a alguien más. No sé. No me sale muy bien ser sociable –reconozco–. En fin, todo salió bien.

Ella mira alrededor de la sala de descanso. Solo hay algunas personas, y ninguna nos está prestando atención.

–Bueno, a ver. Cuéntame. ¿Porter te llevó a casa? ¿Y…?

–¿Y qué? –*Mierda. Ahí quedó lo de evitar el tema.* Siento que mi cara entra en calor, así que disimulo buscando en mi casillero algo imaginario.

–Digo nomás: ustedes dos pasan mucho tiempo juntos y preguntan muchas cosas sobre el otro…

–Yo no pregunté nada –*¿O sí?*

–Y tú lo miras muchísimas veces con ojos de "quisiera saltarte encima con mi poderosa fuerza de patinadora de carrera". Y él te mira con ojos de "quisiera surfear en tus olas".

–Estás loca.

–Ajá, ya veremos –murmura Grace, y después exclama mirando detrás de mí con voz alegre–. Buenas tardes, Porter querido.

–Hola, señoritas.

Los latidos de mi corazón saltan a un cinco en la escala de Richter. Trato de parecer despreocupada, de quedarme tranquila mientras giro a la derecha. Pero allí está él, con la mano apoyada en la puerta de mi casillero, y el poco autocontrol que intenté lograr, sale volando como servilletas de papel en un día de viento.

—Sigues viva, así que supongo que todo salió bien con tu papá —dice él.

—Ningún problema en absoluto —confirmo yo.

—Bien, bien. Me alegro.

—Sí —digo. ¿Es solo mi imaginación, u hoy tiene más olor a esa Sex Wax? ¿Lo hizo a propósito? ¿Está tratando de seducirme? ¿O yo estaré muy sensible? Y... ¿qué diablos? ¿Se ha descompuesto el aire acondicionado de la sala de descanso? Porque de pronto me siento como si estuviera en el Sauna. Nota mental: No pienses en esa Sex Wax cuando él está en frente de ti. Nunca, nunca, nunca.

—Así que, bueno —dice él, disimulando una sonrisa mientras golpetea sobre la parte de arriba de mi casillero—. Te iba a decir, eh, *les* iba a decir —aclara, mirando a Grace— que tenemos un nuevo sistema de cerraduras... algo largo de contar, pero tengo que ayudar a instalarlo. Así que hoy Pangborn y Madison se van a hacer cargo de todas sus necesidades en el Sauna. Solo por si se preguntaban dónde estaba yo.

—Porque siempre estamos pensando en ti —dice Grace con tono sarcástico.

—Ya sé que sí, Gracie —responde él, guiñándole un ojo. Se inclina un poco más cerca, sosteniéndose de mi casillero, y me habla en voz más baja—. Eh, quería saber qué vas a hacer después del trabajo.

Me explota el corazón.

—¿Qué dijiste? —pregunta Grace.

Porter empuja la cabeza de Grace en broma y dice:

—Me parece que te llama alguien, Gracie. ¿Es Cadáver? Dijo que estás despedida por escuchar las conversaciones privadas de los demás.

—¿Esto es privado? —dice ella—. A mí me parece que esta es una sala de descanso pública, y estábamos hablando muy tranquilas antes de que te acercaras, en caso de que no lo recuerdes.

Porter no le hace caso a Grace y me mira con ojos expectantes.

–¿Y?

–Estoy libre –le respondo.

–Ah, bien. ¿Quieres ir a comer algo después?

*Tranquila, Rydell. Esto suena a que podría ser una cita.*

–Sí, ¿por qué no?

–Excelente. Eh… entonces… quizás deberíamos intercambiar números. Podemos salir juntos desde aquí, pero, bueno, en caso de que necesitemos llamarnos.

–Sí, tiene sentido –veo a Grace mientras tomo mi teléfono. Está junto a mí con los ojos abiertos como platos. Creo que ha quedado tan anonadada que no podrá hablar por un tiempo, lo cual me pone más nerviosa. Y eso no es bueno, porque apenas puedo con algo tan básico como intercambiar unos números, y ni siquiera.

–Okey, bueno… –dice Porter, acomodando un mechón de cabello rizado detrás de una oreja. ¿Cómo puede ser adorable y sexy a la vez? Si no abandona pronto la sala de descanso, me voy a derretir tanto por él que moriré–. Ve a vender muchos boletos.

–Ve a cerrar muchas cerraduras –le digo.

Porter me sonríe y, después de que se va de la sala de descanso, golpeo la cabeza silenciosamente contra los casilleros. "Cerrar muchas cerraduras". *¿Quién dice eso? Qué idiota. Porter me ha roto el cerebro.*

Grace me sigue mirando con los ojos bien abiertos.

–Ajá… –empieza a decir.

–¡Uf! No te atrevas –le advierto.

Ella se queda callada hasta que llegamos adonde nos dan las cajas registradoras.

–Yo sabía que ese muchacho estaba preguntando demasiadas cosas sobre ti.

Lo único bueno del trabajo de hoy es que hay un movimiento de locos, así que pasa rápido. No veo a Porter siquiera una vez. Tampoco al señor Cavadini. Supongo que ese tema de las cerraduras lleva tiempo. Lo mismo pasa con estar nerviosa, así que para cuando se hacen las seis de la tarde, estoy como loca y lista para irme. Cuento el dinero de mi caja registradora, le informo a Grace que si me sigue al estacionamiento, le voy a hacer tajos a los neumáticos de su auto, y que sí, mañana le voy a contar todo, obvio, y después veo si está Porter. Nada. Ningún chico surfista a la vista. Pero sí recibo un texto de él:

Casi listo. ¿Te encuentro afuera en cinco?

Bueno, bien. Eso me da tiempo para ir adonde está Baby y cambiarme los zapatos para trabajar por unas sandalias más lindas para salir que tengo guardadas en el asiento, debajo del casco. Tomo el bolso de mi casillero y me apresuro a salir. El cielo se ve oscuro. Está cubierto y parece malhumorado. Desde que me mudé aquí, no ha llovido nunca, pero parece que eso va a cambiar hoy. Montar a Baby bajo la lluvia no me parece divertido, así que realmente me alegro de que Porter me haya invitado a salir.

Eh…

Miro a mi alrededor. A la izquierda. A la derecha.

¿Dónde está Baby?

La estacioné aquí. Siempre lo hago.

Vuelvo a fijarme. Debo de haberme confundido. El tercer pasillo desde la puerta trasera…

Doy una vuelta, buscando su cuerpo turquesa y su asiento de animal print. Tiene que haber una explicación. Quizás alguien la puso en otro lado por alguna razón… No sé por qué lo harían… Le puse la cadena. Siempre le pongo la cadena. Siempre. Repaso una por una las cosas que hice cuando llegué esta tarde, para asegurarme de haberlo hecho... y sí, sé que lo hice. Estoy segura.

–¿Pasa algo, querida?

Es Pangborn, que está saliendo con aire despreocupado por la entrada para empleados.

–Desapareció mi scooter –respondo.

–¿Cómo? ¿Desapareció?

–La estacioné aquí antes de empezar a trabajar.

–¿Estás bien segura? ¿De qué color es? Te ayudo a buscar –dice él, apoyando una mano reconfortante en mi hombro–. No entres en pánico todavía. Primero hay que estar seguros, ¿sí?

Exhalo un suspiro y la describo. Hay varias scooters aquí atrás, pero ninguna de ellas es Vespa, ninguna es vintage, ninguna es turquesa y, la verdad, el estacionamiento para empleados no es tan grande. Me estoy empezando a marear. Creo que ha llegado la hora de enfrentar la realidad.

Se han robado a Baby.

–¿No hay cámaras aquí atrás? –pregunto.

–Solo hay unas sobre las salidas del edificio y la puerta de entregas –me explica Pangborn–. No hay ninguna en los estacionamientos ni en las calles.

–Esa es la estupidez más grande que he oído –digo yo. ¿Qué clase de lugar pueblerino es este? ¿No les importa si se estaciona un camión e intenta robar el lugar?

Ahora estoy entrando en pánico. ¿Qué voy a hacer? ¿Debería llamar a la policía? Papá y Wanda hoy se fueron a San José para ir a bailar o algo así. Es el único día libre que ella tiene esta semana. ¿Ahora les tengo que arruinar el día? ¿Y cómo voy a venir a trabajar los demás días?

¿Y quién tiene mi moto? ¿Se la habrán llevado para dar unas vueltas por la ciudad, con todas mis cosas en el asiento? Creo que voy a vomitar.

—¿Qué pasa? —pregunta Porter, sin aliento, mientras corre hacia donde estamos nosotros.

—No está su scooter —le cuenta Pangborn con voz tranquila. Me sigue apretando el hombro. Dios, el viejo es tan bueno, y eso me da ganas de llorar.

—O sea, ¿se la robaron?

—Así parece. No vi nada raro en las cámaras de las puertas, pero ya sabes lo difícil que es ver algo salir o entrar por aquí, tan lejos.

—Es imposible —asiente Porter, y empieza a hacerme las mismas preguntas otra vez: ¿cuándo llegué, dónde la estacioné, le puse la cadena? Le respondo un poco bruscamente y después me disculpo. Estoy muy nerviosa y tratando de no largarme a llorar a los gritos como una niña de dos años frente a todo el mundo porque, claro, ahora hay varios empleados más aquí afuera. Y todos están buscando por los estacionamientos, fijándose si quizás la abandonaron en el estacionamiento general.

Justo cuando estoy a punto de darme por vencida y llamar a papá, Pangborn le dice a Porter:

—Ah, ¿te encontró tu amigo?

—¿Quién?

—El que tiene la pierna lastimada.

—¿Davy? —pregunta Porter, inmóvil.

—Ese. Te estaba buscando.

—¿Aquí? —Porter está confundido.

Pangborn asiente con la cabeza y explica:

—Lo vi todo enfurruñado cerca de la entrada para empleados cuando volvía de mi... eh... descanso medicinal de la tarde —Pangborn echa una ojeada hacia unos empleados que están cerca de nosotros–. En fin, al principio no me reconoció, pero yo me acordaba de él de cuando trabajó aquí por unos días el verano pasado. Le pregunté si quería que te llamara, pero me dijo que te iba a mandar un texto.

–No lo hizo –dice Porter–. ¿A qué hora fue esto?

–¿Hará un par de horas?

El rostro de Porter se ensombrece tanto como el cielo cubierto.

–Escúchame, Bailey. ¿Davy sabe cómo es tu scooter?

–Eh… –tardo un segundo en recordar–. Sí, en el restaurante de pozole. Me vio con ella cuando estaba con mi papá y Wanda. Me preguntó si estaba restaurada.

La cabeza de Porter cae hacia atrás. Cierra los ojos con fuerza.

–Creo que sé quién robó tu moto. Sube a mi furgoneta. Él nos lleva un par de horas de diferencia, pero sé dónde podemos empezar a buscar.

Estoy tan aturdida que no emito palabra hasta que salimos a toda velocidad del museo y nos dirigimos hacia el sur sobre la avenida Gold. Nunca estuve tan lejos en esta parte de la ciudad, y todo parece extraño. Ahí es cuando me doy cuenta de que quizás debería preguntar a dónde vamos.

–¿Vamos a la casa de Davy?

–No –Porter está enojado. Muy enojado. Los músculos de sus brazos se marcan mientras sujeta el volante con todas sus fuerzas–. Va a tratar de venderla. Quiere efectivo para comprar drogas.

–Ay, Dios mío. ¿Por qué a mí? ¿Por qué mi scooter?

Porter no responde enseguida.

—Porque está furioso conmigo. Está enojado porque anoche la fiesta se fue a la mierda. Sabe que fue su culpa. En el fondo, sabe que es un desastre, pero todavía no ha tocado fondo, así que va a seguir hasta que termine muerto o preso.

Espero varios segundos, pensando en la mejor manera de preguntar esto, y después me rindo y lo digo como sale:

—¿Qué tiene que ver todo esto conmigo y mi scooter?

—Ahhh —dice Porter, casi un suspiro, a medio camino entre exasperado y culpable—. Porque hoy lo fui a ver antes de ir trabajar, y tuvimos una pelea terrible. De alguna manera, se le ha metido en su estúpida cabeza que tú eres... —ahora suspira, un suspiro de verdad, bajo y prolongado—. Bueno, piénsalo de esta manera. Él tiene la mente de un niño de dos años, y como él piensa que tengo un juguete nuevo, y el juguete eres tú... ¡no que seas un juguete! Dios, sabía que esta no era una buena analogía.

—Bueno, bueno, te estás enterrando con todo, amigo.

—Mira, él piensa que me gustas, así que te quiere. Y hoy le dije que si te vuelve a molestar o si lleva un arma a cualquier lugar donde estés tú, le voy a quemar su maldita casa.

*Bueno. Eso no se oye todos los días.* Una sensación extraña e incómoda rebota por mis entrañas.

—Y como se comporta como un pendejo, lo que está haciendo ahora es tomar represalias. Si no puede tenerte, va a hacer cosas estúpidas y destructivas... como robarte cosas y venderlas, así tiene dinero para tomarse todo y olvidar que es un desastre total. Porque está trastornado, y hace eso.

—Dios.

—Sí —dice Porter con voz más suave, de pronto sin nada de ira—. Así que, en resumen, esto es por mi culpa, y lo siento, Bailey.

Me miro los pies y alineo las puntas de mis zapatos con el borde de la alfombrilla del suelo.

–¿Davy *piensa* que te gusto o te gusto en serio?

Lo de anoche en el patio parece haber pasado hace miles de años. Porter me mira de reojo. Noto cautela en su mirada; no sabe si lo digo en broma. Pero la comisura de los labios se levanta, un poquito nomás.

–¿Las dos cosas?

–Las dos cosas –repito yo con voz suave, más que satisfecha con la respuesta–. Creo que ahora entiendo.

–Bueno… –dice él–. Creo que la verdadera pregunta es: ¿cuántas ganas tienes de estrangularme en este momento por lo que pasó? ¿A) pocas o B) muchas?

Niego con la cabeza, restando importancia a su pregunta, incapaz de responder. No estoy enojada con él. ¿Cómo podría enojarme? No es su culpa que sus amigos sean una mierda.

–Oye, Bailey. Voy a recuperar tu moto –dice Porter, glacial–. Lo que dije antes fue en serio. Davy las va a pagar por esto.

Que Dios me perdone, pero en este momento, es lo único que quiero.

Después de recorrer otro kilómetro, la furgoneta va más lento, y veo hacia dónde vamos. Sobre la mano izquierda de la autopista, cerca de la playa, hay un gigantesco terreno pavimentado con un cartel que dice: "PARAÍSO DE LAS MOTOS". Debe haber unas cien scooters usadas a la venta. Porter estaciona cerca de un remolque que está en el fondo, rodeado por una cerca, y me pide que espere en la furgoneta.

–Esta es una posibilidad un poco remota, pero es lo que está más cerca del museo, así que descartémosla primero. Tú solo quédate aquí sentada y envíame un texto si ves a Davy. Tiene una camioneta de color amarillo brillante con rayos azules pintados en los costados.

Por supuesto.

Porter no pasa ni cinco minutos dentro del remolque. Se me cae el alma a los pies. Y se me vuelve a caer dos veces más, porque vamos a otros dos lugares similares, más en las afueras de la ciudad y de menor tamaño. Ahora me estoy empezando a preocupar. ¿Y si no fue Davy? ¿Y si fue uno de esos mocosos ricachones que trataron de robar la estatua del halcón maltés? Quizás me estuvieron siguiendo en el trabajo y se quisieron vengar. Pero a Porter no le convence esta teoría. Dice que Davy ha robado cosas antes, y que nunca pasa por el museo. Son demasiadas coincidencias. Supongo que tendrá razón, pero estoy empezando a ponerme loca de nuevo y me está costando pensar.

Porter golpetea el volante de la furgoneta. Chasquea los dedos y después toma el teléfono de su bolsillo para buscar algo. Unos minutos después, llama a alguien. Esa llamada queda en la nada, pero llama a alguien más, menciona su apellido –lo oigo decir "Pennywise"– y a una tercera persona. Esa llamada sí llega a buen puerto, porque de repente se relaja por completo, una mano sobre el volante, mientras le explica a la persona que está buscando a Davy. Después de varios "ajá", corta la llamada, y cinco minutos después, alguien lo vuelve a llamar.

–Creo que tengo una pista –es todo lo que dice cuando termina.

Entonces ¿por qué no suena más optimista?

Empieza a lloviznar. Porter enciende los limpiaparabrisas mientras pasamos un cartel que nos indica que estamos saliendo de Coronado Cove y otro con el nombre de un municipio diminuto de cuatro mil habitantes. Parece que todo aquí tiene que ver con parques estatales, campamentos y caminatas. Ah, y reparación de autos, muchas, muchas cosas relacionadas con la reparación de autos: reparación de carrocerías, detallado de autos... restauración de autos. Aquí se ha montado una pequeña industria, hay personas que aprecian los autos clásicos deportivos y las carreras de autos, y me pregunto si aquí habrá comprado su auto mi papá.

Pero Porter pasa de largo los lugares más lindos. Se ha metido por un camino de tierra que atraviesa el bosque, y se dirige a un garaje de hormigón con un número seis pintado con aerosol sobre una puerta, a la izquierda de tres portones cerrados. Se ven restos de motocicletas oxidadas amontonadas cerca del edificio, desechadas junto con otros restos de metal. Es una especie de desarmadero, un lugar adonde vienen a morir las motos buenas. De pronto siento mucho miedo por Baby. Un poco de miedo por nosotros, también.

Porter estaciona la furgoneta a varios metros de distancia, bajo las ramas oscilantes de unos pinos.

–Quédate en la furgoneta.

–Lo dirás en broma –le digo.

–Si él está adentro, no quiero que veas lo que podría pasar.

Me está asustando un poco, pero no quiero que lo sepa.

–De ningún modo. Esta zona me recuerda a *Amarga pesadilla*. No nos separamos.

Porter resopla, una mano sobre la puerta.

–Eso ocurre en lo más remoto del estado de Georgia, pero ni siquiera voy a preguntarte cómo conoces esa película porque no tenemos tiempo. Así que… ven.

Las gotas de lluvia dejan marcas en el camino de tierra delante de nuestros pasos, mientras nos dirigimos a la puerta con el seis rojo. La tranquilidad es inquietante, nadie sale ni entra, no hay señales de que el lugar siquiera esté abierto. Pero a medida que nos acercamos, oigo el débil sonido de una radio y unas voces, y me pongo nerviosa.

Porter levanta la mano para golpear la puerta, y esta se abre. Asoma la cabeza un hombre afroamericano con barba de chivo y una camiseta roja ajustada. Mira a Porter de arriba abajo y se concentra en sus cicatrices.

—¿Roth?

—Sí. ¿Fast Mike?

El rostro del hombre se relaja.

—Te pareces a tu mamá.

—Gracias a Dios. Por lo general, todos dicen eso de mi hermana.

—Nunca la vi, pero mi primo pintó esa vieja Thunderbird que tenía tu mamá.

—¿Sí? La vendió hace un par de años —dice Porter—. Odió tener que venderla. La amaba.

Fast Mike mira por encima de Porter y me ve a mí.

—Ella es Bailey —explica Porter—. La Vespa que estamos buscando es de ella.

El hombre resopla con fuerza por la nariz. Abre más la puerta.

—Mejor pasen, entonces. Tengo la sensación de que esto se va a poner feo.

Lo seguimos a través de una pequeña oficina con dos escritorios ordenados, un mostrador y una caja registradora vieja. No hay nadie. Pasando un sillón viejo y una cafetera, hay otra puerta que lleva al garaje. Al pisar el hormigón manchado, siento el repentino olor a aceite de motor quemado y a pintura vieja. Se oye música de rock de la década de 1970 que sale de una radio apoyada sobre una mesa de trabajo. Unas hileras de tubos fluorescentes zumban encima de tres áreas de carga, la más cercana está ocupada por dos motocicletas. La del medio está vacía, solo hay tres personas sentadas en sillas plegables, charlando. Pero lo que se apodera del cien por ciento de mi atención es lo que está en el área de carga más alejada.

Una camioneta color amarillo mostaza, rayos azules a los costados, la ventanilla del lado del acompañante cubierta con una bolsa de basura negra.

Y detrás de la camioneta: una Vespa turquesa con asiento de animal print.

Siento que me voy a desmayar. Y quizás por eso mi cerebro tarda un par de segundos más en darse cuenta de que una de las personas que está sentada sin hacer nada es Davy. En cierto modo, eso es bueno, porque de pronto tengo ganas de atacarlo con furia salvaje y despiadada. Pero por otro lado, es muy, muy malo, porque Porter no está aturdido como yo. Todo lo contrario, de hecho. Es un rayo láser, y apunta directo a su ex mejor amigo.

Las otras dos personas que estaban sentadas se dispersan. Davy ahora ve que se acerca Porter y su mirada se llena de un pánico absoluto. Se apresura a levantarse de un salto, pero se le resbala un pie y no puede sostenerse bien. Porter lo embiste con ambos brazos y lo empuja con tanta violencia que Davy vuela hacia atrás. El muchacho y el metal dan contra un pilote de hormigón y se deslizan por el suelo.

–Pedazo de mierda –dice Porter, acechando a Davy, que está desplomado al lado del neumático de su camioneta–. Demasiado cobarde para robarme a mí, así que ¿le robaste a ella?

Davy gime y se sujeta la cabeza con la mano. Me preocupa que tenga una conmoción cerebral, pero cuando abre los ojos y levanta la mirada hacia Porter, lo único que tiene es un profundo sentimiento de ira.

–Te odio.

–Somos dos, drogón.

Davy lanza un alarido, un horrible grito de batalla que rasga el aire y rebota por todo el garaje. Se apoya en su pierna sana, toma una silla plegable y la revolea hacia arriba. Grito. La silla pega contra la cara de Porter, cuya cabeza se sacude hacia el costado. Vuelan gotas de sangre. La pata de la silla se desliza de las manos de Davy, sale volando y aterriza en la camioneta con un estruendo.

Porter está doblado en dos.

Trato de correr hacia él, pero unas manos fuertes me sujetan los brazos.

—Oye —me dice Fast Mike al oído—. Está bien. Deja que los chicos lo manejen solos.

Pero no es así. Porter no está bien. Cuando se quita la mano del rostro, está lleno de sangre. Un corte grande le atraviesa la mejilla. Chico tonto como es, solo sacude la cabeza como un perro mojado y recupera la concentración.

—Ahora sí —gruñe y le da un puñetazo a Davy en la cara. Fuerte.

Después de eso, todo es un desastre. Están uno encima del otro, ambos dando puñetazos que vaya uno a saber dónde pegan. No es como un encuentro de boxeo o una película bien hecha, es caótico y raro, y hay más que nada forcejeos. Gritan, gruñen, y se están golpeando con tanta fuerza en las costillas que algo se va a romper o perforar.

Es una pesadilla.

Me aterra la idea de que se maten. Estos no son dos niños flaquitos que se están peleando en el patio de juegos. Son lobos rabiosos, los músculos tensos, mostrando los dientes. Y alguno va a perder.

—Suéltame —le digo a Fast Mike. No puedo permitir que Porter haga esto. Si sufre heridas graves, no sé qué voy a hacer. Pero puedo ayudar de alguna manera... ¿no? Busco algo para detener la pelea. Quizás puedo golpear a Davy en la cabeza con algo...

Apenas puedo creer lo que veo. Davy está sujetando a Porter del pelo... ¡su pelo! Tiene el puño lleno de los rizos oscuros de Porter y le está jalando la cabeza hacia atrás... ¿le va morder la cara? ¿QUÉ CARAJO ESTÁ PASANDO?

La parte de abajo del cuerpo de Porter da un giro. Él da una poderosa patada hacia atrás y golpea la rodilla lesionada de Davy.

Un *crac* escalofriante resuena en todo el garaje.

Davy cae al suelo.

No se levanta. Se sujeta la rodilla, la boca abierta. Comienzan a rodar lágrimas en silencio.

Porter resuella. Sobresalen todas las venas de sus brazos. Una gruesa línea de sangre corre por su mejilla y cuello, y desaparece al encontrarse con el negro de su uniforme de guardia de seguridad.

—Voy a llamar a tu abuela y le voy a contar lo que hiciste hoy —dice Porter, de pie al lado de su amigo, mirándolo desde arriba—. También les voy a contar a mis viejos. Te he dado tantas oportunidades, y no has aprovechado ninguna. Nunca más podré confiar en ti. Hasta aquí llegamos.

# Capítulo 16

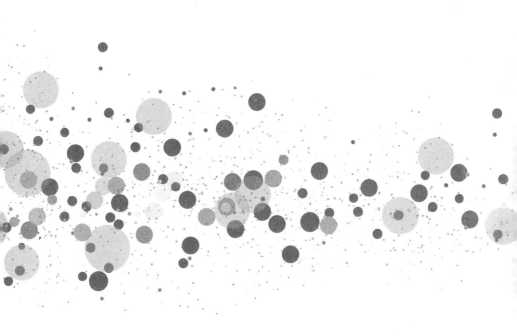

"El amor es lo único que puede salvar
a esta pobre criatura".

–Gene Wilder, *El joven Frankenstein* (1974)

Cargamos a Baby en la parte de atrás de la furgoneta de Porter. Con excepción de la cerradura del asiento, que fue forzada, el resto parece estar completo. Encontramos mi casco y demás cosas desparramadas detrás del asiento de la camioneta de Davy. También encontramos el candado colgado en la puerta trasera; Davy lo había quitado con unas tenazas industriales.

Resulta que una de las dos personas que estaban sentadas con Davy cuando entramos al garaje era uno de sus amigos. Considerando que pensaba ayudarlo a vender mi scooter, no le dije nada al chico, pero Porter le pidió que llevara a Davy al hospital. Cuando se fueron, Davy podía caminar –apenas–, pero le iban a tener que hacer radiografías. Y también le iban a tener que dar algún analgésico, algo genial, teniendo en cuenta lo que sé ahora sobre la relación de Davy con las drogas.

Pero después de todo eso, Davy no me dijo ni una palabra. No me miró a los ojos siquiera, ni dio señal alguna de percatarse de que yo estaba allí. La verdad es que yo tampoco podía enfrentarlo. Supongo que fue humillante para ambos. Y quedé tan conmocionada por toda la pelea que apenas puedo hablar.

Cuando estamos listos para irnos, Porter le agradece a Fast Mike, quien me recomienda comprar un candado de mejor calidad. Resulta que su taller de motocicletas no es un desarmadero en absoluto; él estaba a punto de echar a Davy antes de que lo llamaran para contarle que Porter estaba buscando mi Vespa. Así que una vez más, saqué conclusiones apresuradas y equivocadas. Fast Mike le dice a Porter:

—Dile a tu mamá que la próxima vez que quiera vender una moto así, venga a verme primero. Le voy a ofrecer un buen precio.

—Por supuesto —responde Porter—. Quedamos en deuda contigo. Si sabes de alguien que necesite una tabla, pasa por la tienda.

Fast Mike nos saluda con un gesto de la mano. Corremos bajo la lluvia, entramos saltando a la furgoneta y nos vamos. Las ventanillas se están empañando, así que trato de ayudar, buscando el interruptor para encender el desempañador, pero me tiemblan las manos. Sigo nerviosa. No puedo calmarme.

—El botón negro —dice Porter, y así lo encuentro. Enciendo el ventilador al máximo e intento concentrarme en despejar el parabrisas y no pensar en que él sigue sangrando. Eso funciona hasta que llegamos al final del camino de tierra.

—Creo que deberíamos ver a un médico.

—No pasa nada.

—No seas ridículo. Detente en la primera tienda que veas, así compro algo para limpiarte la herida.

Porter estira el cuello y evalúa el daño en el espejo retrovisor. Sí, vamos, presta atención a la persona inteligente que está en tu vehículo. En lugar de girar a la derecha para entrar a la carretera pavimentada y volver a casa, Porter gira a la izquierda. ¿Tendría que conducir siquiera? Davy lo golpeó en la cabeza. O quizás él sabe algo que yo no. Ahora el camino trepa por una colina. Estamos subiendo por las curvas de unos acantilados costeros, y está lloviendo. Veo un cartel que dice "MIRADOR PANORÁMICO". Porter aminora la marcha de la furgoneta y se mete en una de las zonas para estacionar destinada a los turistas. Hay un par de cipreses de Monterrey y un cartel hecho con madera de secuoya en el que está grabada la costa central de California y se marcan todos los puntos de interés. También hay una vista espectacular del Pacífico, que podríamos disfrutar si no estuviera nublado y lloviznando, y si Porter no estuviera sangrando encima del asiento.

—No me parece que esto sea una tienda —digo, ansiosa, cuando él abre su puerta.

—No necesitamos ninguna tienda de porquería —dice él, de un modo que casi me recuerda a una frase de una película de Mel Brooks, *Locura en el Oeste*. Esa nunca me gustó tanto como otra comedia clásica de Brooks, *El joven Frankenstein*, que he visto online con Alex un par de veces. Pero me hace sentir un poco culpable pensar en eso mientras estoy aquí con Porter.

El animal Porter. Sigo nerviosa por la increíble cantidad de violencia brutal que acabo de presenciar. Y no sé bien qué pensar de eso.

Porter sale de un salto, gimiendo, y va a una puerta corrediza al costado de la furgoneta, donde toma una caja pequeña. Después vuelve, sube al asiento de adelante y abre el tesoro que acaba de recoger: un kit de primeros auxilios en una caja de plástico cubierta de pegatinas.

—Los surfistas siempre tenemos provisiones —explica, hurgando en la caja con un dedo—. Nos lastimamos a cada rato.

Después de verlo luchar durante varios segundos, me doy cuenta de que su otra mano está tan lastimada que no la puede usar, y la pena supera los nervios que me quedan. Le arrebato el kit.

—Déjame a mí. No puedes curarte a ti mismo, tonto.

—Ah, bien. Hice todo esto como excusa para que me tocaras.

—No es gracioso.

–Un poco.

Encuentro unas gasas embebidas en alcohol y tiras adhesivas con forma de mariposa, junto con un par de condones, en los que trato de no pensar mucho.

–Me diste un susto de locos. Mira, aquí hay unas pastillas de paracetamol. Vencieron hace unos meses, pero son mejor que nada. ¿Tienes con qué tomarlas?

–Tienes que tratar mejor a tus pacientes, enfermera Bailey –dice él, gimiendo mientras se inclina para levantar una botella de agua medio vacía apretujada al costado del asiento. Hace de cuenta que está molesto conmigo mientras yo hago de cuenta que estoy enojada con él y le doy las pastillas. Él las traga con un gruñido.

Me arrodillo sobre el asiento y abro un paquetito de gasas. El fuerte olor a alcohol llena la furgoneta. Los dos ponemos cara de asco. Porter abre su puerta, y el aire fresco se siente bien. El sonido de las olas que rompen contra las rocas de abajo es tranquilizador, un poco.

Me da miedo empezar por la cara, así que corro tímidamente la camisa de Porter y paso la gasa fría sobre la sangre seca que tiene en el cuello. Él se estremece.

–Frío.

–Perdón –murmuro. En un instante, quito la sangre que le corrió por el cuello, pero se pone más difícil cuando llego a la barba. Despliego la gasa, reacomodo el kit de primeros auxilios sobre mi falda y me ocupo en limpiarlo en serio. Si me concentro en esto, quizás mi mente deje de pensar en esas imágenes aterradoras de Porter destrozando a Davy como una bestia salvaje. Él reclina la cabeza contra el asiento y cierra los ojos.

–¿Porter?

–¿Mmm?

—¿Te acuerdas de aquella vez en la que viste a Davy hablando conmigo afuera de la tienda de ropa vintage en el paseo marítimo?

—Sí.

—Él no sabía que yo lo oía, pero lo vi entrar a la tienda y pedir a la chica del mostrador, Julie, que lo ayudara porque iba a ir a Monterrey y necesitaba algo.

Los ojos de Porter se abren en un santiamén.

—¿Qué? Él me dijo otra cosa.

—Te mintió. Y cuando hablaba con la chica en la tienda, ella dijo: "Pensé que ahora usabas de tanto en tanto". Y él le dijo que sí, pero que necesitaba algo para ese día nada más, y le prometió que sería solo por esa vez, y ella le respondió que iba a tratar de ayudarlo.

—Lo sabía —Porter golpea el volante.

Apoyo una mano sobre su brazo. Si no tiene cuidado, se va a volver a abrir el corte que tiene en la mejilla, y todavía no llegué a desinfectarlo.

—¿Qué es eso de usar de tanto en tanto?

—Es una vergüenza ese chico.

—Sí, eso lo sé. Pero cuéntame. Soy la que tiene el alcohol, ¿recuerdas? Si no me cuentas, te voy a hacer arder.

Un suspiro sale disparado de su boca mientras se hunde en el asiento, apoyando una rodilla contra el tablero, en medio de los dos, lo que hace que mis rodillas queden apoyadas contra su pierna. Me pregunto si lo hizo a propósito —siempre está más cerca de lo que yo me siento cómoda—, pero me está poniendo la mejilla para que se la limpie, así que vuelvo a concentrarme en lo que estoy haciendo mientras él habla.

—Hace tres años, Davy se destrozó la pierna mientras surfeaba donde no debía. No estaba siguiendo el estado del tiempo, y se arriesgó.

Lo operaron dos veces. Cuando se le acabó la oxicodona que le habían recetado, empezó a comprársela a un chico que la vendía en la escuela. Y cuando se le acabó eso, empezó a buscar otras cosas: vodka, cocaína… pero nada calma el dolor como los opiáceos. ¿Y qué mejor opiáceo que la heroína?

Se me paraliza la mano.

—Por favor, dime que es una broma.

—Es el secretito del surf.

—¿Se la inyecta?

—Hasta donde yo sé, la fuma, pero no estoy ahí cuando lo hace. Solo digo lo que me han contado, y nunca le he visto marcas de agujas. Eso me está pinchando en serio, Bailey.

—Perdón. Quizás necesites que te den unos puntos. Otra vez está sangrando un poco la herida —corro su cabello hacia atrás y veo que hay un feo golpe en su sien. Tiene suerte de que esa silla no le haya quebrado ningún hueso de la cara. En realidad, no estoy tan segura de que eso no haya pasado.

—Sigue limpiándola, pero despacio —dice Porter, después de hacer una mueca de dolor—. Bueno, cuando la gente cree que puede tener control sobre la heroína hacen eso: usan de tanto en tanto. Consumen lo justo para drogarse un fin de semana, por ejemplo, pero no se permiten consumir más hasta el fin de semana siguiente. Nada de nada durante toda la semana, y entonces no sufren de abstinencia. Si no son adictos, lo pueden controlar, ¿no?

—No parece algo que realmente funcione —digo yo.

—No, no funciona. Porque siempre está ese fin de semana largo que se convierte en tres días, o tienen una mala semana y necesitan descargar tensiones un miércoles. Y sin darse cuenta, recaen y su plan conservador se va a la basura. Se mienten a sí mismos al pensar que lo tienen bajo control. Como le pasó a Philip Seymour Hoffman. Dicen que eso fue lo que lo mató.

Estoy pasmada. Sé que Wanda dijo que Davy estaba metido con narcóticos importantes, pero ¿heroína? Suena a algo sacado de una película. Eso no pasa en la vida real. Al menos no a gente de mi edad.

−¿Duele? −pregunto, aplicando con toques suaves un ungüento antibiótico en la herida. Parece una grieta en medio de un desierto, una grieta roja y molesta.

−No me duele nada cuando tú me tocas −dice él con voz lejana.

Tengo que aguantarme las ganas de sonreír porque temo que él abra los ojos y me descubra. Y no quiero que los abra, porque ahora puedo verlo bien de cerca. Sus pómulos bien marcados. Sus rizos alborotados, húmedos por la lluvia neblinosa, que tienen el color de la miel donde el sol los ha bruñido, pero siguen más oscuros debajo. La curva suave en los extremos de sus ojos, y su nariz prominente.

−¿Va a estar bien? −pregunto.

−¿Davy? No sé, la verdad −responde Porter, inhalando fuerte mientras pongo una tira adhesiva sobre el corte. Tres deberían ser suficientes, y es todo lo que tenemos, así que tendrán que alcanzar−. En este momento, él no me preocupa tanto. Me preocupa más que tú te hayas arrepentido de haberme dado tu número y que nunca quieras salir conmigo, porque pienses que todos mis amigos son una porquería y, la verdad es que no tenemos nada en común.

−¿Ah, sí? −quito el papel que cubre el adhesivo de la segunda tira−. ¿Y por qué te gusto siquiera si no tenemos nada en común?

−Bueno, es obvio, porque estás buenísima.

Nunca nadie me había dicho eso. Siento mariposas y calor en el pecho.

−Y te ríes de mis chistes.

Se me escapa una risa, no lo puedo evitar. Eso es... tan de Porter, engreído y un poco simpático a la vez.

–No me malinterpretes, tú también eres bastante ingeniosa –agrega él, abriendo un ojo.

–¿Ah, sí? Qué generoso eres.

Porter me sonríe algo avergonzado, se ríe y empuja mis manos porque ahora le estoy dando unas palmadas juguetonas en el hombro.

–De nada. Y... y... ¡vamos, escúchame! ¡Ay! Estoy herido. Deja de reírte, caramba, y escúchame. Tienes que reconocer que, si te pones a pensarlo, nos llevamos muy, muy bien cuando no peleamos.

¿Sí? ¿Tiene razón?

Puede ser.

Porter gruñe un poco.

–Pero verás, también pasa otra cosa. Hablo demasiado cuando estoy contigo. Me haces sentir demasiado cómodo, y eso me pone como loco.

Me río una última vez y aparto el pelo de mis ojos con un soplido.

–Tú también me pones como loca.

Ahí está, esa bendita sonrisa sexy. Él estira el brazo para tomar mi mano y se detiene a mitad de camino, gimiendo.

–No debo mover así el brazo.

Ahora me vuelvo a preocupar. Hago una pelota con todos los papeles de las tiras adhesivas y cierro el kit de primeros auxilios.

–¿Davy no te lastimó nada importante, no? ¿Cómo alguna costilla?

–Si quieres que me quite la camisa, solo tienes que pedírmelo, Rydell.

–Lo digo en serio.

–No creo –responde él con un suspiro–, pero no te voy a mentir... me está empezando a doler por la zona de las costillas. Creo que mejor me fijo, así que quizás prefieras mirar para otro lado si eres sensible a los cuerpos masculinos explosivos. No quiero que te derritas al ver un surfista al desnudo.

–Dios sabe que me he visto forzada a ver el pecho desnudo de Davy cientos de veces, así que creo que podré con el tuyo. Vamos, veamos los daños.

Porter se desabotona la camisa de guardia de la Cueva, pero es lo menos sexy del mundo, porque lo único que me preocupa en este momento es cómo voy a conducir la furgoneta si él tiene alguna costilla rota. Y todo empeora cuando la camisa se abre por completo.

Me parecía que Davy era corpulento, pero me equivoqué. Davy es como una ramita. Porter es como un acantilado. Es la prueba de lo que pasa cuando alguien usa todos sus músculos a la vez para hacer equilibrio en una tabla diminuta de madera mojada sobre olas monstruosas todos los días durante años. Al mismo tiempo, me maravilla la belleza del cuerpo humano, me avergüenzo de usar el mío solo para dar una vuelta a la manzana y ver películas en el sofá de papá y, más que nada, me siento completa y absolutamente conmocionada por lo que Davy le ha hecho a Porter.

Cuando uno piensa en alguien todo magullado, piensa en lo que pasa después, cuando los golpes han tenido tiempo para asentarse. Pero en este momento, su torso está manchado con cardenales grandes y enrojecidos, algunos un poco ensangrentados, otros que irradian líneas irregulares de color rosado oscuro. Es un mapa espantoso. El cardenal que le atraviesa las costillas parece América del Sur de lo grande que es.

Porter tiene el mentón apoyado contra el esternón mientras se abre la camisa e inspecciona los daños. Por cómo gruñe, me doy cuenta de que incluso él está sorprendido. Siento todo de golpe: estoy espantada porque él está tan lastimado y no me había dicho nada, y me siento frustrada por el hecho de que él haya tenido que recurrir a un ataque de furia lleno de testosterona para solucionar todo esto. Estoy muy impresionada por toda la violencia de la que fui testigo. Estoy enojada por el hecho de que él tenga un amigo como Davy, y todavía siento una ira tremenda porque Davy me robó la scooter.

Pero a pesar de todo eso... miren lo que hizo. Miren lo que hizo. ¿Por mí? Y está aquí sentado, dolorido, cayéndose a pedazos, y ¿lo único que le preocupa es que yo me haya arrepentido de haberle dado mi número y no quiera salir con él?

Es demasiado. Me siento destrozada.

—Oye, oye —dice él, asustado, enderezándose de golpe. Lanza un gemido. Y eso me hace llorar más. Porter se abotona media camisa y cubre parte de la evidencia—. No pasa nada. Ya me he quebrado huesos. Hoy no me quebré nada, lo prometo. Solo estoy dolorido.

—Es horrible —digo, conteniendo las lágrimas—. Me apena tanto que hayas tenido que hacer eso.

—Se lo merecía. No sabes todo lo que me ha hecho. Esta fue la gota que rebasó el vaso. Oye, oye, tranquila —sus manos me acarician la parte superior de los brazos.

Me calmo. Giro la cabeza y me limpio la nariz frotándola contra el hombro. Me seco las lágrimas.

—Eso —Porter desliza un pulgar sobre mi mejilla, repasando las lágrimas que yo no sequé. Pasa el dedo por el arco de mis cejas. Sigue un mechón de pelo suelto en mi sien—. ¿Y sabes qué? —dice en voz baja, intensa—. Lo haría otra vez sin dudarlo, porque no merecías lo que él te hizo. Yo seré tu vengador.

Se me hace un nudo en la garganta y la emoción se apodera de mí. Sin pensarlo, me inclino hacia adelante y lo beso.

No le doy un beso cortés.

No le doy un beso gentil.

Y sin dudas él no me besa a mí. *Ay, no.* Yo soy la que está besando, algo que pasa por primera vez en mi vida... no el beso, digo, lo de empezarlo. Digo, vamos. ¡Yo evado las cosas! No soy de las que empiezan un beso. Pero aquí estoy, con la boca presionada contra la de él. No me da vergüenza admitir que me desespera y que insisto un poco bastante, y si él no me besa a mí pronto...

Pero él me besa. Por Dios, me besa. Es como si se hubiera encendido un interruptor en su cabeza... Dios mío, ¡creo que lo entendió! Y casi empiezo a llorar otra vez, estoy tan aliviada, tan feliz. Pero después su boca se abre sobre la mía, y se enciende un interruptor en mi cabeza (¡tintín!), y después su lengua se toca con la mía, y un interruptor se enciende en mi cuerpo (¡tintintín!) y por Dios y todos los santos qué bien se siente. Nos estamos besando, y es increíble, y su mano me acaricia la espalda, y me corren escalofríos por todos lados, y POR DIOS QUÉ BIEN LO HACE.

Un escalofrío gigantesco me recorre el cuerpo y me asusto un poco. De repente se me llena la cabeza con todo lo que él ha dicho sobre tener dieciocho y su libertad sexual, y no tengo duda alguna de que ha ejercido sus derechos con otras chicas, lo cual está bien, no me importa. No juzgo. Es que yo... no lo he hecho, y este beso me hace dar cuenta de la diferencia que hay entre la experiencia de cada uno. Eso me preocupa. Y me estremece. Y me preocupa.

(Y me estremece).

Dios mío: Protégeme de mí misma.

Él deja de besarme; probablemente porque puede sentir lo loca que me puse por dentro. Y sí, así es, porque me pregunta:

—¿Bailey?

–¿Sí? –respondo yo, pero ahora me tranquilizo. Ahora que veo su rostro, no puedo dejar de sonreír. Porque tiene los ojos como dos rendijas y se lo ve aturdido y confundido, y así me siento yo: como si mi cuerpo fuera un trompo de juguete, que gira a tanta velocidad que no me deja ver nada de lo que está afuera de la furgoneta. Lo único que veo es a Porter, todo magullado y hermoso, y lo único que siento es esta deliciosa sensación: todo gira, da vueltas, zumba, y no quiero que se vaya nunca.

Ahora Porter también sonríe, y estoy segura de que parecemos dos locos totales. Gracias a Dios, estamos sentados bajo la lluvia en medio de la nada.

–Oye –dice él, con voz áspera y profunda–. ¿Estoy loco, o ese fue el mejor beso de tu vida? –tiene una sonrisa kilométrica.

Él sabe que sí.

–Lo sorprendente es que también fue el mejor de tu vida –le retruco.

Porter levanta ambas cejas y después se ríe con los ojos cerrados.

–Tú ganas. ¿Quieres hacerlo otra vez? Quizás fue solo una casualidad. Tendríamos que comprobarlo.

Lo hacemos. No fue una casualidad. Me voy a derretir en el asiento. Es ridículo. Así es como las adolescentes quedan embarazadas, estoy bastante segura. Al fin, lo alejo, y ambos respiramos, agitados.

–Ves, te lo dije –digo yo–. El mejor de tu vida.

–¿Te cuento un secreto? Yo sabía que si un día cerrábamos la boca y dejábamos de discutir, iba a pasar. Ven aquí. No te pongas tímida ahora. Solo quiero abrazarte.

–Estás herido.

–Y tú eres suave. No más besos, lo prometo. Por favor, Bailey. Déjame abrazarte, no tengo que hacer ningún esfuerzo. Sólo por un ratito. Hasta que deje de llover. Me gusta la lluvia.

Porter me hace una seña para que me refugie en su brazo, y como estoy del lado que no está tan golpeado, me acurruco con suavidad contra él. Se siente tibio, sólido, y trato de ser lo más liviana y pequeña posible, de no causarle más dolor, pero él me aprieta contra su cuerpo con más firmeza, y yo cedo. Porter suelta un largo suspiro, y nos sentamos así, juntos, viendo cómo cae la lluvia sobre el mar. No hablamos. Nada más que nosotros. Nada más que tranquilidad.

Pero en medio de esa tranquilidad, vuelven corriendo las imágenes de la pelea sangrienta entre Porter y Davy. Este cuerpo que ahora me abraza y me protege... estuvo haciendo pedazos a otro ser humano con violencia. ¿Cómo puede ser ambas cosas: tierno y brutal? ¿Así son los chicos? ¿O así es Porter? Él es tan complejo. Lo juro, cuanto más sé de él, menos entiendo quién es realmente.

Hoy su ferocidad me turbó, así que ¿por qué lo besé?

Y ¿por qué confío en alguien que me puede afectar de esa manera?

Pienso en nuestras discusiones acaloradas. Si quiero ser honesta conmigo misma, no soy del todo inocente. Él me provoca, pero ¿yo dejo que él me provoque? ¿Quiero que lo haga? ¿Y qué pasó cuando derribé sin piedad a ese chico que robó el halcón maltés? Grace sigue haciendo bromas de que tengo una fuerza oculta, y eso cada vez me hace pensar más en lo que me dijo ese estúpido terapeuta en Nueva Jersey, sobre que yo iba a pagar las consecuencias por usar técnicas evasivas. Si se sacude una botella de soda durante bastante tiempo, cuando se quita la tapa, el líquido explota.

¿Me asusta más Porter... o la persona que él está desatando dentro de mí?

# Comunidad de Cinéfilos Lumière

@mink: Hola. Perdón por no escribirte mucho en estos días.

> @alex: MINK. Me alegra tanto que me hayas escrito. Quería hablar contigo. ¿Todavía no has decidido si vas a viajar hasta aquí, no?

@mink: No, ¿por qué lo preguntas?

> @alex: Dios, tardaste tanto en responder que por un segundo pensé que te había perdido. En fin, eso es bueno, de hecho. Tengo trabajo a lo loco en este momento. Así que antes de pedirle a tu papá que te compre el pasaje, pregúntame antes, ¿sí? Porque eso me tiene muy ocupado.

@mink: Sí, está bien. De hecho, yo también estuve ocupada.

> @alex: Así que me entiendes. ¿Me avisas, entonces? ¿En caso de que cambie mi situación?

@mink: Sí, claro. Ya sabes que no tomo decisiones precipitadas.

# Capítulo 17

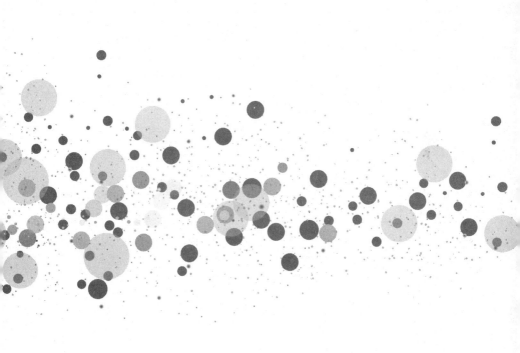

"¡Pelee! ¡Pelee, cobarde! ¡Pelee!".

–Daniel Radcliffe, *Harry Potter y el misterio del príncipe* (2009)

A la mañana siguiente, un par de horas antes de empezar a trabajar, los rayos de sol atraviesan el cielo gris mientras estaciono a Baby en un callejón angosto detrás de la tienda de surf Tablas Penny. Se supone que Porter se va a encontrar conmigo aquí. Dice que su papá puede arreglar la cerradura de mi asiento, porque al parecer, Davy forzó el asiento con una palanca y la estropeó. Estoy nerviosa por conocer a su papá. Muy nerviosa.

Esto es un error. No puedo verlo de otra manera. No sé bien cómo Porter me convenció para venir, pero la verdad es que no sabía qué otra cosa podía hacer para arreglar la moto.

Mi propio papá no se puso nada contento cuando volvió a casa anoche después de su visita a San José y le conté sobre el robo de la scooter. Si supiera todo lo que pasó, le daría un paro cardíaco, así que tiene suerte de tener una hija que se preocupa tanto por el estado de su corazón que se asegura de que solo le lleguen los detalles necesarios. Y esos detalles fueron los siguientes: se robaron la moto del estacionamiento de la Cueva, pero un heroico guardia de seguridad, Porter Roth, persiguió a los adolescentes rebeldes cuando salieron de los límites del museo, y recuperó mi moto, con el saldo de varias heridas en su haber. Una lástima que Porter no haya podido identificarlos, si no, hubiera hecho la denuncia ante la policía.

—Todo pasó tan rápido —le dije a papá—. Me alegro de que Porter estuviera allí.

—¿No vio las caras de los ladrones?

*Eh...*

—Estaba lloviendo. Lo golpearon y salieron corriendo.

—De todas maneras creo que deberíamos contarle a Wanda.

—Los agentes de seguridad del museo se están ocupando, papá. Déjalos hacer su trabajo, ¿sí?

—Está bien, Mink —dijo papá, con las manos en alto—. Solo me alegro de que estés bien. ¿Y Grace conoce a alguien de aquí que te va a ayudar a arreglar el asiento?

Otra mentira. Pero es necesaria, porque por más bueno que sea mi papá en varios aspectos, no es habilidoso. Entonces le parece bien que esta persona misteriosa se ocupe de eso; incluso me da dinero para comprar un candado nuevo para la rueda. No lo merezco.

Así que eso disparó el estrés. Y lo que aumentó ese estrés fue saber que iba a tener que enfrentar a Xander Roth, hijo de Pennywise, sobreviviente del ataque del tiburón blanco, padre del chico con el que me besé... y después volví a casa anoche y antes de irme a dormir me hice cosas indescriptibles bajo las sábanas mientras pensaba en esos besos que me di con dicho chico. Y así *no* es como las adolescentes quedan embarazadas, estoy bastante segura.

Después, lo que elevó mi nivel de estrés por las nubes fue recibir esos benditos mensajes de Alex esta mañana. Porque sonaba a que no quiere que yo viaje aquí. O sea, yo ya estoy aquí, por supuesto, pero él no lo sabe. ¿Y si yo ya había comprado el pasaje? ¿Y por qué de pronto está tan ocupado? ¿Conoció a otra chica? Porque sin dudas eso es lo que me parece a mí.

No sé por qué esto me molesta tanto. Si yo justamente estoy

haciendo lo mismo (la ley debería ser la misma para todos, ya sé). Y nunca nos prometimos reservarnos el uno para el otro. Quizás ni siquiera nos llevemos bien en la vida real. ¿No es por eso que yo estaba siendo tan cautelosa? ¿No lo he buscado con cuidado y he revisado con detalle el mapa del paseo marítimo con el temor de que no fuéramos compatibles?

Es que nada está saliendo como yo lo había planeado. Alex y yo tenemos una conexión… al menos nos llevamos bien por escrito, pero ¿quién sabe qué pasaría en la vida real? Por otro lado, Porter y yo nos llevamos bien en la vida real, pero también somos opuestos. Su vida es bastante complicada, y no me gusta lo complicado. Ya pasé por eso. Es la razón principal por la que dejé de vivir con mamá y Nate SRL. Y también está ese minúsculo detallecito de que se supone que ni siquiera tenga que estar cerca de él, gracias a las advertencias policiales de Wanda, uf. Pero eso es parte del atractivo, ¿no? Porque estar con Porter es loco y emocionante, y se parece mucho a estar en una buena película de suspenso: no sé quién va a terminar muerto al final.

Una furgoneta azul oscuro aparece detrás de mí y se estaciona en un espacio marcado para la tienda de artículos de surf. Pero no es la furgoneta de Porter. Y no es Porter el que la conduce, ni tampoco viaja en ella. Dos personas salen de un salto; ambos me miran con mucha curiosidad. El primero es el señor Roth, que lleva un rompevientos liviano de color amarillo con una manga cosida, y la segunda es alguien que reconozco de haber visto en fotografías: la hermana de Porter, Lana. Ambos están un poco húmedos y, por las gotas de agua que hay sobre las tablas que están atadas a la furgoneta, me imagino que acaban de llegar de la playa.

—Hola —saluda Lana, masticando goma de mascar, súper amigable y franca—. Tú eres la chica de Porter.

*¿Ah, sí?* Esto me da una sensación rara en el pecho.

–Trabajo con Porter –respondo, mientras ella da la vuelta a la furgoneta, despreocupada. Dios, se mueve igual que él, sigilosa, como un gato. Tiene puestos una camiseta de manga larga ajustada al cuerpo y pantalones cortos, supongo que será lo que se puso después de quitarse el traje de neopreno. También tiene la misma contextura que Porter; no es delgada como una modelo sino musculosa; sólida y bien proporcionada.

–Lana –se presenta ella alegremente, mientras no cesa de masticar.

–Bailey –respondo yo.

–¡Bailey! Sí, ahora lo recuerdo –dice ella, sonriendo. Es joven y bonita, nada de maquillaje, el cabello largo y rizado. Muy relajada. Franca, como Porter–. Ha hablado muchísimo de ti. Oye, papá, esta es la scooter que robó Davy.

El señor Roth, que no me ha prestado atención en absoluto hasta este momento, ya tiene la mano lista para abrir la puerta trasera de la tienda. Mira la scooter y después me estudia de un vistazo.

–¿Estás metida con Davy? –pregunta con brusquedad. No con Porter. Con Davy.

La conmoción me inunda el cuerpo.

–No, no. Por Dios, no.

–Porque la última sí estaba metida con él, y ¿por qué Davy robó esto si no hay algo entre ustedes? –me mira como si yo pensara que él es estúpido–. ¿Esperas que piense que mi hijo llegó a casa con la cara toda golpeada porque sí? ¿Como un matón cualquiera que se mete en peleas callejeras? Yo no lo crie para eso.

–Papá –dice Lana, que parece sentirse casi tan humillada como yo–. Porter estaba defendiendo el honor de ella.

–¿Y por qué había que defenderlo? –ahora el señor Roth está

agitando su brazo en mi dirección, enojado–. ¿Por qué Davy robó esto?

–No sé –le respondo a los gritos, sorprendida de mí misma–. Quizás porque es una basura que pensó que podía ganar dinero fácil. Pero yo no lo alenté. Ni siquiera lo conozco.

La puerta de la tienda se abre. Porter sale deprisa, sin aliento. Se ve… terrible. El corte de la mejilla está hinchado y de un color rojo oscuro. El golpe en la sien ahora tiene una fea mezcla de tonos azules y morados. Su barba, que por lo general está recortada con mucho cuidado, está más oscura y larga.

–Papá –dice él–. Ella es Bailey Rydell. ¿Recuerdas que anoche te dije de arreglar el asiento de su scooter? Como ese que arreglaste aquella vez, el del señor Stanley.

En este momento me pregunto cómo un hombre con un solo brazo va a arreglar algo… y para ser honesta, con esa actitud horrible, creo que ni quiero que se tome la molestia.

Su padre no dice nada durante varios segundos. Después me mira.

–No conozco a ningún Rydell. ¿Quiénes son tus padres?

Antes de que yo pueda responder, Porter dice:

–Ya te lo dije. Su papá vive en la casa de los McAffee. Es contador. Está saliendo con Wanda Mendoza. Bailey se mudó aquí en mayo, viene de la costa este.

–Ah, sí. La sargento Mendoza. Ella es buena gente –dice su papá, todavía brusco, pero un poco más amable, como si creyera a medias lo que le dice Porter, pero piensa que algún día cercano le podrá creer por completo. Y ¡puf!, así como así, se termina el interrogatorio–. Entra a ayudar a tu mamá –le dice a Lana antes de hablarle a Porter–. Tú ve a buscar la caja de herramientas verde que está en la furgoneta. También voy a necesitar las llaves del asiento.

El señor Roth no me habla. Me ha descartado. No sé bien cómo me hace sentir eso. Bastante mal, creo. Antes, Porter pensaba que yo era muy refinada para él, pero ¿ahora su papá piensa que yo no soy buena para su hijo? ¿Y qué fue todo eso de pensar que yo estaba metida con Davy porque eso hizo "la última"? ¿Será la tal Chloe por la que discutieron Porter y Davy afuera de la tienda de ropa vintage en el paseo marítimo? Por favor. Este tipo es todo un caso. Cuando Porter lo describió como un sargento de instrucción militar, no lo decía en broma. Creo que lo único que me salvó fue que Porter haya mencionado a Wanda.

Venir aquí fue un grave error, sin dudas. Me arrepiento tanto en este momento y tengo tantos deseos de irme, pero no veo salida.

Cuando le doy a Porter las llaves de mi scooter, él mueve los labios en silencio, diciendo "Perdón", y me aprieta la mano; y ese ínfimo contacto de piel con piel se siente como cuando te despiertas un fin de semana y hueles que alguien está haciendo el desayuno: totalmente inesperado y delicioso. Un besito de porquería (bueno, dos... bueno, DOS BESOS INCREÍBLES), y a mi cuerpo ya ni le importa que el papá de Porter me odie con todas sus fuerzas y que yo esté a punto de sufrir un ataque de pánico; está muy ocupado disfrutando de todos los cosquilleos reales, verdaderos, vivos generados por el tacto del chico surfista. No es bueno. Me aterra tanto que su papá vea mi reacción que termino soltando su mano como si quemara.

Cobarde como soy, estoy a punto de dar media vuelta, salir corriendo por el callejón y no volver nunca más. Así que cuando Lana señala la tienda con un movimiento de la cabeza, yo ya estoy en tal estado de confusión, que solo la sigo y entro. Mejor que quedarme afuera con el sargento. O con Porter, que me puede llegar a derretir en frente de su papá. Ya no puedo confiar en mí. ¿QUÉ ME ESTÁ PASANDO?

–Papá no lo hace a propósito –dice Lana mientras entramos a un depósito lleno de estantes con cajas–. Es malhumorado nomás. Creo que siente dolor las veinticuatro horas, pero antes muerto que reconocerlo. ¿Alguna vez oíste hablar de esa cosa del miembro fantasma?

–Sí –respondo. Un poco. Los amputados vuelven de la guerra y todavía sienten el miembro que les falta.

–Lo he oído contarle a mamá que todavía siente que le duele el brazo, a pesar de que no lo tiene. Tiene muchas pesadillas y cosas como esas. No quiere tomar ninguna medicación ni ver a un médico porque no quiere volverse adicto. Nuestro abuelo era alcohólico. Papá no quiere ser como él.

Apenas tengo tiempo para procesar todo lo que me cuenta, cuando ella abre otra puerta y vemos el sol que atraviesa las ventanas de la tienda y nos hace pestañear. Las paredes están cubiertas de madera de secuoya y tablas de colores brillantes; se oye música de unos altavoces que cuelgan del techo. No está lleno, pero hay algunas personas dando vueltas, viendo tablas y trajes de neopreno, charlando cerca de los equipos que están en exhibición.

Es curioso, pero este es uno de los lugares que siempre estaba cerrado a la hora del almuerzo, cuando yo pasaba para marcarlo en mi mapa de Alex; pasó eso o me distraje, porque mi carro de churros preferido está afuera –lo veo desde aquí, y también las olas que rompen contra el muelle– y ahora siento ese aroma a churro con canela, mezclado con la parafina de coco que usa Porter. Es una combinación divina, casi erótica. Sin dudas, algo en lo que no debo pensar mientras estoy conociendo a su familia.

Lana serpentea entre los productos exhibidos, saludando a los clientes con alegría, y va al fondo de la tienda. Se inclina sobre el mostrador y tironea del brazo a una mujer de mediana edad con la piel bronceada, curvas generosas y una enorme mata de cabello crespo negro como el ébano. Lana la aparta de una conversación y le susurra al oído. Sin dudas, la mujer es polinesia, y sin dudas, es su madre. Guau, el parecido entre ellas es increíble. Madre e hija miran hacia donde estoy yo. Ambas sonríen.

–Hola –exclama la madre, saliendo desde detrás del mostrador para saludarme. Lleva puestos unos jeans y una camiseta suelta. A diferencia del resto de la familia, no es musculosa ni está en forma; más bien está rellenita. Su gran mata de pelo pasa por detrás de una oreja y le llega hasta la cadera–. Yo soy la mamá de Porter y Lana. Puedes decirme señora Roth o simplemente Meli. Todos me llaman así.

Dios, qué bonita es... tan amable. Tiene una sonrisa tan amplia. Parece una trampa.

–Bailey –le digo yo.

–Bailey Rydell –dice ella, para mi sorpresa–. Porter me contó que trabajas con él en la Cueva.

–Sí, señora.

–Papá la trató muy mal –informa Lana.

La señora Roth frunce el rostro y dice:

–Lo siento mucho. A veces él es así. El secreto es seguirle el juego de perro rabioso y mostrarle los dientes –imita a un perro que da mordiscones, que es bastante adorable– o haces lo que hago yo y no le prestas atención.

–Y no te dejes engañar por su forma de hablar –dice Lana–. Mamá es la que lleva los pantalones en esta familia.

–Así es, cariño –la señora Roth envuelve a su hija entre sus brazos–. ¿Cómo les fue esta mañana? ¿Encontraron algo bueno para surfear?

–No, solo remamos. Porter tenía razón, como siempre. El viento que soplaba desde el mar aplastaba las olas –Lana me mira y se le ilumina el rostro–. Alguna mañana deberías venir con nosotros, a vernos surfear. A Porter le gusta cuando hay alguien más que lo aliente en lugar de papá, que le grita.

La señora Roth asiente con la cabeza, sonriendo, y dice:

–Y vaya que él se luciría delante de ti, querida. Tú dile que quieres verlo surfear una mañana cuando haya buenas olas. A él le va a encantar. Solo dilo, y él te va a mandar reportes del tiempo apenas salga el sol.

–Está obsesionado con el tiempo –me dice Lana.

–Lo sé –digo de sopetón, sin poder detenerme.

Ambas me sonríen como si hubiera resuelto un código secreto de la familia.

La señora Roth mira por encima de la cabeza de Lana y levanta la mano en dirección a un cliente.

–Oye, ¿cariño? –le dice a Lana–. ¿Me harías el favor de atender al señor Dennis?

Lana hace un ruido como que da una arcada y dice:

–Quizás, cuando me empieces a pagar un salario de verdad.

La señora Roth me mira avergonzada y comenta:

–No cuentes eso, ¿sí? No estamos forzándolos a trabajar, es que…

–Técnicamente, sí –rezonga Lana, lanzando una risita cuando su mamá le pellizca la cintura.

–Es que las cosas están difíciles en este momento –termina de explicar la señora Roth.

–Y Porter y yo somos los dos únicos tontos que trabajamos gratis –agrega Lana–. Voy a atender al señor Dennis, pero solo si hoy me dejas salir una hora más esta noche.

–Media hora, y vamos, apresúrate. Ya se ve molesto –la señora Roth gira sobre sus talones en dirección a la puerta del frente y lanza un ruido de exasperación; alguien está descargando una pila de cajas en la entrada–. Las entregas van por atrás. ¿Cuántas veces se lo tengo que decir a ese hombre? Ay, Bailey, tengo que ocuparme de esto, perdón. Quería hablar contigo de cosas de chicas. Espérame.

Mientras ella sale corriendo para indicarle al hombre adónde tiene que ir, veo a Lana esforzándose para bajar una tabla de surf que está en un estante alto, en medio de otras. Es puro músculo –nada de muñequita que te hace ojitos– pero le cuesta, y se agita mientras sacude la mano y dice en broma que casi se la aplasta tratando de quitar la tabla. Me sorprende que no trabaje nadie más aquí. ¿Son solo ellos cuatro los que se encargan de este lugar? Y con las limitaciones del señor Roth, todo lo físico queda para la mamá y los dos hijos, ninguno de los cuales recibe dinero por eso. Y después Porter tiene que ir a trabajar tiempo completo en la Cueva.

Esto es una porquería, de verdad.

¿Y qué va a pasar cuando empiecen las clases, y cuando Lana y su papá se vayan en la gira de surf? ¿La señora Roth se va a encargar sola de la tienda? ¿Cómo va a hacer Porter para mantener sus buenas calificaciones, ayudarla y seguir trabajando en la Cueva?

Vibra mi teléfono: ha llegado un texto. Para mi sorpresa, es de Patrick, o sea, el Patrick de Avistamiento de Ballenas Killian y mi radar de gays roto:

Hola. ¿Estás desocupada? ¿Quieres tomar un café en lo de las Crêpes? Tengo cosas nuevas sobre el festival de cine.

Bueno, ¿quién diría? No piensa que soy una fracasada total después del fiasco de "cita" que tuvimos en la tienda de videos. Antes de poder responder, se abre la puerta y entra Porter lo más campante, con una sonrisa enorme. La alegría me recorre el cuerpo hasta que veo a su padre detrás de él... entonces me quedo helada.

—Papá arregló el asiento. Ya puedes usar tu moto.

El señor Roth me entrega las llaves sin mirarme a los ojos. Creo. Yo tampoco lo estoy mirando a los ojos. Esto podría funcionar si nos evitamos todo el tiempo.

—De todas maneras la cerradura quedó abollada —dice él entre dientes—, y quizás se trabe un poco cuando la abras, pero eso no lo puedo solucionar.

—Vas a tener que mover un poco la llave y dar un golpe con la palma —agrega Porter con alegría.

—O llevarla a algún lado para que la arregle un profesional —dice el señor Roth—. Pero lo peor que te puede llegar a pasar es que no lo puedas abrir y te quede todo adentro, así que mejor lleva el casco contigo adonde vayas hasta que estés segura de que funciona bien. Y compra un mejor candado para la rueda.

—Ahora voy a ir a comprar uno —le respondo. Me rasco la mano, incómoda—. Gracias por esto.

Él mira hacia otro lado, da un gruñido y encoje el hombro al que le falta el brazo. Después de unos segundos de silencio incómodo, justo cuando pienso que va a dar la vuelta e irse sin decir otra palabra, me mira fijo a los ojos y me señala con el dedo.

—¿Me quieres agradecer en serio? La próxima vez que veas a Davy Truand, llámame, de día o de noche, y voy a terminar lo que empezó Porter. Ese chico es estúpido y peligroso, y es obvio que te tiene en la mira, así que te diré lo que le digo a mi propia hija: Mantente lejos de él todo lo que puedas, pero si se te llega a acercar, toma tu teléfono y marca mi número... ¿entendido?

*¿Eh...?* Siento la vibración del sonido débil y extraño que se escapa del fondo de mi garganta. Otra vez me está gritando un poco, pero es en plan de padre preocupado, y no sé si lo entiendo bien, pero creo

que se está ofreciendo para darle una paliza a Davy. Miro a Porter para que me lo confirme, y él está sonriendo.

Qué confundida estoy.

Solo me queda asentir con la cabeza. Así que eso hago, varias veces. Eso parece conformar al señor Roth. Él responde asintiendo con la cabeza, también varias veces. Y después le dice a Porter que deje de estar ahí parado como un inútil y ayude a su mamá con las cajas que ahora están descargando por la puerta trasera. Atónita, lo veo dirigirse hacia donde está la señora Roth.

—Le caes bien —me susurra Porter al oído, disparando una pequeña cascada de escalofríos por mi cuero cabelludo. Me asusta que me afecte de esa manera en público, sobre todo cuando su familia está cerca.

Logro encontrar mi voz y le pregunto:

—¿Cómo lo sabes?

—Para cómo es mi papá, eso fue casi como si te abrazara y te diera la bienvenida a la familia. Dijo que tienes agallas.

Los que evaden las cosas no tienen agallas. ¿Será porque le grité cuando estábamos afuera? Me cuesta pensar mucho en eso porque Porter está tomando mi dedo índice con el suyo.

—Oye, Porter —exclama una voz.

Suelto su dedo, levanto la mirada y veo a la señora Roth en la puerta del depósito, desde donde sonríe con dulzura, la mata de pelo oscuro iluminada como un halo sobre los hombros.

—Ay, perdón, chicos —nos dice.

—¿Ya se conocieron, señoritas? —pregunta Porter.

—Sí —responde ella—. Y Bailey va a ir a verte surfear alguna mañana.

Porter levanta ambas cejas y pone una expresión que es difícil de descifrar, quizás un poco avergonzado, pero también un poco contento.

–¿Sí?

–Si tú quieres –le digo.

–Sí, puede ser –responde él–. Deberías ir a ver a Lana, eso seguro. Si te puedes levantar tan temprano.

–Sí, puede ser –respondo yo, imitándolo–. No sé nada sobre las mareas, las olas y todo eso, así que vas a tener que avisarme cuándo y adónde tengo que ir.

Desde la puerta, la señora Roth me hace una seña entusiasta con el pulgar levantado y después baja el brazo deprisa para que Porter no la vea.

–Listo, todo arreglado –dice ella–. Y lamento tener que interrumpirlos, pero necesito un poco de ayuda por aquí… ¿Porter?

–Perdón, el deber me llama –me dice él.

Niego con la cabeza, haciéndole un ademán con la mano para que vaya. Tengo que ir a comprar el candado nuevo antes de entrar a trabajar. Tengo tiempo de sobra, pero es claro que él tiene cosas que hacer aquí, así que no le digo eso. Solo le digo que yo también tengo que hacer, le agradezco otra vez y le pido que le vuelva a agradecer a su papá, que ha desaparecido con Lana. La señora Roth me dice adiós con la mano por encima de una pila de cajas cuando atravieso la puerta trasera para irme.

Todavía me quedan un par de horas libres antes de entrar a trabajar, tiempo de sobra para comprar el candado, así que le envío un texto a Patrick y arreglo con él para encontrarnos en la Casa de las Crêpes al mismo tiempo que pruebo cómo funciona la cerradura del asiento recién reparada. Mientras hago todo eso, en lo alto de la canaleta del techo, alcanzo a ver un poco de pelaje blanco: un gato. Dos gatos, de hecho. Veo a la gata atigrada del carro de churros, Señor Don Gato, que está acosando a un felino grande de pelaje blanco y mullido. Me río en voz alta –no puedo evitarlo– porque es como lo que pasa en esa canción infantil. Mi Don Gato ha encontrado a su verdadero amor.

–No saltes –le digo a Don Gato, alzando la voz. Ambos gatos bajan la mirada, extrañados–. Confía en lo que te digo, te vas a romper una pata y te vas a matar. Ese tonto gato blanco no vale la pena. Pero si saltas, recuerda que durante tu funeral, el olor a pescado te va a revivir… o quizás, en tu caso, el olor a churros.

Don Gato se echa ruidosamente dentro de la canaleta y empieza a lamerse la pata. No le importa en lo más mínimo mi advertencia. Bueno, lo intenté. En algún lugar de este paseo marítimo, guardo las esperanzas de que Sam esté llevando una vida más inteligente que la de estos dos gatos enamorados, que se arriesgan a sufrir daños físicos al estar en el techo… y después recuerdo que Alex me está rehuyendo.

–¿Saben qué? No me hagan caso. Los dos tienen nueve vidas, por Dios –exclamo a los gatos mientras me ajusto el casco de animal print–. Vívanlas un poco.

# Comunidad de Cinéfilos Lumière

**@alex:** Hola, Mink. No te enojaste conmigo, ¿no?

**@mink:** ¿Qué te hace pensar eso?

**@alex:** No sé. Tenía miedo de que te hubieras enojado cuando te pedí que me avisaras antes de comprar el pasaje para venir aquí. No me has escrito desde entonces.

**@mink:** No me enojé. Pensé que me conocías mejor.

**@alex:** Eh... ¿Lo dices en broma? No puedo darme cuenta.

**@mink:** A veces es difícil identificar el tono con el que se dicen las cosas online. Bueno, ahora estoy muy ocupada. Después hablamos.

# Capítulo 18

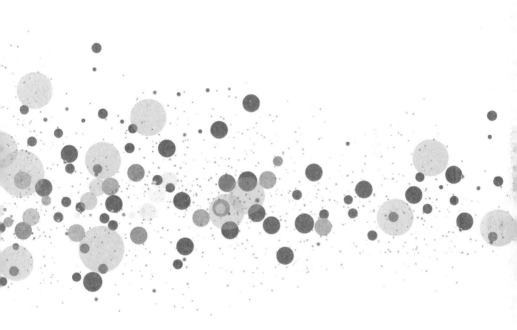

"Por favor, déjenme conservar
este recuerdo, solo este".

–Jim Carrey, *Eterno resplandor de una mente sin recuerdos* (2004)

Una diría que dos personas que quizás, digamos, se gustan (a veces) y que, por lo general (casi siempre) trabajan juntas, encontrarían momentos (casi seguro) –o algún momento, a decir verdad– para estar solos. Si no es para besarse, al menos para hablar. Pero después de una semana entera, lo único que logré de Porter, después de ir a la tienda de surf de su familia, fue un saludo diario, muchas sonrisas y tantas miradas desesperadas a través del lobby que alcanzarían para llenar toda la caverna.

Todos los días veo cómo sana la herida y se van aclarando los magullones del rostro de Porter, pero a medida que esas marcas desaparecen, también desaparece el recuerdo de lo que pasó entre nosotros, y estoy sintiendo algo similar a la abstinencia. Sí, recibí algunos textos que me mandó en el horario de trabajo, que fueron los siguientes:

En una escala del 1 al Infierno, ¿cuánta humedad hay en el Sauna hoy?

Tendrías que ponerte sandalias todos los días para venir a trabajar. Tus pies son sexies. Quizás yo soy el que tiene el fetichismo de pies.

Anoche pensé en escaparme e ir a tu casa, pero no quise crearte problemas si tu papá me descubría.

Estoy cansado. Vamos a dormir la siesta en la carpa grande.

Y casi me caigo de la silla en la boletería cuando me escribió:

Creo que necesito cuidados médicos. ¿Quieres ser mi enfermera otra vez?

Pero cuando le respondí que enseguida iba, su respuesta fue:

Ay, ojalá pudiera. Tengo a Pangborn sentado al lado. Raro.

Este chico me está matando. Ma-tan-do.

Todo era más sencillo cuando éramos archienemigos.

—A veces pienso que Porter es el enfermero de Pangborn —rezongo por lo bajo.

Grace entrega unos boletos por la ventanilla y silencia el micrófono.

—¿Sabes de qué me enteré? Que toda esa marihuana que fuma Pangborn en realidad sí podría ser medicinal. Puede ser que el viejo tenga eso que empieza con c".

—¿Qué? ¿Cáncer? —pregunto con el ceño fruncido—. ¿Quién te lo dijo?

—Es solo un rumor que anda dando vueltas por ahí. No sé si es verdad. Ya sabes cómo habla la gente. Según Renee, la chica que está en el café de arriba, ha estado en remisión desde hace años y solo lo usa como excusa para drogarse. Así que ¿quién sabe? Yo no lo veo enfermo.

Yo tampoco, pero ¿es algo que se ve? Y no voy a ir a preguntarle. Odio los rumores. Me pone triste que estén hablando de Pangborn a sus espaldas.

—Por cierto, ¿qué rayos está pasando entre ustedes dos? —me pregunta Grace, mientras ajusta el ventilador portátil.

—¿Entre Pangborn y yo?

Grace me hace su clásico revoleo de ojos que dice: "Ya sabes qué pregunto; no te hagas la tonta".

—Entre Porter y tú.

—Ni idea —respondo, malhumorada. Ya le había contado que nos besamos. Sin detalles. Bueno… algunos detalles. Grace sabe cómo hacer que le cuente cosas–. Quizás está saliendo con alguien más y está haciendo malabares con dos chicas a la vez.

–No tiene otra novia –dice Grace, negando con la cabeza–. Todos los días trabaja en la tienda de surf después de salir de acá. Está abierta hasta las nueve. Después vuelve a trabajar allí todas las mañana… y eso es si no ha ido a surfear. ¿Cuándo tiene tiempo para otra chica?

Buen punto. Me siento culpable de siquiera haberlo dicho en broma.

–Lo vi discutir con el señor Cavadini por el horario que acaban de publicar –comenta Grace, cuando vibra su teléfono. Lee el mensaje, escribe algo y sonríe para sí.

–¿Y?

Grace se encoje de hombros y pasa unos boletos por la ventanilla.

Ahora vibra mi teléfono. Un mensaje de Porter:

Los dos tenemos el día libre mañana. Si no estás ocupada, ¿te gustaría salir? Hora: mañana a la tarde ¿hasta…? Riesgo de que nos descubra tu papá: muy poco. (Por favor, di que sí).

Levanto la mirada y le pregunto a Grace:

–¿Tú sabías algo de esto?

–¿De qué? –dice ella, con cara de inocente–. Y sí, yo te cubro. Puedes decirle a tu papá que vas a pasar el día conmigo. Pero mis padres quieren conocerte en persona, así que el martes tienes que venir a cenar. No jugamos a ningún juego de mesa nerd, pero mi papá cocina y te va a obligar a ayudarlo mientras te cuenta chistes tontos, así que estás avisada.

–Estoy en deuda contigo, Grace –no me alcanzan los dedos para escribir "Sí".

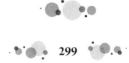

El día siguiente, al mediodía, estaciono a Baby en el callejón que está detrás de la tienda de surf. La acomodo con cuidado en un rinconcito entre la tienda y la furgoneta del señor Roth. La señora Roth me dice que la va a vigilar, pero me asegura que nadie en su sano juicio les robaría algo a ellos. Después de ver el miedo que inspira el papá de Porter, le creo. Pero en realidad, no me preocupa tanto que Davy vuelva a llevarse a Baby, solo me alivia poder guardar la scooter aquí atrás, donde mi papá no la va a ver si llega a pasar por aquí.

Me subo al lado del acompañante de la furgoneta de Porter y estiro el dobladillo de mi falda con estampado vintage mientras Porter sale del callejón a toda velocidad, lo que hace que las cabezas de todos los monstruos marinos de goma reboten. Está soleado y despejado, un hermoso día de verano, y no nos hemos dicho mucho. Estamos nerviosos. Al menos sé que yo sí, y estoy casi segura de que él también, porque de tanto en tanto resopla y no está tan conversador como siempre. Todavía no me ha dicho a dónde vamos, solo me dijo que me prepare para caminar.

—Hay aire acondicionado, no te preocupes. No te sometería a temperaturas del Sauna en tu día libre —me dijo ayer en el estacionamiento después del trabajo. No sé nada más que eso.

—¿En serio no vas a preguntar a dónde vamos? —me dice, mientras avanzamos en dirección sur por la Autopista de la Costa del Pacífico, paralelos al mar, después de pasar el paseo marítimo y la Cueva.

—Me gusta el misterio —me vienen a la mente un par de recuerdos de nuestro último viaje, cuando estábamos buscando mi scooter, pero no voy a mencionarlo. Trato de resolver el misterio por mi cuenta, de deducir cosas por la dirección en la que vamos y la hora a la que salimos —no es precisamente el horario ideal para una cita romántica— y la ropa que él lleva puesta: unos jeans con una camisa color vino que lleva por fuera y que le queda tan bien sobre el pecho que es escandaloso. No puedo dejar de mirar sus brazos con ojos furtivos. Porque, vamos, esos brazos son muy buenos. Son brazos muy buenos que terminan en manos muy buenas… y ojalá esas manos me estuvieran tocando en este momento.

Cuando te han dado un beso increíble, ¿puedes morir si no te dan otro? Porque siento que eso es lo que me está pasando. Quizás él me gusta mucho más de lo que yo le gusto a él. Dios, esa idea me desconcierta y me deja un poco intranquila. O quizás él no me gusta para nada. Quizás nuestra relación se sostiene solo con la emoción de una buena pelea y pura atracción sexual, y lo que pensaba de él al principio era correcto. Espero que esta cita no sea un error.

–Me alegro de que confíes en mí –dice él, relajándose por primera vez en el día y me regala un esbozo de esa hermosa sonrisa que tiene–. Como tenemos que recorrer algunos kilómetros, pongamos a prueba tus gustos musicales.

–Ay, Dios –ambos tomamos nuestros teléfonos, y él me deja explorar su lista de música, donde descubro que tenemos poco en común en ese aspecto… qué sorpresa. Sin embargo, y no sé bien por qué, casi me alegra, porque pasamos media hora debatiendo sobre los méritos de las últimas eras de la historia de la música –sin estar de acuerdo en casi nada– y es… divertido.

Muy divertido.

–Esto va a sonar raro –digo después de pensarlo un poco–, pero creo que somos compatibles para las discusiones.

Porter piensa en esto un momento y dice:

–Te gusta odiarme.

–No te odio. Si te odiara, todo sería más sencillo, en serio. Solo creo que somos buenos para discutir. Quizás sea porque respetamos el punto de vista del otro, incluso si no estamos de acuerdo.

—Quizás sea porque nos gusta tanto la otra persona que hacemos todo lo posible para convencerlos de que piensen lo mismo que nosotros.

Lanzo un resoplido y respondo:

—¿Piensas que me gustas tanto, eh?

Él levanta las palmas hacia arriba, contra el volante, haciendo un gesto para señalar la carretera que tenemos delante de nosotros.

—He estado planeando esto durante una semana, como un tonto. ¿Cuál de los dos está embobado?

Siento que me sube el calor por el cuello y las mejillas. Giro la mirada hacia la ventanilla de mi lado, con la esperanza de que mi cabello cubra el resto mientras lo oigo respirar con fuerza de nuevo. Me siento feliz y avergonzada a la vez cuando pienso en todo el trabajo que se tomó para organizar esto. Discutió con el señor Cavadini para que ambos tuviéramos el día libre. Y me pregunto quién lo estará cubriendo en la tienda de surf... ¿su hermana?

—Ya me estaba preocupando por que esta semana hubieras cambiado tu opinión sobre mí —digo, mirando por la ventanilla.

Siento que me tironea de la manga. Porter toma mi mano y me ofrece una sonrisa vacilante y temblorosa, y yo le correspondo con otra. Se siente tan bien volver a tocarlo, y ahora soy yo la que respira con fuerza. Sigo nerviosa, pero estos nervios son otros. Antes, solo sentía ansiedad. Ahora, toda esta extraña anticipación y tantas emociones confusas han sumado más sensaciones. Estoy inmersa en una catarata emocional.

Tardamos casi una hora en llegar a nuestro destino, que es la ciudad más cercana, Monterrey. Es casi tan grande como Coronado Cove, pero tiene otra onda. Hay menos surfistas, más barcos y bicicletas. Porter señala algunas cosas y me muestra la avenida Cannery

Row, que se hizo famosa por un libro que lleva ese nombre en el título y que fue escrito por John Steinbeck, una leyenda de la ciudad. No leímos ese en la escuela —leímos *Las uvas de la ira* –, pero Porter ha leído todo lo que escribió Steinbeck, lo cual me sorprende, hasta que empieza a contarme de pozas de marea y un biólogo marino llamado Ed Ricketts que fue inmortalizado en el libro de Steinbeck como un personaje llamado Doc. Entonces ahí lo entiendo mejor.

Estacionamos a unas cuadras de la playa, cerca de un edificio de estilo español con techo de tejas de terracota y la escultura de una ballena hecha de piedra. El cartel que está sobre la pared dice: "MUSEO DE HISTORIA NATURAL PACIFIC GROVE".

Estamos los dos parados en la calle de enfrente mientras Porter engancha sus llaves en una correa de cuero que cuelga del cinturón y se apoya contra su cadera. Está estudiando la expresión de perplejidad que tengo en el rostro y que trato de disimular rápidamente.

–Ya sé que esto parece extraño. Estarás pensando: "Oye, trabajamos todo el día en un museo. ¿Por qué vinimos aquí?".

–No estaba pensando eso –quizás un poquito–. Me gustan los museos.

Sí, me gustan mucho, mucho.

–Esa mañana que fuimos a las telesillas, me contaste que algún día querías trabajar en un museo de verdad –dice Porter con tono suave, metiéndose las manos en los bolsillos.

Asiento con la cabeza, de pronto bastante avergonzada y con deseos de no haberle contado tanto sobre mí... pero al mismo tiempo, me conmueve que lo haya recordado.

–En fin, en realidad, esto no es parte de la cita. Tenemos que encontrarnos con alguien.

–Encontrarnos con alguien –repito, confundida.

—Sí… bueno, vamos.

El edificio no se ve muy grande desde afuera, y después de pasar por al lado de la ballena Sandy, atravesamos la puerta de entrada y Porter paga la insignificante tarifa opcional para entrar, tampoco se ve más grande por dentro como resultado de algún truco de Doctor Who. Pero tiene dos pisos y está muy bien iluminado y repleto de especímenes naturales exhibidos en vitrinas —aves y animales disecados, artefactos, plantas secas, rocas— todos provenientes del norte de California. Y a pesar de que lo mío no es la historia natural, el lugar tiene un aire de museo como los de antes que me conquista de inmediato.

Sí, esto sí que me encanta.

—Cuando éramos niños, mis padres nos traían a Lana y a mí aquí —me cuenta Porter mientras entramos con paso tranquilo a la sala principal y nos detenemos en frente de un oso pardo de dos metros y medio de alto que llega al segundo piso.

—Es fantástico —digo, estirando el cuello para ver la cara del oso. Y sin darme cuenta de lo nerd que sueno, agrego—: La iluminación es excelente.

Porter se ve satisfecho. Me dice:

—A diferencia de la Cueva, todas estas cosas son auténticas. Y los guías son buenos, saben de lo que hablan —da un vistazo a su reloj de surf—. Llegamos un poco temprano. Tenemos media hora, que nos puede alcanzar para dar una vuelta rápida por todo el museo, si te interesa, claro.

—¿Media hora para encontrarnos con…? —pregunto.

—Ya vas a ver —Porter se acomoda los rizos alborotados detrás de las orejas, con expresión maliciosa y entusiasmada, y yo entro en pánico durante unos segundos, pensando si me estará llevando a una especie de escena sacada de Carrie: en cualquier momento, mi baile de graduación estará arruinado cuando me arrojen una enorme cubeta con sangre de cerdo sobre mi cabeza. Empiezo a preguntarle esto a Porter, solo para estar segura, pero él interrumpe mis pensamientos de película de terror.

—No tiene sentido quedarse aquí sentados esperando cuando hay tantas cosas interesantes para ver. Hay un calamar gigante que donó Ed "Doc" Ricketts y un ojo de una ballena barbada —dice Porter con el entusiasmo de alguien que acaba de conseguir dos entradas para la alfombra roja del estreno de una exitosa película de Marvel.

—Bueno, vamos —sigo nerviosa por esto de tener que encontrarnos con alguien, pero también tengo ganas de ver el museo, así que lo sigo.

Vitrina por vitrina, Porter me guía por las galerías de mariposas, moluscos, orejas de mar y fósiles. En el fondo hay un jardín, y un millón de aves disecadas (¡hay cóndores de California!). Y cuando Porter señala el ojo de la ballena barbada, pienso que me va a perseguir por siempre. En especial porque, mientras me inclino para inspeccionarlo, Porter me toca a los costados. Chillo tan fuerte que sobresalto a un grupo de niños pequeños. Él no puede dejar de reír. Creo que corremos el riesgo de que nos echen, así que hago de cuenta que lo golpeo un par de veces en el hombro, y eso asusta todavía más a los niños.

—Las más tranquilas son siempre las más violentas – dice Porter a uno de los pequeños estupefactos mientras yo lo alejo a la rastra.

—Eres una amenaza para la sociedad —susurro.

—Y tú tienes un gusto terrible para los chicos. Es hora de encontrarnos con esa persona.

Lo sigo, volviendo por las galerías hasta llegar a una pequeña tienda de regalos, donde nos encontramos con una alegre guardia de seguridad de cabello moreno llamada señora Tish.

—Eres igual a tu padre —dice ella, dándole la mano efusivamente.

Por el amor del surf, ¿todo California conoce a los Roth? ¿Y todos opinan sobre a qué padre Porter se parece más? Es una locura. Después me doy cuenta de que la señora Tish es guardia de seguridad en un museo... y que Porter es guardia de seguridad en un museo. ¿Habrá alguna red secreta de guardias que no conozco?

Porter me presenta y dice:

—Sí, bueno, como dije por teléfono, Bailey piensa que en el futuro quizás quiera ser curadora en un museo de verdad (no una atracción turística de porquería como el Palacio de la Caverna), así que quería saber si nos podrías dejar ver qué pasa tras bambalinas.

—No hay problema —responde ella, señalando con un gesto de la cabeza hacia una puerta con la palabra "EMPLEADOS"—. Síganme.

Me siento en las nubes mientras ella nos lleva por los pasillos traseros. Primero nos muestra las salas de archivo y los depósitos, donde un hombre y una chica están etiquetando muestras fósiles en una mesa grande, escuchando música muy tranquilos. Son amables cuando nos presentan, pero se nota que se alivian cuando nos vamos. No los culpo en lo más mínimo; los entiendo total y completamente. Si en lugar de fósiles hubiera fotogramas de películas viejas, este sería mi trabajo ideal: paz y tranquilidad, con la única tarea de concentrarse en lo que una ama. Dicha total.

Después vamos a las oficinas del museo, que son muy distintas de las de la Cueva. El área es más pequeña, sí, pero la gente trabaja en cosas que realmente importan aquí atrás. Cosas de museo de verdad... no cumplir con objetivos de ventas y atraer a más clientes. Hay escritorios, desorden y actividad, y personas que hablan sobre exhibiciones, programas educativos y de acercamiento.

La señora Tish se detiene frente a una oficina con un cartel que dice "CURADORA DE EXPOSICIONES". Golpea el marco de la puerta y una mujer bien vestida levanta la mirada desde su escritorio.

–¿Señora Watts? –dice la guardia–. Estos chicos son de Coronado Cove. Trabajan en el Palacio de la Caverna. Esta niña dice que algún día quiere quedarse con su trabajo, así que se me ocurrió que quizás usted querría verla para saber cómo es y poder prepararse.

Quedo horrorizada por un momento, hasta que la señora Watts sonríe y se pone de pie detrás de su escritorio, haciendo una seña para que entremos.

–¿Una futura curadora? Encantada. Tomen asiento, por favor.

Después de eso, tengo un recuerdo vago de lo que pasó. La mujer es amable y me hace una gran cantidad de preguntas que no sé cómo responder. Cuando se da cuenta de que no me gusta tanto la historia natural, me parece que se decepciona, pero Porter aprovecha para hablar sobre bosques de kelp y lapas y entonces se entusiasma otra vez. Después la cosa se pone mejor porque ella es la única que habla y nos cuenta lo que hace, y la verdad es que es muy interesante. Y se ve muy relajada y tranquila, y sí quiero su trabajo… o sea, en teoría.

Mientras ella habla, miro a Porter con disimulo y me siento abrumada. Esta no es lo que se llama una cita romántica, pero es lo más romántico que alguien ha hecho por mí. Alcanzaba con que me llevara al cine. Caramba, me hubiera conformado con solo quedarnos estacionados al final del callejón. ¿Quién hace algo así? Ningún chico que yo haya conocido, eso seguro.

No sé bien cuánto tiempo estamos allí –¿uno o dos minutos?–, pero la mujer me da su tarjeta de presentación y, antes de irnos, me da la mano y me dice:

–Nunca rechazamos a alguien bueno que quiera hacer una pasantía.

Si alguna vez quieres venir a trabajar un poco los fines de semana, con seguridad podremos arreglar algo. Envíame un e-mail.

–Gracias –me las arreglo para responder.

La señora Tish y Porter hablan un poco sobre surf mientras salimos del museo, y creo que él le da el teléfono de alguien para conseguir boletos gratis para alguna especie de competencia de surf, no estoy segura. Ella se ve contenta. Los dos le agradecemos y bajamos las escaleras al trote, pasando por al lado de la ballena Sandy de camino a la furgoneta.

–Porter.

–Bailey –sonrisa relajada.

–Porter.

–Bailey –sonrisa más relajada.

–Eso fue tan… Uf, no sé qué decir.

–¿No te pareció una tontería?

Golpeo su brazo con mi hombro mientras cruzamos la calle.

–Cállate –me quedé sin palabras, maravillada. ¿Puede ser más tierno? Que haya hecho esto fue más que considerado… Casi diría que demasiado.

Inhalo profundo varias veces. Soy incapaz de expresar cómo me siento. Mis palabras salen con rapidez y crudeza.

–Por Dios, Porter. Digo, ¿qué carajo?

–¿Entonces hice bien? –dice él con una sonrisa.

Tardo varios pasos en responder. Trago saliva con fuerza y digo:

–Hoy estuvo genial… gracias.

–No lo digas como si ya hubiera terminado. Ni siquiera son las dos de la tarde. Abróchate el cinturón, Rydell; vamos a la parada número dos.

No fue mi intención reírme. Sueno como si estuviera demente.

Creo que estoy nerviosa otra vez. Me siento como si estuviera un poco drogada. Porter tiene ese efecto sobre mí.

—¿Adónde vamos? —logro que diga mi boca.

—Si este lugar fue una parte de mi infancia, ahora te voy a llevar a ver mis pesadillas desde la primera fila.

La familia de Porter tiene una membresía anual para el Acuario de la Bahía de Monterrey, y viene con un pase para invitados, así que ambos entramos gratis. Esta no es una atracción de pueblo chico y aburrido. Porter me cuenta que atrae a dos millones de visitantes por año, y lo creo. Es enorme, hermoso y más profesional que cualquier cosa que haya en Coronado Cove.

Hoy no hay tantas personas, y Porter las esquiva a medida que avanza. Es claro que ha venido cientos de veces, y al principio pienso que esto va a ser como lo que hicimos en el museo: me va a mostrar lo que hay, señalando todo tipo de vida marina. Pero después de que nos detenemos para ver a un niñito que casi se cae de cabeza en la piscina de las rayas venenosas, las cosas... se ponen mucho mejor.

Empezamos a darnos la mano en medio de la exhibición de bosques de kelp, donde está oscuro. A diferencia del museo de historia natural, este lugar es totalmente romántico, y espero que Porter no oiga el suspirito de felicidad que se escapa de mis labios cuando sus dedos se deslizan entre los míos. Ni siquiera me importa que sus nudillos me estén lastimando un poco los dedos, no pienso soltarle la mano.

El siguiente lugar oscuro es la sala de las medusas. Son preciosas, con ese aire etéreo, como hechas de encaje; muestran unos sorprendentes colores rojo y naranja mientras suben y bajan flotando dentro de unos tubos de agua azul brillante. El pulgar de Porter sigue sus movimientos elegantes, trazando círculos distraídos en mi palma. Mil escalofríos recorren la superficie de mi piel. ¿Cómo me voy a concentrar en las medusas si me está acariciando la mano? (¿Quién hubiera pensado que eso podría ser tan excitante?).

Yo me hubiera quedado, feliz, en la sala de las medusas, pero llega un grupo de visitantes con un guía y sentimos que hay demasiada gente, así que buscamos otro lugar menos poblado. No lo decimos, pero estoy casi segura de que pensamos lo mismo.

–¿A dónde? –pregunto.

Él piensa en las alternativas. Probamos con algunos lugares, pero lo único que parece estar vacío en este momento es adonde él no quiere ir en realidad. O adonde sí quiere ir.

La sala de mar abierto.

Y creo que entiendo por qué.

–Esto es lo que te quería mostrar –dice él con voz áspera. Cuando entramos, me siento entusiasmada y un poco preocupada a la vez.

Parece una sala de cine. Es enorme y oscura, y la atención se centra en una enorme vitrina por la que se ve una masa de agua azul y un solo rayo de luz que la atraviesa. No hay corales, ni rocas ni ningún ambiente marino elaborado. La idea es experimentar cómo se ven las profundidades del mar, donde lo único que hay es oscuridad. Es eficaz, porque realmente no parece un tanque. No tiene fin, no se percibe la profundidad ni la altura. Estoy impresionada.

Algunas personas se pasean en frente de la enorme vitrina, sus siluetas negras dibujadas contra el vidrio mientras señalan cardúmenes de atunes azules y sardinas plateadas que se deslizan alrededor de tortugas marinas gigantes. Nos acercamos a la vitrina y buscamos un lugar alejado de los demás. Al principio, lo único que veo son las burbujas que suben y los cientos de pececitos —que no se quedan quietos, siempre en movimiento—, y después veo algo más grande y brillante que se mueve por el agua oscura, detrás de los peces más pequeños.

La mano de Porter aprieta la mía con fuerza.

Se me acelera el pulso.

Entrecierro los ojos, tratando de ver esa cosa más grande y brillante, pero se escapa entre la oscuridad de lo profundo. Creo que vuelvo a verlo y me acerco a la vitrina, tanto que siento el frío del vidrio en la nariz. Sin aviso alguno, lo único que veo es un plateado brillante que no me deja ver el agua oscura. Alejo la cabeza del vidrio deprisa y veo que estoy a centímetros de un gigantesco tiburón que se desliza en frente de mí.

—¡Mierda! —empiezo a reírme de mí misma por mi respingo, y después me doy cuenta de que me están haciendo picadillo la mano y que Porter no se ha movido. Está clavado en su lugar, endurecido, como si hubiera visto los ojos de Medusa, la frente apoyada contra el vidrio.

—¿Porter?

No responde.

—Me estás lastimando la mano —susurro.

Es como si yo no estuviera allí. Ahora me estoy asustando. Trato de liberar mi mano haciendo palanca con la otra, pero es difícil: es imposible. Me tiene atrapada, y tiene una fuerza de locos.

Por un momento, entro en pánico, miro a mi alrededor y me pregunto qué debería hacer. Me pregunto si alguien más se ha dado cuenta de lo que sucede. Pero está oscuro, y no hay casi nadie aquí. Porter está sufriendo en silencio.

¿Qué hago? ¿Le doy una bofetada? ¿Le grito? Con eso solo voy a llamar la atención. No veo que eso vaya a ayudar.

—Oye —digo con urgencia, todavía tratando de soltar sus dedos—. Oye, oye. Eh... ¿qué tipo de tiburón es ese? ¿Es el mismo que te mordió a ti? —sé que no fue ese, pero no sé qué más hacer.

—¿Qué? —me pregunta, desconcertado.

—¿Ese es tu tiburón?

—No —responde, pestañeando—. No, el mío es un tiburón blanco. Ese es un tiburón de Galápagos. Rara vez atacan a los humanos —al fin logro soltarme de su mano. Él baja la mirada para ver entre nosotros por primera vez y parece darse cuenta de que algo no está bien—. Ay, Dios.

—Está bien —le aseguro, resistiendo la necesidad de sacudir los dedos, que me laten.

—Carajo —se le ensombrece el rostro. Se aleja de mí y mira al tanque.

Ahora me preocupa que nuestra cita hermosa y perfecta se haya arruinado.

Tengo que reunir todas mis fuerzas para reprimir la ola de emociones caóticas que amenazan con derribarme, porque la verdad es que nunca antes he tenido una cita. No una de verdad. No una que alguien ha planeado. He tenido un par de citas con otras parejas, y algunas cosas que surgieron en el momento, como "Oye, ¿quieres ir a estudiar al Starbucks después de clases?". Pero ninguna cita de verdad. Esto es algo nuevo para mí. Necesito que esto esté bien. Necesito que sea normal.

*No entres en pánico, Bailey Rydell.*

Mantengo la voz relajada y tironeo del llavero de cuero que cuelga de la cadera de Porter hasta que él gira y vuelve a mirarme de frente.

—Oye, ¿recuerdas lo loca que me puse en el fogón? Por favor. No eres ni la mitad del desastre que soy yo.

—Eso no lo sabes.

—Perdón, pero lo sé. Esta vez tú vas a tener que confiar en mí.

—Bailey...

El tiburón vuelve a pasar, un poco más alto. Muevo las llaves de Porter con la palma de la mano.

—Sin embargo, debo reconocer que, a pesar de lo que me pasó a mí, Greg Gumbacher parece un diente de león al lado de esa bestia. Ahora cuéntame qué tamaño tenía tu tiburón comparado con el de Galápagos.

Los hombros de Porter caen, la nuez de su garganta sube y baja, y me mira con los ojos de pronto despejados y decididos, satisfechos, como si acabara de tomar una decisión importante. Me da una sensación rara por dentro. Pero ya no estoy preocupada: ni por él ni porque la cita se haya echado a perder. Ya ha pasado el peligro.

Ambos miramos la vitrina, y él empieza a contarme con voz baja y firme cómo es el tiburón de Galápagos y otro tiburón impresionante que pasa nadando, un martillo; me habla de sus tamaños, formas, dietas y si están en peligro de extinción. Mientras habla, se pone detrás de mí y envuelve mi cintura con sus brazos... con dudas al principio, pero cuando lo acerco a mí, él se relaja y apoya el mentón sobre mi hombro, acurrucándose contra mi cuello.

Conoce a estos tiburones al dedillo. Este lugar es como una terapia para él. Y claro, se quedó paralizado un segundo, pero hay que ver lo que son estas cosas. ¿Quién no se quedaría helado? Una vez más, me asombra lo que tuvo que atravesar. Me asombra él.

—En la mitología hawaiana —me dice con la boca cerca de mi cabello, su voz vibra a través de mí—, la gente cree que los espíritus de sus ancestros siguen viviendo dentro de animales, rocas y plantas. Este espíritu ancestral se llama aumakua y es como un espíritu guardián, ¿sabes? Mi mamá dice que el tiburón que nos atacó es nuestro aumakua. Que si hubiera querido matarnos, lo hubiera hecho. Pero solo fue una advertencia para que miráramos bien nuestra vida y re-evaluáramos las cosas. Así que se supone que debemos respetar eso.

–¿Y cómo lo respetas? –pregunto.

–Papá dice que lo respeta reconociendo que ya está demasiado grande para subirse a una tabla y que es mejor que se quede en tierra firme sirviendo a su familia. Lana dice que lo respeta surfeando lo mejor que puede sin temerle al agua.

Repaso las cicatrices de su brazo con mi dedo índice.

–¿Y tú?

–Cuando lo sepa, te digo.

Mientras el plateado del tiburón martillo pasa por nuestro lado, Porter me gira despacio en sus brazos. Soy consciente de las siluetas de las personas que están paradas frente a la vitrina, un poco más alejadas, pero no me importa. En nuestro rinconcito de oscuridad y paz, parece que estuviéramos solos. Rodeo a Porter con mis brazos y me atrevo a meter los dedos por debajo de su camisa suelta, llevándolos hacia arriba hasta que toco la piel desnuda y sólida de su espalda. Justo en el mismo lugar donde yo tengo una de mis propias cicatrices, aunque no sé si lo hice en forma inconsciente o no.

Él se sacude con fuerza, y es la victoria más hermosa.

Una agradable sensación de calor me recorre el pecho. El reflejo del agua brilla sobre las líneas marcadas de los pómulos de Porter, mientras él me sostiene el rostro con ambas manos e inclina la cabeza para besarme, con suavidad y delicadeza, como si fuera algo especial que merece respeto.

Pero lo que él no sabe, lo que me sorprende incluso a mí, es que no soy el buen espíritu guardián; soy el tiburón hambriento. Y me temo que su brazo no será suficiente. Lo quiero todo.

# Capítulo 19

"Eres dulce y sexy y te sientes atraída por mí".

–Heath Ledger, *10 cosas que odio de ti* (1999)

Si antes me preocupaba morirme por falta de besos, ahora me pasé al otro extremo. Hoy sí que se nos fue la mano. Llegué a casa mucho antes de la medianoche, a las once, pero para ese entonces, Porter y yo habíamos tenido tiempo para cenar en Monterrey, en un lindo restaurante en el que comimos una ensalada hawaiana de atún crudo llamada *poke* –estaba buenísima–, y mucho más tiempo para estacionar la furgoneta en el Parque de los Enamorados y ver cómo se ponía el sol detrás de los cipreses mientras las olas rompían en la playa.

O, en nuestro caso, no ver cómo se ponía el sol. Que es lo que terminamos haciendo. Mucho.

Y ahora tengo el vestido lleno de manchas de césped, y por culpa de la barba sexy de Porter, tengo la cara enrojecida e hinchada, como si me hubiera atacado un enjambre de abejas furiosas. ¿Y en serio me dejó tres marcas en el cuello? ¿TRES? Él juró que fue por accidente, que soy "demasiado blanca" y se me hacen magullones con facilidad. Al principio esto me ofendió un poco, pero quizás sea verdad, porque no recuerdo que en medio de nuestra actividad él me succionara cual aspiradora. Además, se disculpó un millón de veces...

Por otro lado, yo estaba bastante distraída, porque estábamos echados sobre el césped, en una zona elevada por encima de la playa, y él estaba apoyado contra mí y se sentía delicioso. O sea, la verdad es que no pasó nada serio. Más que nada mucho toqueteo que no se desvió a ninguna zona indecorosa, a menos que mi cadera y los lados de mis senos cuenten como tales. (En mi opinión, no, pero fue lindo. Muy lindo). Pero hubo mucha respiración agitada, y volvimos a estar de acuerdo en que somos compatibles para las discusiones y los besos. Cuando él me dejó en la tienda de surf, se dio unos golpecitos en la sien y me dijo:

—El día de hoy ha subido en mi cabeza como el mejor día que he tenido recientemente.

En mi cabeza, mis ojos de quien evade las cosas se convirtieron en corazoncitos que giraban como molinetes.

Pero las cosas se complicaron un poco después de eso.

—Por el amor del planeta Tierra, ¿qué te pasó? —preguntó papá cuando entré por la puerta, al ver mi aspecto desaliñado y pecaminoso.

—Grace y yo estuvimos haciendo tonterías sobre el césped —respondí yo—. Luchando y cosas por el estilo con otros del trabajo. Nada grave.

Papá hizo una mueca y preguntó:

—¿Luchando?

Sí. Eso es algo que yo haría, claro. Por dentro, me avergoncé.

—¿Qué le pasó a tu boca? —preguntó. Se veía consternado y preocupado, como si yo tuviera algo contagioso, y me sostenía los costados de la cabeza para inspeccionarme, no fuera cosa que se lo pescara—. ¿Te caíste sobre alguna planta venenosa o algo así?

—Eh... ¿puede ser?

—¿Voy a buscar avena? No tengo loción de calamina. ¿Voy a la farmacia que está abierta las veinticuatro horas?

A esta altura, yo estaba bastante horrorizada.

–Voy a estar bien, no te preocupes. Es solo una quemadura leve o algo por el estilo.

Papá me miró con los ojos entrecerrados. Bajó la mirada.

*No me mires el cuello, no me mires el cuello, no... Ay, no.*

Ahora estábamos los dos horrorizados. Él me soltó la cabeza y dijo:

–Bueno, si estás segura.

–Sí, sí, sí, segurísima –respondí.

–¿Encontraste a ese chico fanático del cine? ¿Cómo se llamaba, Alex?

Hice una mueca, porque me hiere el solo hecho de oír su nombre.

–No le estoy hablando por el momento. Creo que ahora tiene novia, porque me está rehuyendo. Y no, todavía no lo he encontrado.

–Bailey...

–Papá, por favor... no.

–Déjame decir esto, ¿sí? –dijo él, de pronto irritado, que no es nada común en él, así que me sorprendió. Tardó un momento en calmarse lo suficiente para continuar. Pero cuando empezó a hablar otra vez, lo hizo con un inquietante tono serio y paternal–. Has crecido y te has convertido en una hermosa jovencita, y la gente lo va a notar, algo que no me hace mucha gracia.

*Ay, Dios.*

–Pero lo acepto –dice él, levantando una mano–. Sin embargo, lo que quiero decirte es lo siguiente. Porque, Mink, la cosa es que a veces, cuando a una persona le pasa algo traumático, se retrae hasta que logra sentirse cómoda. Lo cual está bien. Pero cuando al fin está lista para volver al mundo, puede llegar a estar demasiado segura de sí misma y cometer errores. Lo cual no está bien. ¿Entiendes lo que quiero decir?

–La verdad que no.

–¿Recuerdas cuando tu mamá acababa de ganar ese juicio de divorcio importante para el senador estatal e iba conduciendo demasiado rápido en esa carretera cubierta de hielo en Newark, camino a la fiesta del señor Katter, y el auto se resbaló. Y, entonces, en lugar de devolvernos lentamente a la carretera, giró de más el volante en la dirección opuesta, con un movimiento brusco, y volcamos y caímos en la cuneta?

–Sí –respondí. Casi morimos todos. Fue una pesadilla. Difícil de olvidar.

–Piensa en eso.

Críptico, pero entendí lo que me quería decir. Pensaba que me había regalado a algún extraño por diversión. Durante un breve momento, quise contarle todo lo que pasaba con Porter, contarle que no estaba girando el volante de más con total imprudencia. Y por el amor de las armas, ¡ya habían pasado cuatro años! ¿Cuánto tiempo tenía que estar en modo "trauma"? ¿No podía tomar algunas decisiones por mi cuenta y disfrutar de la vida? Apreciaba su preocupación sincera, pero yo sabía lo que hacía...

En buena parte.

En fin, eso es todo lo que él dijo sobre la cuestión. De todas maneras, papá será el hombre más bueno del mundo, pero no es tonto. Un día antes de ir a cenar a la casa de Grace, sugirió llevarme con el auto para poder conocer a los padres de Grace en persona. ¿Qué podría salir mal? Cuando le conté, ella se rio tanto y tan fuerte que pensé que le iba a dar un ataque.

Mientras tanto, si bien mi rostro hinchado por los besos ha vuelto a la normalidad, mi corazón y todas las demás partes de mi cuerpo no se sienten para nada normales. Porque en el trabajo, cada vez que Porter siquiera pasa caminando a tres metros de distancia, reacciono de la misma manera. ¿Cuatro golpes en la puerta del Sauna? Me ruborizo. ¿Aroma a coco en la sala de descanso? Me ruborizo. ¿Oigo a Porter haciendo chistes con Pangborn en el pasillo? Me ruborizo.

Y cada vez que pasa esto, Grace está ahí, como un coro griego burlón, haciendo un pequeño "ajá" para confirmarlo.

Incluso Pangborn se da cuenta. Un día, mientras estamos en la sala de descanso antes de empezar a trabajar, él me pregunta:

–¿Está enferma, señorita Rydell?

–Sí –respondo yo–. Al parecer, tengo la peor de las enfermedades. Y quiero que sepa que yo no lo anticipé. Esto no era parte de mis planes en absoluto. Si quiere saber la verdad, ¡yo había planeado otra cosa para este verano! –pienso en mi mapa del paseo marítimo, doblado y abandonado en mi bolso.

Pangborn asiente lentamente con la cabeza y dice:

–No tengo idea de qué quiere decir eso, pero tiene todo mi apoyo.

–Gracias –respondo, mientras él se aleja silbando.

Medio minuto después, Porter me lleva a un rincón oscuro del pasillo, mira si hay alguien y me besa con locura.

–Aquí estoy, destruyendo todos tus otros planes –dice con malicia. Y si bien sé que no es así, podría pensar que sonaba celoso. Después se va caminando y me deja toda acalorada.

Me va a dar un ataque de nervios.

Llega la cita del martes por la noche en la casa de los Achebe. La familia de Grace vive en una parte lujosa de la ciudad, en una casa de adobe con un césped cortado a la perfección. Cuando papá y yo tocamos el timbre, se me dispara el pulso. ¿Por qué, por qué, por qué he estado usando a Grace para cubrirme mientras pasaba tiempo con

Porter? Fue una estupidez hacer eso, y ahora que todos se van a conocer, siento que nos van a descubrir... que es lo último que quiero que pase, por obvias razones. Además, no quiero arruinar mi amistad con Grace. Es la primera amiga decente que he tenido en un buen tiempo.

Se oyen pasos al otro lado de la puerta. Creo que voy a vomitar.

La puerta se abre y vemos a una mujer esbelta de piel oscura y rizos largos del color del ébano. Su sonrisa es cálida y acogedora.

–Tú debes de ser Bailey –no tiene la voz finita de Grace, pero sin dudas tiene su acento inglés.

Mientras la saludo y empiezo a presentar a papá, aparece detrás de ella un hombre de espaldas anchas, limpiándose las manos con un paño de cocina.

–¿Es ella? –pregunta con voz grave y estruendosa, llena de alegría. Tiene una sonrisa bien amplia–. Hola, Bailey, querida. Miren ese cabello. Es como el de una estrella de Hollywood de antaño. ¿Cuál? No es Marilyn Monroe.

–Lana Turner –le informo.

Él se ve impresionado.

–Lana Turner –dice lentamente, con una linda tonada africana–. Bueno, bueno, señorita Turner. Yo soy Hakeem Achebe. Y ella es mi esposa, Rita.

–Peter Rydell –dice papá, dándole la mano–. Los dos queremos mucho a Grace.

Veo que Grace asoma la cabeza a la distancia, mirando desde la escalera, sonriendo pero al mismo tiempo apretando los dientes. También está nerviosa de que descubran nuestra mentira. *¡Mierda!*

–Nosotros también queremos mucho a Grace –dice el señor Achebe, jovial–. Creo que nos la vamos a quedar.

Papá se ríe. Ya lo veo pensando en llamar al señor Achebe para una noche de juegos de mesa… pero la verdad es que quiero que esta conversación dure lo menos posible, así que espero que no lo haga.

—Ella nos ha hablado mucho sobre cómo es trabajar con Bailey en ese Sauna espantoso —comenta la mamá de Grace con una sonrisa.

—Yo también he oído quejas sobre eso —dice papá—. Pero me alegro de que estén pasando más tiempo juntas fuera del trabajo.

*¡Mierda y más mierda! Por favor, papá, no menciones ese invento improvisado de que Grace y yo estuvimos 'luchando' en el césped. ¿Sería* capaz de hacerlo? Seguramente no. Miro a Grace. Ella da un paso hacia atrás en la escalera. *¡No se te ocurra abandonarme!* Por si acaso, me preparo para salir corriendo. A dónde iré, no sé. Quizás me convenga hacer de cuenta que me desmayo.

—Bueno, esta noche vamos a trabajar antes de jugar —dice el padre de Grace, señalándome con el paño—. Tenemos que preparar muchas cosas en la cocina antes de la cena. Señorita Turner, ¿está dispuesta?

Ay, gracias a Dios. El señor Achebe: mi nuevo héroe.

La mamá de Grace le pide a papá que se quede a cenar, pero él rechaza la invitación, y cuando me dice que me divierta, no me alcanzan los pies para entrar deprisa en la casa de los Achebe.

Para la cena, el papá de Grace hace un plato nigeriano a base de arroz que se llama jollof —es delicioso—, acompañado con carne y vegetales grillados. A Grace y a mí nos encomienda la tarea de ensartar los vegetales en pinchos. Ella tenía razón: su papá cuenta unos chistes terribles. Pero los cuenta con tanta alegría que una no puede evitar reírse un poquito. Ella me mira como diciendo: "Te lo dije".

Pasamos el resto de la noche escuchando música en el patio trasero, al lado de la piscina. Más que nada son canciones de bandas de las décadas de 1970 y 1980, creo que es la colección de música de los padres de Grace. Ella se quita los zapatos e intenta hacerme bailar. Cuando me niego, es su papá quien no acepta un "no" como respuesta. Así que bailamos al ritmo de una canción de ska de The Specials, "A Message to You Rudy". Hacemos tonterías, nos divertimos, y yo bailo horrible. Grace se ríe de mí y después se une con su mamá.

Cuando todos quedamos exhaustos, los padres de Grace entran a la casa para levantar la mesa, y Grace y yo terminamos la noche refrescando los talones en el extremo poco profundo de la piscina, hablando de cómo fue crecer en distintas puntas del país y de la infancia de Grace en Inglaterra. Después ella me habla de Taran, su novio, que fue a pasar el verano a Bombay con sus tíos. Grace y Taran han estado saliendo durante todo un año y ya están pensando en presentar solicitudes a las mismas universidades. Me sorprende un poco, porque ella no habla mucho sobre él cuando estamos en el trabajo. Quiero preguntarle más cosas sobre su relación, pero me da miedo. Quizás las cosas no están tan bien como ella dice. Ojalá pudiera ver a este chico Taran en persona y sacar mis propias conclusiones.

–¿Cuándo se supone que regresa Taran a California? –pregunto, recostada al lado de ella sobre el borde de la piscina, con las piernas metidas en el agua clorada hasta las rodillas.

–No sé –responde con su vocecita.

Eso no suena bien. No quiero tener que pensar en cómo puedo asestar un golpe mortal a un chico que está en otro continente, pero si es necesario, por Grace, lo voy a hacer. Me acerco un poco y apoyamos las cabezas una contra la otra, mirando las estrellas hasta que papá me pasa a buscar.

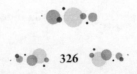

Había subestimado el esfuerzo que implicó lograr mi única cita verdadera con Porter, porque pasa más de una semana y no podemos lograr otra. Resulta que cuando trato de combinar mi necesidad de salir a escondidas con nuestros horarios de trabajo, las obligaciones que Porter tiene en la tienda de surf y el tiempo que pasamos cumpliendo obligaciones familiares, no queda mucho libre.

Y a veces, cuando menos te lo esperas, una va caminando por ahí, pensando en lo suyo, y el universo te deja un boleto de lotería con el número ganador justo en el medio de la acera...

A mediados del verano, los viernes y sábados por la noche, la Cueva cierra en su horario habitual, a las seis de la tarde, y vuelve a abrir de ocho a diez de la noche para que la gente compre boletos para hacer una visita guiada nocturna. Son tres grupos de personas que pagan el doble del precio normal para recorrer el museo de noche con linternas baratas mientras escuchan cuentos de fantasmas inventados. Es una verdadera estafa. Y lo sé porque los guías son Pangborn y Porter, y ellos fueron los que escribieron la mayor parte del guion de la visita el verano pasado.

Porter reconoce que Pangborn escribió la mayor parte. Estaba muy drogado cuando lo hizo. También está muy drogado cuando guía a los visitantes, y a todos les encanta cómo sobreactúa, especialmente con ese espeluznante cabello blanco que prácticamente brilla en la oscuridad. Trabajo sola en el Sauna, porque los boletos son limitados. Una vez vendidos todos, puedo poner el cartel de "FANTASMAS AGOTADOS" en la ventanilla y entrar en la sala de descanso para leer revistas hasta las diez, mientras espero a que terminen las visitas guiadas.

Anoche hice eso por primera vez, y Porter tuvo que irse corriendo a su casa al terminar su horario, lo cual fue una porquería, porque nunca logramos pasar tiempo a solas.

Hoy es distinto. Es sábado, y papá y Wanda se fueron a pasar la noche en San Francisco.

Van a volver a primera hora de la mañana, me informó papá cientos de veces, como si a mí me preocupara que él fuera a tomarse un tren y no volviera nunca más. Pero creo que ahora que conoció a los padres de Grace, está más aliviado en cuanto a esos benditos magullones que ninguno de los dos ha vuelto a mencionar. Nunca. Así que después de que termine la visita guiada, Porter y yo planeamos hacer algo inimaginable: quizás tengamos una –tarán tarán– segunda cita, y en esa cita, quizás vayamos a ver una película.

UNA PELÍCULA.

Claro, seguramente veremos el éxito de taquilla que estén pasando en el complejo de cines de la ciudad, y eso está bien. No espero que él aprecie mi exquisito gusto para el cine. Al menos no enseguida. Se lo puede educar, y yo lo haré con gusto. Pero lo único que tengo en la cabeza en este momento es que se trata de una película y Porter... juntos.

Intento no entusiasmarme demasiado. Después de todo, él se tiene que levantar temprano para trabajar en la tienda de surf, así que no podemos salir toda la noche, pero un par de horas suena divino. Algo divino que de todas maneras podría permitir que llegue a casa antes de la medianoche, o a algún lugar cercano. ¿Ven? Ni siquiera estoy haciendo trampa. Soy una buena hija.

Alrededor de las diez y cuarto de la noche, dejo de revisar el teléfono para ver si hay algún mensaje nuevo de Alex mientras estoy en la sala de descanso (no hay ninguno, para variar, y no sé por qué siquiera me preocupo por eso) y estiro las piernas. Se supone que nos podemos ir a eso de las diez y media. A pesar de que cerramos a las diez, Porter y Pangborn tardan media hora en echar al último grupo de visitantes, cerrar todo, guardar las linternas y revisar el lugar por última vez para asegurarse de que no haya ningún tonto escondido ni que a nadie le esté dando un infarto en un baño. Cuando los visitantes se van, yo tengo que ayudar con las linternas –son cien–, así que cuando los otros dos empleados que trabajaban esta noche se van por la salida de empleados, voy al lobby para encargarme de eso. Mientras voy allí, me encuentro con Pangborn.

–¿Cómo les fue?

–Excelente –me dice. Lleva puestos calcetines naranjas con fantasmitas negros, que se ven fácilmente porque tiene los pantalones muy altos, gracias a los tiradores que hacen juego. Se cambió la ropa para la visita guiada nocturna. Ay, cómo lo quiero–. Una mujer me dio una propina de veinte dólares.

–Vaya –digo yo, impresionada.

–No la acepté, por supuesto. Pero fue un lindo gesto –Pangborn sonríe y me da una palmada en el hombro con ese aire reconfortante que siempre tiene–. Tu novio está revisando que no quede nadie en el pasillo de Jay. Las puertas están cerradas y ya hice el back-up del sistema. Más allá de las linternas, ya terminamos.

Sé que dijo un montón de cosas, pero lo único que oí fue "tu novio". ¿Porter le habrá contado a Pangborn que salimos? ¿O Pangborn habrá notado que había algo entre nosotros durante el trabajo? Soy muy cobarde para preguntarle, especialmente cuando los ojos de Pangborn se arrugan con dulzura en los extremos.

–Yo me encargo de las linternas –le ofrezco.

–Esperaba que dijeras eso –me responde–. Esta noche me siento más exhausto de lo normal, y tengo que abrir por la mañana, así que me voy a ir a casa unos minutos antes. No quiero cabecear de sueño en la carretera.

—Oiga, eso no es gracioso —ahora que lo veo bien, sí se ve cansado. Demasiado cansado. Por primera vez desde que me lo contó Grace, de repente recuerdo los rumores de que él está enfermo. Quizás no sean ciertos, quién sabe, pero sí sé que está muy viejo para trabajar tan tarde. Y Cavadini es un desgraciado por haber programado que abra el museo mañana por la mañana.

—Me voy a quedar despierto, no te preocupes —me asegura Pangborn—. Pero te agradezco por tu preocupación. Solo necesito descansar bien. La perra Daisy y yo necesitamos dormir para estar bellos. Dile a Porter que los voy a dejar encerrados con el nuevo código maestro. Va a tener que anularlo con el otro código para poder salir. Él va a saber de qué hablo.

—Entendido —al menos en su casa lo espera una perra. Le digo que tenga cuidado al manejar y cuando se va, voy a buscar a Porter. Es raro estar sola en el museo. Está oscuro y el silencio es escalofriante: las únicas luces encendidas son las de la noche —las justas para iluminar los pasillos y evitar que uno se tropiece al caminar— y la música ambiental que suele oírse todo el tiempo está apagada.

Organizo rápidamente las linternas y reviso sus baterías, y como no oigo que Porter esté caminando cerca, me quedo mirando el teléfono que está en el mostrador de información. ¿Cuántas oportunidades como esta voy a tener? Levanto el tubo, presiono el botoncito rojo que está al lado de la palabra "TODO" y hablo por el teléfono con voz baja.

—Se solicita la presencia de Porter Roth en el mostrador de información —digo con formalidad, y mi voz llena todo el lobby y hace eco en los pasillos. Después vuelvo a presionar el botón y agrego—: Ya que estás, fíjate que los zapatos te hagan juego, desgraciado. Por cierto, todavía no te he perdonado por haberme humillado. Va a hacer falta mucho más que un beso y una galleta para hacerme olvidar eso y la vez que me provocaste en el Sauna.

Solo estoy bromeando, y espero que él lo sepa. Me siento un poco embriagada de todo el poder que me da el megáfono, así que digo una cosa más:

—Postdata: Hoy estás que ardes con esos pantalones ajustados de guardia de seguridad, y tengo intenciones de ponerme muy toquetona contigo en el cine, así que mejor nos sentamos en la última fila.

Cuelgo el teléfono y me cubro la boca, riéndome en silencio. Dos segundos después, se oyen las pisadas fuertes de Porter por el pasillo de Jay. ¡*Bum*! ¡*Bum*! ¡*Bum*! ¡*Bum*! Suena a un tiranosaurio que escapa de Godzilla. Entra corriendo al lobby y se desliza en frente del mostrador de información, tomándose del borde para detenerse, los rizos alborotados volando por todos lados. Tiene una sonrisa enorme.

—¿Qué es eso de que me vas a toquetear? —pregunta sin aliento.

—Creo que me confundiste con otra persona —bromeo.

Su cabeza cae contra el mostrador. Le corro el cabello de uno de sus ojos. Él levanta la mirada y me pregunta:

—¿En serio todavía no me has perdonado?

—Quizás si tú me toqueteas a *mí*, te perdone.

—No me des esperanzas así.

—Ah, tendrías que tener esperanzas. Muchas.

—Por Dios, mujer —murmura él—. Y yo que pensaba que eras una dama con clase.

—Uf. No me conoces para nada.

—Tengo intenciones de averiguarlo. ¿Por qué seguimos aquí? Larguémonos y vayamos al cine, rápido.

Atravesamos el lobby corriendo una carrera entre nosotros y tomamos nuestras cosas de los casilleros. Cuando llegamos a la puerta trasera, Porter se detiene al lado del panel del sistema de seguridad e inclina la cabeza, algo confundido.

–Ah –digo, chasqueando los dedos–. Pangborn me pidió que te dijera que nos dejó encerrados con el nuevo código maestro, y que vas a tener que anularlo con el otro código para poder salir.

Porter niega un poco con la cabeza, diciendo algo entre dientes, y después parece descartar lo que pensaba. Se desengancha del cinturón la correa de cuero con las llaves. Reconozco las de la furgoneta porque el llavero tiene un tiburoncito. Pero cuando Porter lo mueve sobre la palma de su mano, vuelve a hacer una pausa.

–Nooo, miiiieeeerdaaaa –dice arrastrando las palabras. Baja la cabeza. Está maldiciendo en silencio, hacia el suelo, los ojos cerrados con fuerza.

–¿Qué? –pregunto.

–Pangborn me pidió la llave antes –dice con voz apagada–. Justo antes de empezar la visita guiada. Se olvidó la de él en casa durante el descanso que tuvimos entre el horario de trabajo normal y las visitas guiadas nocturnas, y necesitaba abrir la puerta trasera. Yo estaba a punto de empezar con una visita guiada, y olvidé pedirle que me la devolviera. Qué hijo de puta.

–Pero ¿puedes sacarnos con el código maestro, no?

Porter lanza un resoplido y señala el panel con la mano.

–Si Pangborn hubiera usado el código maestro, sí; pero no lo hizo. ¿Ves este número de aquí? Ese código indica que el sistema está en modo de cierre total.

–¿Y eso qué significa?

–Significa –dice Porter– que tú y yo nos vamos a quedar encerrados en el museo, solos, toda la noche.

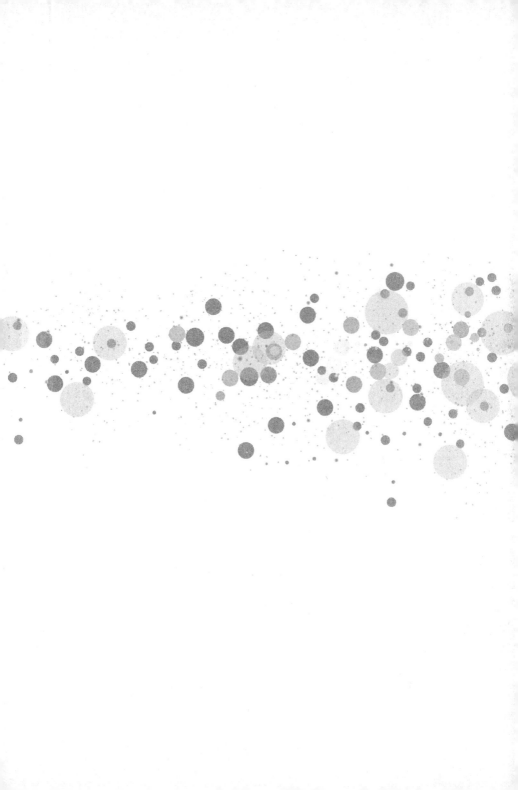

# Capítulo 20

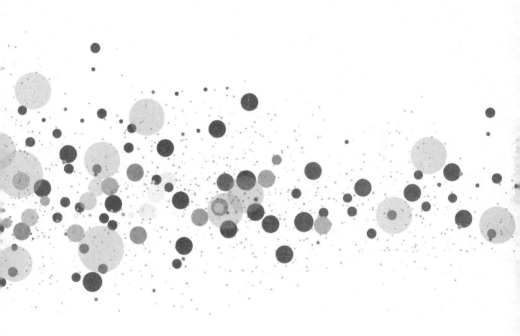

"Durante toda la noche, he tenido
unas ganas terribles de hacer algo".

–Audrey Hepburn, *Sabrina* (1954)

*Eso no puede ser cierto. O sea, no puede ser así. Un lugar tan grande siempre tiene alguna salida, ¿no?*

–¿Recuerdas ese día en el que tuve que reinstalar todas las cerraduras de las puertas? –pregunta Porter.

–Me acuerdo.

–Y sabes que tuve que hacer eso porque perdimos el monitoreo a distancia del sistema de seguridad, y en lugar de contratar a alguna de las cien empresas que también hacen eso, la gerencia decidió comprar esta porquería de sistema barato que ves aquí, ¿no?

–¿Ajá? –respondo, pero no entiendo del todo, y él se está enojando en serio. Resopla de tal manera que veo el vapor que sale de su nariz.

Porter respira hondo, se calma y dice:

–Esto significa que Pangborn volvió a fumar demasiada marihuana, se olvidó las llaves manuales en su casa, se llevó las mías, ingresó un código que traba todas las puertas durante ocho horas y se fue en su auto.

Me quedo mirando a Porter.

Él me mira a mí.

–Pero puedes desactivar el código, ¿no?

–Pangborn es el jefe de seguridad –responde él, negando con la cabeza–. Yo no estoy autorizado para saber el código de cierre total

–ah, qué irónico–. Él vive a unos quince minutos de aquí. Así que tendremos que esperar a que llegue a su casa y después… y acá viene la parte divertida… vamos a intentar llamarlo.

–¿Qué tiene eso de divertido?

–Por lo general, apaga el teléfono durante la noche. No le gusta que lo despierten. Piensa que "las malas noticias pueden esperar hasta la mañana siguiente". Y si no logramos hablar con él… bueno, no sé bien qué hacer. Supongo que podríamos intentar llamar a la casa de alguno de los otros guardias, pero son las diez y media de la noche de un sábado. No solo se van a enojar, sino que podrían echar a Pangborn. Y no sé si sabes que todo el mundo está buscando una razón para hacer eso. En caso de que no lo hayas notado, es un poco desastroso.

Eso me retuerce el corazón.

–¿El señor Cavadini? ¿Alguno de los supervisores? –sugiero yo, y de inmediato me doy cuenta de la falla de ese plan. Podrían echar a Pangborn y quizás también a Porter, por haberlo dejado irse antes.

Ambos negamos con la cabeza.

Me rasco la nariz con el costado de la mano y digo:

–Entonces, en resumen, lo que me estás diciendo es que, a menos que logremos hablar con Pangborn por teléfono, ¿estamos varados aquí?

–Vamos de a una cosa por vez –responde Porter, pero por su expresión lúgubre, veo que no tiene muchas esperanzas. Me lleva de vuelta a la sala de seguridad, y yo estoy en tal estado de pánico, que apenas puedo darme cuenta de que estoy en el sanctasanctórum: el "Cielo". Es raro estar aquí atrás. Hay decenas de monitorcitos en blanco y negro que cubren dos paredes, todos numerados, y un escritorio en forma de L con cuatro computadoras, dos de las cuales parecen ser de hace más de una década.

Nos sentamos con un *plaf* en dos sillas con ruedas que están frente al escritorio. Una lámpara de brazo ilumina un teléfono viejo, donde Porter se dispone a marcar el número de la casa de Pangborn un millón de veces. Por supuesto, el viejo no tiene teléfono celular. O tenía uno, dice Porter, pero nunca lo cargaba, y quedó arrumbado en la guantera de su auto durante varios años; quizás siga allí.

–¿Porter?

–Sí –responde él, abatido, con la cabeza apoyada en las manos.

–¿Pangborn está enfermo?

Porter no responde enseguida.

–¿Has oído los rumores?

–Sí.

–Tuvo cáncer de colon hace dos años. Está en remisión. Pero la semana pasada fue a ver a la médica, y no me quiere contar lo que pasó, y eso me preocupa. Él siempre hace alarde cada vez que va a ver a la doctora, porque está enamorado de ella. Así que estoy pensando que quizás haya vuelto el cáncer y él tenga que hacerse quimioterapia o algo. No sé.

–Ay, no –las fuentes de Grace tenían razón.

–Sí, es una mierda. Y por eso no lo tienen que echar, porque lo último que necesita en este momento es tener que dar vueltas con el cambio de cobertura médica y buscar otro doctor.

Me duele el pecho. ¿Por qué las cosas malas les pasan a las personas buenas? Y si realmente tiene cáncer, y sigue viniendo para dar las tontas visitas guiadas nocturnas, vestido con esos tiradorcitos y calcetines de fantasmas, y rechaza las propinas de los visitantes… me rompe el corazón en mil pedacitos.

Después de llamar durante media hora, nos damos por vencidos. No lo vamos a lograr.

Respiro hondo. Es momento de evaluar la situación: 1) Un viejito bueno y enfermo de cáncer nos ha dejado encerrados toda la noche en la Cueva, por accidente. Me cuesta enojarme mucho con él por eso. 2) No es que nos vayamos a quedar sin aire, comida ni agua. 3) No nos vamos a morir congelados ni de un golpe de calor. 4) No corremos peligro de que nos coman osos ni tigres. 5) No tenemos la culpa de esto.

–Mira el lado bueno –dice Porter, quien obviamente estaba pensando algo similar–. El cierre total se va a desactivar a las seis y media de la mañana, así que de todas maneras vas a poder llegar a casa antes de que tu papá vuelva de San Francisco. Y si yo llamo a mis padres y les explico lo que pasó, lo van a entender sin problemas. Ambos conocen a Pangborn. Y ya he pasado la noche en el sofá de aquí cuando restablecimos el sistema de seguridad el verano pasado.

Volteo la mirada al sillón gastado que está en el rincón y se me acelera el corazón.

–Pero ¿y yo? O sea, ¿les vas a decir que yo también estoy aquí? Mi papá se va a poner como loco si se entera de que pasamos la noche encerrados aquí los dos solos.

La tensión abandona el rostro de Porter, y lentamente, las comisuras de sus labios forman una curva hacia arriba.

*Ay, ay.*

–Bueno, bueno, bueno –dice él, reclinándose en su silla en frente de una hilera de monitores de seguridad. Junta los dedos sobre su pecho, formando un triángulo–. Qué situación tan interesante, ¿no? Estábamos a punto de ir corriendo a un cine lleno de gente, pero ahora tenemos todo el museo para nosotros dos. Toda la noche. Uno puede rezar, rezar y rezar, y portarse de lo mejor, pero uno nunca se imagina que algo así le va a caer de arriba… digamos.

—Digamos —respondo con voz débil.

—Hay mucho espacio para desparramarnos en este enorme lugar —el costado de su rodilla golpea la mía. Como una insinuación.

Todo el descaro y el valor que tenía han salido volando por la ventana. Ahora me siento atrapada. Muevo ambas piernas y las escondo debajo del escritorio.

—¿Y todas las cámaras? O sea, ¿no se va a ver esto en los videos? ¿Si alguien los revisa después, o algo así?

—¿Crees que la Cueva paga almacenamiento de datos? —dice Porter, riéndose—. No, no. Si queremos grabar algo, tenemos que hacerlo nosotros. Nada se graba automáticamente.

Levanto la mirada a los monitores y busco el Sauna. Allí está. Ahora está vacío, por supuesto, y oscuro, así que no puedo ver mucho, pero es muy extraño imaginar a Porter mirándome desde aquí. También veo que no tengo que ponerme camisetas escotadas para venir a trabajar porque el ángulo de la cámara es perfecto para ver escotes.

—Sin embargo —continúa Porter—, si igualmente te preocupa eso, conozco todos los lugares adonde no llegan las cámaras. Ya sabes, si así te sientes más cómoda.

Lo miro con ojos asesinos y le digo:

—¿Quién dijo que me quiero poner cómoda? Solo salimos una vez.

—Epa —Porter levanta ambas manos, rindiéndose—. Ahora me estás haciendo sentir como una especie de pervertido sexual. Dios, Bailey. Una hora atrás, hablabas de toquetearme en la última fila del cine. Yo solo bromeaba.

Lanzo una fuerte bocanada de aire y digo:

—Perdón. Es que estoy nerviosa y no puedo creer lo que está pasando. Es solo que...

—¿Solo que qué?

–Es solo que yo nunca... he pasado la noche en un museo con alguien.

–¿Ah? –las cejas de Porter se levantan.

Yo hago una mueca y le pido:

–¿Puedes darte la vuelta o algo? No puedo verte mientras hablo de esto.

–¿Qué?

–Mira la pared –le pido, haciendo un gesto con la mano para que se dé vuelta.

Porter me mira como si estuviera loca, después cede y hace girar muy despacio su silla, mirándome, con los ojos entrecerrados, hasta el último momento posible. Cuando está mirando la pared, suspiro y empiezo a hablarle a su espalda.

–Como dije, solo salimos una vez –soy una cobarde, sí, pero una conversación así es mucho más fácil si no nos vemos a los ojos–. Y fue una cita preciosa. O sea, guau. No tengo mucho con qué compararla, pero creo que debe ser una de las mejores de la historia. Y a pesar de que me dejaste toda marcada y arruinaste mi falda preferida, volvería a hacerlo todo.

–Sigo lamentando lo de las marcas, pero para que sepas, a mí también me quedó la ropa manchada por el césped. Y ahora, cada vez que salgo de casa, mi mamá dice que voy a ir a revolcarme en el heno, y papá empezó a decirme "saltamontes".

–Ay, Dios –susurro.

–Valió la pena, sin dudas –dice él–. Pero por favor, continúa.

–En fin –digo, tratando de organizar mis ideas–. Pasamos de enemigos a una primera cita y ahora a tener la posibilidad de pasar la noche juntos en un museo, y no es que no haya pensado en pasar la noche contigo en un museo, porque créeme que lo he pensado y... mucho.

La cabeza de Porter gira hacia el costado, pero no llega a mirarme.

–¿Mucho? –pregunta él.

–No te das idea.

–Ah, ah, ahí es donde te equivocas, y mucho, amiga –su rodilla empieza a rebotar con un ritmo nervioso.

Sonrío para mí misma, mientras un pequeño escalofrío me recorre como un rayo.

–Bueno, lo que quiero decir es que no me opongo a algo así. Pero supongo que tú habrás pasado muchas noches en muchos museos, y bueno, eso. Me alegro por ti. Pero eso me intimida. Por eso, necesito que antes de intentar algo me preguntes, que me des tiempo.

–Primero –dice él, levantando un dedo por encima del hombro–, quiero decir que me ofende que pienses que no lo haría. Así que gracias por hacerme sentir otra vez como un pervertido sexual.

–Ay, Dios –digo entre dientes.

–Segundo –otro dedo se une al anterior–, he estado con dos chicas, y una de ellas fue una amiga de mucho tiempo que, además, me engañó con Davy, así que no es que pase todos los fines de semana en museos, para usar tus términos. Así que no hay necesidad de hacerme sentir mal por eso.

Me alegro de que él no pueda ver mi rostro en este momento, porque estoy segura de que tiene el mismo color de una langosta asada. ¿Estará enojado? No puedo darme cuenta por el tono de su voz. *Uf.* ¿Por qué lo hice mirar la pared? Acerco mi silla y apoyo la mejilla contra su cabeza, hundiendo mi rostro en sus rizos.

–Soy una estúpida –digo entre dientes, mi boca en su nuca–. No sé lo que hago, y lo siento tanto, tanto.

La mano de Porter se extiende por el lado de la silla, tanteando a ciegas, palpando hasta que me sujeta la camisa y no la suelta.

—Acepto tus disculpas, pero solo porque estamos atrapados aquí toda la noche, y no sería bueno que peleemos todo ese tiempo.

—No estamos peleando.

—Siempre peleamos. Es parte de nuestro encanto –dice él.

—¿Porter?

—¿Sí?

—Esta novia de la que hablabas recién… ¿Es la chica por la que discutiste con Davy afuera de la tienda de ropa vintage? ¿Chloe?

—Sí. Chloe Carter. Su papá hace tablas de surf personalizadas. Su familia se llevaba muy bien con mi familia. Ella es amiga de mi hermana, así que todo fue un lío bastante importante.

—¿Estabas enamorado de ella?

Él hace una pausa más larga de lo que me gustaría.

—No, pero de todas maneras me dolió cuando me engañó. Fuimos amigos durante mucho tiempo antes de empezar a salir, así que eso tendría que haber importado algo, ¿no?

Además, fue con Davy, que se suponía que era su mejor amigo, así que fue una traición doble, pero no lo digo.

Pasan varios segundos. Suspiro.

—¿Porter?

—¿Sí?

—Ese sofá es bastante pequeño, pero tenemos que dormir en algún lado. Y me gusta la idea de dormir a tu lado.

—A mí también.

Después de una larga pausa, agrego:

—Además de dormir, por ahí podría ver algunos de los lugares del museo adonde no llegan las cámaras… desde lejos nomás. Quizás. Posiblemente. En teoría. O sea, ¿las cosas tienen que ser todo o nada?

—Me estás volviendo loco, ¿lo sabes, no? —dice Porter después de dar un fuerte suspiro.

—Lo sé.

—Bailey, paso la mayor parte de mis días mirándote por esa pantallita cuadrada de allí arriba. Estoy agradecido por el solo hecho de estar en la misma habitación que tú. Y sería el milagro del siglo si siquiera me dejaras tocarte. Así que lo que quieras o no que haga, solo tienes que decirlo. ¿Está bien?

—Está bien —susurro, mientras en mi mente estoy flotando sobre nubes blancas y esponjosas.

—Está bien —él repite con firmeza, como si ya estuviera todo dicho, y se empuja para alejarse de la pared—. Ahora déjame llamar a mis viejos.

Los llama por el teléfono celular y le explica todo a su mamá, que, por cómo suena, entiende por completo la situación. Pero después él espera a que ella le cuente a su papá, y de pronto me hace señas para que me esconda debajo del escritorio porque su papá le pidió que cambiara a una videollamada; parece que no le cree. Oigo la voz hosca del señor Roth que le exige a Porter que repita todo otra vez, y Porter le muestra la pantalla de la computadora, donde claramente dice "CIERRE TOTAL" y hay un reloj que muestra el tiempo que falta para que se destraben las puertas y, por suerte, incluso se ven las primeras letras del apellido de Pangborn, lo que indica que esa es la persona que inició el comando. Ya son casi las doce, e incluso el gruñón señor Roth reconoce que Porter no tiene muchas alternativas y que hacer echar a Pangborn no es una de ellas.

—Podría ir hasta su casa en la playa y despertarlo —sugiere el señor Roth.

Se oye la voz de la señora Roth que lo interrumpe:

—Es medianoche, y no sabemos si estará enfermo. Déjalo tranquilo. Porter, cariño, ¿hay una manta allí? ¿Puedes dormir bien en ese sofá?

Él le asegura que va a encontrar algo, y ella dice que Lana lo va a cubrir en la tienda mañana por la mañana si él no puede dormir. Y mientras están terminando de hablar, le envío un texto a papá y le digo que estoy bien —eso no es mentira, ¿no?— y que espero que se estén divirtiendo en San Francisco. Su respuesta es inmediata e incluye un chiste nerd de Catan, así que supongo que estará realmente de buen humor: "Lo estamos pasando genial. Hoy te compramos una sorpresa. Te amo más que a las ovejas".

Le envío una respuesta igualmente nerd: "Te amo más que al trigo".

No tengo idea de a qué lugar fuera de las cámaras me está llevando Porter.

Primero toma una llave extraña y antigua de un cajón del escritorio de la sala de seguridad. Después reunimos nuestras cosas y vamos al sector de objetos perdidos, donde encontramos una manta de bebé. Sí, es asqueroso pensar en usar la manta de algún extraño, pero bueno. No huele mal. Después Porter me lleva al final del ala de Vivian. Hay una puerta pintada del mismo color verde oscuro de la pared, y por cómo está iluminado el lugar, es difícil de ver. Por haber memorizado el mapa para empleados, también sé que no se supone que esté allí, es decir, no debería existir.

—¿Qué es esto? —pregunto.

—La habitación uno, cero, cero, uno —dice él, mostrándome la llave antigua, que tiene atada una etiqueta—. Por *Las mil y una noches*, Aladino, Alí Babá y todo eso.

–¿Hay otra habitación? ¿Por qué no está abierta al público?

Porter se acomoda mejor la mochila en el hombro y aplasta la palma de la mano contra la puerta.

–Mira. Este es un gran secreto del Palacio de la Caverna. Tienes que jurar solemnemente que nunca le contarás a nadie sobre lo que te voy a mostrar al otro lado de esta puerta. Ni siquiera a Gracie. *Sobre todo* no le cuentes a Gracie, porque la quiero mucho, pero ella conoce a todo el mundo, y esto va a correr más rápido que el virus de la varicela. Júramelo, Bailey. Levanta la mano y júralo.

–Lo juro –digo, levantando la mano.

–Bueno, este es el secreto mejor guardado de la Cueva –Porter abre la puerta, levanta el interruptor de la luz, que tarda un segundo en encender, y entramos a una habitación perfectamente redonda, iluminada con suaves tonos naranjas y dorados. Hay un poco de olor a humedad, como el de una biblioteca en la que no ha habido mucho movimiento. Y mientras Porter cierra la puerta detrás de nosotros, miro a mi alrededor, asombrada.

Las paredes están cubiertas con cortinas gruesas de color azul añil llenas de estrellas. En el techo con forma de domo, cuelgan a distintas alturas un grupo de lámparas con arabescos, por encima de un cojín de terciopelo del tamaño de una cama grande. El cojín está capitoneado y me llega a las rodillas. En un lado, lo corona una media luna formada por cientos de almohadas pequeñas con diseños geométricos que parecen sacados de un palacio en Estambul.

–Es hermosa –digo–. Es como un sueño. No entiendo por qué no está abierta. ¿Estas almohadas son de la década de 1930? Habría que preservarlas.

Porter arroja sus cosas al suelo, al lado del cojín de terciopelo.

–¿No recuerdas la historia de la Cueva que tuviste que estudiar?

Vivian odiaba a Jay. Cuando su matrimonio se desmoronó, Jay no quería darle el divorcio, así que ella hizo construir esta habitación a modo de un gigante dedo del medio dedicado a él. Ven a deleitarte la vista con su venganza. Pero no me digas que no te avisé.

Él camina hacia una de las cortinas azules estrelladas que están sobre la pared y jala de un cordón dorado, que revela el mural que está debajo. Es una pintura tamaño real de estilo art decó de Vivian Davenport vestida como una princesa de Medio Oriente, con campanas en los dedos y flores en su cabello largo, un vestido transparente flota sobre sus grandes pechos y cuerpo desnudo. Multitudes de hombres vestidos con trajes se inclinan a sus pies.

–Ay… por… Dios… –murmuro.

Hay varios animales de caricatura mirando, sonrientes y con los ojos bien grandes, como si ni siquiera ellos pudieran apartar la mirada de la gloriosa vista de Vivian desnuda.

–¿Ese es… Groucho Marx? –pregunto, entrecerrando los ojos para ver a uno de los hombres arrodillados.

–Vivian le dio vida a la historia –responde Porter, sonriendo.

–No puedo ver más –digo yo, riéndome, y él cierra la cortina.

Quedé marcada de por vida, pero valió la pena. Nos dejamos caer al mismo tiempo sobre el cojín de terciopelo, y se eleva una pequeña nube de polvo. Supongo que el servicio de limpieza no pasará seguido por aquí. Porter simula toser y pasa la mano sobre el resto del cojín para limpiarlo.

Ahí me doy cuenta de que estamos sentados en una cama.

–¿No crees que Vivian haya hecho fiestas sexuales alocadas aquí mismo, no? –pregunto, quitando la mano del terciopelo–. ¿Para vengarse aún más de su marido?

–Lo dudo. Pero si lo hizo, fue hace cien años –responde él, alegre, mirándome con los ojos entrecerrados–. Y, además, todo terminó de manera trágica. No te olvides que ella le disparó a él y después se suicidó, así que uno espera que se haya divertido un poco antes de que todo se desmoronara, ¿no? Quizás realmente haya posado para el retrato.

–Sí.

Después de unos momentos de silencio, el espacio que hay entre nosotros se llena de una densa incomodidad. Porter suspira, se endereza y empieza a quitarse el equipo de radio que tiene en el hombro. Por dentro, el corazón me golpea como un martillo.

Él me mira de reojo y dice:

–Mira, no me voy a desnudar ni nada… así que cálmate. De todas maneras, ¿cómo voy a competir con toda esa locura que hay en las paredes? Es que no puedo dormir con cables y otras porquerías encima. Ni zapatos. Me voy a dejar la camisa y los pantalones puestos. Tú puedes dejarte puesto lo que quieras. A gusto de la dama –me guiña el ojo.

Su buen humor me tranquiliza un poco, me quito los zapatos y los pongo al lado de los de él. Porter apaga su radio y pone el despertador de su teléfono para las seis y media de la mañana. Pero cuando se quita el cinturón, toda la sangre de mi cerebro corre con tanta fuerza, que tengo miedo de que me dé un aneurisma.

La hebilla del cinturón hace un ruido seco cuando golpea contra la alfombra de motivos turcos.

–Eres un gran misterio para mí, Bailey Rydell.

–¿Sí?

–Nunca sé si me tienes miedo o si estás a punto de saltarme encima.

–Ni siquiera yo sé eso –respondo, riéndome, muerta de nervios.

Porter me acerca a él y nos acostamos, mirándonos, las manos tomadas entre nosotros. Siento el fuerte latido de su corazón contra mi puño. Me pregunto si él podrá sentir el mío.

–Tengo miedo –le digo– de lo que siento cuando estoy cerca de ti. Tengo miedo de lo que quiero que hagas, y no sé cómo pedirlo –también tengo miedo de que si lo pido, termine siendo algo terrible o no cumpla con mis expectativas, pero no digo esto, porque no quiero herir sus sentimientos.

Porter me besa la frente y me dice:

–¿Sabes a qué le tengo miedo yo?

–¿A qué?

–A que me gustes demasiado, y que cuando me conozcas bien, te des cuenta de que puedes conseguir a alguien mucho mejor, y me rompas el corazón y me dejes por alguien con más clase.

Inspiro embriagándome con su olor.

–Cuando llegué a esta ciudad, había otra persona. No Patrick –aclaro, como si alguno de los dos necesitara ese recordatorio.

–¿Esos otros planes de los que hablabas? –pregunta Porter.

–Sí –respondo–. Creo que se podría decir que él tiene clase, no sé. Pero justo cuando una cree que entiende a una persona, resulta que no la conocía para nada. O quizás el verdadero problema fue que no entendía algo de mí misma.

–No te sigo.

Lanzo una larga bocanada de aire y digo:

–No importa. Lo que intento decir es que, antes de mudarme aquí, no sabía que me gustaban los churros, los muffins de la luna, el poke hawaiano y el arroz jollof, y tampoco sabía que me iba a enamorar de ti. Pero pasó. Y ¿quién va a querer a alguien con clase cuando se puede comer pozole en un restaurante móvil en la playa? No tenía idea de lo que me estaba perdiendo.

Porter me acaricia suavemente con un dedo un mechón de pelo ondulado que está cerca de mi sien.

—¿Así que te enamoraste de mí?

—Quizás —levanto los dedos haciendo un gesto de cantidad pequeña—. Un tantito así.

—¿Nada más? Entonces supongo que le tendré que poner más empeño —dice él en voz baja contra mis labios, casi besándome, pero no del todo. Y otra vez. Casi besitos. Provocándome.

Se me acelera la respiración.

—Hagamos un cuestionario rápido, ¿sí? —murmura Porter—. Si pongo la mano aquí...

Sus dedos se deslizan por debajo de mi camiseta y me tocan el estómago. Es una delicia... durante dos segundos. Después él se acerca demasiado a la zona prohibida de mi cicatriz. Y... ¡no! De hecho está tocando mi cicatriz. De ningún modo voy a detener esto para explicarle eso. No... puedo. No.

Él siente que me tensiono e inmediatamente quita la mano.

—Oye. Yo... —me dice.

—No, no, no —susurro deprisa—. No es por ti. Es por otra cosa. No te lo tomes como algo personal, es que... eh... —muevo su mano al medio de mi muslo desnudo, debajo de mi falda. Esa sí que es una zona peligrosa.

—Bailey —me dice. Una advertencia.

—Hazme el cuestionario —lo desafío.

Porter maldice entre dientes, pero su mano empieza a subir, muy, muy lentamente.

—Bueno, Rydell. Si te quedas encerrada toda la noche en un museo con un chico del que te estás enamorando, y él es tan bueno que te muestra el secreto mejor guardado de la Cueva... Dios, tu piel es tan suave.

–¿Ajá? –murmuro, moviéndome para que él pueda acceder mejor.

–Ah –murmura él, contento.

Con la mano apretada sobre la parte de arriba de mi muslo, Porter me besa, yo lo beso a él, y es desesperado y maravilloso.

–Bueno –dice Porter, como si estuviera drogado–. A ver, ¿en qué estaba? Ah, sí, aquí.

Para mi regocijo, su mano continúa ascendiendo. Pero ya no le queda mucho más por subir. Porter duda, se ríe para sí mismo, cambia de pierna y repite el mismo camino por el otro muslo.

Después se detiene.

Emito un pequeño quejido. Estoy frustrada de verdad.

Hasta que él cambia un poco de posición, y lo siento presionado contra mi cadera. Eso no se puede confundir.

–Me está costando un poco concentrarme en este cuestionario –reconoce, sonriendo contra mi cuello.

–Hagas lo que hagas, no se te ocurra hacerme una marca.

Él hace de cuenta que me muerde, y después me muestra otras cosas además de los muffins de la luna y el pozole que yo no sabía que me estaba perdiendo, cosas que dos personas que se quedaron encerradas en un museo toda la noche pueden hacer con las manos y los dedos y muchísimo ingenio. El chico tiene todo el derecho de llevar en su chaqueta ese dibujo del diablo que dice "CHICO FOGOSO".

A diferencia del día que nos revolcamos en el césped, la manera en que nos tocamos ahora no es para nada apta para menores y, cuando Porter se ofrece a hacer por mí lo que en las noches hago yo sola, ¿quién soy yo para oponerme a semejante regalo? Quizás sea lo más increíble que me haya pasado en la vida. Incluso le devuelvo el favor… bastante increíble también, aunque mucho más para él, por obvias razones.

Guau.

Tanto tocarnos me agota, y son las dos de la mañana, que es muy tarde para este cuerpecito. Estoy acurrucada contra él, con brazos y piernas, y él es como una cuchara grande y yo, como una pequeña. Mientras me estoy quedando dormida, siento el destello de unas luces. Oigo voces. No son voces preocupantes. No hay nadie en el museo; seguimos solos. Pero Porter se ha estirado por encima de mí y ha tomado su computadora portátil de la mochila. Ahora está apoyada sobre el cojín de terciopelo, por encima de nuestras cabezas. Algo se está reproduciendo en la pantalla.

–¿Qué pasa? –pregunto levantando apenas la cabeza, con voz sorda para mis oídos. No puedo abrir del todo los ojos, pero a través de mis párpados puedo distinguir unas figuras y unas luces que se mueven.

–Perdón, perdón –dice él con voz cansada–. ¿Te molesta? No puedo dormirme si no hay una película o un televisor encendido.

–'stá bien –digo yo, acurrucándome otra vez contra él. Unos segundos después, pregunto–: ¿Es *La princesa que quería vivir*?

Su voz grave vibra por toda mi espalda.

–Es una película independiente. La están citando. Momento, ¿cómo conoces *La princesa que quería vivir*?

–*Pff* –digo con descuido, demasiado cansada para explicarle mi amor por el cine–. Aquí la pregunta es: ¿cómo es que *tú* conoces *La princesa que quería vivir*?

–Mi abuela, la madre de mi mamá, vivía con nosotros antes de morir. Se quedaba despierta hasta tarde viendo películas en la sala de estar, y cuando yo era niño, me quedaba dormido sobre su falda en el sillón.

Qué curioso. También por eso conocía *Desayuno con diamantes*.

–Quizás tú y yo tengamos más en común de lo que crees –digo antes de caer dormida.

# Capítulo 21

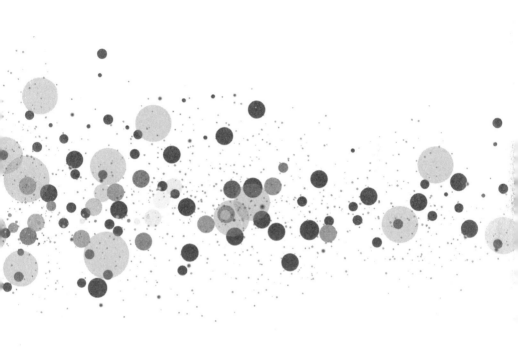

"La vida no se detiene y comienza
a tu conveniencia".

–John Goodman, *El gran Lebowski* (1998)

Porter tenía razón. Salgo del museo con tiempo de sobra para llegar a casa antes de que papá vuelva de su viaje. Estoy tan cansada, que incluso me vuelvo a dormir unas horas más. Cuando me despierto la segunda vez, ya es casi hora de prepararme para ir a trabajar en la Cueva, una locura. Bien podría mudarme allí. Pero me cuesta amargarme mucho por eso, porque pasé la noche con un chico.

PASÉ.

LA NOCHE.

CON UN CHICO.

Así es. Hice eso. También hice otras cosas, y todo fue excelente. Es un día hermoso, brilla el sol y ni siquiera me importa que tenga que pasar cuatro horas en el Sauna. Al menos hoy no tengo que trabajar un turno completo.

Me doy una ducha y me visto antes de bajar la escalera, justo a tiempo para encontrarme con papá y Wanda, en su regreso de San Francisco. Sí que están exhaustos. Pero se ven contentos. La verdad es que no quiero saber qué hicieron toda la noche, así que no indago mucho. Pero ellos revuelven la cajuela del auto de papá hasta que encuentran los regalos que me compraron: un pañuelo animal print y un par de lentes de sol que hacen juego.

—Para que combinen con Baby —dice papá, algo inseguro.

—El pañuelo es para cubrir "algunas marquitas" futuras —agrega Wanda, y un lado de su boca se mueve hacia arriba.

*Ay, Dios. ¿Ella también? ¿Lo saben todos?* Papá trata de reprimir una sonrisa.

—Perdón, pequeña. Es algo gracioso, tienes que reconocerlo.

—Yo digo que hay que hacerse cargo —comenta Wanda, cruzada de brazos—. Si tu papá me hiciera algo así y en la comisaría alguien me diera problemas por eso, le diría a dónde se puede ir. Yo elegí las lentes, por cierto.

Suspiro profundamente y me las pongo. Las lentes son oscuras y enormes, nuevas, pero muy al estilo italiano de antes.

—Son fantásticas, gracias. Y los odio a ambos por el pañuelo, pero igual es genial. Deja de mirarme el cuello, papá. No hay más marcas —me fijé antes, para estar segura.

Después de que me cuentan lo que hicieron durante su día en San Francisco, salgo corriendo por la puerta y vuelvo a la Cueva. Sé que Porter trabaja hoy, y yo estoy volando y flotando bien alto, como una cometa, ansiosa por volver a verlo. Quiero saber si él se siente tan bien como yo después de anoche. También quiero ver a Grace y contarle lo loco que fue todo. Aunque esta vez, no creo que le cuente tantos detalles. Algunas cosas son privadas. Lo que pasa en la Habitación 1001 queda en la Habitación 1001.

Pero cuando estaciono a Baby en el lugar de siempre, veo que Porter está parado afuera de su furgoneta, lo que es extraño. Generalmente él ya ha entrado al edificio mucho antes de que yo llegue. Y no es eso solo. Algo anda mal: tiene la cabeza apoyada en las manos.

Freno de golpe, me bajo de la scooter con un salto y corro hacia él. Porter no se da cuenta de que estoy allí. Cuando le quito las manos de la cara, veo lágrimas que corren por sus mejillas.

–¿Qué pasa? –pregunto.

Su voz suena ronca, y casi no se oye.

–Pangborn.

–¿Qué? –exijo saber. Se me hace un nudo en el estómago.

–No vino a trabajar hoy –explica Porter–. Pasó anoche, en su casa. No hubiéramos podido hacer nada. Me mintió sobre dónde estaba el cáncer. Esta vez era de páncreas, no de colon.

–No entiendo lo que dices –empiezo a temblar.

–Murió, Bailey. Pangborn murió.

Porter jadea una vez, tembloroso, y se acurruca contra mí, sollozando un segundo junto conmigo, y después se queda en silencio y sin fuerzas en mis brazos.

El funeral se hace cuatro días después. Creo que va la mitad de Coronado Cove, y no me sorprende. Es probable que fuera el hombre más bueno de la ciudad.

Yo quedé deshecha durante los primeros días. El hecho de que Porter y yo estuviéramos haciendo lo que hicimos mientras moría Pangborn fue una carga bastante difícil de llevar. Porter tenía razón: no hubiéramos podido hacer nada. El cáncer de Pangborn estaba muy avanzado. En el funeral, su hermana menor nos cuenta a Grace y a mí que la médica le había dicho que le quedaban unos días o unas semanas. Nos dice que cuando está tan avanzado, hay personas que mueren en la misma semana en que les diagnostican la enfermedad. Él no sabía cuándo iba a pasar, así que siguió con su vida de siempre.

–Él era así de terco –dice ella, con una voz femenina que suena extrañamente parecida a la de él. Vive a un par de horas de aquí, en la costa, con su marido, en un pueblo pequeño cerca de la región de Big Sur. Me alivia saber que va a adoptar a Daisy, la perra de Pangborn.

Nos vamos de la iglesia y nos dirigimos al cementerio. No puedo encontrar a Grace en la ceremonia antes del entierro, así que me quedo con papá y Wanda. Hay mucha gente. Acaban de cerrar la ceremonia con la canción "Julio y yo en el patio de la escuela", que resultó ser la preferida de Pangborn. Esto hace que me desmorone otra vez, así que estoy en un estado frágil, sollozando en el hombro de papá, cuando se acercan los Roth: los cuatro.

Bueno.

Estoy demasiado cansada de mantener esta farsa, y parece una lástima faltarle el respeto a la memoria de Pangborn. Así que dejo de preocuparme y abrazo el torso de Porter.

Y no lo hago como si fuéramos amigos.

Él duda un segundo, y después me envuelve con un fuerte abrazo que dura más de lo aceptable, pero no me importa, la verdad. Antes de soltarme, me susurra al oído:

−¿Estás segura?

−Es hora −susurro yo.

Cuando nos separamos, la señora Roth me abraza brevemente −tiene una flor fresca, fragante, sobre una oreja, que me hace cosquillas en la mejilla− y el señor Roth me sorprende con un apretón en la parte de atrás del cuello, que casi me hace llorar otra vez, y después me atrevo a mirar a papá. Por la expresión rara que tiene, me doy cuenta de que está tratando de atar cabos y preguntándose cómo rayos conozco a esta familia. Su mirada se dispara hacia el brazo del señor Roth, y entonces alcanza un momento de claridad.

−Papá, ellos son el señor y la señora Roth, y Porter y su hermana, Lana.

Papá extiende la mano y saluda a los Roth. Wanda ya los conoce, así que ellos también la saludan. Y después Porter da un paso hacia delante y enfrenta a papá. De pronto me pongo nerviosa. Papá nunca ha conocido en persona a ningún chico que haya estado interesado en mí, y de ninguna manera ha conocido a un chico que él me ha prohibido ver... y que yo haya visto igual a sus espaldas. Y a pesar de que, para mí, Porter nunca se ha visto más atractivo, con traje y corbata negros, igualmente tiene esa melena de rizos rebeldes que rozan sus hombros y toda esa barba de unos días. En cuanto al señor Roth, le asoman tatuajes por el cuello de la camisa. Así que no, los Roth no son lo que se dice correctos y formales. Si mamá estuviera aquí juzgándolos, los miraría con desprecio. En mi mente, cruzo los dedos y espero que papá no haga eso.

Después de una pausa incómoda, papá dice:

—Tú eres el chico del trabajo que recuperó la scooter de mi hija cuando se la robaron.

Se me detiene el corazón.

—Sí, señor —responde Porter después de un largo momento, sin pestañear. A la defensiva. Envalentonado.

Papá saca su mano y dice:

—Gracias por haber hecho eso —y mientras tanto, aprieta el brazo de Porter efusivamente con una mano y le estrecha la otra, dándole uno de esos apretones de manos extra especiales, como si Porter me hubiera salvado la vida, en lugar de recuperar una mísera moto.

El corazón me vuelve a latir.

—Sí, señor —responde Porter; esta vez se nota que está aliviado—. No fue problema.

¿Eso es todo? ¿Ningún comentario altanero acerca de las marcas en el cuello? ¿Ninguna acusación? ¿Nada de cincuenta preguntas ni incomodidad? Dios, no puedo explicar lo mucho que amo a papá en este momento. No lo merezco.

–¿En serio no pudiste ver quién la robó, eh? –pregunta Wanda, mirando a Porter con los ojos entrecerrados–. Porque realmente me gustaría saber si tienes algún dato.

*Mierda.*

–Eh… –Porter se rasca la parte de atrás de la cabeza.

Lana hace un chasquido con su goma de mascar y pregunta:

–¿Qué dices? Si fue…

–Cállate, Lana –Porter dice entre dientes.

Wanda ahora me mira a mí con los ojos entrecerrados y dice:

–Recuerdo que alguien había estado mirando tu scooter en el restaurante de pozole, unos días antes de que la robaran.

*Carajo. No se le escapa nada, ¿eh? Supongo que por eso será policía.*

El señor Roth levanta la mano e interviene:

–Sargento Mendoza, Porter y yo hemos hablado largo y tendido sobre esto, y creo que todos queremos lo mismo. Vaya, creo que nosotros lo queremos más que usted –el señor Roth mira sospechosamente a papá, quien quizás sea el único que todavía no se haya dado cuenta de que Davy es el que robó mi scooter… o quizás sí se dio cuenta. No sé. Como sea, el señor Roth se aclara la garganta y dice–: Entre que ese día le dieron una paliza a mi hijo y que tuvo que ir con la furgoneta hasta Tombuctú para recuperar la moto de ella…

*Uf,* demasiada información en frente de papá.

–No diría que me "dieron una paliza" –le discute Porter, en tono bromista–. Tendrían que haber visto cómo quedó el otro.

El señor Roth no le hace caso y continúa:

–Lo que quiero decir es que nadie quiere castigar a ese desgraciado más que yo. Pero Porter manejó la cuestión como mejor supo hacerlo en ese momento, y yo lo apoyo.

–Oiga, yo tengo un hijo –dice Wanda–. Y extraoficialmente, yo estoy de acuerdo con usted. Pero ese "desgraciado" sigue suelto, y acuérdese de lo que le digo, va a volver a atacar. La próxima vez, quizás no corran con la misma suerte. Quizás él resulte herido o hiera a alguien más.

–La entiendo perfectamente –responde el señor Roth, asintiendo con la cabeza–. Eso me preocupa todo el tiempo. De hecho, lo vi cojeando en el paseo marítimo la semana pasada, y tuve que hacer un esfuerzo sobrehumano para no mandarlo de vuelta al hospital.

Se me hace un nudo en el estómago. Lo último que supe fue que a Porter le había llegado el rumor de que Davy había estado en cama en su casa durante las últimas semanas porque Porter le había vuelto a lastimar la rodilla en la pelea que tuvieron en el garaje de Fast Mike. Supongo que ya puede volver a caminar.

Wanda nos señala a todos con el dedo.

–Prométanme, todos ustedes, que la próxima vez que Davy Truand haga algo, o incluso empiece a hacer algo, van a llamar al novecientos once y van a pedir que me manden a mí. No volvamos a encontrarnos en otro funeral, ¿entendido?

Después del entierro, papá no me da problemas por Porter. Ni siquiera me da problemas por el hecho de que Davy haya sido el que robó mi scooter. Así que cuando quedamos solos, simplemente le digo que lamento haberle ocultado todo, le explico por qué lo hice y le prometo que no lo volveré a hacer. Nunca, nunca más.

—Me duele que hayas sentido la necesidad de mentir, Mink —me dice él.

Y eso me hace llorar otra vez.

Y como es el tipo más bueno del mundo, solo me abraza hasta que me quedo sin lágrimas. Y cuando ya no corro el riesgo de ahogar a todo el cementerio con mi llanto, cual Alicia en el País de las Maravillas, él me arregla un poco y me deja pasar el resto de la tarde en la casa de Porter.

Los Roth viven en una casa vieja que está a una manzana de la playa, en un vecindario de las afueras de la ciudad que probablemente haya sido bonito hace diez años. Ahora está empezando a verse un poco venido abajo, y la mitad de las casas tienen carteles de "EN VENTA" en sus patios con arena. Los listones de madera de la cerca están arqueados, los paneles de cedro están empezando a combarse, el brutal viento del mar ha apaleado las campanillas de viento que cuelgan a lo largo de las canaletas. Pero cuando entro, siento olor a parafina para surf y madera, y la casa está repleta, de punta a punta, de trofeos, madera traída por el mar, estrellas de mar disecadas y fotos familiares, y la mesa de la cocina tiene un mantel con flores de hibisco hawaiano de color rojo brillante.

—Me muero de hambre —dice Lana—. Los funerales me despiertan el apetito.

—A mí también —dice la señora Roth—. Necesitamos comida de consuelo. ¿P&M?

—¿Qué es P&M? —pregunto yo.

—Palomitas de maíz con maní —me informa Porter.

La señora Roth mira a todos para ver si aprueban la idea, y todos asienten con la cabeza. Supongo que esta será una tradición de la familia Roth. Es una combinación algo extraña, pero estoy en una buena racha con la comida de esta ciudad, así que ¿quién soy yo para discutirlo? Y cuando la señora Roth hace las palomitas de maíz con granos de verdad, en una sartén gigante sobre la cocina, huele tan bien, que se me hace agua la boca.

Mientras ella sala las palomitas, Porter va a su habitación a cambiarse la ropa, y yo ayudo a la señora Roth a buscar recipientes en la cocina. Es raro estar a solas con ella y deseo que Porter se apresure. Ahora que él no está para mediar entre nosotras, me siento como una actriz que está filmando una escena, pero no se acuerda de nada del parlamento. ¿Qué se supone que deba decir? Quizás necesite un apuntador.

—¿Qué le parece a tu mamá que estés aquí en California? —me pregunta ella de la nada.

—No sé —respondo yo—. No he sabido nada de ella.

—¿No son muy unidas?

—Pensaba que sí —respondo, encogiéndome de hombros—. Esta es la primera vez que estoy lejos de ca-casa —*Por favor. ¿En serio? No puede ser que llore otra vez. Los funerales son de lo peor.* Me seco las lágrimas antes de que tengan la oportunidad de caer, y me recompongo.

—Discúlpame, linda —dice la señora Roth con voz amable—. No fue mi intención sacar a relucir cosas feas.

—Es que ella ni siquiera me ha enviado un e-mail o un texto. Hace semanas que me fui. Una diría que querría saber si estoy bien. Podría haberme muerto, y ella ni siquiera estaría enterada.

—¿Has intentado llamarla?

Niego con la cabeza.

—¿Tu papá habla con ella?

—No sé.

—Quizás deberías preguntarle. Al menos hablar con él sobre esto.

Quizás ella está pasando por algo relacionado con su matrimonio o el trabajo... nunca se sabe. Quizás necesite que tú la contactes primero. A veces los padres no son muy buenos adultos.

Ella me da una palmada en el hombro, y eso me recuerda a Pangborn.

Nos dirigimos a un sofá que está en la sala de estar, debajo de una enorme tabla de surf de madera que cuelga de unas vigas que están a la vista; la tabla tiene la palabra "PENNYWISE" grabada con una bonita letra cursiva. Me siento entre Porter y Lana, sosteniendo un recipiente de plástico grande lleno de palomitas de maíz con la cantidad justa de sal y maníes tostados. Los maníes son pesados y caen en el fondo del recipiente, así que a cada rato tenemos que sacudirlo y escarbar para encontrarlos, por lo que las palomitas se vuelcan sobre nuestra falda, que es parte de la diversión, según dicen ellos. Los Roth se sientan cerca en unos sillones reclinables, aunque el del señor Roth parece haber sido fabricado en 1979.

—Es su sillón preferido, Bailey, y no quiere renunciar a él —explica la señora Roth, extendiendo un brazo para tocar el rostro de su esposo—. No lo mires por mucho tiempo porque le van a crecer piernas y va a salir caminando de aquí.

Lana lanza una risita. El señor Roth resopla y casi sonríe. Por el rabillo del ojo, lo veo besar la mano de su esposa antes de que ella se la quite.

Mientras tenemos nuestro festín, miramos *El gran Lebowski*, que es un poco extraño, porque Alex trató de hacerme ver esta película hace un par de meses. Los Roth la tienen en DVD, así que a todos les sorprende que yo no la haya visto. Resulta que es realmente buena. Y lo que es mucho mejor, además de que Porter me prepare para oír el sonido de los disparos en la película —así no me toman de sorpresa— y que cite las frases que dicen los actores, por lo que sonrío a pesar de los sucesos deprimentes del día de hoy, es cuando él se acerca y me susurra al oído:

–Tu lugar es aquí, conmigo.

Y en ese momento, pienso que sí.

# Capítulo 22

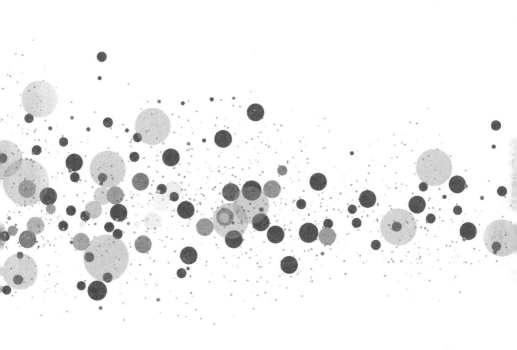

"No soy quien tú crees".

–John Boyega, *Star Wars: Episodio VII El despertar de la fuerza* (2015)

No sé realmente cuánto le lleva a una persona volver a sentirse normal después de la muerte de alguien, pero creo que esperaba que Porter se recuperara más rápido, ya que es tan seguro de sí mismo. No debo olvidar que ya ha sido marcado por la desgracia y que esa actitud presumida es solo una fachada. Así que cuando veo que, después del funeral de Pangborn, Porter se está hundiendo en algo que temo que sea una depresión, me pregunto si debería decir o hacer algo para ayudarlo. Pero no sé bien qué.

Él me dice que va a estar bien, que solo necesita tiempo para superarlo. Cuando le pregunto si quiere ir a comer algo después del trabajo, me dice que quizás esté muy cansado. Se ve cansado. Se disculpa mucho. No es normal en él… para nada, la verdad.

Papá me dice que no lo presione demasiado. Y no es que yo sea una de esas personas que presionan. Pero Porter está pasando por un período melancólico que parece no tener fin y yo empiezo a pensar si no tendré que empujarlo un poquito. Sin embargo, Grace se hace eco del consejo de papá y me dice que Porter necesita espacio. Y lo más extraño de todo es que, por primera vez, yo soy la que no quiere estar sola. Supongo que Grace se da cuenta de esto, o intuye algo, porque me ha invitado muchas veces a pasar tiempo con ella. Nuestros desayunos en la Casa de las Crêpes antes de entrar a trabajar se han convertido en una costumbre. Sin dudas, un lindo momento en el día. Me ha ayudado a dejar de pensar en Pangborn… y de preocuparme tanto por Porter. Un poco. No alivia ese dolor extraño que siento en el corazón cuando pienso que Porter está lidiando solo con todo esto. Ojalá me dejara ayudarlo. Ojalá me hablara. A esta altura, sacrificaría el dedo meñique de mi pie derecho por una de nuestras viejas y conocidas discusiones. ¿Se puede extrañar a alguien que se ve casi todos los días?

Un par de semanas después del funeral de Pangborn, a las siete menos cuarto de la mañana, me despiertan unos zumbidos. Es mi teléfono. ¿Quién me está mandando mensajes tan temprano? Primero me alarmo, porque, vamos, últimamente la vida ha sido una mierda atrás de la otra.

**Porter:** Despierta.

**Porter:** Despieeeeerrrrrtaaaaaaa.

**Porter:** ¿Pero hasta qué hora duermes? Necesitas un despertador. (De hecho, me gustaría ser ese despertador). (Dios, por favor, no dejes que tu papá tome el teléfono).

**Porter:** Vamos, dormilona. Si no despiertas pronto, me voy sin ti.

Escribo una respuesta rápida: ¿Qué pasa?

**Porter:** Buenas olas, eso pasa.

**Yo:** O sea, ¿buenas olas para que surfees?

**Porter:** Esa era la idea. Bueno, ¿vas a venir a verme surfear?

**Yo:** No me lo pierdo por nada.

Estoy tan entusiasmada que arrojo el cobertor al suelo y salto de la cama. Está bien, no será una invitación romántica, porque unos mensajes después Porter me dice dónde puedo encontrarme con su familia, pero no me importa. Solo me alegro de que suene contento. Mi único problema es Grace, por el desayuno de esta mañana. Ella ya está levantada, y cuando le envío un texto para preguntarle si podemos dejarlo para otro día, ella me pregunta si puede venir. Como no respondo enseguida, me escribe dos veces más:

Grace: ¿Porfa, sí?

Grace: La verdad es que necesito mover la lengua.

Yo: ???

Grace: Hablar. Charla de chicas. ¿Sí?

En otras circunstancias, diría que sí, pero no he pasado tiempo con Porter desde que vimos *El gran Lebowski* después del funeral. ¿Y si él no quiere mucho público? Mientras me visto, pienso en la mejor manera de manejar esto, pero los pensamientos no dejan de desviarse a Porter.

Cuando salgo de casa, la neblina no se ha levantado. El lugar donde debo encontrarme con los Roth queda a unos tres kilómetros al norte de la ciudad, subiendo por la playa, desde el Jardín de los Huesos. La playa está bastante alejada de todo, salvaje y llena de cantos rodados. A pesar de que no está llena de gente, como la que está a la altura del paseo marítimo, me sorprende ver tanta gente a estas horas de la mañana. Es evidente que es un lugar conocido para surfear, porque hay una decena de furgonetas estacionadas a lo largo de la carretera y se están reuniendo varios espectadores, incluidas un par de personas que caminan por la playa con sus perros mientras rompen las olas.

Se ve que esto no era algo privado. Incluso veo a Sharonda, la presidenta del club de teatro de Brightsea, que Grace me presentó en el fogón. Por un momento, me acuerdo de Grace, y me recuerdo que le tengo que responder, pero la señora Roth trajo donas y me hace un gesto para que vaya hacia ella. No quiero ser descortés, y ella está de excelente humor, así que por ahora dejo a mi amiga fuera de mis pensamientos y silencio el teléfono.

Mientras charlo con la señora Roth, veo al resto de la familia. El señor Roth está en actitud de entrenamiento, descargando una tabla con Lana y dando órdenes a los gritos. Pero me cuesta prestarle atención a otra cosa que no sea Porter. Si le queda algún rastro de melancolía, lo tiene bien guardado. Es un nuevo día, y puedo ver el cambio en su manera de caminar por la arena, en cómo sostiene la cabeza en alto. Está listo para seguir adelante.

Lleva puesto un traje de neoprene negro y aguamarina sin mangas que le ajusta donde tiene que ajustar. Estoy parada al lado de la señora Roth, así que no quiero mirarlo mucho de golpe, pero ¡por Dios! Logro mirarlo a los ojos una vez, cuando su mamá está charlando con Sharonda, quien al parecer es amiga de Lana. No puedo guiñarle un ojo; solo lo miro de arriba abajo y muevo los labios en silencio para decir "guau". Él me corresponde con una sonrisa espectacular. Qué engreído es; sabe lo bien que se ve. Revoleo los ojos, pero no puedo dejar de sonreír, y a él le encanta toda la atención. Por mí, que construya castillos de arena en la playa y no surfee ni una ola. Ha logrado su cometido.

Después de ese intercambio, Porter pasa a concentrarse en otra cosa. Me doy cuenta de cuando lo hace. Tanto él como Lana empiezan a elongar, brazos y piernas, elongaciones normales y unos saltos raros. Los dos son súper ágiles. Todo el tiempo, él tiene los ojos puestos en el agua. Está calculando las olas grandes. Les controla el tiempo, o algo así. De vez en cuando mira su reloj, pero más que nada mira el agua y ve cómo está el cielo. Se lo toma muy en serio. Me gusta que sea así.

Hay una especie de protocolo surfista que no entiendo, pero me doy cuenta de que Porter y Lana están esperando su turno. También veo que los demás surfistas no son muy buenos y que algunos se dan por vencidos y se van. Un minuto después, el señor Roth le hace una seña a su esposa con la cabeza.

—Bueno, chicas —nos dice a Sharonda y a mí—. Vamos a subir allí.

Para llegar "allí", tenemos que caminar un poco por un médano gigantesco desde el que tenemos una vista del mar increíble. Podemos ver mucho mejor cómo avanzan las olas y a todos los demás surfistas que montan las olas pequeñas que están más cerca de la orilla (nada del otro mundo) o a los que intentan surfear las olas grandes que están más lejos y no duran mucho. El mar se los está comiendo vivos. Me empiezo a preocupar un poco.

—¿No van a surfear en esas, no? —pregunto. Las olas grandes se veían más pequeñas y chatas desde la playa.

—Por supuesto que sí —dice la señora Roth, llena de orgullo materno. Y por la gente que se está reuniendo detrás de nosotras, ella no es la única interesada en el espectáculo.

Espero que no haya tiburones en esta zona.

El traje de Lana es amarillo y negro, y ella va primero. Se recuesta por completo sobre la tabla y empieza a remar, lo que lleva más tiempo de lo que una imaginaría. Porter la deja avanzar, pero ahora él también está remando. Cuánto más se alejan, más miedo me da. A veces desaparecen debajo de las olas pequeñas, como si estas fueran reductores de velocidad en una carretera, después vuelven a aparecer al otro lado.

—¿Ya los has visto surfear? —le pregunto a Sharonda mientras muerdo una dona. Odiaría tener que decírselo a la señora Roth, pero esto no se compara con los churros ni con los muffins de la luna.

—Sí, vivo cerca, así que veo a Lana surfear un par de veces a la semana. A veces voy a ver algún evento, si no queda muy lejos. Una vez fui hasta Huntington Beach con los Roth. ¿Se acuerda, señora?

–Claro que sí, querida –dice la mujer, mirando el agua.

–¿Y Porter? –pregunto.

–He visto a Porter competir en la zona desde que tenía trece años, más o menos –responde Sharonda, asintiendo con la cabeza–. Tenía el pelo hasta aquí –agrega, poniendo la mano en la mitad de la espalda–. Puros rizos. Todas las chicas de nuestro curso estaban enamoradas de él.

La señora Roth hace un gesto asomando su labio inferior, con aire nostálgico.

–Era tan dulce. Mi chiquito surfista.

–Ah, y vamos a ver por televisión todos los *heats* de Lana –dice Sharonda con entusiasmo, pasando el brazo por mi lado para tocar el de la señora Roth–. ¿Quizás podamos juntarnos para verla?

Esto me sorprende. No se me había cruzado por la cabeza que Lana sería tan profesional. Ahora que la conozco, solo parece una buena chica que mastica mucha goma de mascar y se babea cuando se queda dormida en el sillón, que fue lo que pasó esa tarde en su casa.

Lana y Porter están flotando sobre sus tablas, subiendo y bajando entre las olas. No sé bien qué esperan, pero todos están tensionados. Antes de poder preguntar qué pasa, el traje negro y amarillo de Lana da un salto. Ella está de pie, agachada sobre la tabla, avanzando a través de una ola gigante que yo ni había visto.

¡Allí va!

Es como una hermosa abeja negra y amarilla que vuela cual flecha por el agua, haciendo movimientos en zigzag bien cerrados que parecen no terminar nunca. No puedo creer que pueda montar la ola durante tanto tiempo. Es una locura. ¿Cómo puede ser? Parece que fuera en contra de la naturaleza.

–Sí, Lana –exclama la señora Roth hacia el mar, aplaudiendo al ritmo de los zigzag–. ¡Vamos, niña, vamos!

Para cuando termina, Lana ha quedado tan lejos, al otro lado del médano, que le va a llevar cinco minutos caminar hasta donde estamos nosotras. Con razón están en forma. Esto de surfear es agotador.

La gente que está sobre el médano explota con aplausos y silbidos, y yo también aplaudo. La señora Roth rota su mano en el aire, alentándolos.

—Esa cosita linda va a ganar todo —les dice a todos los que están a nuestro alrededor, y algunas personas le chocan la mano.

La señora Roth está tan orgullosa. Todos sonríen. Es todo muy emocionante, pero yo ahora estoy viendo a Porter, porque ha remado un poco más lejos, y se me hace un nudo en el estómago.

El señor Roth sube por el médano a los saltos, los ojos puestos en el agua. ¿Hace cuánto Porter no surfea así? De pronto me pongo nerviosa. Si se estrella, o como sea que se diga, no quiero que le pase en frente de mí y después se sienta avergonzado. No puedo lidiar con eso. Quiero mirar a otro lado, quizás inventar alguna excusa, como que me cayó mal la dona y me tuve que ir. Me lo pueden contar más tarde.

Entonces él se sube a la tabla de un salto.

Demasiado tarde. Ahora no puedo mirar a otro lado.

La ola de Porter es más grande que la de Lana. Su posición también es distinta. Lleva la tabla hacia arriba por la curva de agua, arriba, arriba, arriba… (¡no te caigas, por favor!) y cuando llega a la cima… por el amor de Dios y la Santísima Virgen, ¡está volando en el aire, tabla y cuerpo! Parece imposible, pero en un segundo, gira la tabla ciento ochenta grados, bruscamente. Después vuelve a bajar por la ola, lisa como el cristal, una espuma blanca sale del extremo de su tabla como la cola de un vestido de novia.

—¡Sí! —brama el señor Roth, levantando el brazo.

La gente que tengo detrás grita junto con el señor Roth.

Todo pasa tan rápido. Ese fue tan solo un movimiento, y si bien Porter no vuelve a hacer volar la tabla, ya ha hecho el segundo giro (se agacha en la base de la ola, espera, espera, espera... vuelve a subir) y ¡zum! ¡Un tercer giro! Ahora vuelve a bajar, todavía en pie, los brazos extendidos para mantener el equilibrio, como si fueran aletas.

El estilo de Lana era rápido y ligero, corajudo; Porter va más lento y sus movimientos son más imponentes. Poéticos. Hermosos. Atraviesa el agua como si estuviera pintando un cuadro con su cuerpo.

Yo no sabía que el surf era así.

Yo no sabía que Porter podía hacer esto.

Él hace el último giro al final de la ola, un giro pequeño, porque ya no queda mucho de la ola, y después se detiene perfectamente donde la arena se eleva y llega a la playa; la ola se desarma a su alrededor, como si el mar lo hubiera encontrado después de un naufragio y lo estuviera devolviendo con cuidado a la orilla.

Los espectadores rugen.

Yo aplasto la dona que tengo en la mano.

—Mierda —digo, asombrada, después me disculpo, y lo vuelvo a decir varias veces, pero nadie me oye ni a nadie le importa.

El señor Roth gira, sonríe a la multitud —¡sonríe!— y besa a su esposa antes de bajar corriendo por el otro lado del médano para saludar a su hijo. La señora Roth me levanta con un fuerte abrazo. Considerando que no es deportista, sí que tiene fuerza. Cuando me vuelve a apoyar en el suelo, me toma la cara entre sus manos y, para mi sorpresa, me besa los labios.

—Gracias, gracias, gracias. Yo sabía que podías lograr que él lo hiciera.

—Yo no hice nada —respondo, ruborizándome por la emoción y un poco de vergüenza.

—Ay, niña, sí que hiciste –insiste ella, los ojos brillantes–. Él no ha surfeado así desde que pasó lo del tiburón.

Porter surfea unas doce olas grandes más. Se equivoca una vez, cuando se cae de la tabla y se da un golpe bastante fuerte al tratar de hacer un "alley-oop" aéreo. La señora Roth culpa al viento por la caída. Pero descontando eso, está hecho un demonio. Porter y Lana hacen una competencia amistosa entre hermanos, y es increíble. Un par de horas después, se ha corrido la voz, así que hay unas cien personas a lo largo de la playa. Me quedo afónica de tanto alentarlos.

Cuando parece que están bajando el ritmo –las olas y los surfistas–, la señora Roth le pide a su marido que llame pronto a sus "niños" para que vuelvan a la orilla. No quiere que Porter se exija demasiado y se lastime. El señor Roth hace un gruñido y parece no hacerle caso, pero baja despacio por el médano. Parece que Lana tenía razón cuando dijo que su mamá es la que lleva los pantalones en la familia.

Alguien me da un golpecito en el hombro.

–¿Cómo les está yendo?

Giro y me encuentro con Grace, vestida con una chaqueta color magenta y lentes de sol bien grandes. Su boca está recta como una flecha, haciendo juego con la línea tensa que forman sus hombros. No se ve contenta.

–Grace –dice la señora Roth con alegría–. Tendrías que haber venido más temprano. Porter estuvo hecho un fuego.

Grace le sonríe, y casi parece real.

–¿Ah, sí? Lamento habérmelo perdido. Me llevó un rato saber dónde estaban surfeando.

—Me tendrías que haber llamado –dice la señora Roth, distraída, sin prestar mucha atención.

Grace me clava cuchillos con la mirada.

—Está bien. Le mandé un texto a Porter y él no tuvo problemas en decírmelo.

*Ay, Dios.*

—Grace –susurro–. Me olvidé por completo de responderte.

—No hay problema. Supongo que yo no seré tan emocionante –dice ella, y se va.

Se me cae el alma a los pies. Mi instinto de esquivar las cosas me hace querer dejar que Grace se vaya, pero otra parte de mi cabeza está entrando en pánico. Le explico a la señora Roth.

—Perdón, pero tengo que hablar con Grace.

—Adelante, cariño. Están por terminar. Le voy a decir a Porter que te busque cuando vuelva a la orilla.

Rápidamente, sigo a Grace, alejándome de las personas que están reunidas en la playa. Bajo por el médano, llamándola. Ella se detiene cerca de una roca, de la que están creciendo unos lupinos. Tengo la garganta tensa, y no puedo mirarla a los ojos. Grace está tan molesta, que casi siento la emoción irradiar de ella como si fuera el calor de un horno. Ella nunca se ha enojado conmigo. Nunca.

—¿Por qué quieres hablar conmigo ahora? –dice Grace–. No te molestaste en responder mis textos esta mañana.

—¡Perdón! –me disculpo–. Te iba a responder, pero…

—Te llamé dos veces –dice Grace, y al mismo tiempo aplaude dos veces, enojada, para que quede claro– después de los textos. Me atendió el contestador.

Hago una mueca. Siento la necesidad de meter la mano en el bolsillo y ver mi teléfono abandonado, pero me resisto.

—Es que…

—Es fácil olvidarse de tu amiga cuando de pronto tu novio vuelve a estar presente. Cuando él estaba deprimido, tú tenías todo el tiempo del mundo para mí. Pero en cuanto te llama, me descartas más rápido que el periódico de ayer.

Me invade una sensación de vergüenza y arrepentimiento.

—Eso no es cierto. Solo me distraje. No te descarté.

—Bueno, así se siente. No creas que nunca me ha pasado esto con otras amigas. En cuanto se enamoran de alguien, se olvidan de mí. Bueno, te voy a decir algo, Bailey Rydell. Estoy cansada de ser la amiga temporal. Si no quieres tener una verdadera amistad conmigo, entonces busca a otra persona que no le importe ser descartable.

No sé qué decir. No sé cómo arreglar esto. Me siento como una surfista que se cae y se ahoga debajo de una de esas olas monstruosas. El problema es que no creo que sepa cómo volver a subir a mi tabla.

Después de quedarme en silencio por un tiempo largo e incómodo, digo:

—No soy buena para esto.

—¿Para qué?

—Para tener una relación cercana con las personas —hago un gesto hacia ella, luego hacia mí—. Lo arruino. Muchas veces. Me resulta más fácil esquivar las cosas que confrontarlas.

—¿Esa es tu excusa? —me pregunta.

—No es una excusa. Es la verdad.

*¿Por qué hice esto?* Si pudiera volver atrás al principio de la mañana, le respondería los textos y todo estaría bien. Ya no importa si evité los mensajes de Grace, si me olvidé de ellos a propósito o sin querer. Le fallé. Y quizás, al hacer eso, también me fallé un poco a mí misma.

No quiero perder a Grace. Es cierto, de alguna manera, cuando Porter entró de un empujón por mi puerta, ella quedó escondida en el fondo. Intento lo único que me queda: decir la verdad.

–Tienes razón –le digo, las palabras saliendo a los tumbos–. Te di por sentada. Me olvidé de ti esta mañana porque supuse que estarías siempre, porque estás siempre. Puedo contar contigo, porque eres leal. Pero yo no. Ojalá... quisiera que tú pudieras contar conmigo como yo puedo hacerlo contigo. Quiero ser como tú. No eres una amiga temporal para mí, Grace.

Ella no dice nada, pero puedo oír cómo se acelera su respiración.

–Supongo que me dije a mí misma que tú no me extrañarías –continúo, jugueteando con uno de los lupinos amarillos–. Así lo justifiqué.

–Bueno, sí te extrañé. Elegiste el día justo para desaparecer, porque realmente necesitaba un hombro hoy –dice Grace, todavía un poco enojada, pero ahora se filtra otra emoción que no logro identificar. Es difícil leer a la gente cuando llevan puestas lentes de sol grandes y están de brazos cruzados.

Una ráfaga de viento me revuelve el pelo. Espero a que pase y después pregunto:

–¿Pasó algo?

–Sí, pasó algo –se queja ella. Pero ahora oigo la angustia en su voz, y cuando se quita las lentes y las apoya en la cabeza, la veo reflejada en sus ojos–. Taran no va a volver. Se va a quedar en la India el resto del verano. Quizás no vuelva nunca.

–Ay, Dios. Grace –siento que se me aprieta el corazón.

Poco a poco, comienzan a rodar lágrimas silenciosas por sus mejillas.

–Hace un año que estamos juntos. Íbamos a ir a la misma universidad. No tenía que ser así.

Le ofrezco mis brazos, vacilante, sin saber si ella me aceptará. Pero no lo duda ni por un segundo y se acurruca en mi pecho, llorando suavemente mientras se aferra a mí. Sus lentes se caen de la cabeza y aterrizan en la arena.

–Perdóname –digo yo, sorprendida porque yo también estoy llorando–. Por todo.

Mi terapeuta me había advertido que esquivar las cosas es un modo disfuncional de interactuar con los seres queridos, pero ahora empiezo a entender qué me quiso decir cuando dijo que además podía lastimarlos. Quizás sea hora de buscar una mejor manera de lidiar con mis problemas. Quizás esto de esquivar las cosas ya no me está funcionando tan bien.

# Capítulo 23

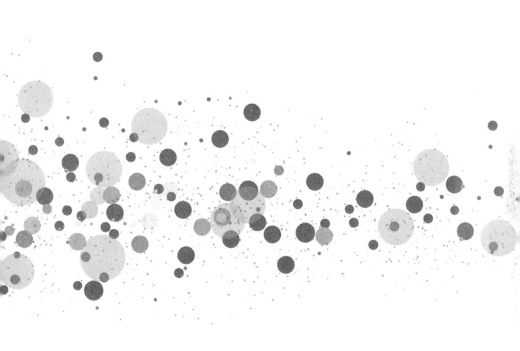

"No he estado nunca a solas con un hombre,
ni siquiera vestida. En ropa interior
es aún más extraño".

–Audrey Hepburn, *La princesa que quería vivir* (1953)

A mediados de julio, Porter y yo volvemos a tener un día libre juntos. Él me dice que podemos hacer lo que queramos, que él es mi genio y me va a conceder un deseo. Yo le respondo que no quiero ver ni un alma más en toda la tarde. Estoy lista para compartir algo con él.

Porter me pasa a buscar al mediodía con la furgoneta, dos horas después de desayunar con Grace, como lo hacemos siempre.

–¿A dónde vamos? –pregunto, bajando la visera para tapar el sol mientras subo de un salto al lado del acompañante. Llevo puestos los pantalones cortos blancos vintage al estilo de Annette Funicello y las lentes de sol animal print que Wanda y papá me trajeron de San Francisco. Mi peinado a lo Lana Turner hoy se ve perfecto.

Porter mira mis sandalias (son las que le gustan) y después mira mis pantalones (que no deja de mirar mientras me habla).

–Tienes dos opciones: la playa o el bosque. En el bosque hay un arroyo, que está bueno, pero en la playa hay un arco de roca, que está igual de bueno. Dios, qué bien te quedan esos pantalones.

–Gracias. ¿Y hay gente en esos lugares?

–Si vemos a alguien, me voy a hacer el loco y los voy a echar con un palo. Pero no, estos dos lugares suelen estar desiertos.

Después de pensar un poco, y de considerar los insectos que podía haber en el bosque, la verdad es que ninguna de las opciones es la ideal para lo que tengo en mente, así que sigo el sentido común y digo:

–Llévame a la playa.

El viaje lleva unos quince minutos. Para llegar a la playa, Porter tiene que meter la furgoneta en un camino angosto y rocoso que atraviesa el bosque, mientras las ramas de los pinos rozan el techo. Pero cuando emergemos de entre los árboles, la vista es gloriosa: arena, cantos rodados grises, pozas de marea y, elevándose desde el borde de la orilla, un arco de roca. Está cubierto de aves y percebes, y las olas rompen a través de él.

La playa es pequeña.

La playa no es sexy.

La playa es toda nuestra.

Porter estaciona la furgoneta cerca del bosque. Abre la puerta lateral, nos quitamos los zapatos y los arrojamos en la parte de atrás. Veo que tiene su tabla y traje de neoprene bien guardados; ha estado surfeando casi todos los días.

Chapoteamos en las pozas de marea por un rato. Están repletos de estrellas de mar, que hasta ahora solo había visto disecadas en un estante de alguna tienda de recuerdos. Porter señala otras criaturas, pero yo tengo en mente algo más que las maravillas de la costa de California.

–Oye, ¿dónde está la playa nudista?

–¿Qué?

–Se supone que hay una playa nudista en Coronado Cove.

–Está en el Beacon Resort –responde Porter, riéndose–. No mide ni quince metros de ancho. Está cercada en ambos lados. No se puede ver hacia adentro, ni tampoco querrías hacerlo, te juro.

–¿Por qué?

–Es un club de *swingers* para jubilados. Nuestros padres todavía no tienen edad para entrar.

–No puede ser.

–Sí puede ser. Pregúntale a Wanda. Los arrestan por hacer ruido fuera de horas con todas sus fiestas de *swingers* llenas de alcohol. Por eso tuvieron que poner el cerco. La gente se quejaba.

–Qué asco.

–Eso es lo que dices ahora, pero cuando tengas ochenta años y quieras desnudarte y que otro octogenario desnudo te sirva un trago en la playa, vas a agradecer que exista esa playa.

–Supongo que tienes razón.

–¿Por qué me preguntaste eso? –Porter me mira con los ojos entrecerrados.

–Solo tenía curiosidad –respondo, encogiendo los hombros.

–¿Sobre desnudarte en una playa?

No digo nada.

Los ojos de Porter se agrandan.

–A la mierda, estás pensando en eso, ¿no? –me señala con el dedo y niega con la cabeza–. Hay algo que no cierra aquí. Tú no eres así. Ahora, en mi caso, a mí me encanta la desnudez. Y si me pides que me desvista en este momento, lo hago. No me da vergüenza. Pasé los primeros años de mi vida en este planeta desnudo en el mar.

Le creo. En verdad le creo.

–¿Pero tú? –me mira con los ojos entrecerrados–. ¿A qué se debe esto?

Dubitativa, me muerdo el interior de la boca.

–¿Recuerdas cuando nos estábamos besando esa noche en el museo?

–Cada minuto del día que paso despierto –responde él con una lenta sonrisa.

–Yo también –admito entre risas, antes de concentrarme otra vez en lo que iba a decir–. ¿Recuerdas cuando empezaste a tocarme el estómago y yo te detuve?

–Sí –su sonrisa se desvanece–. He estado pensando en cuándo me ibas a hablar sobre eso.

–Creo que ahora estoy lista.

Porter asiente varias veces con la cabeza y dice:

–Bien. Me alegro.

Por supuesto, ahora que dije eso, el miedo se apodera de mí. Dudo, y aprieto los dientes.

–La cuestión es que… necesito mostrarte, no hablarte. Creo que esta es una de las razones por las que he odiado las playas durante tanto tiempo… por los bikinis. Así que creo que tengo que hacerlo y ya, ¿entiendes? –no sé si le estoy diciendo esto a él o a mí misma, pero no importa–. Sí, lo voy a hacer.

Porter se ve confundido.

–Me estoy por desnudar en esta playa –le anuncio.

–Ah, mierda –responde él, realmente pasmado–. Bueno. Eh, está bien. Sí, bueno.

–Pero nunca he estado desnuda en una playa con nadie, así que es raro para mí.

Él me señala con el dedo, sonríe y me dice:

–No hay problema. ¿Quieres que te haga compañía? Me gustar estar desnudo. Va a ser más fácil si los dos estamos en la misma situación.

Pienso en su propuesta y respondo:

–Está bien, sí, eso facilitaría las cosas.

–Solo quiero que sepas que hay tantos chistes que podría hacer en este momento –me dice él.

Los dos nos reímos, yo un tanto nerviosa, y después decidimos quitarnos la ropa de a una prenda a la vez. Porter se ofrece para empezar. Recorre la playa con la vista para asegurarse de que seguimos solos, y sin más preámbulos, se quita la camiseta. Bien, pero en realidad no es justo porque A) ya lo vi, y B) no está mostrando nada que no pueda mostrar en público. Porter me hace una seña para que me quite algo yo.

Pienso con cuidado en todas mis opciones (precavida, llevo un precioso juego de ropa interior) y me quito los pantalones. Porter se sorprende. Además, no puede quitarme los ojos de encima. Me gusta eso... creo. Todavía no lo he decidido. Solo me digo que es la misma cantidad de tela que si llevara un traje de baño, así que ¿cuál es la diferencia?

—Estás jugando sucio, Rydell —dice Porter, desabotonándose los pantalones. Antes de poder abrir la boca para responderle, lo único que lleva puesto es un bóxer verde oliva.

¡Uf! Qué lindas piernas tiene.

Bueno, ahora me toca a mí otra vez, como él me recuerda amablemente diciendo "vamos, apúrate" con la mano. "Bueno, tendré que quitarme la camiseta", pienso mientras me la paso por la cabeza y la arrojo a la arena. Un sujetador tiene la misma cantidad de tela que un traje de baño, y es un buen sujetador. Oigo que Porter respira hondo, así que ¿será bueno? Mis senos no son la gran cosa, pero tampoco son tan malos, y...

Porter pasa los dedos por la parte de abajo de mi cicatriz.

—¿Es esto? ¿Esto es lo que sentí?

Miro hacia mis costillas y cubro su mano, presionándola contra mi estómago. Después la suelto y miramos juntos. Es un día despejado y soleado, y los dos estamos medios desnudos. Y si hay alguien con quien me siento segura… si hay alguien en quien confío, ese es Porter.

—Sí, es esto –respondo.

Porter la mira. Me mira a la cara. Espera.

—Allí es por donde entró la bala –le explico, tocando la parte levantada y arrugada que nunca termina de cicatrizar. Giro a un lado y le muestro mi espalda–. Por aquí salió.

—No entiendo.

—Greg Grumbacher. Allí es donde me disparó.

—Me dijiste… digo, pensé que le había disparado a tu mamá.

Niego lentamente con la cabeza y respondo:

—Se suponía que mi mamá no estaba. Él me siguió ese día hasta mi casa porque planeaba matarme. Tenía una nota que iba a dejar al lado de mi cuerpo. Su razonamiento era que, como mi mamá le quitó a su hija en el divorcio, él le iba a quitar la suya.

Porter se queda mirándome.

—Mamá arremetió contra él para tomar el arma, así que no pudo disparar a la mayor parte de mis órganos vitales. Sangré muchísimo. Tuvieron que coser algunas cosas para cerrarlas. Me colapsó un pulmón. Pasé un par de semanas en el hospital.

Los hombros de Porter se hunden.

—Perdón, no sabía.

—Eres la primera persona a la que se lo cuento. Mis compañeros de clase se enteraron, pero mi mamá me cambió de escuela después de lo que pasó. En fin, ahí tienes. Te dije que estaba arruinada –le digo, con una pequeña sonrisa.

Él apoya la mano en mi cintura, acariciando la piel desde la cicatriz de adelante hasta la de atrás.

—Gracias por contármelo. Por mostrármela.

–Gracias por no hacer que fuera raro. Quiero que deje de ser un problema, ¿sabes? Por eso te la quería mostrar. Aquí afuera, al sol.

–Entiendo –dice él–. Lo entiendo perfectamente.

Me inclino hacia delante y aprieto los labios contra el hermoso ángulo que se forma donde se juntan sus clavículas. Él me retira el cabello con la palma de la mano y me besa en la frente, en ambos párpados, en la punta de la nariz. Después me estrecha fuerte contra él y me envuelve en sus brazos. Respiro lo más profundo que puedo, sintiendo toda su bondad, cálida y bruñida por el sol. "Gracias, gracias, gracias", intento decirle con mi cuerpo. Y por cómo me abraza él –como si yo fuera una persona completa, no un juguete roto–, creo que lo entiende.

–¿Esto quiere decir que quieres dejar de jugar? –murmura él un tiempo después.

Inclino la cabeza hacia atrás para ver su rostro.

–¿Te estás echando atrás?

Él esboza esa sonrisa lenta y engreída, y me empuja hacia atrás hasta que quedo a un metro de distancia de él.

–Los dos al mismo tiempo, a la cuenta de tres.

–¡No es justo! A mí me quedan dos prendas.

–Voy a cerrar los ojos hasta que me digas que puedo abrirlos. Unos, dos…

Con un grito eufórico, remuevo torpemente los tirantes de mi sujetador y me quito la ropa interior. ¡Lo hice!

–A la mierda, eres hermosa –murmura Porter.

–Tramposo –digo yo. Estoy cien por ciento desnuda. En una playa pública. Y lo más importante es que no me importa, porque Porter también se ha quitado la ropa, y eso es muchísimo más interesante que cualquier pudor fugaz que yo pueda tener. Porque él está desnudo. Y es divino.

Además, él está muy entusiasmado con esta cuestión de andar sin ropa.

–Ah –digo yo, bajando la vista, mirando entre nosotros.

–Estoy muy orgulloso de eso –reconoce él con una sonrisa, llevando mi mano hacia delante. Cuando lo toco, él se estira de puntillas por un momento y parece que se va a desmayar, lo cual hace que *yo* también esté muy entusiasmada con esta cuestión de andar sin ropa.

–Ahora estoy pensando en la parte de atrás de la furgoneta –digo yo.

Él lanza una bocanada de aire y aleja mi mano, diciendo:

–Me parece un poco arriesgado. Será mejor que nos vistamos primero. Dios, qué hermosa eres.

–Ya lo dijiste.

–Primero, déjame mirarte un poco más. Tengo que memorizarte toda para después, en caso de que nunca más vuelva a ver esto. Mierda. No puedo creer que me hayas convencido para... –aprieta los ojos–. Puede que esto sea lo mejor o lo peor que haya aceptado hacer. Me estás matando, Bailey Rydell.

–Sé que tienes condones en el kit de primeros auxilios.

Una ola rompe contra el puente de roca.

–Bailey...

–Porter.

–Podría ser terrible. Confía en mí, tengo experiencia en estas cuestiones.

–Pero quizás no, ¿verdad?

Unas gaviotas vuelan por encima, haciendo círculos y graznando.

–¿Estás segura?

–Estoy segura –respondo. He estado pensando mucho en eso en las últimas semanas. Y me he decidido–. Si quieres, conmigo, quiero decir. No te quiero presionar.

Porter maldice por lo bajo y afirma:

—Va a ser un milagro si logro llegar a la furgoneta. Pero si cambias de parecer, puedes decírmelo, ¿sí? En cualquier momento. Incluso en el medio.

Pero no cambio de parecer.

No lo hago mientras vamos a la furgoneta, ni cuando echamos la tabla de surf afuera para hacer lugar. No lo hago cuando él me pregunta mil veces si estoy segura, tratando de que me conforme con esa cosa increíble que me hizo con los dedos en el museo, lo cual solo me hace desearlo más. No lo hago cuando empezamos, y él va con cuidado, despacio, y yo no soporto verlo a la cara, pero no sé a dónde mirar, así que miro entre nosotros, porque tengo miedo de que sea desagradable y que duela, y sí duele, pero el dolor pasa rápido, y después es... tanto más intenso de lo que esperaba. Pero él va despacio, y después dice...

—¿Sigues bien? —con voz ronca, sin aliento.

*Sí, sigo bien.*

Y no cambio de parecer en el medio, cuando es abrumador, y él se detiene, porque teme que yo quiera que se detenga, pero estoy bien —estoy tan bien— y lo convenzo para que siga.

Y no cambio de parecer después, cuando nos aferramos el uno al otro como si el mundo acabara de venirse abajo y se estuviera recomponiendo poco a poco, pieza por pieza, suspiro por suspiro... latido por latido.

No lamento ni un solo minuto.

—¿Qué es esto? —pregunto un tiempo después, tironeando de algo blanco metido en una grieta mientras estamos enredados sobre una manta vieja en la parte de atrás de la furgoneta. También pienso en que estoy segura de que vi otro condón en el kit de primeros auxilios, y me pregunto cuánto tiempo tendré que esperar para mencionarlo sin parecer muy ansiosa. Pero estoy apoyada en mis codos, y Porter está pasando sus dedos por mi espalda, deambulando por mi trasero y la parte de atrás de mi pierna, y se siente increíblemente bien, así que no tengo prisa.

El objeto irregular que tomo de la grieta mide unos dos centímetros, es triangular y tiene un lado cubierto con una pieza de plata, del cual sale un aro.

–Ah. Pensé que lo había perdido –responde Porter, dejando de rascarme la espalda sensualmente para tomar el objeto de mis manos–. Eso salió de mi brazo. Un diente de tiburón blanco de verdad. Es un amuleto. O una maldición, como prefieras verlo. Lo tenía en mi llavero, pero estaba cambiando unas llaves y lo apoyé. Se debe haber caído del asiento o algo así.

–Es enorme –comento.

–Para nada, ese es un diente pequeño. Ya viste los tiburones del acuario. El tiburón blanco era el doble de grande. Y era adolescente.

Intento imaginar el diente incrustado en el brazo de Porter.

–Sé que no es un buen recuerdo –digo–, pero el diente en sí debería simbolizar el orgullo de un sobreviviente, o algo por el estilo. Una medalla de honor.

–¿Quieres que te lo preste?

–¿A mí?

–Para las llaves de tu scooter. Quizás combine con toda la onda del animal print –hace una pausa–. Digo, si es demasiado, no pasa nada. No estoy tratando de marcarte, como si fueras mi chica o algo así.

Porque si la gente ve eso, sin dudas, lo primero que va a pensar es que estamos saliendo.

–¿Soy eso? Tu chica, digo.

–No sé. ¿Lo eres? –Porter me ofrece el diente de tiburón en su palma abierta, duda, y cierra el puño–. Si eres mi chica, tienes que prometerme algo primero.

–¿Qué cosa?

–Tienes que empezar a ser más franca conmigo –los ojos de Porter se posan en mi espalda–. Mira, entiendo perfectamente por qué no me contaste toda la historia del disparo hasta ahora, pero debes dejar de hacer eso conmigo. Ya tuve una novia que me ocultaba cosas, y estuve semanas caminando por ahí sin saber nada mientras ella se acostaba con Davy a mis espaldas.

–Primero, puaj, yo tengo mejor gusto, y segundo, nunca te haría eso.

–Te creo –me dice él, besándome la oreja.

–Eh… bueno, hablando de Chloe… ¿Tú y Davy tenían sexo con Chloe al mismo tiempo?

–¿Juntos? –Porter parece horrorizado.

–Ya sabes a qué me refiero –digo con una sonrisa.

–No –responde él, avergonzado–. Chloe y yo estábamos en medio de una sequía en ese momento. No hubo contaminación cruzada, si eso es lo que te preocupaba.

Me preocupaba un poco.

–Y siempre usamos condones. Todas las veces.

–Es bueno saberlo –digo entre dientes. *Muy bueno.*

–En fin, volvamos a ti –dice Porter–. Lo que trato de decir es que no está bueno que te guardes las cosas. No digo que te conviertas en Grace. Me gustas así como eres. Pero para que esto funcione, tienes que contarme cosas. Necesito que confíes en mí…

–Claro que confío en ti –*¿Acaso no acabamos de hacer el amor?*

–...y necesito poder confiar en ti –termina Porter.

Empiezo a discutirle, pero me avergüenza que él siquiera haya mencionado esto.

Porter me da un empujoncito en el mentón con el suyo, y habla en voz baja contra mi boca.

–Escúchame, ¿sí? ¿Qué hay entre nosotros? Esto es lo mejor que me ha pasado en la vida, y no quiero que termine. A veces siento que eres engañosa, como la niebla que cubre el mar... o sea, apareciste de la nada cuando empezó el verano, y un día va a salir el sol y tú vas a desparecer y volver con tu mamá. Y eso me aterra. Así que por eso te cuento cosas sobre mí, porque creo que si te cargo con ellas, hay menos posibilidades de que te escapes.

El corazón me da un vuelco. Aprieto mi ceja contra la de él y digo:

–El astuto truhan.

–¿Eh?

–Así soy yo, como ese personaje de *Oliver Twist*. O al menos así era antes –la mañana en que Grace se enojó conmigo en la playa acecha mis pensamientos. Tengo que hacer mejor las cosas–. Lo estoy intentando, Porter. En serio. Quiero que confíes en mí.

–Eso es todo lo que pido –él se inclina hacia atrás para mirarme, sonríe suavemente y abre los dedos para volver a revelar el diente de tiburón–. Entonces... ¿lo quieres? Es posible que la gente diga cosas sobre esto.

Se lo arrebato de la mano con una sonrisa y digo:

–Quizás digan que eres mío.

–Bailey, he sido tuyo *todo* este tiempo. Solo estuve esperando a que tú te decidieras.

Más tarde, a la noche, después de que Porter me lleva de regreso a casa, estoy en tal estado de éxtasis que no quiero estar con nadie, especialmente con papá. Así que me pongo el pañuelo animal print y las lentes de sol y saco a Baby a dar un paseo por el barrio. Cuando llego a la colina grande que está al final de nuestra calle, levanto las manos en el aire y grito hacia las secuoyas: "¡Estoy enamorada!".

# Capítulo 24

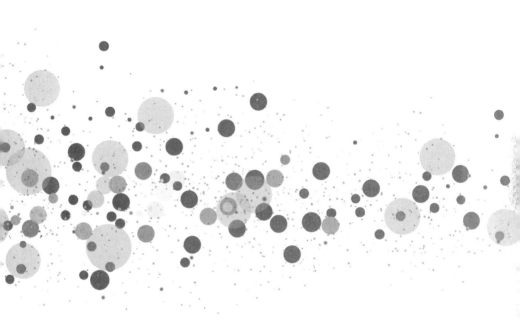

"No le presten atención al hombre
que está detrás de la cortina".

–Frank Morgan, *El mago de Oz* (1939)

Papá no será chef, pero con sus habilidades de contador puede seguir una receta a la perfección. Sin embargo, los dos juntos logramos arruinar un pollo asado, que seguía crudo dos horas después de haber empezado a cocinarlo. Ahí fue cuando nos dimos cuenta de que algo andaba mal con uno de los elementos del horno. Nos deshicimos del pollo, le dimos la extremaunción en el cesto de la basura –QEPD– y pedimos pizzas. A pesar de que estábamos algo molestos por el fracaso, a nuestros invitados –Wanda, Grace y Porter– no pareció importarles.

Ha pasado una semana desde la "playa nudista", y es la primera vez que Porter entra a mi casa, así que estoy nerviosa. No sé por qué. Quizás sea porque he pasado mucho tiempo en la casa de Porter, y es tan cómodo estar allí que ahora me preocupa que aquí no sea igual. Él ya ha hecho un chiste sobre pasar tiempo con una oficial de policía, así que también está esa cuestión. Si bien no pienso en Wanda como una especie de figura de autoridad intimidante, entiendo por qué Porter podría pensar así. Ahora siento que la tengo que defender, y quiero que a Porter le caigan bien ella y papá, y eso es... estresante.

Pero cuando llegan las pizzas y Porter está viendo la colección de DVD de papá, las cosas empiezan a repuntar. Resulta que a papá y a Porter les gustan muchas de las mismas películas de ciencia ficción. Porter no tiene idea del gigantesco error que acaba de cometer, porque papá está enloquecido y no para de hablar como un nerd: ¿Viste esta joya sobre piratas espaciales de 1977? ¿Y esta peli olvidada de 1982? Si empiezan a hablar sobre *Star Wars*, voy a tener que ponerle fin a todo esto.

Durante todo el tiempo que están hablando, no puedo apartar los ojos de Porter. Lo que siento por él en este momento es como si me ahogara y flotara al mismo tiempo. Cuando se cruzan nuestras miradas, quedo abrumada. ¿Él también se sentirá así? ¿Sentirá esta extraordinaria conexión entre nosotros? Es emocionante y aterrador a la vez. Como si toda mi vida hubiera sido una serie de películas malas de segunda y acabáramos de entrar al set de *Ciudadano Kane*.

—Dios, estás como loca —Grace me susurra al oído—. ¿Habrá estado bueno, eh?

Uf, nunca tendría que haberle contado lo que pasó en la playa. No le conté nada en detalle, pero quizás ese sea el problema. Está reponiendo los detalles con su mente sucia. Alejo su brazo de un golpe, y nuestro festival de bofetadas, discreto y juguetón, degenera en risitas inmaduras. Cuando papá y Porter se dan cuenta, algo cercano a la histeria se adueña de mí, llevo a Grace hacia el sofá y me encojo para salir de su vista.

Estoy haciendo un esfuerzo muy grande para ser más franca con él, para hablar... de todo esto. De estos sentimientos caóticos. De lo que pasó en la parte de atrás de la furgoneta. No hemos vuelto a estar juntos, no así. No hemos tenido tiempo. Nos hemos dado unos besos preciosos y apasionados en el frente de la furgoneta después del trabajo, y a la medianoche hemos hablado mucho por teléfono sobre nada en realidad... solo queremos oír la voz del otro. Pero cada vez que intento decirle cómo me siento, lo *mucho* que siento, un puño ardiente de cien kilos me aprieta el corazón.

Pánico absoluto.

Los cobardes nunca dejan de serlo.

¿Y si no puedo cambiar? ¿Si no puedo ser tan honesta y franca como él necesita que yo sea? ¿Si no puedo ser una amiga tan confiable como Grace quiere que sea? ¿Y si Greg Grumbacher me arruinó para siempre? Eso es lo que más me asusta.

Después de toda la charla entre hombres sobre ciencia ficción, vamos todos al porche y nos sentamos a la mesa que está cerca de la secuoya que atraviesa el techo. Papá saca a relucir la sagrada caja gastada del juego de mesa.

–Bueno –dice él con toda seriedad–. Lo que Bailey y yo vamos a compartir con ustedes es una tradición de la familia Rydell. Al participar en este juego... no, en esta preciada y sagrada ceremonia...

Me sale una sonrisita con un resoplido mientras él continúa con su discurso.

–...están comprometiéndose a honrar nuestra tradición familiar, de la cual estamos muy orgullosos y que data de... bueno, creo que la etiqueta del precio que está en la caja es de más o menos 2001, así que es bastante antigua.

Wanda revolea los ojos y dice:

–Le voy a prestar atención durante quince minutos, Peter.

–No, sargento Mendoza –responde él, con exageración, cortando el aire con la mano como si fuera un político severo que habla desde un podio, ordenando que le presten atención–. Le vas a prestar atención a Catan durante toda una hora, o dos, porque las colonias lo merecen.

–Y porque te va a llevar ese tiempo como mínimo para construir tus poblados –le comento.

–¿Es como *Calabozos y dragones*? –pregunta Porter.

Papá y yo nos reímos.

–¿Qué? –dice Porter, sonriendo.

–Tenemos tanto que enseñarte –digo yo, apoyando mi mano sobre la de él–. Y no es como *Calabozos y dragones*. Son dos juegos distintos.

–¿Este es más o menos aburrido que el *Monopoly*? –pregunta Grace.

–Menos –respondemos papá y yo a la vez.

–El Monopoly es para los fracasados –le informa papá.

–A mí me encanta el Monopoly –dice Porter, con el ceño fruncido.

–Tenemos un baúl lleno de juegos de mesa viejos –le susurro a él, aunque en voz alta.

–Esto no me va a gustar, ¿no? –dice Wanda, suspirando fuerte.

–Este puede ser un buen momento para abrir ese vino caro que trajeron de San Francisco –sugiero yo.

Porter me sonríe y, frotándose las manos con entusiasmo, dice:

–Esto parece muy raro. Sí que me anoto. A jugar.

Dios, cómo lo quiero. Ya ni sé por qué estaba tan preocupada. Ahora está todo bien.

Papá saca el juego de la caja, explica todas las reglas, y con ello confunde a todos. Finalmente, decidimos empezar a jugar y enseñarles mientras tanto. Ellos van aprendiendo. No sé si les gusta tanto como a papá y a mí, pero parece que todos se divierten. Como sea, nos estamos riendo y bromeamos mucho. Todo va genial, hasta una hora después.

La pizza me dio sed. Me disculpo porque voy a ir a buscar té helado a la cocina y pregunto si alguien quiere más. Papá dice que sí, así que me voy a buscar té para los dos. Mientras me alejo de la mesa, papá dice:

–Gracias, Mink.

Detrás de mí, oigo que Porter le pregunta a papá:

–¿Cómo la llamó?

–¿Eh? Ah, ¿"Mink"? Es un apodo que le puse cuando era niña –dice papá desde el porche.

–Veo que siempre la llamas así –señala Wanda–, pero nunca me contaste por qué.

–De hecho, es por algo gracioso –dice papá.

Me quejo mientras sirvo el té, pero papá ya está dispuesto a contar la historia, y puedo oírlo desde la cocina.

–Pasó así. Cuando Bailey era más chica, a los catorce años, estuvo un par de semanas en el hospital –doy un vistazo rápido a mis espaldas y lo veo levantar las cejas a Wanda, lo cual me indica que ya han hablado sobre esto, así que ella sabe lo del disparo–. Durante todo ese tiempo, el televisor estuvo trabado en el canal de películas clásicas. Esas en las que actúan todas las estrellas de cine de antaño: Humphrey Bogart y Cary Grant, Katharine Hepburn. De día y de noche, eso es lo único que había para ver. Estábamos tan preocupados por la salud de Bailey, que para cuando se nos ocurrió cambiarle el canal, a ella ya le habían empezado a gustar algunas de las películas y no nos dejó cambiarlo.

Suspiro exageradamente mientras vuelvo a entrar al porche y apoyo los vasos con el té en la mesa.

–En fin, durante unos días, después de que la operaron, la cosa se puso grave. Y como todo padre, yo estaba preocupado. Le dije a Bailey que si se reponía y salía del hospital, le iba a comprar lo que ella quisiera. La mayoría de las chicas de su edad hubieran pedido, no sé... ¿un auto? ¿Un pony? ¿Un viaje a Florida con sus amigas? Pero Bailey no. Ella había visto a todas esas actrices glamorosas que vestían abrigos de piel antes de que dejaran de ser mal vistos, así que me dijo: "Papi, quiero un *mink coat*", o sea, un abrigo de visón.

Wanda suelta una carcajada y pregunta:

–¿Se lo compraste?

–Uno de piel sintética –responde papá–. Lo que nunca voy a olvidar es la actitud. Y a ella todavía le encantan esas películas viejas. ¿Pasa algo, Porter?

Mientras acerco la silla a la mesa, levanto la mirada y veo que Porter tiene una expresión peculiar. Parece como si alguien le acabara de decir que murió su perro.

–¿Qué pasa? –pregunto.

Porter tiene los ojos clavados en la mesa y no me mira. Hace un minuto estaba riéndose y haciendo payasadas; ahora, de pronto, no habla y parece que su mandíbula estuviera hecha de piedra y a punto de romperse.

Todos lo miran. Él se mueve un poco en su silla y levanta la mano, que sostiene su teléfono.

–Mi mamá me mandó un texto. Perdón, me tengo que ir.

No puede ser. ¿El viejo truco de "me mandaron un texto"? Esa es una táctica de los que evadimos las cosas. ¿Me acaba de hacer lo que hago yo?

–¿Qué pasa? –vuelvo a preguntar, levantándome de la mesa junto con él.

–Nada, nada –dice él entre dientes–. Nada grave. Necesita que la ayude y no puede esperar. Perdón –se ve inquieto y distraído–. Gracias por la cena y todo lo demás.

–Cuando quieras –responde papá, mientras la preocupación le forma una línea en el ceño y cruza miradas con Wanda–. Siempre eres bienvenido aquí.

—Nos vemos, Grace —murmura Porter.

Apenas puedo seguir el paso de Porter mientras él va hacia la puerta dando zancadas, y cuando estamos afuera, baja la escalera a los saltos, sin mirarme. Me estoy preocupando. Quizás sí recibió un texto, pero no fue de su mamá, porque solo hay una persona que lo pone en este estado, y si está esquivando a papá y Wanda, me preocupa que tenga algo que ver con Davy.

—Porter —exclamo, mientras él camina por la entrada para autos.

—Me tengo que ir —dice él.

Con eso me enojo. Podrá esquivar a papá todo lo que quiera, pero ¿a mí?

—¡Oye! ¿Qué carajo te pasa?

Porter se da vuelta, el rostro lívido de rabia, y pregunta:

—¿Esto fue una especie de juego enfermizo?

—¿Eh? —estoy totalmente confundida. No tiene sentido lo que dice, y sus ojos se enfocan en distintas partes de mi rostro—. Me estás asustando. ¿Pasó algo? —pregunto—. ¿Tiene que ver con Davy? ¿Volvió a hacer algo? Háblame, por favor.

—¿Qué? —el desconcierto inunda su rostro. Cierra los ojos con fuerza y niega con la cabeza, murmurando—: Esto es muy retorcido. No puedo... me tengo que ir a casa.

—¡Porter! —grito a sus espaldas, pero él no se da vuelta. No vuelve a mirar hacia donde estoy. Me quedo de pie sin poder hacer nada, las manos aferradas a mis codos, viendo cómo la furgoneta se enciende con un ruido sordo y desaparece por la calle, dando la vuelta a las secuoyas.

# Capítulo 25

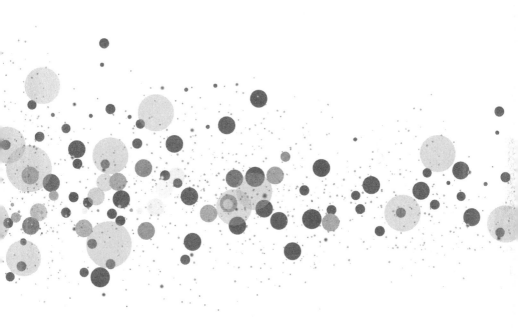

"El momento correcto para decidirse
por alguien es nunca".

–Katharine Hepburn, *Pecadora equivocada* (1940)

Le mando un texto.

Lo llamo.

Le mando un texto.

Lo llamo.

Él no responde.

Grace también intenta, pero él tampoco le responde.

–Tiene que haber habido algún malentendido –me asegura Grace. Pero yo estoy casi segura de que ella no piensa eso.

Después de que Grace se va a su casa, reproduzco en mi cabeza la conversación completa que tuvimos en el porche y busco pistas, tratando de recordar exactamente cuándo me di cuenta de que algo andaba mal. Le pregunto a papá, pero no ayuda. Estoy tan angustiada que incluso le pregunto a Wanda, y cuando su expresión me indica que también ella siente lástima por mi estado de desesperación, casi empiezo a sollozar en frente de ella. Ahí es cuando me doy cuenta de que todo se ha ido al diablo, sin escalas.

–Él indicó que recibió un texto mientras tu papá contaba la anécdota o en algún momento después de eso –dice Wanda.

Me froto los ojos con la base de las manos; me estalla la cabeza. Encima, creo que me estoy por enfermar.

–Pero ¿por qué no me dijo que pasó?

—Perdóname por preguntarte esto —dice papá con voz suave—, pero ¿hiciste algo que podría haber herido sus sentimientos? ¿Le has mentido sobre algo que él puede haber descubierto?

—¡No! —respondo—. ¿Quieres decir si lo engañé o algo por el estilo?

Papá levanta ambas manos y dice:

—No quise dar a entender eso. ¿Le has contado sobre tu amigo online?

—¿Alex? —niego con la cabeza—. No he chateado con Alex desde hace semanas. Y nunca lo conocí en persona… ni siquiera lo encontré. Me empezó a rehuir porque consiguió novia o algo, no sé. No importa. En realidad, nunca llegamos a coquetear entre nosotros. Él era muy agradable. Solo éramos amigos, en serio.

—¿No se enviaron mensajes sensuales ni fotos subidas de tono que se podrían haber filtrado en Internet? —pregunta Wanda.

—No, por Dios —respondo yo, y papá prácticamente se desinfla del alivio. *Dios Santo, qué poca confianza.*

—Solo preguntaba —dice Wanda, metida en modo interrogatorio de la policía—. Y Porter fue el que te hizo esas marcas, ¿no?

—Sí —respondo bruscamente. No fue mi intención, pero no pude evitarlo.

No me gusta cómo va esta conversación. Dentro de poco, me va a pedir que me haga un análisis para detectar enfermedades venéreas. Mientras tanto, papá mira, distraído, sus películas de ciencia ficción y hace un sonido como si se atragantara, como si acabara de darse cuenta de algo, pero cuando le pregunto qué es, él lo descarta con un gesto de la mano.

—No es nada —dice papá, confundido, y casi parece que… le causara gracia—. Estoy seguro de que vas a descubrir qué pasa, cariño.

Eso me hace sentir todavía más frustrada, y un poco enojada, a decir verdad. Nada de esto ayuda, así que ¿qué sentido puede tener? Estornudo dos veces, y cuando papá me pregunta si me siento resfriada, no le hago caso y me voy a mi habitación. Después conecto mi teléfono y lo miro como si el destino de todo el planeta dependiera de una musiquita melódica que emane de su diminuto altavoz.

Espero hasta las dos de la madrugada, y cuando esa musiquita no llega, me acuesto de costado y me quedo mirando la pared, el corazón destrozado, hasta que me duermo, aunque no descanso nada.

Para cuando llega la hora de ir a trabajar a la Cueva al día siguiente, estoy tan preocupada que ni siquiera sé si quiero ver a Porter o no. Me he esforzado muchísimo para no esquivar las cosas en este último tiempo, pero cuando veo su furgoneta en el estacionamiento, dudo y tomo el camino más largo hacia la puerta para empleados. Así se deben de sentir los alcohólicos que están tratando de dejar la bebida cuando tienen una recaída.

Al fin lo veo cuando voy a retirar la caja registradora, en el exacto momento en que Grace entra para contar el dinero de su caja. El cuerpo se me tensa tanto al verlo que me duele. Grace ha adoptado el papel de conciliadora y nos saluda, quejándose un poco por cómo han programado los descansos para almorzar, pero ni Porter ni yo decimos nada. Es un momento incómodo. Todos lo sabemos.

No puedo hacer esto. No he dormido nada. Mi mente tiene la consistencia de la arena húmeda. Estoy casi segura de que tengo fiebre, tengo escalofríos, no dejo de moquear y me duelen los ojos. No soy la única; la mitad de los empleados no han venido a trabajar por culpa de un extraño virus mutante de verano que Grace llama "la peste". Pero no presto atención a cómo me siento físicamente, porque necesito saber qué le pasa a Porter. ¡Lo tengo que saber!

–No –le digo a Porter, bloqueándole el paso cuando se está yendo–. No es justo. No dormí en toda la noche por lo preocupada que estaba. Tienes que decirme ya mismo qué pasa.

–¿Podríamos no hacer esto aquí? –dice Porter, mirando a Grace.

–¿Dónde entonces? Te he llamado y enviado textos. ¿Cómo puedo corregir esto si no me dices qué hice mal?

–Necesito pensar –ahora que lo veo directamente a los ojos por primera vez, veo que está tan mal como yo. Tiene ojeras oscuras y la barba descuidada. Parece agotado. Bien–. Quizás tú también debas pensar un poco.

–¿Pensar en qué? –pregunto, perpleja.

Porter vuelve a mirar a Grace y dice bajando la voz:

–Mira, yo… me siento muy abrumado en este momento. Necesito un poco de espacio, ¿sí?

Sus palabras se sienten como si me clavaran mil cuchillos.

–Porter –susurro.

La puerta se abre de repente, y entra el señor Cavadini, sosteniendo su tablilla. Abre la boca para saludarnos, pero lo que fuera que empezó a decir queda ahogado por mis estornudos. Y no son estornudos ligeros; tengo que salir corriendo a tomar la caja de pañuelos descartables que está al lado de las cajas registradoras vacías, y me doy vuelta mientras me limpio. Soy un asco.

–¿Tú también te contagiaste? –pregunta Cavadini, horrorizado. Cuando giro, él retrocede y niega con la cabeza–. De ninguna manera. Grace, desinfecta todo lo que ella haya tocado aquí. Bailey, vete a tu casa.

–¿Qué? ¡Si estoy bien! –exclamo yo, a través de un pañuelo.

—Eres un virus andante. Vete a tu casa. Llama mañana y avísame cómo estás. Te volveremos a incluir en el calendario de trabajo cuando no puedas contagiar a nadie más.

Por más que lo intente, él no me deja argumentar nada. Cuando se llevan a Porter y Grace al Sauna a toda prisa, también se llevan mi posibilidad de descubrir por qué Porter necesita "espacio". Deprimida y con fiebre, me retiro a mi casa sin respuestas y me meto en la cama.

Voy a decir algo: Cavadini hizo bien al echarme de la Cueva. Un par de horas después, me despierto y me duele todo el cuerpo. No dejo de tener frío. Llamo a papá al trabajo después de que me tomo la temperatura, que es de 38 °C. Él vuelve al momento a casa y me lleva a una sala de emergencias, donde me atiende un médico que me dice lo que ya sabía: "¡Tienes la peste!". Y me receta una pila de medicamentos para resfriados.

En el segundo día de la enfermedad mutante, papá cambia las sábanas de mi cama porque en la noche sudé como una bestia. Pero al menos bajó la fiebre, lo cual es bueno, porque ahora estoy por escupir un pulmón de tanto toser. Papá se va a trabajar, pero solo por la mañana; vuelve al mediodía para darme sopa y galletas en el almuerzo. También intenta que vaya a la planta baja, pero yo estoy bien quedándome en mi caminito entre la habitación y el baño. Tengo una cuenta paga para ver series y películas online y en mi habitación hay un reproductor de DVD. Eso es todo lo que necesito para atravesar esto. Empiezo a ver una película que me recuerda a Alex, lo que me hace sentir incluso peor de lo que ya me siento.

Grace me ha enviado textos varias veces para preguntarme cómo estoy. La Cueva se ha quedado con el personal mínimo, pero ella ha logrado escapar de la enfermedad hasta ahora. No pregunto por Porter. Ella me cuenta de todas maneras: hoy tiene el día libre, así que no sabe si también está enfermo, pero ¿quiero que le pregunte por texto? No, no quiero. ¿Él quiere espacio? Por mí que se quede con las llanuras del Serengueti. Ya estoy más que herida en este momento. Estoy enojada. Al menos, creo que estoy enojada. Es difícil saber. Hoy empecé a tomar un jarabe para la tos que tiene codeína y me siento un poco drogada.

Mi teléfono se enciende con un zumbido a media tarde. Le doy pausa a la película que estoy viendo. Es un aviso de Cinéfilos Lumière. ¿Tengo un mensaje nuevo? Quizás estoy alucinando por este jarabe. Pero no. Hago clic en la aplicación, y allí está:

@alex: Hola. Mink, ¿estás allí? Hace mucho que no hablamos.

Me quedo mirando el mensaje durante un minuto, después escribo una respuesta.

@mink: Sigo aquí. Enferma, en la cama. Qué curioso, estaba pensando en ti, así que me asusta un poco que me hayas escrito.

@alex: ¿Pensabas en mí? ¿Por qué? *curioso* (Lamento que estés enferma).

@mink: Estoy viendo *Huracán de pasiones*. (Gracias. Yo también lo lamento. Es un asco, no te miento).

@alex: Guau. ¿*Huracán de pasiones* de Bogart y Bacall? ¿Pensé que me habías dicho que no podías soportarla? ¿Y todo eso de que apunten con armas?

**@mink:** No fue tan malo como esperaba. Estoy llegando al final. Es muy buena. Tenías razón.

> **@alex:** Me has dejado pasmado. (Siempre tengo razón).
> Y... ¿algo nuevo en tu vida? Hace mucho que no hablamos.
> Cuéntame qué está pasando en el mundo de Mink. Te he extrañado.

Hago una pausa, sin saber qué escribir. Sería raro decir "También te he extrañado", a pesar de que lo extrañé, porque siento como si traicionara a Porter. Estoy tan confundida. Quizás él ni siquiera lo dijo con esa intención. Quizás nunca tuvo esa intención. Dios sabe que no soy buena para interpretar a la gente.

**@mink:** El mundo de Mink ha volado en pedazos. ¿Tienes todo el día?

> **@alex:** Curiosamente, sí.

No sé si es por la codeína que corre por mis venas o el virus que diezma mis neuronas, pero me acomodo contra la almohada y escribo el mensaje más directo que jamás le he enviado a Alex.

**@mink:** Estoy empezando a salir con alguien... Bueno, medio que rompimos. Creo. No estoy segura. Él no me quiere hablar. Pero yo sigo pensando en él. Es que no quería que me malinterpretaras. Y quizás no me ibas a malinterpretar de todos modos, no sé. Antes pensaba que había algo entre nosotros –entre tú y yo– o que podría haber algo. Y después apareció este chico y pasó. No lo esperaba. Así que, bueno, sueno como una estúpida en este momento, especialmente si tú no sentías lo mismo por mí. Pero últimamente he intentado dar vuelta la hoja y ser más honesta, así que quería que lo supieras, en caso de que aún tuvieras esperanzas de algo. No puedo. Ahora no.

@alex: Guau. Son muchas cosas para procesar de una vez.

@mink: Lo sé. Perdón.

@alex: No, me alegro de que lo hayas dicho. En serio. De hecho, no tienes idea de cuánto me alivia que queden las cosas claras.

@mink: ¿En serio?

@alex: Te lo juro por Dios. Bueno... ¿cómo es ese chico?

@mink: A decir verdad, es medio imbécil. Engreído. Súper testarudo. Siempre busca peleas.

@alex: ??? ¿Y por qué te gusta?

@mink: Estoy tratando de recordarlo... Bueno, también es considerado e inteligente, y me hace reír. De hecho, es surfista. Increíblemente talentoso. Y le encanta estudiar el clima, lo que me da un poco de ternura.

@alex: Ya veo. Pero ¿te hace reír?

De pronto me siento horrible. Aquí estoy, contándole todo sobre Porter, pero no sé realmente qué piensa Alex sobre eso. Sobre mí.

Sobre toda esta situación que acabo de presentarle.

@mink: Nadie me hace reír como tú.

@alex: Eso es todo lo que quería.

Me río un poquito, después empiezo a llorar.

@mink: Yo también te extraño. Extraño ver películas contigo. Y lamento que todo haya cambiado. No sabía que las cosas iban a terminar así. Pero espero que sigamos siendo amigos, porque mi vida era mejor cuando tú eras parte de ella. Es la verdad.

@alex: Yo también espero que sigamos siendo amigos. Pero me tengo que ir.

Cuando la aplicación me dice que él se ha desconectado, mi sollozo se transforma en llanto total. No sé bien por qué, pero siento como si hubiera perdido algo importante. Quizás sea porque él no dijo que estuviera de acuerdo con que siguiéramos siendo amigos… dijo que esperaba que sigamos siendo amigos. ¿Qué quiso decir? ¿Que no está seguro? ¿He dañado no solo una sino dos relaciones?

Mi cuerpo enfermo no me permite llorar por mucho tiempo porque la parte superior de mi sistema respiratorio se congestiona y amenaza con colapsar. Quizás sea algo bueno. Me obligo a calmarme, trato de sonarme la nariz y termino de ver los últimos minutos de *Huracán de pasiones*. Al menos puedo confiar en que Humphrey Bogart vuelve con Lauren Bacall, aunque por un segundo parece que no.

Cuando empiezan a pasar los títulos del final, oigo un ruido en el hueco de la escalera, y aparece papá en la puerta de mi habitación.

–Tienes... oye... ¿has estado llorando? –me pregunta en voz baja–. ¿Estás bien? ¿Qué pasa?

–Nada. Está bien –respondo haciendo un gesto con la mano.

El ceño de papá se frunce por un momento, pero él parece creerme.

–Tienes visita, Mink. ¿Tienes ganas de ver a alguien? –me lanza una mirada de advertencia, aunque no puedo entender cómo se supone que debo interpretar eso.

Me incorporo en la cama. ¿Visita? Grace está trabajando.

–Supongo que... ¿sí? –respondo.

Papá se hace a un lado y le indica a alguien con la mano que pase a mi habitación.

Porter.

–Hola –me dice, apretando los dientes cuando me ve–. Guau, no estabas fingiendo, ¿no? ¿Tendría que ponerme una mascarilla?

–Yo todavía no me he contagiado –dice papá, entre risas–. Pero quizás te convenga mantener distancia y lavarte las manos al salir.

Porter saluda a papá y, de pronto, estamos solos. Porter y yo. En mi habitación. Una semana atrás, eso hubiera sido una fantasía. Ahora llevo puestos unos pantalones cortos que no me quedan nada bien y una camiseta gastada con el nombre de una banda nada cool que ya ni escucho. Mi cabello, sin lavar, está recogido en uno de esos rodetes despeinados que están despeinados en serio, no sensualmente. Y no puedo pensar bien porque estoy bajo los efectos del jarabe para la tos.

–¿Así que este es tu jardín secreto? –dice Porter, paseando por la habitación mientras yo, sin que me vea, trato de arrojar en un cesto de basura montones de pañuelitos que quedaron sobre el cobertor.

Él se detiene en frente de mi tocador para inspeccionar todos los papeles impresos que tengo pegados alrededor del espejo: instrucciones para hacerme rizos al estilo vintage, guías para pintarme las uñas al estilo retro y varias fotos de primeros planos del cabello de Lana Turner–. Ah, ahora entiendo.

Quisiera que no lo hiciera. Me siento muy expuesta, como si él estuviera mirando lo que hay detrás de la cortina del Mago de Oz. ¿Por qué no cerré la puerta del armario? Espero que no haya nada vergonzoso allí dentro.

Porter ha llegado a mi pila de cajas.

–¿Y esto? ¿Te vas a algún lado?

–No, es que no he terminado de guardar todo mi equipaje.

–¿Hace cuánto que estás en California ya?

–Lo sé, lo sé –digo entre dientes–. Es que no he tenido tiempo.

Porter me mira con recelo y pasa a mis estantes de DVD.

–Pero ¿tuviste tiempo de guardar cincuenta millones de películas? Dios, eres igual a tu papá, ¿no? Una cinéfila total, y obsesivamente organizada. ¿Están en orden alfabético?

–Por género, después en orden alfabético, según el título –digo con voz débil, sintiéndome una tonta.

Porter silba y dice:

–Te necesitamos cuanto antes en la casa de los Roth para que reorganices el loquero que está hecha nuestra biblioteca de DVD. Lana siempre se olvida de poner los discos en su caja después de ver algo.

–Odio que hagan eso –digo yo.

–¿Sí, verdad? Es un crimen.

–¿Porter?

–¿Sí?

–¿Por qué estás aquí?

Él se da vuelta, con las manos en los bolsillos de sus pantalones cortos.

–Ya no necesito más espacio. Fue una estupidez. Olvídalo y ya.

–Momento, ¿qué? ¿Cómo me puedo olvidar de eso? ¿De qué me tengo que olvidar? Necesito saber qué hice.

–No hiciste nada. Fue solo un malentendido.

–¿Relacionado conmigo? –pregunto, aún confundida. Mi cerebro, débil por el jarabe para la tos, vuelve a recordar aquella noche, como ya lo ha hecho cien veces, y lo único que logro es...–: ¿Alguien te mandó un texto? Dijiste que no fue Davy, pero ¿me mentiste? ¿Qué tiene esto que ver conmigo?

–¿Estás ebria, o te comportas así cuando estás enferma? –me pregunta él, entrecerrando los ojos.

–Ah... –digo con un gemido, señalando con la mano el frasco que está en mi mesa de luz–. Codeína.

–A la m... ¿Te estás dando con eso? Me alegro de que Davy no esté aquí, o se lo habría robado y tomado todo de una vez. ¿Estás tomando la dosis correcta?

Saco la lengua y digo "ah". Cuando Porter levanta las dos cejas, lo tomo como indicación de que mi respuesta no fue apropiada y lanzo un suspiro profundo, levantando el cobertor para cubrir mejor mi pecho.

–Sí, tomé la dosis correcta –respondo, malhumorada–. Y si estás tratando de esquivar mis preguntas, te pido que te vayas.

Él se queda mirándome durante demasiado tiempo, como si estuviera pensando en lo que pasó o tramando algún plan macabro... no sé cuál de las dos cosas. Las llaves que cuelgan de la correa de cuero que lleva enganchada en el cinturón golpean contra su cadera mientras él hace sonar las monedas que tiene en el bolsillo. Después, de pronto, se da vuelta y va hacia los estantes de DVD, recorre las cajas con los dedos y toma una.

−¿Qué haces? −pregunto.

−¿Dónde está tu reproductor? ¿Aquí? A ver, qué hay... *¿Huracán de pasiones?* ¿Está buena? La voy a guardar en su caja. No quiero hacer como Lana. ¿Ya está todo...?

−¡Porter!

−¿...listo o tengo que cambiar la entrada? ¿Dónde está el control remoto? Si le pegaste tu porquería apestada, no lo voy a tocar. Muévete. Y no me tosas encima.

Porter se quita su chaqueta, la que dice "CHICO FOGOSO", y me hace señas para que lo deje sentarse a mi lado en la cama de dos plazas.

De pronto recuerdo que papá está abajo. Pero... momento, ¿qué me importa? Estoy enferma. Soy un asco. Y ya ni siquiera estamos juntos.

¿O sí?

−Porter...

−Muévete.

Me muevo. Él se deja caer a mi lado, las piernas largas estiradas y los tobillos cruzados encima de las sábanas. Cuando ve que uno de mis pañuelos llenos de mocos quedó al lado de su codo, pone cara de asco.

Enojada, arrojo el pañuelo al suelo y anuncio:

−No voy a ver una película contigo hasta que me digas por qué esa noche te fuiste tan furioso de mi casa.

−Te digo con toda honestidad que fue el malentendido del siglo. Y no tiene nada que ver con algo que hayas hecho mal. Ahora me doy cuenta. Como te dije, necesitaba tiempo para pensar porque fue... bueno, no importa. Pero −se cruza de brazos cuando empiezo a protestar, indicando que no va a ceder− olvidémonos de todo.

—¿Qué? Eso es...

—Mira, en serio, no es nada. Fue una estupidez. Perdón por preocuparte por nada. Olvidémoslo y ya. Dale play, ¿sí?

Me quedo mirándolo, atónita.

—No.

—No, ¿qué?

—No puedo aceptar eso. Necesito saber qué pasó.

Él se reclina contra el respaldo y me mira por un buen tiempo. Mucho tiempo. Ahora me siento incómoda, porque me está sonriendo... una sonrisa extraña, lenta, que oculta un secreto. Me hace querer esconderme o golpearlo.

—Quizás tenga ganas de hablar después de que empiece la película —me dice—. ¿De qué trata esta peli? Tomé una cualquiera.

Distraída por un momento, miro el menú que está en la pantalla.

—¿*Pecadora equivocada*? ¿Nunca la viste?

Porter niega con la cabeza, manteniendo esa sonrisa rara.

—Cuéntame de qué trata.

Qué raro, porque parecía que había elegido algo en especial del estante, pero bueno.

—Es una de mis películas preferidas. Katharine Hepburn es una mujer de la alta sociedad, heredera de una fortuna, que aprende a amar al hombre indicado —o sea, el pedante de su exesposo, Cary Grant, con quien pelea todo el tiempo— besando al hombre equivocado, que es Jimmy Stewart.

—¿Ah, sí?

—¿Tu abuela nunca la vio? —pregunto.

—No recuerdo esta. ¿Te parece que me va a gustar? ¿O mejor busco otra cosa? —baja una pierna de la cama—. Porque si quieres, puedo pedirle a tu papá que nos sugiera algo...

Sujeto su brazo con fuerza y digo:

—Ah, espera, es maravillosa. Muy divertida. De un humor brillante. Veámosla.

—Dale play —dice él, hundiéndose otra vez en mis almohadas—. Puedes contarme datos curiosos mientras la vemos.

—¿Y después me lo vas a decir? —insisto.

—Dale play, Mink.

Entrecierro los ojos al oír que él dice mi apodo, preguntándome si se estará burlando de mí, pero se lo voy a dejar pasar porque, ¡vamos! *Pecadora equivocada*. Podría verla mil veces sin cansarme. Verla con alguien que nunca la ha visto es muchísimo mejor. ¿Con Porter? No puedo creer la suerte que tengo. Espero que le guste.

Empezamos a ver la película, y por el momento, ya no me importa que esté enferma. Solo estoy feliz de que Porter esté aquí conmigo, y que se esté riendo con ternura en las escenas correctas. La verdad es que sería perfecto si él no estuviera mirándome a cada rato. Mira más mi rostro que la pantalla, y cada vez que lo miro con ojos inquisitivos, él ni siquiera aparta la mirada. Solo sonríe con el mismo aire de complicidad, y eso me está poniendo nerviosa.

—¿Qué? —susurro finalmente, con vehemencia.

—Esto es… increíble —responde él.

—Ah —me animo—. Espera, que la película se pone mucho mejor.

Sonrisa lenta.

Levanto las sábanas hasta mi mentón.

Después de ver un cuarto de la película, papá sube para recordarme que tome todas mis medicinas, momento en el cual los hombres hacen unos cuantos chistes a costa de mi persona. Los dos se creen comediantes. Vamos a ver quién se va a reír cuando a Porter se le pegue la peste después de recostarse en mi cama.

En la mitad de la película, Porter me pregunta de pronto:

—¿Cuáles eran tus planes para este verano?

—¿Eh? —lo miro de reojo.

—Una vez, en el trabajo, le dijiste a Pangborn que tenías otros planes para este verano y que yo no era parte de ellos. ¿Qué planes tenías?

El corazón me late con fuerza mientras intento inventar alguna excusa convincente, pero el jarabe para la tos me hace pensar más lento.

—No me acuerdo.

A Porter se le tensa la mandíbula. Me dice:

—Si confiesas eso, te voy a contar por qué me fui de tu casa esa noche. ¿De acuerdo?

*Mierda*. De ninguna manera voy a confesar que me he pasado medio verano investigando a otro chico... un chico anónimo con quien he estado chateando durante meses. Eso suena... inestable. Psicótico. Porter nunca lo entendería. Y no es que Alex y yo hayamos actuado por nuestros sentimientos. Nunca nos declaramos nuestro amor ni nos enviamos poemas cariñosos y subidos de tono.

—No tengo idea de lo que me estás hablando —le digo a Porter.

Incluso estando atontada por la medicina, me doy cuenta de que él se decepciona, pero no logro divulgar mis secretos sobre Alex.

—Piénsalo bien —dice Porter con voz suave. Casi un ruego—. Puedes contarme lo que quieras. Puedes confiar en mí.

Otra vez la palabra que empieza con *c*. Mi mente recuerda la conversación que tuvimos en la parte de atrás de la furgoneta. "Necesito poder confiar en ti".

Sé que él quiere que le cuente. Pero... no puedo.

No sé cuándo pasó, pero lo último que recuerdo es que Jimmy Stewart besaba a Katharine Hepburn. Varias horas después, me despierto media atontada. Porter se fue hace rato.

Dos días después, Cavadini me vuelve a incluir en los horarios de trabajo, así que regreso a la Cueva. No veo a Porter cuando voy a retirar la caja registradora. Solo están Grace y el guardia nuevo que reemplazó a Pangborn.

Porter trabaja hoy –lo sé porque revisé el horario–, así que lo busco mientras vamos a la boletería. Ahí es donde lo encuentro, manejando el cambio de guardia. Está abriendo para que salgan los que trabajaron en el Sauna durante la mañana: dos chicos tontos, Scott y Kenny. Me acerco a la puerta trasera antes de que todos se vayan y le doy a Grace mi caja registradora, haciéndole un gesto para que entre sin mí.

–Te fuiste de mi casa sin despedirte –le digo a Porter.

–Estabas muy enferma. Estoy ocupado ahora, así que…

–También te fuiste sin decirme qué pasó esa noche.

Porter mira a Scott y Kenny y responde:

–Quizás más tarde.

–Eso dijiste antes.

–Mi oferta sigue en pie –Porter se inclina hacia mí y me susurra–. "*Quid pro quo*, Clarice".

Otra vez no. No me va a obligar a confesar lo de Alex como si estuviéramos en *El silencio de los inocentes*. De ninguna manera, no. Intento con otra táctica.

–Tú primero, después voy a pensar si te lo digo.

–Bailey –repite él, como si fuera una especie de advertencia cifrada que yo debería entender–. En serio, este no es el lugar –mira a los dos muchachos.

El hecho de que él use técnicas evasivas conmigo se siente como si me dieran un golpe: desde que pasó todo eso aquella noche con el mensaje de texto falso –porque era falso, ¿no?–, y la distracción con *Pecadora equivocada*, hasta este mismísimo momento, en que convenientemente él está rodeado de personas y, por ende, no puede hablar del tema.

¿Así se siente que te esquiven? Porque es una reverenda porquería.

Porter se aclara la garganta y dice:

–Tengo que, eh, tengo que ir a lo de las cajas registradoras, pero…

–No –digo yo, cortándole el paso. Me doy cuenta de que ahora sueno poco razonable, y me da algo de vergüenza levantar la voz enfrente de tonto y retonto… pero no lo puedo evitar–. Necesito saber qué paso esa noche.

–Oye. Después hablamos. Confía en mí, ¿sí?

–Ah, ¿ahora tenemos que hacer lo que tú digas? ¿A ver si Porter se digna a arrojar una migaja? ¿Se supone que me tengo que quedar esperándote como un perrito obediente?

El rostro de Porter se ensombrece.

–Nunca dije eso. Solo te pedí que confiaras en mí.

–Dame una razón para confiar en ti.

Su cabeza se inclina hacia atrás como si yo le hubiera dado una bofetada, y con una mirada glacial me dice:

–Pensé que ya te la había dado.

Siento el pecho tenso, y de repente quisiera retractarme por todo eso. No quiero pelearme con él. Solo quiero que las cosas vuelvan a ser como antes de esa noche, cuando cambió todo. Mientras él se va con los dos estúpidos, oigo que Kenny dice:

–Vaya, Roth. Siempre hay alguna chica buena que te persigue. Tengo que empezar a surfear.

–Sí, pero siempre se están quejando por algo y ¿quién quiere problemas? –opina Scott–. Están todas locas.

Porter se ríe. ¡Se ríe!

De pronto, soy Alicia en el País de las Maravillas, cayendo por la madriguera del conejo, viendo pasar los hermosos recuerdos de los últimos meses mientras me hundo en la locura. Alejándose de mí, está el Porter Roth de antes, el estúpido surfista que yo odiaba. El que me humillaba.

Estoy devastada.

Golpeo con fuerza la puerta del Sauna. Grace la abre, preocupada. No tengo tiempo para explicarle; hay mucha gente en la fila, y ella ya ha ubicado mi caja registradora y tiene todo listo para que yo empiece.

*Uf, ya hace como un millón de grados aquí dentro.* Siento el pecho apretado por la confusión y el dolor, y las emociones se intensifican con cada segundo que pasa.

—Dos boletos —un chico drogón con pelo rubio enmarañado está parado en mi ventanilla con una chica, mirándome con ojos de "no tengo todo el día". Yo lo miro a él. Creo que me he olvidado de cómo usar la computadora. Me estoy entumeciendo.

—¿Qué diablos pasa? —susurra Grace, golpeteándome el brazo—. ¿Sigues enferma? ¿Estás bien?

No, no estoy bien. No estoy para nada bien. Me falta el aire. Una parte de mí culpa a Porter por hacerme sentir así. Pero una vez que se me pasa el shock de que él se haya reído por ese comentario sexista, me sigue quedando la terrible sensación de que la raíz de nuestra pelea es en realidad mi culpa, y no puedo entender por qué.

¿Qué hice mal esa noche? Él dijo que fue solo un malentendido, pero con eso parece estar encubriendo algo. Porque algo lo molestó, mucho, y me culpó por ello esa noche. Y ahora me siento tan estúpida, porque no sé qué hice, y él no me lo quiere decir.

Es como si estuviera mirando un rompecabezas gigante al que le falta una pieza, y estuviera buscándola por todos lados: debajo de la mesa, entre todos los cojines del sofá, debajo de la alfombra, dentro de la caja vacía.

¡¿DÓNDE ESTÁ ESA PIEZA DEL ROMPECABEZAS?!

–Oye, te pedí dos boletos –dice el chico que está en la ventanilla, como si yo fuera tonta. ¿En su camiseta tiene el logo de una empresa de surf? ¿Este es… uno de los asquerosos de porquería que estaban con Davy en el restaurante de pozole? ¿El que estaba acosando a esas chicas, de la forma más desagradable, en frente de papá y Wanda? Ah, genial. Una maravilla, la verdad–. ¿Hay alguien en casa? No estoy aquí parado por deporte, linda.

La gota que rebasa el vaso.

No sé bien qué pasa después.

Un calor extraño se me sube a la cabeza… una especie de sobrecarga producida por el estrés, causada por tratar de determinar qué pasó con Porter… dolida por la pelea que tuvimos, por su reacción ante el comentario sexista de Scott. Y la cereza podrida en todo este pastel es el imbécil que está aquí parado.

O quizás… quizás, después de un verano largo, el Sauna finalmente me afecta.

Lo único que sé es que algo se quiebra en mi mente.

Enciendo mi micrófono y digo:

–¿Quieres boletos? Toma.

En un arrebato de locura, abro la impresora, arranco la tira de papel plegado en el que se imprimen los boletos y empiezo a pasarlo por la ranura… ¡meto, meto, meto, meto! El papel cae por el otro lado cual cascada, como si el tipo acabara de ganar un millón de boletos en una sala de videojuegos.

–Toma todos los boletos que quieras –digo al micrófono–. Estamos todas locas.

El asqueroso quedó pasmado. Pero no tan pasmado como el señor Cavadini, cuyo rostro aparece al lado del de él. Cavadini lleva su tablilla en la mano; estaba haciendo sus rondas. Mira el cúmulo de boletos doblados en el suelo y me mira a mí, horrorizado. Una pesadilla de atención al cliente.

Al amigo de Davy, le dice:

–Déjenme ocuparme de esto. Hoy pueden entrar gratis –le indica a alguien que deje pasar al chico y sus acompañantes y que limpie la pila de boletos en blanco.

A mí, me dice:

–¿Qué rayos le pasa, señorita? ¿Se ha vuelto loca? –tiene la nariz aplastada contra el vidrio del Sauna. Su cara está tan enrojecida que parece que su corbata de la Cueva le estuviera por cortar la circulación y estrangularlo.

–Lo siento muchísimo –susurro al micrófono, tomándolo con las dos manos mientras unas lágrimas feas ruedan por mis mejillas–, pero sí, de algún modo me he vuelto loca.

–Bueno –dice el señor Cavadini, nada conmovido por mi penosa muestra de emotividad–, va a tener mucho tiempo para recuperar la cordura en su tiempo libre, porque está despedida.

# Capítulo 26

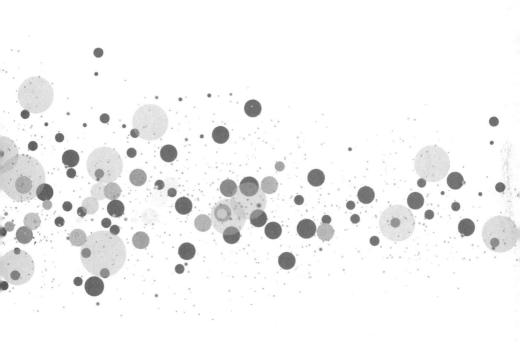

"No quisiera herir tu ego, pero esta no es la primera vez que alguien me apunta con su pistola".

–Samuel L. Jackson, *Tiempos violentos* (1994)

No hago ningún escándalo. Vacío mi casillero, marco tarjeta y me voy mientras todos me miran boquiabiertos, en silencio. Cuando Porter exclama mi nombre por el estacionamiento, me niego a darme vuelta. Me pongo el casco. Levanto el pie de apoyo. Pongo la llave en el encendido. Me largo. El Palacio de la Caverna ha quedado en el pasado.

Pienso en la posibilidad de no decirle a papá que me despidieron, pero solo por unos minutos: estoy cansada de ser cobarde. Además, se va a enterar tarde o temprano. Me pregunto si la Casa de las Crêpes estará contratando personal.

Grace viene a casa después del trabajo y le cuento todo, cada detalle y más. Sin darme cuenta, le empiezo a contar lo que pasó con Greg Grumbacher y la versión abreviada de cómo me disparó. Le cuento que Porter fue la primera persona a la que le conté el episodio y ahora, mira –¡mira, por favor!– a dónde me llevó esa confianza. Y sí, antes de mudarme aquí yo chateaba con un chico, y sí, planeaba conocerlo, pero ahora no hablamos más, y NO PASÓ NADA, y no es asunto de Porter. No es asunto de nadie; es solo mío.

Durante un breve momento, me preocupa haberla espantado. Pero Grace me dice muy seria:

–Es realmente una pena que tenga que causarle un grave traumatismo testicular a ese chico.

Después de todo eso, nuestra sed de venganza se descontrola muy vertiginosamente. Grace insulta a Porter al mejor estilo inglés. Después me pregunta si quiero que hable con él (no, no quiero) o hacer correr rumores terribles sobre él en el trabajo (quiero, un poco). Cuando empieza a ponerse creativa con los rumores, eso me termina entristeciendo y empiezo a llorar otra vez. Papá llega a casa del trabajo en el medio de mis lágrimas, y Grace lo pone al tanto. Debería ser comentadora de televisión. Para cuando ella termina su explicación, yo dejé de llorar.

Papá parece conmocionado.

—Te estarás arrepintiendo de haber aceptado que tu hija adolescente se mudara contigo, ¿no? —digo yo, desconsolada—. Quizás por eso mamá no ha llamado en todo el verano. Estará pensando: "¡Menos mal que se fue!".

Papá parece confundido por un momento, pero enseguida descarta lo último que dije, se acerca, me envuelve con sus brazos y aprieta mientras dice:

—¿Bromeas? No me perdería nada de esto ni por un segundo. Algo que sí sé hacer es superar una separación. O una posible separación. Sea lo que sea esto. Tomen sus cosas, chicas. Vamos a comer langosta y jugar *laser tag*.

Porter empieza a enviarme textos al día siguiente. Nada importante, solo varios textos cortos.

Texto 1: Hola.

Texto 2: Siento muchísimo lo que pasó con el trabajo. Me siento muy mal.

Texto 3: Tenemos que hablar.

Texto 4: Por favor, Bailey.

Papá me recomienda que no responda ninguno de los textos y deje que Porter se calme. Después de todo, él me hizo lo mismo. Es bueno estar separados por un tiempo. Papá también me pregunta si me he dado cuenta de por qué Porter se fue la noche que vino a casa.

–Eres buena detective, Mink. Puedes descifrar esto sola.

Quizás yo ya no quiera. Prácticamente he dejado de intentarlo.

Además, tengo otras cosas en qué pensar, como buscar otro trabajo, uno en el que no importe que me hayan echado del último lugar en el que trabajé. Papá se ofrece para preguntar en la oficina. Yo le digo que no, gracias.

Cuando me pongo a ver los clasificados del periódico local gratuito que tomamos durante nuestro millonario festín de langosta de la noche anterior, papá me pregunta:

–¿A qué te referías cuando dijiste que tu mamá no ha llamado en todo el verano?

–Eso mismo. No ha llamado. En todo el verano. Ni enviado un texto. Ni un e-mail.

Quedamos en silencio durante un largo minuto.

–¿Por qué no me dijiste nada?

–Pensé que sabías. ¿Te ha llamado a ti?

–No desde junio –papá se frota la cabeza con la mano–. Dijo que se iba a contactar conmigo más adelante para ver cómo te estaba yendo, pero me dijo que se iba a comunicar más que nada contigo. Qué estúpido soy. Te tendría que haber consultado. Supongo que estaba muy ocupado siendo un egoísta por tenerte aquí conmigo y me olvidé. Es mi culpa, Bailey.

Después de un minuto, pregunto:

–¿Y si le pasó algo?

—Estoy suscrito al boletín informativo de su estudio de abogados. Está bien. Ganó un caso importante la semana pasada.

—Entonces...

Papá suspira y me explica:

—¿Viste todo el tiempo que te está llevando superar lo de Greg Grumbacher? Bueno, a ella le está llevando lo mismo. Porque tú habrás salido lastimada y asustada, pero ella no solo siente eso, sino también tiene que vivir con la culpa de que todo eso fue por ella. Y todavía no se lo ha perdonado. No sé si alguna vez se lo perdonará del todo. Pero la diferencia entre ustedes dos es que tú ya estás lista para seguir adelante, y ella todavía no.

Pienso en eso y pregunto:

—¿Va a estar bien ella?

—No sé —responde papá, acariciándome la mejilla—. Pero tú sí.

Al día siguiente, decido que ya no voy a esperar a que Porter se calme. Basta de juegos. Todo esto se ha salido de control de tal manera... Ya es suficiente.

A las ocho de la mañana, le envío un texto a Porter y le digo que me quiero encontrar con él para hablar. Él sugiere que vaya a la tienda de artículos para surf. Dice que su familia está en la playa viendo surfear a Lana y que él está solo para abrir la tienda. Me duele en el alma que él no esté con ellos, pero no lo digo, por supuesto. El tono de todos nuestros textos es muy cortés. Y encontrarnos en un lugar público suena razonable.

Me toma un tiempito juntar coraje. Atravieso la avenida Gold. Rondo los estacionamientos del paseo marítimo. Me quedo un minuto mirando las telesillas Abejorro cubiertas de niebla. Acelero por el callejón para asegurarme de que la furgoneta del señor Roth no esté estacionada en el fondo.

Como no sé bien en qué quedó nuestra relación, decido estacionar a Baby al frente de la tienda, como muchas otras scooters que quedan estacionadas en los frentes de las tiendas del paseo marítimo. Nada de privilegios especiales: puedo entrar por la puerta principal como cualquier otro cliente.

Haciendo caso omiso del aroma cautivante de los primeros churros fritos de la mañana, espío y veo que hay movimiento dentro de la tienda; espero a que Porter me deje entrar. Siento olor a parafina para surf cuando se abre la puerta. Pero lo que me contrae con una punzada la garganta es ver su hermoso rostro.

–Hola –digo estoicamente.

–Hola –responde él con brusquedad.

Me quedo allí parada por un segundo, y él me hace un gesto para que pase. Cuando entro, el gato grande de pelaje blanco y mullido que vi en el techo con Don Gato trata de meterse conmigo por la puerta.

–¡Fuera! –dice Porter, echándolo con el pie. Cierra la puerta y mira su reloj rojo de surf, cambia de opinión y la vuelve a abrir–. Falta un minuto para las nueve –me explica–. Es hora de abrir.

–Ah –digo yo. No parece haber una fila de personas ansiosas por entrar, así que supongo que igual tenemos bastante privacidad. Por otro lado, no sé cuándo vuelve su familia. Mejor me apresuro.

*Uf. ¿Por qué estoy tan nerviosa?*

Porter se ve por momentos esperanzado, preocupado y cauteloso. Se mete las manos en los bolsillos y se dirige al fondo de la tienda. Lo sigo. Cuando llega al mostrador, pasa al otro lado y queda enfrente de mí, como si yo fuera una clienta.

*Muy bien, entonces.*

–Bueno…: –me dice él–. Dijiste que estabas lista para hablar.

Asintiendo con la cabeza, meto la mano en el bolsillo y tomo el diente de tiburón. Ya le he quitado mis llaves. Lo apoyo sobre el mostrador y lo deslizo hacia él.

–Me diste esto bajo la condición de que yo sea más honesta y franca contigo porque necesitas confiar en mí. Sin embargo, es claro que yo he hecho algo que te ha lastimado, y por eso presumo que he quebrado tu confianza. Por lo tanto, te devuelvo el diente y disuelvo nuestro… lo que sea que seamos…

–Bailey…

–Por favor, déjame terminar. Mi mamá es abogada. Sé lo importante que son los contratos verbales.

–Carajo, Bailey.

La puerta de la tienda se abre a mis espaldas. Genial. ¿La gente no puede esperar cinco mugrosos minutos para comprar Mr. Zog's Sex Wax? O sea, vamos.

Justo cuando estoy a punto de apartarme y dejar que Porter atienda al cliente que se acerca a mis espaldas, la expresión de Porter se transforma en algo que raya en la ira. En ese preciso momento, reconozco los pasos que oigo sobre el piso de madera. No es el sonido de alguien que camina: es el sonido de alguien que cojea.

–Lárgate de aquí, la puta madre –grita Porter.

Giro rápidamente, el corazón me late con fuerza, y veo a Davy caminar hacia mí. Se ve mucho más desaliñado que la última vez que lo vi en el garaje de motocicletas de Fast Mike, lo cual es mucho decir. No solo lleva puesta una camiseta, lo que es un milagro, sino también un impermeable color arena, y parece que todavía camina con al menos una muleta, que está disimulada debajo del impermeable.

–Hola, vaquera –dice con una voz monótona y aletargada que suena como si la hubiera aplastado un camión con acoplado. Está drogado hasta la médula; con qué, no sé. Pero sus ojos se ven tan muertos como se oyen sus palabras, y mueve la cabeza de una forma extraña, como bamboleándose.

Por el rabillo del ojo, veo que Porter se mueve.

–No, no –Davy levanta su muleta y la apunta hacia donde está Porter.

Solo que no es una muleta. Es la escopeta que tenía en el fogón.

Me quedo helada. Porter también; estaba a punto de saltar por encima del mostrador.

–Hoy vi que pasaste por el estacionamiento con tu motocicleta –me dice Davy–. Pensé que quizás venías a disculparte. Pero pasaste por al lado y seguiste de largo.

*¡Mierda! ¿Cómo no vi la camioneta amarilla de Davy?*

–Baja el arma, Davy –dice Porter con un tono calmo que suena algo forzado–. Vamos, amigo. Es una locura. ¿Dónde conseguiste eso? Si alguien te ve caminando con esa cosa, vas a terminar preso. No seas tonto.

–¿Quién me va a ver?

–Cualquiera que entre aquí –dice Porter–. Oye, la tienda está abierta. Mis padres están volviendo de la playa. Acaban de llamar. Van a llegar en dos minutos. Y ya sabes que el señor Kramer viene todas las mañanas. Va a llamar a la policía, amigo.

Davy piensa en esto por un segundo y agita el arma en mi dirección. *Respira.*

–La vaquera puede ir a cerrar la puerta con llave. Quiero tener una conversación privada, solo nosotros tres. Tengo un problema con ustedes dos. Me deben una disculpa, y ya que están, podrían darme un poco de efectivo de la caja registradora. En compensación por el dolor y el sufrimiento que pasé. Lo que le hiciste a mi rodilla.

Yo no me muevo.

—Mis padres están en la calle, a punto de llegar —repite Porter, ahora enojado.

Davy se encoge de hombros y dice:

—Entonces mejor apresúrate con la caja registradora. Ve a cerrar la puerta, vaquera.

Le doy un vistazo rápido a Porter. Está respirando con fuerza. No puedo interpretar muy bien su rostro, pero sí sé que se siente afligido y confundido. Lo curioso es que, por primera vez en la vida, yo no me siento así. Estoy asustada y preocupada, sí. Y odio infinitamente tener que ver esa maldita arma.

Pero no le tengo miedo a Davy.

Estoy furiosa.

El tema es que no sé qué hacer.

Con cautela, camino lenta y pesadamente hacia la puerta principal y la cierro con llave. Las ventanas son enormes; puedo ver el reflejo de él en el cristal, así que lo miro mientras camino hacia allí. Observo que apunta la escopeta a Porter, con la mirada fija en él. Y claro, ¿cómo no va a hacer eso? Porter es el que lo molió a golpes. Porter es el que casi salta por encima del mostrador. Porter es el deportista, puro músculo. Incluso una persona sobria y en su sano juicio consideraría que Porter es la mayor amenaza.

Davy no está sobrio.

Me tomo mi tiempo para volver junto a ellos, y pienso en cuando papá me advirtió que no girara de más el volante y en cuando exploté en el Sauna... dos veces. Pienso en todas mis destrezas al estilo del astuto truhan y en las que heredé de mi papá contador, que ama los

detalles y los números, y en las que heredé de mi mamá abogada, que ama buscar los puntos débiles de las leyes. Pienso en que papá dijo que yo voy a estar bien porque estoy dispuesta a tratar de mejorar.

Pero más que nada pienso en ese día del mes pasado en el que esos dos desgraciados trataron de robarse el halcón maltés de la Cueva. Ellos también me subestimaron.

Davy me echa una mirada rápida, suficiente para ver que me estoy acercando, pero que mantengo distancia de él, mirando hacia abajo.

–¿Está bien cerrada? –pregunta él.

–Sí –respondo yo.

–Muy bien –dice Davy, apuntando a Porter con la escopeta–. La caja. Vacíala.

No se puede caer más bajo. Le está robando a la familia de su mejor amigo. Sé que Porter está pensando eso, pero no dice nada. Con la mandíbula tensa, presiona unos botones en la pantalla de la computadora.

–Todavía no la inicié –explica–. No puedo abrir la caja hasta que empiece a correr el programa. Espera un segundito.

*Mentira.* Tiene que haber puesto él la gaveta, así que la computadora está encendida. Probablemente tenga una llave para abrir la gaveta. Pero Davy está demasiado drogado para darse cuenta, así que espera. Mientras hace eso, los ojos de Porter se disparan como una flecha hacia los míos. En ese momento hermoso y particular, sé que estamos conectados.

La confianza es un regalo preciado, y esta vez, no lo voy a desperdiciar.

Me concentro en Davy. Enfrente de él está el mostrador y detrás, hay una estantería con unas tablas de *bodyboard* cortas y retaconas; miden el tercio de una tabla de surf, pero son "mucho más patéticas", como un día Porter dijo bromeando.

Espero. *Vamos, Porter. Distráelo por un momento.*

Como si él me hubiera leído la mente, de pronto dice:

—Ah, mira nomás, Davy. La computadora está despertando.

La cabeza de Davy gira hacia Porter.

Yo retrocedo, me escabullo y empujo una de las tablas de *bodyboard* para bajarla de la estantería. Pero la tabla hace ruido. ¡*Mierda*! También es mucho más liviana de lo que esperaba. *En fin*. Ya es tarde, porque Davy está dando la vuelta, consciente de que estoy más cerca de lo que pensaba. No me queda alternativa.

Justo cuando su mirada se conecta con la mía, tomo la tabla con ambas manos, la llevo hacia atrás y lo golpeo en el costado de la cara.

Davy grita y su cabeza se sacude. Él se tambalea y tropieza.

La escopeta gira para todos lados y me golpea en el hombro. La sujeto y lucho para quitársela de la mano a Davy. De pronto, la escopeta se suelta, y yo salgo volando hacia atrás con el arma... pero eso es porque Porter ha saltado por encima del mostrador.

Porter estrella a Davy contra el suelo, mientras yo golpeo con la espalda la estantería de tablas de *bodyboard* y las hago caer. Trato de mantenerme en pie y sujetar la escopeta, pero no lo logro.

Me caigo y me estrello de cara contra el suelo.

—¡Porter! —estoy nadando en un mar de tablas de poliestireno. Los hombres están luchando en el suelo, y lo único que puedo ver es el brazo de Porter dando golpes como un pistón, y el impermeable de Davy agitándose y enredándose en sus piernas.

Y después...

Un fuerte quejido.

Con el corazón a punto de salirse de mi pecho, corro las tablas a un lado y me pongo de pie de un salto.

Porter está echado en el suelo.

Davy está debajo de él, boca abajo. Una mejilla está apoyada en la madera. Un ojo pestañea para alejar las lágrimas.

—Lo siento —dice Davy con la voz ronca.

—Yo también —dice Porter, sujetando los brazos de Davy contra el suelo—. Lo intenté, amigo. Ahora va a tener que salvarte otro.

Porter levanta la mirada hacia mí y asiente con la cabeza. Veo la escopeta en el suelo y la pateo para quitarla del paso. Después tomo mi teléfono del bolsillo y llamo al 911.

—Eh, sí —digo al teléfono, sin aliento, tragando saliva con fuerza—. Estoy en la tienda de surf Tablas Penny, en el paseo marítimo. Ha habido un intento de robo a mano armada. Estamos bien. Pero necesitamos que manden a alguien para que arreste al tipo. Y también necesitamos que llamen de inmediato a la sargento Wanda Mendoza y le digan que venga ya mismo.

# Capítulo 27

"Quizás vuelva a odiarte. Era más divertido".

–Cary Grant, *Intriga internacional* (1959)

Resultó ser que la escopeta de Davy era robada. También tenía el impermeable repleto de heroína y otros narcóticos. Wanda dice que, como cumple dieciocho años en un mes y ya lo han arrestado otras veces, quizás lo juzguen como un adulto y tenga que cumplir una condena en la cárcel. Ahora lo están desintoxicando en una celda. Wanda dice que el abogado de Davy va a tratar de convencer al juez para que lo pongan en una clínica de rehabilitación del estado durante un par de semanas, mientras espera el juicio. Pero no hay ninguna garantía de que eso suceda.

Me entero de todo esto el día después de lo que pasó en la tienda de surf, así que se lo cuento a Porter por mensaje de texto. Con todo el caos, no hemos tenido tiempo para hablar realmente. La familia de Porter llegó unos minutos después que la policía y, comprensiblemente, se pusieron como locos. El señor Roth estaba tan enojado con Davy que tuvieron que sujetarlo hasta que su esposa logró calmarlo. Wanda llamó a papá, que abandonó la oficina de inmediato y fue corriendo a la tienda para asegurarse de que yo estuviera bien. Todo fue un tremendo jaleo.

Para cuando terminamos de declarar y todos se fueron, Porter tuvo que ir a trabajar a la Cueva, así que regresé a casa con papá. Recién cuando él estaba pidiendo el almuerzo, me di cuenta de que

Porter, en algún momento en el que yo estaba distraída, había vuelto a poner el diente de tiburón en mi bolsillo. Unos minutos después recibí un texto de él.

Lo único que decía era:

No terminamos de hablar.

Al día siguiente, después de la cena, papá me pide de pronto ver mi mapa del paseo marítimo. Estuve tentada de arrojarlo a la basura en un ataque de rabia cuando Alex empezó con sus evasivas hace unas semanas, así que tengo que revolver el cajón del escritorio que está en mi habitación para encontrarlo. Papá lo despliega en la mesa del porche, cerca de nuestra secuoya, y lo estudia, asintiendo lentamente con la cabeza.

—¿Qué? —pregunto yo.

Papá se reclina en su silla, me sonríe y dice:

—Eres una chica tenaz y perseverante. Eso lo heredaste de tu mamá. Es por eso que ella es una gran abogada. Me encantan las mujeres tenaces. Eso es lo que me atrajo de Wanda. Es por eso que ella es una buena policía.

Lo miro de reojo. *¿A dónde va con esto?*

—Sin embargo, esa tenacidad también tiene su lado malo, porque el movimiento es siempre hacia delante, con anteojeras, como las de los caballos, ¿entiendes? —papá se lleva las manos a los costados de los ojos—. Ustedes van para adelante y progresan mucho, como no podría hacerlo mucha gente, pero no pueden ver qué pasa a los costados del camino. Tienen puntos ciegos. No prestan atención a las cosas que tienen al lado. Tu mamá siempre hacía eso.

—¿Es por eso que se divorciaron?

Papá piensa en esto por un largo momento y responde:

—Fue una de las razones. Pero esto no es sobre tu mamá y yo. Estoy hablando de ti, y de tus puntos ciegos. No seas demasiado tenaz. A veces tienes que detenerte a mirar a tu alrededor.

–¿Por qué nunca me dices directamente lo que intentas decir, maestro Yoda?

–Porque estoy tratando de educarte para que pienses por tu cuenta, joven Jedi. Puedo ofrecerte consejos, pero tú tienes que hacer el trabajo. El objetivo final de la crianza es que tú seas una joven independiente que piense sus propias respuestas; no que yo te las dé.

–Parece que lo hubieras leído en un libro sobre crianza.

Papá reprime una sonrisa y responde:

–Puede que sí.

–Qué tonto –bromeo–. Bueno, ¿entonces cuál es tu consejo? Dámelo.

–¿Le has contado a Porter que hablabas con Alex antes de mudarte aquí?

–Eh, no.

–Deberías. Las personas pueden darse cuenta cuando les ocultas cosas. Yo supe durante meses que tu mamá me engañaba con Nate, mucho antes de que ella me contara. No tenía pruebas, pero intuía que algo andaba mal.

Eso me deja sin palabras, no sé qué decir. Papá nunca habla mucho sobre Nate, ni me había dicho que sabía que mamá lo engañaba con él. Eso me hace sentir incómoda. Lo extraño es lo despreocupado que suena papá. Pero más extraño es que ahora podamos hablar sobre eso. Ah, pero un momento…

–Yo no estaba engañando a Porter con Alex –le digo a papá–. Ni estaba engañando a Alex con Porter.

–Lo que realmente hiciste o no hiciste no tiene importancia –dice papá–. Lo que te devora es el secreto. Cuéntale a Porter. Y ya que estás, también podrías hablar honestamente con Alex. Te vas a sentir mejor, te lo prometo.

–No sé –digo entre dientes.

–Como te dije antes, no me corresponde hacer tu trabajo –papá dobla el mapa con cuidado en forma de cuadrado–. Pero mi consejo, queridísima hija, es que soluciones los problemas con tus chicos en orden, uno a la vez.

Me lleva un día entero pensar en todo lo que dijo papá, pero creo que al fin le encuentro la lógica. Alex fue una gran parte de mi vida diaria durante mucho tiempo. Y sí, decidió rehuirme. Pero yo tendría que haberle dicho que me había ido a vivir al otro lado del país. Si le digo a esta altura, quizás ni le importe, sobre todo ahora que rompí el hielo y le conté sobre Porter en esa última vez que hablamos con franqueza. Supongo que no lo sabré hasta que lo intente.

@mink: Hola. Yo otra vez. ¿Sigues por allí?

Su respuesta llega dos horas después:

@alex: Aquí estoy. ¿Qué pasa?

@mink: Como hablamos con toda la franqueza del mundo en nuestra última conversación, te voy a contar algo más. Esto es un poco más importante. ¿Estás listo?

@alex: ¿Me siento? *miedo*

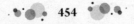

@mink: Sí, mejor.

@alex: Sentado.

@mink: Bueno, esta es la cuestión. Estoy en Coronado Cove, viviendo con mi papá, desde hace rato. Perdón por no haberte dicho nada. Es una larga historia, pero me preocupaba que fuera raro, y tiendo a evitar los enfrentamientos. Pero ¿más vale tarde que nunca? Quería saber si te gustaría que nos juntemos a almorzar. En fin... esto se está poniendo incómodo, así que me voy a callar. Solo quería que supieras que lo siento por no haber dicho nada de que estaba aquí, y se me ocurrió que podría disculparme en persona, ya que ambos estamos en la misma ciudad y solíamos ser amigos. (¿Y espero que lo sigamos siendo?). ¿Qué dices?

Espero, espero y espero su respuesta. Esto está mal. Quizás deba borrar mi mensaje. Si él todavía no lo ha leído, quizás yo todavía pueda...

@alex: ¿Y tu novio?

@mink: No sería un almuerzo romántico. Perdón, no ha cambiado nada desde la última vez que hablamos. Todavía no he superado lo que pasó con él.

@alex: ¿Por qué no hacemos lo que teníamos planeado desde un principio? Encontrémonos el domingo a la noche en la playa, debajo de la bandera de California, media hora antes de que empiece *Intriga internacional* en el festival de cine.

*Ay, mierda.* ¡No esperaba eso! Revuelvo todo en mi habitación buscando la guía del festival de cine que me dio Patrick y busco el horario de las tres películas que van a dar en la playa. *Intriga internacional* empieza a las nueve de la noche. Para esa hora ya va a estar oscuro. ¿Debería encontrarme con un extraño de noche? No parece recomendable. Por otro lado, es un lugar público, y cuando recorro con la vista la guía de películas, veo que hay fotos del año pasado; todas las zonas del festival parecen estar bien iluminadas. Seguramente la bandera estará por allí.

¿Debería hacerlo? La que esquiva las cosas no lo haría, sin dudas. Pero ¿sigo siendo así?

> **@mink:** Está bien. Nos vemos allí.

Ya lidié con un problema de chicos. Ahora pasemos al siguiente. Este parece más complicado. Escribo un mensaje rápido.

> Yo: Hola, ¿estás ocupado? Quería saber si nos podíamos encontrar en algún lado para hablar. Ahora estoy dispuesta a hacer eso de *quid pro quo*. Tú ganas.

> Porter: Voy a estar ocupado hasta después del domingo. ¿Te parece después de eso?

> Yo: Está bien, quedamos así. Te escribiré entonces.

De hecho, estoy aliviada. Pasan *Intriga internacional* el domingo, así que voy a tener tiempo de encontrarme con Alex y arreglar las cosas con él antes de hablar con Porter. ¿Quién hubiera dicho que dos chicos podrían causar tantos problemas?

En *Intriga internacional*, Cary Grant interpreta a un ejecutivo de publicidad a quien toman por un agente de la CIA llamado Kaplan. La cuestión es que Kaplan no existe en realidad. Así que a lo largo de toda la película, Cary Grant se ve forzado constantemente a hacer de cuenta que es alguien que no existe: un doble impostor. Nada es lo que parece, y por eso la película es tan divertida para ver. Alex y yo hemos debatido en el chat sobre los méritos de la película, pero ahora me resulta extraño pensar en esas conversaciones. Sin dudas, me gustaría poder verla en mejores circunstancias.

Para cuando llega la noche del domingo, lo raro es que estoy calmada. Quizás sea porque hace rato que esto debía suceder, que conociera a Alex en persona. O quizás sea porque ya no siento lo mismo que antes por él, ahora que Porter es parte de mi vida. Recuerdo el comienzo del verano, cuando estaba tan preocupada y nerviosa por todo lo que Alex podría o no podría ser –alto o bajo, calvo o peludo, tímido o conversador– y ya no me importa ninguna de esas cosas.

Él es como es.

Yo soy como soy.

Cómo somos no se puede saber con exactitud en un perfil online ni siquiera capturar correctamente con todos nuestros intercambios por escrito, por más honestos que intentáramos ser. Solo mostramos un costado de nosotros, un costado recortado y seleccionado con cuidado. Él no vio todos los traumas y problemas que tengo, ni cuánto tiempo me lleva depilarme las cejas todas las noches. No sabe que traté de conquistar a un guía de paseos para avistar ballenas que era gay porque pensé que podría ser él. Tampoco sabe que no puedo diferenciar un gato de una gata… ni sabe sobre todos los GIFs subidos de tono con los que me he reído con Grace. No sabe cuántos churros me puedo comer de una sentada antes de que el vendedor se empiece a sentir incómodo, porque se da cuenta de que en realidad no los compro para "una amiga". (Cinco).

Dios sabe qué es lo que no he visto de él.

Así que, bueno, como sea. Si es agradable, genial. Si no, no pasa nada. En mi mente, llevo la frente en alto y una camiseta inspirada en Grace que dice "SOLO VENGO A CERRAR LA HISTORIA" con letras grandes y destellantes.

Llego a la playa un poco más de media hora antes de que empiece la película. Como una gran ironía, la van a pasar cerca de uno de los primeros lugares que recuerdo cuando llegué a la ciudad: el cruce de los surfistas. Pero esta noche toda la zona se ve transformada, con uno de esos reflectores dobles que rotan, apuntado hacia el cielo anunciando al mundo: "¡Oigan, hay una película aquí!". También están iluminadas las palmeras a lo largo de la avenida Gold y hay carteles del festival de cine colgados en el estacionamiento al otro lado de la calle, que está repleto de autos. Me las arreglo para meter a Baby en un espacio estrecho al lado de otra scooter y sigo la fila de personas que cargan canastos de picnic y neveras portátiles, dirigiéndose a la pantalla blanca gigante que está sobre la arena.

Alex tenía razón cuando me habló de esto tantos meses atrás: parece muy divertido. El sol se está poniendo sobre el agua. Las familias y las parejas charlan sentadas sobre mantas y, más cerca de la carretera, hay una fila de tiendas y puestos de comida que venden hamburguesas, tacos de pescado y productos del festival de cine. Voy hacia ellos para ver si hay algún mástil. Todas las palmeras están iluminadas, así que me imagino que un mástil también estará iluminado con reflectores, ¿no? Pero después de caminar a lo largo de toda la fila de puestos, no puedo encontrarlo. Tampoco veo banderas cerca de la pantalla de cine. Es una pantalla bastante grande, así que me fijo detrás de ella, para estar segura. No, nada.

Qué raro. O sea, Alex vive aquí, así que conoce el lugar. No me habría dicho de encontrarme con él en un lugar tan específico si no existiera. Reviso los mensajes del chat para asegurarme de que no me haya llegado alguno nuevo, y cuando no veo nada, vuelvo por donde vine, paso otra vez por la fila de puestos de venta y llego al fondo del sector para sentarse. Ahí lo veo.

El mástil está al final de una escalera, sobre una plataforma de roca natural que es un mirador con vista al mar, donde termina el cruce de surfistas.

Justo en frente de la estatua en memoria de Pennywise Roth.

Suspiro y después resoplo porque, bueno, haga lo que haga, no voy a poder escapar de él. Si Alex es tan agradable como espero que sea, más adelante los dos nos vamos a reír de esto.

Zigzagueando entre las mantas, me dirijo al mirador y subo la escalera de roca. Ahora me estoy poniendo un poco nerviosa. No mucho, pero esto es de no creer. El mirador es bastante espacioso. Del lado del mar hay una cerca de madera a la cual están sujetas algunas bancas, donde una pareja mayor está observando la puesta del sol. No es él, seguro. Levanto la mirada hacia la estatua de Pennywise. He visto la foto de la estatua en Internet, claro, y he pasado al lado con la moto, pero es raro verla de cerca en persona. Alguien le ha puesto un lei hawaiano en el cuello; me pregunto si habrá sido la señora Roth.

Hay alguien sentado en una banca al lado de la estatua. Suelto una larga bocanada de aire, enderezo los hombros y avanzo pesadamente al lado del viejo Pennywise. Es hora de afrontar las consecuencias.

—Hola, Mink.

Mi cerebro ve quién está en frente de mí, oye las palabras, pero no lo puede creer. Recalcula y recalcula, una y otra vez, pero sigo atascada. Y entonces recuerdo todo, fuera de orden.

La tienda de videos.

*Desayuno con diamantes.*

Que a él le importara que se robaran el halcón maltés.

*La princesa que quería vivir.*

El gato blanco de la tienda de surf.

El carro de churros.

"¿Está mal odiar a alguien que antes era tu mejor amigo?".

La novia que lo engañó.

*El gran Lebowski.*

Que viera películas en el trabajo.

"Mi compañero, también conocido como el cigarrillo de marihuana andante".

*Pecadora equivocada.*

El señor Roth... Xander Roth.

Alexander.

Alex.

Se me aflojan las rodillas. Me caigo. Porter se levanta de la banca de un salto y me sujeta de la cintura antes de que llegue al suelo. Doy patadas contra la roca que está debajo de mis pies, como si nadara en el lugar, tratando de mantener los pies firmes, de recuperar el control de mis piernas. Finalmente lo logro. Y cuando lo logro, me vuelvo un poco loca. Es ese bendito aroma a coco que tiene él. Lo aparto de un empujón, lo golpeo –con fuerza– en los brazos hasta que él me suelta para protegerse la cara. Y después me desmorono.

Lloro.

Y lloro.

Me hago un bollo en la banca y lloro un poco más.

Ni sé por qué lloro tanto. Es que me siento tan estúpida. Y estoy en shock, abrumada. También me siento un poco traicionada, pero eso es una ridiculez porque, ¿cómo me podría haber traicionado? Después dejo de llorar y tomo un poco de aire, porque me doy cuenta de que así, de la misma manera, se habrá sentido Porter cuando lo descubrió.

Él se sienta en la banca, levanta mi cabeza y la apoya sobre su falda, suspirando profundamente.

–¿Cómo te sientes en medio de semejante lío? Porque te puedes sentir de mil maneras.

–En resumidas cuentas, nos engañamos con nosotros mismos –respondo yo.

–Sí –dice él–. Eso es bastante retorcido. Cuando le conté a mi mamá, me dijo que habíamos hecho al revés que en "Piña colada", una canción mala de la década de 1970 que habla de una pareja que publica avisos personales para buscar amantes, y terminan encontrándose.

–Ay, Dios –me lamento–. ¿Le contaste a tu mamá?

–Oye, esto es algo bien loco. Le tenía que contar a alguien –sostiene él–. Pero míralo de esta manera: nos terminó gustando más cómo éramos en realidad que cómo éramos en el chat. Eso es algo, ¿no?

–Sí, supongo.

Pienso en eso un poco más. Uf. Papá sabía. Estuvo tratando de decírmelo cuando habló de todo eso de las anteojeras y los caballos. Me golpea otra ola de ERES LA MÁS IDIOTA DEL MUNDO, pero esta vez dejo que la ola me pase por encima, no la resisto. La pareja mayor que estaba en el mirador se ha ido –supongo que una adolescente que llora a gritos les arruinaba la paz de la puesta del sol–, así que por ahora tenemos todo el lugar para nosotros, lo cual agradezco. Debajo del mirador, la playa está abarrotada de cientos de personas, pero están a una buena distancia, así que no me importa.

–No lo supiste hasta esa noche en mi casa, ¿no? –le pregunto a Porter.

–No.

Eso me hace sentir un poco mejor, supongo. Al menos los dos nos comportamos como unos tontos con esto hasta que él oyó mi apodo. *Ay, Dios.* Él vio *Pecadora equivocada* conmigo a propósito. Ya lo sabía en ese momento, pero no me lo dijo. La humillación que siento no tiene límites.

–¿Por qué? –pregunto con voz débil–. ¿Por qué no me lo dijiste?

–Estaba desconcertado. No sabía qué hacer. No podía creer que habías estado viviendo aquí todo ese tiempo. No podía creer que tú fueras *ella*... Mink. Primero pensé que lo habías hecho a propósito, pero cuanto más lo pensaba, menos encajaba. Quedé espantado por un tiempo. Y después... supongo que me lo quise guardar, y quería que lo descubrieras por tu cuenta. Pensé que lo harías. Si yo te daba las pistas suficientes, pensé que lo descubrirías, Bailey... en serio. Pero después empecé a pensar en por qué no me dijiste –a Alex– que te habías mudado aquí, y en que parecía que me habías mentido... y quería que lo confesaras.

–*Quid pro quo* –cierro los ojos, ahora totalmente consciente de la ironía.

–No fue mi intención que todo se fuera al diablo –insiste él–. Cuando te despidieron... Grace me contó lo que pasó en el Sauna. Para que sepas, ella también amenazó mi hombría, y me dio pesadillas.

Lanzo un quejido y digo:

–No te culpo por lo que hice en el Sauna. Estaba molesta en ese momento, pero ya no.

–Solo quiero que sepas que lo que dijeron Scott y Kenny ese día... no me pareció gracioso. Ni siquiera sé por qué me reí. Creo que los nervios me hicieron reaccionar así. Después me sentí muy mal. Traté de contactarte para decírtelo, pero no me querías hablar. Y después pasó lo de Davy…

Suspiro, temblorosa, totalmente abrumada, y comento:

—Dios, qué lío.

Un segundo después, Porter dice:

—¿Sabes qué no he podido descifrar? Por qué me mentiste sobre dónde vivías antes de mudarte aquí.

—No te mentí. Mi mamá y su esposo se habían mudado de Nueva Jersey a DC unos meses antes. Es que nunca se lo dije a Alex. A ti. A ti como Alex. Uf. Ese no es un nick puesto al azar, ¿no?

—Alex es mi segundo nombre.

—Alexander. ¿Cómo tu padre?

—Sí. Así se llamaba mi abuelo también —Porter corre un rizo y lo acomoda detrás de mi oreja—. ¿Te das cuenta de que todo este desastre se podría haber evitado si tú como Mink me hubieras dicho desde el principio que te ibas a mudar aquí… no?

Me cubro el rostro con la mano de él. Después lo descubro y me enderezo en la banca, mirándolo y secándome las lágrimas.

—¿Sabes qué? Quizás no. Supongamos que hubiera quedado contigo como Alex para vernos en la Casa de las Crêpes cuando me mudé aquí, y que yo no hubiera trabajado en la Cueva. ¿Nos habríamos gustado? No sé. Tú tampoco lo sabes. Quizás fue por la situación en la que estábamos en la Cueva.

Porter niega con la cabeza, enrosca los dedos con los míos y responde:

—No, no lo creo, y creo que tú tampoco piensas eso. ¿Dos personas que vivían en dos lugares distintos y que se encontraron no solo una sino dos veces? Uno de nosotros podría estar en Haití y el otro en un cohete que va a la Luna y de todas maneras terminaríamos así en algún momento.

—¿En serio piensas eso? —pregunto, sorbiéndome la nariz.

—¿Recuerdas cuando dije que eras engañosa como la niebla y que tenía miedo de que volvieras corriendo con tu mamá cuando terminara el verano? Ya no tengo miedo de eso.

—¿No?

Porter mira hacia el mar, de un tono violáceo oscuro por los últimos rayos de sol, y explica:

—Mi mamá dice que estamos todos conectados: las personas, las plantas y los animales. Todos nos conocemos por dentro. Lo que está afuera es lo que distrae. La ropa que usamos, lo que decimos, lo que hacemos. Los ataques de tiburón. Los disparos. Pasamos toda la vida tratando de encontrar a otras personas. A veces las distracciones nos confunden y nos desvían —Porter me sonríe—. Pero a nosotros no nos pasó eso.

Le devuelvo la sonrisa, los ojos brillantes por las lágrimas de felicidad.

—No, a nosotros no nos pasó eso —respondo.

—Te amo, Bailey "Mink" Rydell.

Con una risa entre lágrimas respondo:

—Yo también te amo, Porter "Alex" Roth.

Nos inclinamos el uno hacia el otro y nos besamos y nos susurramos lo mucho que nos hemos extrañado. Es todo muy tierno y maravilloso, y nunca me han abrazado tan fuerte. Le beso todo el cuello, debajo de sus rizos alborotados, y él toma mi cabeza entre sus manos y me besa todo el rostro, después me limpia el maquillaje corrido por el llanto con el borde de su camiseta.

Nos sorprenden unos aplausos y gritos entusiasmados. Me había olvidado por completo de la película. Porter me invita a levantarnos, nos apoyamos sobre la cerca y miramos hacia la oscuridad. Una luz titilante llena la playa, y aparece el logo de MGM con el león que ruge. Empieza la música. Los títulos corren por la pantalla. "CARY GRANT. EVA MARIE SAINT". Siento un escalofrío que me recorre la espalda.

Y entonces me doy cuenta: voy a compartir todo esto con Porter. Yo completa. Nosotros completos.

Levanto la mirada hacia él y veo que también está emocionado.

–Hola –me dice, con la frente apretada contra la mía.

–Hola.

–¿Bajamos a la playa? –pregunta él, apoyando un brazo sobre mis hombros.

–Creo recordar que en algún momento yo odiaba la playa.

–Eso es porque nunca fuiste a una playa de verdad. Las de la costa este son una porquería.

Me río; el corazón me salta de alegría.

–Ah, sí, es cierto. Muéstrame una playa de verdad, surfista. Vamos a ver una película.

# Capítulo 28

"Deseaba que fueras tú.
Lo deseaba fervientemente".

–Meg Ryan, *Tienes un e-mail* (1998)

Exhalo dos veces y meto mi bolso en el casillero que me prestaron. Detrás de mí, al otro lado de un pasillo angosto que lleva a la zona de la pista, veo a la gente sentada en las tribunas y las luces brillantes del auditorio. Ya es casi hora de empezar. Giro la cabeza a ambos lados y me sueno el cuello antes de revisar mi teléfono otra vez.

Algunas personas se desenvuelven sin problemas cuando son el centro de atención; otras prefieren trabajar tras bambalinas. No se puede hacer una película solo con actores. Hacen falta guionistas y maquilladores, diseñadores de vestuario y agentes de talentos. Todos son importantes por igual.

Yo no soy de las que les gusta ser el centro de atención, y ya estoy en paz con eso.

Ahora, ya he abandonado mis tácticas sigilosas a lo astuto truhan. Casi. Tuve una pequeña recaída cuando empezaron las clases hace un par de meses, en otoño. Pero eso no quiere decir que esté lista para postularme como candidata a presidenta de la clase, como Grace. *Sí* quiere decir que desde que hablamos en la playa aquella vez en que yo la decepcioné, he tratado de ser una amiga buena y confiable, así que la ayudé con toda la campaña. Ganó, pero eso no fue ninguna sorpresa. Todos aman a Grace. Yo solo la amo un poquito más.

Después de clases, trabajo en Videos Láser, que es mucho menos estresante que el Sauna... ni hablar de que es menos caluroso. Además, puedo ser la primera en elegir los DVD usados que entran. Y como Porter solo trabaja en la Cueva los fines de semana ahora que está yendo a la escuela, lo puedo ver en mis descansos porque solo tengo que caminar cinco minutos por el paseo marítimo para llegar allí desde la tienda de videos. Todos salimos ganando.

Tengo que ver a Porter todas las veces que pueda, porque la semana que viene va a viajar a Hawái con su mamá. Se van a encontrar con el señor Roth en Oahu para ver a Lana en una competencia de surf especial. También van a hablar con alguien de la Liga Mundial sobre un encuentro clasificatorio que se va a hacer en enero en el sur de California y en el que Porter va a surfear. Él ya se ha anotado y ha estado practicando siempre que encuentra la oportunidad. La comunidad surfista está comentando muchísimo en Internet acerca de que los hermanos Roth podrían ser un nuevo fenómeno; un periodista de Australia llamó a la tienda de surf la semana pasada y entrevistó a su papá para una revista.

Es todo muy emocionante, y estoy contentísima de que Porter quiera surfear de nuevo. Nació para eso. También me alegra que no haya renunciado a la idea de ir a la universidad. Él dice que puede hacer las dos cosas. Creo que no se había dado cuenta de eso antes, pero entiendo por qué. A su familia le ha pasado de todo. Es difícil pensar en qué va a pasar la semana siguiente cuando uno ni siquiera sabe si va a sobrevivir el día de hoy.

Pero él ya no me preocupa. Tampoco me preocupa que se haga surfista profesional como Lana ni que vaya a viajar por todo el mundo, una semana aquí y otra allí, Australia y Francia, Sudáfrica y Hawái. Quizás yo pueda viajar con él algunas veces, quizás no. Pero no importa porque él tiene razón: así uno esté surfeando en Pipeline y el otro esté en un cohete que va a la Luna, nos vamos a encontrar.

–Cinco minutos –mi capitana le dice al equipo.

Varias de las chicas que están a mi alrededor se apresuran para retocar su maquillaje y acomodarse las mallas negras, las rodilleras y los pantalones cortos de color dorado brillante. Una chica llegó tarde y recién ahora se está poniendo los patines. Si se entera la capitana del equipo, LuAnn Wong, esa chica va a tener que quedarse en la banca durante el primer periodo. LuAnn no perdona una.

Hace dos meses me sumé al equipo local de patinaje *roller derby*, Las Chicas de la Caverna de Coronado. Formamos parte de una liga regional de patinadoras, así que competimos con otros tres equipos de la zona, incluido uno de Monterrey. Eso me queda bien porque también trabajo como voluntaria domingo por medio en el Museo de Historia Natural Pacific Grove. Más que nada tengo que catalogar conchas marinas en el depósito, y no me pagan nada, pero me encanta.

Al principio me daba un poco de miedo sumarme al equipo de *roller derby*. Me parecía que me iba a exponer demasiado, y la mayoría de las chicas son un par de años más grandes. Una incluso tiene treinta y tantos largos. Pero Grace me alentó a hacerlo, los uniformes son realmente geniales y cuanto más lo pensaba, más me gustaba la idea. Cuando salgo a patinar, no se trata de mí, se trata del equipo. Trabajamos en grupo. Yo soy *jammer*, por lo que me toca usar el casco con la estrella, y tengo que pasar a las bloqueadoras del otro equipo lo más rápido que pueda. Mis destrezas a lo astuto truhan me son más útiles en la pista de patinaje que en mi vida diaria.

Además, esto me ayuda a descargar tensiones. Cuando trabajaba en el Sauna, me recalentaba, en sentido figurado y literal. El patinaje me deja canalizar mis frustraciones. No tengo que saltar encima de mocosos que se roban halcones de museos, ni arrojar boletos a los clientes ni luchar contra un drogadicto para quitarle una escopeta. Puedo golpear a chicas que son más grandes que yo y no solo es legal, sino que se espera que lo haga.

Me asomo por el pasillo y miro las tribunas en busca de rostros conocidos, y los veo enseguida. Papá está sentado con Wanda; nunca se pierden mis encuentros de *roller derby*. En frente de ellos están Grace y Taran –que volvió de India cuando terminó el verano, por suerte, así que no tuve que viajar allí para molerlo a golpes– y Patrick con su novio, y también están la señora Roth y Porter. Él lleva puesta la chaqueta con el diablo que dice "CHICO FOGOSO", lo que me saca una sonrisa. (Nota mental: Arrancarle la chaqueta más tarde en la parte de atrás de la furgoneta).

–Tres minutos, señoritas –exclama LuAnn a mis espaldas–. Prepárense para formar fila.

Mientras mis compañeras de equipo pasan volando a mi alrededor, tomo deprisa mi teléfono y le pido a una de las chicas que me tome una fotografía sonriendo por encima de mi hombro, con los espectadores de fondo. Mi apodo de patinadora está impreso en letras grandes en la parte de atrás de mi camiseta: MINK.

Le envío la foto, con la hora, fecha y ubicación precisa, a mi madre. No espero una respuesta; sé que no va a llegar. Pero no he perdido las esperanzas de que un día ella esté lista para perdonarse a sí misma, para perdonarme a mí por haberla abandonado y haberme mudado aquí. Cuando ella esté lista, podrá venir a visitarnos a papá y a mí. Quizás incluso la llevemos a comer pozole, quién sabe.

Después del último llamado, guardo mi teléfono en el casillero y me sumo a la fila con mis compañeras. Todas están entusiasmadísimas. Siempre es así antes de salir. Hay tanto ajetreo. Sacudo los brazos y ajusto la correa de mi casco. Todo está en su lugar. Oigo al comentarista arengando a los espectadores. Están aplaudiendo y gritando. Ya es casi hora de salir.

—¿Están listas, chicas? —pregunta LuAnn, patinando a lo largo de la fila, haciendo contacto visual con cada una de nosotras.

Lu Ann me toca el hombro, lo que me recuerda a lo que hacía Pangborn, y la miro asintiendo con la cabeza.

Estoy lista. Más que lista.

Yo soy Mink. Óiganme rugir.

# Agradecimientos

Megatones de gracias a:

10. Mi extraordinaria agente, Laura Bradford, por las condiciones extremas que tuvo que soportar para darme buenas noticias, lo cual le hizo sombra al lema del Servicio Postal de Estados Unidos que dice que "ni la lluvia ni el calor ni la oscuridad de la noche" les impedirá hacer su trabajo.

9. La genia de mi editora, Nicole Ellul, por ser la mejor editora que he tenido, en serio.

8. El increíble equipo de Simon Pulse en Estados Unidos –Mara Anastas, Liesa Abrams, Tara Grieco, Carolyn Swerdloff, Regina Flath y todos los nombres y rostros que todavía no conozco– por defender este libro y creer en lo que tenía para ofrecer.

7. El fantástico equipo de Simon and Schuster UK en el Reino Unido –Rachel Mann, Becky Peacock, Liz Binks y todos los que trabajan incansablemente tras bambalinas– por su entusiasmo contagioso.

6. Mis editores extranjeros, Barbara König y Leonel Teti, por seguir teniendo fe en mis libros, y a Christina de LOVEBOOKS por apostar a mi obra.

5. Mis lectoras beta, Veronia Buck y Stacey Kalani, por su honestidad y generosidad.

4. La agente que gestiona los derechos de traducción de mis obras, Taryn Fagerness, por tolerar mis preguntas tontas.

3. Mi equipo de apoyo personal –Karen y Ron y Gregg y Heidi y Hank y Patsy y Don y Gina y Shane y Seph– por animarme constantemente. No merezco a ninguno de ustedes.

2. Mi esposo, por seguir tolerando mi locura por la escritura. Es a ti a quien no merezco más que a nadie. Te amo.

1. Y a mis lectores, gracias por darme una razón para creer en mí misma. Espero poder devolverles el favor a través de las palabras de este libro, aunque sea en parte.

# Sobre la autora

**JENN BENNETT** es artista y autora de la serie **Arcadia Bell** y *Bitter Spirits*, parte de la serie **Roaring Twenties**, que fue elegido por Publishers Weekly como uno de los mejores libros del 2014. *Night Owls* fue primera novela YA.

*¿Alex, quizás?* es su trabajo más reciente para jóvenes lectores.

Jenn vive cerca de Atlanta con su marido y dos malvados perros.

# ROMA

¿Y si Ana Bolena y el rey Enrique se conocieran en pleno siglo XXI?

ANNE & HENRY - *Dawn Ius*

¿Y si el villano se enamora de su presa...?

FIRELIGHT - *Sophie Jordan*

Personajes con poderes especiales

SKY - *Joss Stirling*

Dos jóvenes que desafían las reglas...

NIGHT OWLS - *Jenn Bennett*